suhrkamp taschenbuch 4161

Wiggo Ritter hat die denkbar besten Voraussetzungen für eine Traumkarriere. Doch dem Vater, einem erfolgreichen Bankier, will er nicht nacheifern, und seine akademische Laufbahn als Philosoph ist gescheitert. Sein scheinbar aussichtsloses Leben gerät in neue Bahnen, als Wiggo den charismatischen Geschwistern Mauritz und Manuela begegnet: zwei perfekt getarnten Terroristen, Mitgliedern einer konservativen Organisation, die eine neue Elite an die Macht bringen will. Ihnen scheint Wiggo, der nichts mehr zu verlieren hat, der ideale Verbündete zu sein. Doch dann verliebt der sich ausgerechnet in Manuela – und gefährdet damit nicht allein die gesamte Organisation, sondern vor allem sich selbst.

Uwe Tellkamp

Der Eisvogel

Roman

Suhrkamp

Der Eisvogel erschien zum ersten Mal 2005
im Rowohlt Berlin Verlag

6. Auflage 2024

Erste Auflage 2010
suhrkamp taschenbuch 4161

Umschlaggestaltung nach Entwürfen
von hißmann, heilmann, hamburg
Druck: Libri Plureos GmbH, Hamburg
Printed in Germany
ISBN 978-3-518-46161-7

Suhrkamp Verlag AG
Torstraße 44, 10119 Berlin
info@suhrkamp.de
www.suhrkamp.de

Der Eisvogel

Zwei Schüsse, flach und scharf, sehr schnell hintereinander schmetternde Detonationen, Echos, in einen einzigen Knall gejagt in der Lautstärke von Hammerschlägen, die mit aller Kraft gegen ein frei hängendes Blech donnern, dann widerspricht die Erinnerung, schneidet ein Stück Zeit heraus und dehnt es quälend: Mauritz senkte den Kopf, als die erste Kugel ihn in die Brust traf, die Wunde war ein pfenniggroßer Punkt neben dem Brustbein, der sich langsam ausbreitete, langsam, wie Mauritz den Kopf hob, um mich anzustarren, überrascht, grenzenlos überrascht, mit einem sonderbar freimütigen, fast erleichterten Ausdruck im Gesicht, als ich zum zweiten Mal abdrückte, der zweite Schuß traf ihn unter dem Auge und zerriß sein Gesicht, ich hatte nicht dorthin gezielt, ich erinnere mich an die Kälte des brünierten Metalls in meiner Hand, das kalte helle Klirren der ausgeworfenen Patronenhülsen auf dem Betonboden der Lagerhalle in der stillgelegten Fabrik für Eierteigwaren, sehe die Pistolenmündung in die Mitte von Mauritz' dunklem Mantel gerichtet, ich wunderte mich, Herr Verteidiger, daß ich sowenig Gewalt über die Waffe hatte, wunderte mich im selben Moment schon über diesen Gedanken, pervers, an so etwas zu denken, jetzt, du hast einen Menschen erschossen und wunderst dich darüber, wieso die Pistole in deiner Hand macht, was sie will und nicht das, was du willst, vielleicht war das eine Reaktion, um alles in den Traum, den Albtraum zurückzuholen, in den es gehörte, gehören mußte; absurd, eine Szene aus einem Film in der Wirklichkeit zu erleben und sie wieder in einen Film verwandelt zu erinnern, ich weiß noch, daß ich nicht glaubte, was ich sah, und daß mein Gehirn nach einer Wirklichkeit suchte, die mir diese als bösen Traum auflöste: das Licht in der Halle, kühl und eigentümlich unberührt von der rapid näher lodernden Hitze, alte Sperrholzkisten, das zerkratzte, schmutzige Orange ausrangierter Palettenheber, Mauern mit gelb-schwarz gestreiften Stahlkanten, Manuela, die reglos stand und nicht schrie, und Mauritz, der wie von einer Faust getroffen nach hinten taumelte, ein Mensch, den ich zu einer stummen Puppe gemacht hatte, jetzt, in diesem Moment, in Wirklichkeit, nicht in einem bösen Traum, seine Arme schlenkerten herab, waren nicht erhoben wie sonst, wenn jemand fällt und sich abzustützen versucht, verschmierte, unter einem Leck im Hallendach naß gewordene Pizzaverpackungen, es war nicht rückgängig zu machen, das war meine erste, absurde, bestürzende, noch ganz und gar unbegriffene Empfindung, ich würde nicht aufwachen aus diesem intensiven, dennoch geträumten Brandgeruch und dem Gefühl, wie leicht es gewesen war, mechanisch zu reagieren, ohne die so oft von Menschen, die auf andere Menschen geschossen haben, geschilderten Skrupel, aber sofort danach wehrte sich etwas in mir: All das stimmte nicht, konnte gar nicht stimmen, nein, das hatte etwas von einem Spiel, einem Film eben, und Mauritz würde gleich wieder aufstehen, mit einem Lächeln im gräßlich zugerichteten Gesicht, einen zerplatzten Farbbeutel unter dem Mantel hervorziehen, und ein Regisseur würde *Schnitt* oder *Gut gemacht, Jungs, Szene im Kasten* rufen; es war so leicht gewesen zu schießen, so unwirklich, aber Mauritz stand nicht wieder auf, es war kein Traum, ich hatte einen Menschen erschossen

Rot: Die Sterbenden sehen diese Farbe zuletzt, hatte ich zu Jost gesagt, er blieb oft am längsten auf Station, *um Medizin zu treiben,* wie er sagte, sich *nach dem Papierkrieg* um die Patienten zu kümmern, – Und die Neugeborenen zuerst, hatte er ergänzt, – Typisch Arzt, dachte ich, nichts vergessen wollen und alles abwägen, – Typisch Wiggo, hätte er wohl mit einem nachsichtig-spöttischen Ausdruck in den Augen geantwortet, die von einem sehr hellen Braun waren und im Licht durchsichtig wurden wie die Kandiszucker-Prismen in den Cafés von Nizza in meiner Kindheit, nachdem man sie in den Tee getaucht hatte – Typisch Wiggo: die Welt in ein Wort zwingen müssen

– Unruhe, hatte er wiederholt, ein nachdenklicher Unfallchirurg, dachte ich, als er sich abwandte und aus dem Fenster starrte, Unruhe, aber was sollen wir tun, – Ich weiß es nicht, antwortete ich, suchte nach der angerissenen Gauloises-Packung, Rauchen verboten im kleinen Zimmer am Ende des Flurs, das sie mir gegeben haben, weil Vater es zahlen kann, Kräne drehten sich vor dem Fenster des Bettenhauses der Charité, Gerüstbauer zogen im Scheinwerferlicht Fangnetze hoch und Eimerketten für den Schutt, die aussahen wie dicke blaue Elefantenrüssel, weißt *du* es? Er schwieg, lehnte am Fenster, starrte nach draußen, draußen war Nacht

– Unruhe, die aus dem Aufbäumen des Spätsommers gegen die einkreisenden, mit fließenden Händen tastenden Schatten wuchs, dunkleres Land, das unnahbar und still hinter den sichtbaren Dingen begann wie das auf einmal wieder lautere und schon beklemmend nahe Geräusch der Zeit: Schritte vor der Tür der Sicherheiten und hoffnungsvollen Träume. Vielleicht waren es die Schmerzen der Verbrennungen an Armen und Beinen, im Gesicht, die mich die Dinge überdeutlich erinnern ließen, in einer Art von halluzinatorischer Wachheit,

Bilder, die sich mir ins Gedächtnis brannten und jetzt wiederauftauchen. Möchten Sie etwas zu trinken, Herr Ritter? fragt mich die Krankenschwester, die nicht gern im Zimmer ist, vielleicht, weil ich kaum etwas sage, nichts preisgebe, obwohl es wahrscheinlich, mag sie denken, einiges preiszugeben und zu sagen gäbe: die vielen Bücher auf dem Nachtschränkchen, CDs, die sich daneben stapeln. Hier, hab ich dir mitgebracht, – Danke, Dorothea, wäre nicht nötig gewesen; all das mag im Widerspruch stehen zu meiner für die Schwester womöglich ostentativen Schweigsamkeit. Kein angenehmer Mensch, mag sie denken, wie sie da beinahe ängstlich, deutlich schüchtern, eigenartig für eine Krankenschwester in ihrem angestammten Bezirk, in der Nähe der Tür steht und abwartet, – Nein, vielen Dank, Schwester Silke – Sonst irgendetwas, kann ich sonst etwas für Sie tun? – Nein, danke, schönen Dienst wünsche ich Ihnen. Ihr Gesicht hellt sich etwas auf. Wenigstens ist er nicht unhöflich, mag sie denken, Unruhe, die Unruhe der Stadt, Treiben, Schwimmen, ein- und ausschießende U-Bahn-Züge, die Havel robbenschwarz, die Spree sauertöpfisch wie ein magenkranker Greis, die Studenten kehrten in die Stadt zurück, schnatternde Wiedersehensfreude, man konnte ihn förmlich hören, den dumpfen Plumps der vollgestopften, mühselig herangeschleppten Kraxen und Koffer, Seesäcke und Reisetaschen in Tausenden Wohnungen, Internats- und WG-Zimmern, doch, Schwester, wenn ich etwas gegen die Schmerzen bekommen könnte, Aspirin hilft gar nicht, habe ich das Gefühl, – Ich sag dem Doktor Bescheid; Unruhe, Begeisterungsrufe über die in multikultureller Mischung ausgeschütteten Mitbringsel aus Urlaubsfernen, Erinnerungen an Strandbläue und flaschengrüne Brandung, zu reich für die Hast der Minuten, hinweggespült in den Sogen der rastloser werdenden Stadt. So war es in jedem Jahr, wellenhaft, so hatte ich es in der Studienzeit erlebt, die breitatmende, zyklische Dünung wie der Ausschlag eines Riesenpendels: Abströmen der Studenten am Ende des Sommersemesters, Einströmen zu Beginn des neuen Studienjahres im Oktober. Erinnerungen und Souvenirs waren wie Strandgut, das liegenblieb im Sommersand; die Wellen rollten zurück. Aus der Stadt begannen die einfachen Dinge zu verschwinden. Eine Hand tippte an einen Kreisel, so daß seine Pirouetten zerbrachen: Herbst, es wurde Herbst in Berlin

– Vater bestellte mich in die Bank, wie es seine Art war: Er wußte, daß ich nicht ans Telefon ging, deshalb ließ er mir eine Nachricht zukommen, nicht per E-Mail oder Fax, auch nicht per Post, sondern per Fahrradkurier. Ich möchte dich sprechen. Ich kann morgen eine Viertelstunde erübrigen, warte in meinem Büro auf mich. Und ich wartete – nicht weil mir sein Befehl Wunsch oder ich ein besonders gut dressierter und gehorsamer Sohn gewesen wäre, mich interessierte, was er diesmal von mir wollte, und ich hatte Sehnsucht nach einem Gesicht: Willst du kein normales Leben führen, hatten Lippen zu mir gesagt, die ich bei einem früheren Besuch in Vaters Bank zum ersten Mal sah, damals, als ich im Vestibül aufgerufen wurde und der Empfangsdame folgte, deren Hintern in einem zum Zerreißen gespannten Kostüm vor mir die polierte Marmortreppe zur Chefetage hochschaukelte, dann die Unterredung mit meinem Vater: Wie sieht jetzt deine weitere Lebensplanung aus, Wiggo, hast du eine Stelle, hast du eine Freundin, dann klopfte es, herein, ja, Frau Toft ... – 't Hooft, sagten die Lippen. Die Augen glitten von meinem Vater zu mir, musterten mich spöttisch, dunkel wie Brombeeren, das Haar schwarz und glatt wie Vogelflügel. Ja, Frau 't Hooft, entschuldigen Sie. Ihr Name ist nicht ganz unkompliziert. Bringen Sie die Dornier-Analyse? Frau 't Hooft nickte, trat zum Tisch. Ich habe es soweit vorbereitet; aber einiges an den Beteiligungsverhältnissen ist noch unklar, könnten wir, sie sprach ohne Akzent, – In zehn Minuten, sagte Vater. Sie ging. Meine beste Assistentin, ehrgeizig, aber nicht zu sehr, kein Blaustrumpf, glaube ich, will auch Kinder, wie findest du sie? – Vater, hast du mich deswegen bestellt, um mit mir über deine Assistentinnen zu reden, – Nein, aber darüber, was du dir jetzt vorstellst, nachdem du es glücklich bis aufs Arbeitsamt gebracht hast, mein Sohn, wie alt bist du, Vater zündete sich ruhig eine seiner Cohibas an. Als ich so alt war, wie du jetzt bist, und dann kam eine seiner Aufzählungen, die ich schon kannte und die mich einerseits die Hände um die Stuhllehne krampfen und die Zähne zusammenbeißen ließen, um die aufschwappende Erregung, schließlich Wut im Zaum zu halten, andererseits aber langweilten: Ihr seid so angepaßt, meine Güte, als ich so alt war wie ihr – ich fragte mich, wen er mit *ihr* meinte –, haben wir Pflastersteine geschmissen, ich bin, bevor ich deine Mutter kennenlernte, mit meinen diversen Freundinnen durch die Weltgeschichte getrampt, einmal bis nach Tunis, bin mit deiner Mutter durch Brasilien getourt in einer zweifelhaften Cessna, – Ja, Vater, sagte ich, – Und du, überhaupt: Frauen, wie steht's damit, hast du eine, – Nein, Vater, sagte ich, – Wie hast du dein Geld angelegt? Alles auf dem Girokonto, Sparbuch? So ein Blödsinn, Junge, komm, wir machen da mal was Vernünftiges draus. Wir waren keine Spießer, falls du das denkst, mein Sohn, hatten auch unseren Spaß; aber ihr, eure Generation, ihr kommt mir ehrlich gesagt vor wie ein Haufen schlaffer Säcke, könnt weder richtig einen draufmachen noch richtig malochen, jeder Puster haut euch gleich um! Dann folgte seine Karriere bei verschiedenen Banken, von ganz unten ziemlich schnell nach ziemlich weit oben. Drei Kinder, sagte er, alle wohlgeraten. Außer mir, denkst du jetzt, dachte ich. – Warum willst du nicht bei uns einsteigen, Wiggo? Statt deiner lächerlichen paar Piepen bekämst du ein vernünftiges Gehalt, du müßtest natürlich zuerst als Trainee anfangen, da würde es nicht so üppig ausfallen, aber das dauert ja nicht ewig, ich bin überzeugt, daß du es könntest. Du bist mein Sohn, und die Assistenten, die ich kennengelernt habe, schlägst du allemal, – Auch Frau 't Hooft, preßte ich hervor, Vater blies eine Rauchwolke aus, schob mir mit zusammengekniffenen Augen die Zigarrenschachtel hin, ich lehnte ab, dachte an Frau 't Hoofts Lippen und den spöttischen, neugierigen, lebenslustigen Blick ihrer brombeerdunklen Augen. Meine Güte, du könntest hunderttausend Anfangsgehalt haben als mein Assistent, eine ordentliche Wohnung, Auto, eine Frau, willst du denn nicht heiraten, eine Familie gründen, und glaubst du, daß Geld da keine Rolle spielt? Du bist doch jung, die jungen Leute heute starten alle durch, – Ich denke, die sind alle schlaffe Säcke –, – Sind sie auch; aber wir haben ihnen den Weg freigeschaufelt, mein Sohn, die machen Karriere und spielen vorn mit, wo die Musik wirklich spielt, ich kann mir nicht vorstellen, daß es dir gleichgültig ist, daß du langsam, aber sicher zu den Losern treibst, verschweigst du mir etwas, ich meine, wie lange schon hast du niemanden?

– Treibgut, Auf- und Niedersteigen in der Dünung, ohne Anfang, ohne Ende waren die Geschehnisse, Teil einer Geschichte, die einem Stab glich, prinzipiell verlängerbar nach beiden Seiten; ein Schatten, wenn auch nicht willkürlich, so doch von einem Blinden aus dem Licht ohne Ufer gebrochen, in dem die Dinge zu beginnen und zu enden nur behaupteten; nicht der Kreis, diese Figur war, so schien es mir, das Symbol vergangener Epochen, in der Gegenwart ründet sich nichts mehr. Alles ist offen

– verschweigst du mir etwas, nahm er das Gespräch wieder auf, beim nächsten Mal, in der Viertelstunde, die er laut dem vom Fahrradkurier überbrachten Schreiben erübrigen konnte, Sehnsucht nach einem Gesicht, nach Ines' Gesicht, wie Frau 't Hooft mit Vornamen hieß, das hatte ich inzwischen herausgefunden, sie war anwesend bei diesem Gespräch und wußte nicht, was sie tun sollte angesichts der Themen, die Vater anzuschlagen für richtig hielt, sie wollte aufstehen und hinausgehen; aber Vater hielt sie zurück: Bleiben Sie ruhig da, Frau 't Hooft, mein Sohn ist ein interessanter Charakter, befahl es ihr mehr als daß er sie bat, ich vermute, daß das Gespräch ihr eher amüsant vorkam als peinlich und unangenehm; sie hob die Brauen, betrachtete die Fingernägel, versteckte ein Lachen in ihren Augen. Ich achtete weniger auf Vater als auf sie, manchmal warf sie mir einen forschenden Blick zu, manchmal einen belustigten, sie schlug die Beine übereinander, *Manolo Blahnik*-Schuhe, knielanger Rock, die Fußspitzen wippten im Takt zu meinen Antworten und Vaters Fragen: Wann gedenkst du mir den ersten Enkel zu bringen? Was sagen Sie dazu, Frau 't Hooft, ist diese Frage nicht berechtigt einem Sohn gegenüber, der bald Dreißig ist? – Das ist die Frage, die mir mein Vater auch immer stellt, wenn ich zuhause bin, da bin ich befangen, viel mehr kann ich dazu nicht sagen, hörte ich Ines' klare Stimme, mein Blick traf ihren, der perplex war über die Direktheit meines Vaters. Er behandelte uns schon als etwas, das Gemeinsamkeiten hatte, arrangierte das Treffen und seine Fragen so, daß wir mit Gemeinsamkeiten hinausgehen würden; Ines war nicht mehr nur seine Kollegin und Assistentin und ich nicht mehr nur sein Sohn, er behandelte uns als ein Ihr, behandelte uns wie das Paar, das wir bald darauf erst wurden. Ines' Schuhe wippten, sie sah mich an, die Ironie kehrte in ihre Augen zurück, die Nasenflügel vibrierten leicht, sie sah beiseite. Vater wandte sich wieder an mich: Oder verschweigst du mir etwas, willst du mir etwas sagen, wie heißt der Unsinn: dich outen? – Ich glaube nicht, daß es mit der geschlechtlichen Veranlagung zu tun hat, ob man allein ist oder nicht, und auch wenn ich schwul wäre, Vater, und das ist es ja wohl, was du wissen willst, – Also bist du es nicht, stellte Vater mit sarkastischem und zugleich erleichtertem Unterton in der Stimme fest, schaute mich mißtrauisch an, – Nein, sagte ich, nicht, daß ich wüßte. Vater streifte Asche ab von seiner Cohiba und ließ Rauch an das abendlich dunkle Panoramafenster des Büros gleiten. Hören Sie, Frau 't Hooft, mein Sohn ist gottseidank wenigstens nicht schwul, – Wenn du gestattest, werde ich jetzt gehen, ich glaube nicht, daß wir unsere Unterhaltung im richtigen Rahmen führen, sagte ich. Es klopfte. Herr Direktor, die Delegation aus dem Wirtschaftsministerium, meldete die Chefsekretärin. Wenigstens das, murmelte Vater, ohne sich darum zu kümmern, daß die Chefsekretärin irritierte Blicke zwischen ihm, Ines und mir hin- und herwarf, griff in die Innentasche seines Jacketts, zog den Schreibtisch-Organizer heran und strich darin etwas durch. Wenigstens das: nicht schwul

– willst du kein normales Leben führen, hatten ihre Lippen zu mir gesagt, im gedimmten Lichtdesignerlicht eines Hundertsechzig-Quadratmeter-Lofts, dessen bis zum Parkett reichende Atelierfenster einen Blick auf den Spreebogen und die Baustelle des Bundeskanzleramts boten; die mit Scheinwerfern wie mit grünen Saugnäpfen bestückten, in unablässiger, zeichnender Bewegung befindlichen Kranarme blendeten sich in das Norwegerkirchenskelett der mit Klarlack bestrichenen Stützbalken im Raum, Orchideenkörbe verloren sich in der Höhe, ich stand vor der Fensterfront, die wie eine gläserne Kommandobrücke vorkragte, sie spiegelte die Backsteinwand hinter Ines' Fußbodenbett, den riesigen Baselitz, einen kopfstehenden Gekreuzigten mit Eselsphallus, ich dachte: Wenn unser aller Kanzler mal abends Sorgen hat, kann er drüben in seiner Waschmaschine ein Fernrohr zücken, von der Kunst hinab zur Natur schwenken und angesichts der nackten Ines – sie liebte es, nackt durch ihr Loft zu spazieren, mich machte es rasend eifersüchtig – endlich mal wieder eine Aufwärtsbewegung registrieren, – Was verstehst du unter normalem Leben? fragte ich

– Lippen, die sich langsam öffneten, als wir uns das erste Mal liebten, zu lieben versuchten: Wenn ich du wäre, ich würde die Situation ausnutzen, sagte Ines, wir waren allein im Kopierraum, der zur Direktionsetage gehörte, Vater hatte ein Geschäftsessen mit amerikanischen Wirtschaftsbossen, dann ein Geräusch, dessen Herkunft das Blut eher einordnet als das Ohr, sie schloß die Tür ab, ich küßte ihre Lippen und die kaum unterdrückte Lachlust darauf, Klimpern einer Gürtelschnalle, Reißverschlußreißen, ihre Nasenflügel bebend vor Heiterkeit, als ich Ines zum Kopierer drängte und sie darauf hob, meine Hände, die ich abzustützen versuchte, rutschten auf der glatten Oberfläche, der rechte Daumen landete auf dem grünen Copy-Knopf, der vorübergleißende Kopierschlitten, ihre Lippen, die ich zu erreichen versuchte und auf die sie sich nun vor Lachen biß, die Blätter, die neben ihr und dem Mann im verwilderten Businessanzug mit heruntergelassenen Schmetterlingshosenträgern, der mich in der Erinnerung noch immer überrascht, wenn er mir sein, mein hochrotes Gesicht zeigt, in die Auffangschale fielen, ich starrte auf das schwarze Rorschach-Bild auf den einsegelnden Blättern, es glich einem aufgebockten nackten Truthahn, nicht sehr schmeichelhaft, meine erste Assoziation, Ines, Ines, stammelte ich, sah die Schmetterlingshosenträger hüpfen, wollte darübersteigen und verfing mich darin, strauchelte, griff nach einem Halt wild auf der Tastatur des Kopierers herum, Ines lachte, das lebenslustige, sinnliche, befreiende Lachen, das ich vom ersten Augenblick an geliebt hatte, der Kopierschlitten sauste hin und her, zeigte mir jetzt halbierte Cellos, die sich einmal mehr, einmal weniger der Form eines weiblichen Beckens annäherten, mit einem weißumrissenen, großen, rundum bewimperten Auge in der Mitte, Frau 't Hooft, sind Sie das, sind Sie da drin? rief die Chefsekretärin von draußen, die Klinke bewegte sich auf und ab, ich watete durch Kartons und Papierstapel, riß die Hosenträger hoch, während sich Ines in fliegender Hast zurechtmachte, mit einem Taschentuch das Auge auf dem Kopierer wegwischte. Ja, rief sie, kleinen Moment, eine wichtige Arbeit, ich komme gleich; ich prallte gegen den Blechpapierkorb neben dem zweiten Kopierer, suchte in Panik nach einem Ausweg, Ines hielt sich die Hand vor den Mund, stand leicht gekrümmt, wies pruschend auf das Türchen zum Versorgungsschacht. Ja, ich bin hier drinnen, rief Ines mühsam, geschüttelt von konvulsivischen Lachstößen, die Klinke rüttelte jetzt, kleinen Moment bitte noch, ich zwängte mich in den Versorgungsschacht, Ines schloß das Türchen, und ich klemmte zwischen Rohren, in denen es gedärmhaft brodelte und gurgelte, sie waren dick wie Kinderrutschröhren in Spaßbädern, und dachte: Wenn sie dich hier finden oder Ines es nicht schafft, für ein paar Sekunden reine Luft zu sorgen und mir ein Klopfzeichen zu geben; daß sie mich vergessen könnte, war unwahrscheinlich; spätabends, als alle gegangen waren, ließ sie mich heraus, ich hatte inzwischen Verse memoriert und gegen den Hunger Atemfrisch-Drops gelutscht, hatte den menschlichen Trieb gepriesen, der es offenbar auch Bankangestellten aufregender erscheinen läßt, Plastikbecher für Kaffee hinter solchen Türchen statt im Abfallkorb zu deponieren, ich pinkelte den Becher voll, und bevor er überlief, schüttete ich den Inhalt in die um die Rohre ausgesägte Finsternis; der Anzug, den ich mir gekauft hatte, weil ich damit Ines' Geschmack zu treffen hoffte, war scheckig von Kalk und Spinnweben, Ines prustete wieder los, als sie mich sah

– und drehte mich nicht um zu ihr nach meiner Frage, wiederholte sie nur, in Ines' Schweigen hinein: Was verstehst du unter normalem Leben?

– jedenfalls nicht deins als Arbeitsloser, hörte ich ihre Stimme hinter mir, sei nicht so passiv, Wiggo, mach was aus dir, das kannst du mir doch nicht erzählen, daß es für einen wie dich, mit deinen Abschlüssen, in diesem Land keine Stelle gibt, du sprichst perfekt Englisch und Französisch, dein Vater hat recht: Wenn du in unserer Bank wärst, würdest du uns hart auf die Pelle rücken, und das bißchen BWL hast du garantiert auch bald drauf, – Ich will nicht in eure Bank, sagte ich, – Du klingst wie ein kleiner Junge: Ich will nicht zur Schule gehen, – Kannst du dir nicht vorstellen, daß ich meinen Beruf liebe, so wie du deinen, – Einen Beruf, der von dir nichts wissen will, sagte sie spöttisch, und zu dem du vielleicht nicht mal taugst, Philosoph –, – Ja, was ist das schon, ein Philosoph, hatte ich geantwortet und damit den leise verächtlichen Ton in ihrer Stimme zu dem Satz vervollständigt, den sie, glaubte ich, hatte sagen wollen, aber aus Takt verschwiegen hatte; und dennoch wurmte es mich, ich sah die Wohnung, sah das Geld, das sie verdiente, konnte mir denken, daß ihr Porsche und ein Renault Twingo vielleicht nicht einmal die Idee Auto gemeinsam hatten, war verrückt nach ihrer samtigen, mit Reichtum gepflegten Haut, ihren Lippen und Händen, wenn wir uns liebten, zuerst zärtlich, tief genießend, sprachverliebt in Hautbeschriftungen, dann, wenn der Meersalzduft ihrer Erregung intensiver wurde, unsere Haut Spannung gewann, kleine Stromstöße in den Kußmustern entlud, wilder, hitziger, bis wir schweißbedeckt nebeneinanderlagen und nur die Glutpunkte unserer Zigaretten unregelmäßig aufleuchteten, ich war verrückt nach ihr und dachte: Ich bin kein Verlierer, ich werde es euch zeigen, dir und Vater und mir

– was, Sie haben keine E-Mail-Adresse, schrie mich die Trainerin des Ego-Aufbau-Crashkurses für junge Fach- und Führungskräfte an, den das Arbeitsamt bezahlte, sagen Sie mal, leben Sie denn vor der Sintflut! Und da wundern Sie sich, daß Sie nichts finden, wie soll man Sie denn überhaupt erreichen, und jetzt machen wir alle mal eine SWOT-Analyse, also Strengths – linke Spalte. Weaknesses – rechte Spalte. Opportunities – linke Spalte. Threats – rechte Spalte, alles klar, hier haben Sie ein Blatt Papier, los geht's; ich starrte auf das Weiß vor mir und schrieb nach einer Weile völliger Leere den einen Satz darauf, der sich schließlich aus der Leere löste: Ich hätte nie gedacht, daß ich mit meiner Qualifikation und meinen Leistungen im Studium arbeitslos werden würde, – Und jetzt stellen Sie sich vor diese Wand, kommandierte die Trainerin, und schreien, so laut Sie können: Ich will es packen, ich werde es packen, dreimal, keine Angst, wir sind hier schallisoliert, – Kann ich nicht lieber *schaffen* schreien, fragte einer der Teilnehmer, packen klingt so nach Tom Cruise in *Die Firma*, – Ebendrum, ereiferte sich die Trainerin, das ist Ihr Problem, Sie sind zu gefühlsgedeckelt! Sie nehmen zu viele Rücksichten, Pathos ist Ihnen zu peinlich; aber glauben Sie ernsthaft, Ihr Ego kommt wieder hoch ohne Pathos? Ego ohne Pathos ist so wabblig wie Couchkartoffeln, anämisch wie Veganer. Sie müssen Raubtiere sein, Karnivoren, verstehen Sie, blutrünstige Fleischfresser, mit undegenerierten, dschungelheißen Konquistadorengenen, los, brüllen Sie, ich will Fangzähne sehen!

– ah, das ist also Ines' neuer Gespiele – schon das Wort, mit dem mich der hochgewachsene, sichtlich trainierte Mittdreißiger titulierte, ließ mich zusammenzucken und den Kerl vom ersten Moment an hassen, die blondierte Frisur, das segelyachtgebräunte Gesicht, das ganze Getue, Handyaufklappen alle Augenblicke, ungeniertes Drauflosprotzen in den Apparat hinein vor möglichst vielen Zuhörern, die Angebereien: Kannst meinen SEL haben, Ines, aber Vorsicht beim Rückwärtsfahren, Einparkhilfe nicht vergessen, genau, die zwei Schneckenhörner, Vorsicht, Darling, nix ruinieren, brauch ich noch, you know, mein Bugatti ist in der Werkstatt –; *neuer Gespiele*: Dann warf er einen schnellen, taxierenden Blick auf mich, verengte die Augen, fragte: Zu welcher Fraktion gehörst du, ziehst du aus, um das Fürchten zu lernen oder um es zu verlernen? – Ich wüßte nicht, was Sie das angeht. Der Kerl warf sein Schlüsselbund hoch und fing es mit einer zuschnappenden, entschlossenen Bewegung: Weil du, im Fall du zur zweiten Fraktion gehörst, nicht sehr alt werden wirst mit ihr, – Woher wollen Sie das wissen, sparen Sie sich Ihre Weisheiten, sagte ich, – Ich bin ihr Ex, sagte er und stieß ein kurzes, verächtliches Lachen aus, das nicht genau erkennen ließ, ob es den Sachverhalt meinte oder meine Schuhe, die sein Blick flüchtig gestreift hatte, oder überhaupt den, der in diesen Schuhen steckte. Genauer, sagte er gedehnt, einer ihrer Ex, und wenn ich dich um etwas bitten dürfte: Solltest du morgens, wenn du hier bist, das Bedürfnis verspüren, dich rasieren zu wollen, bitte nicht den Philishave im Kosmetikschränkchen nehmen, das ist meiner

– du hast mir noch immer nicht geantwortet, Ines, also? Normales Leben, was verstehst du darunter? Ich wartete und fühlte, daß sie mich beobachtete, vielleicht mögliche Reaktionen auf mögliche Antworten abschätzte, – Ich glaube, du mißverstehst deinen Vater, siehst ihn zu einseitig; die Kräne rührten im Abendhimmel herum, Windböen bauschten die Gerüstplanen auf der Baustelle des Bundeskanzleramts, die Spree hatte die Oberfläche einer Feile, Ines' Stimme bekam jetzt etwas Geschäftsmäßiges, um Ausgleich oder Ablenkung Bemühtes: Er ist einer der besten Investmentbanker, die ich kenne, und natürlich kannst du jetzt mit einem dieser billigen Geldraffer-Vorurteile kommen – ich hatte sie ihr gegenüber nie geäußert, wußte nicht, wie sie darauf kam, war überrascht über den Ton, in dem sie mit mir sprach –, diesen Quark, den altlinke Atomkraftgegner in der *taz* breittreten, ich weiß nicht, ob du weißt, was er für diese Stadt tut, wieviel Künstler ihm dankbar sein können, daß er mit ihren Produkten die Bank tapeziert, in wieviel Festivals junger Musik wir Geld gepumpt haben, auf seine Veranlassung, seinen Starrsinn hin, denn die meisten im Aufsichtsrat waren dagegen, – Ines –, sagte ich, – Dieses Gerede über die bösen Unternehmer, die alles zerstören, dabei möchte ich nicht wissen, wo dieses Land wäre ohne Unternehmer. Leute, die etwas wagen und sich nicht den Hintern auf Beamten- oder Angestelltensesseln wärmen. Keiner von diesen Fundamentalos oder wie die Spinner sonst heißen, wäre doch in der Lage, auch nur einen Laden mit zehn Angestellten verantwortlich zu führen. Die können immer nur kritisieren, machen können sie nichts. Ich wäre froh, wenn ich so einen Vater hätte, du weißt nicht, wie oft er über dich spricht, – Ines, ich bitte dich, – Nein, mein Lieber, du hörst mir jetzt zu, du wolltest ja wissen, was ich unter normalem Leben verstehe, also hör zu

– ja, Ines, ich mißverstehe ihn, wie ich deinen Ex-Lover und deine Freunde mißverstand mit ihren Sprüchen und Spielchen: Weißt du, woran man einen Loser in Mitteleuropa hundert Pro erkennt? – Am Auto? – Nein, an den Zähnen; mir fiel der Zahnarzt ein, bei dem ich bald einen Termin hatte, und ich schämte mich für die schief gewachsenen Schneidezähne in meinem Unterkiefer und mißverstand die Freunde, als sie grinsten und sich ihre schimmernden Gebisse zeigten, Ines lachte

– etwas bewegen, das verstehe ich unter normalem Leben, gutes Geld für gute Leistung, gar nicht so simpel, wie's klingt, mein Lieber. Ich hab nicht deine Chancen gehabt, mein Vater ist kein Aufsichtsratsmitglied, sondern ein einfacher Lohnbuchhalter bei der BASF. Ich will durchstarten, was erreichen in meinem Leben, verstehst du? Was, bitte schön, soll falsch daran sein, dabei auch auf seinen Gehaltsschein zu achten? Ich will mal was vorweisen können, auf das ich stolz sein kann, meine Eltern, meine Freunde

– und nachts, wenn wir beieinanderlagen und ich den leisen, gleichmäßigen Atem deines Schlafs hörte, dachte ich an London, das du als Geschäftsreisende kanntest, ich dagegen als jemand, der dort aufgewachsen war, es gab den alten Gärtner in Kew Gardens noch, der uns nachts, wir waren aus einer Vorstellung von Covent Garden gekommen, das Gewächshaus mit den Bromelien und Bougainvilleen aufschloß, Hyde Park, wo die grauen Eichhörnchen so zutraulich waren, daß sie Ines Nüsse aus der Hand nahmen, dein Atem, dein Schlaf, ich lag schlaflos neben dir und versuchte deine Ruhe zu ergründen, fluppende Ventilatorenflügel über uns, die kreisenden Schatten an der Decke des Lofts, in dem die Lichter von den Baustellen draußen wie die Chemoantennen von Tiefseefischen lumineszierten, bizarre Kreaturen mit visierumrahmten Schädeln, martialisch, fremd, submarine Bronzebeile und Silberbarren in den Skizzenbüchern von Meeresforschern im Naturhistorischen Museum; wir übernachteten im Ritz, verrückt, sagte ich nur, verrückt, ich besuchte Mutter nicht in London, der Regen; schwarze Cabs, in der Nässe glänzend, schwammen wie Trilobiten die lichtbesprühte Uferstraße hinab; Victoria Embankment; Ines wartete auf mich an der Schiffsanlegestelle: Mit dir werde ich romantisch, Wiggo, das ist die Gemütskrankheit der Zahlenmenschen, du schaffst es noch soweit, daß das kleine Mädchen in mir erwacht, weiß nicht, ob das gut wäre; Piccadilly Circus, Pall Mall, Regent Street; für ihre windschiefen Maße und Gewichte muß man sie einfach lieben, diese Briten, findest du nicht, sie mied meinen Blick; wir fuhren die Themse hinab zur Tower Bridge, an der glitzernden Ufersilhouette der Stadt vorbei, rostige Dockanlagen, Royal Festival Hall, die künstlich muntere, durch das Megaphon blechern klingende Stimme des Ansagers, die gehorsam vollzogenen Kopfwendungen der Touristen, die Gischt an den Bordflanken, dann die zwillingstürmige, berühmte Brücke in den Nebelfernen des Flusses, Ines' Haar, mit dem der Fahrtwind meine Wange kehrte, der Geschmack von Tang und Salz und Meer, waren wir glücklich, Ines, wie wir da vorn am Bug standen und, uns bei den Händen haltend, ins Dunkel starrten, ich wußte, daß du das Händchenhalten nicht mochtest, zu kitschig, was für Backfische, du sagtest nicht Teenager, benutztest das altmodische Wort; aber du warst es, die meine Hand gesucht hatte, damals in London, am Bug eines Themseboots; dein Atem neben mir, Ines, dein Schlaf, waren wir glücklich, damals in London

– danach schrieb ich Bewerbungen, ich wollte nicht arbeitslos bleiben, wollte nicht *zu den Losern treiben*, wie Vater es ausgedrückt hatte, ich klapperte Stellenanzeigen ab tagein, tagaus, schrie mir den Frust aus dem Leib vor einer Wand in einem ebenso blödsinnigen wie nutzlosen Ego-Aufbau-Crashkurs, stylte meine Bewerbungen; aber je besser und professioneller ich sie machte, desto schneller kamen die Ablehnungen; Ablehnungen, ich weiß nicht, ob du begriffen hast, was das bedeutet, Ausgang: Hoffnung; Eingang: Griff zum Rotstift, die Hoffnung von Floskeln verbrannt, Asche, wieder eine Adresse weniger, der Selbstzweifel, der sich wie ein Parasit eingenistet hatte und alles zernagte und zerfraß, was einmal Lebensfreude und Energie gewesen war, Ines, du schliefst ruhig neben mir und träumtest vielleicht von den großen Deals, die deine hippen Freunde dir mailten, wem zu gefallen, wirklich dir, was zu erreichen, deine Mitfreude oder eine imaginäre Sprosse auf einer imaginären Ranking-Liste, die brauchten keinen Ego-Aufbau-Crashkurs, den verabreichten sie sich täglich selbst, Dollar-Cocktails, Aktien-Dope, Big Spender in den Boomtowns all over the world, kletternde Spesen, kletternde Honorare, kletternde Rendite, kletternder Bonus, Extrabonus, Spezialbonus, und du mittendrin, innerhalb einer Woche flog ich mit dir neunzigtausend Meilen, Singapur, Hongkong, San Francisco, Madrid, Big Apple, wie du zärtlich und respektvoll sagtest, Statue of Liberty, Fackel im Morgenrot, die zwei versteinerten Schatzriesen des World Trade Center, Fasolt und Fafnir, dachte ich, twentyfourseven downtown Manhattan, früh halb vier Uhr frische Bagels und Shopping am Broadway, dreieinhalb Stunden Schlaf und trotzdem nicht müde, deine Freunde tranken Red Bull zum Frühstück

– aber du, sagte Ines hinter mir, wie steht's mit dir, was verstehst *du* eigentlich unter normalem Leben, komm, mein Lieber, raus damit, ich hör dir zu, – Sag mir, Ines: Meinst du das eigentlich ernst? – Was, wovon sprichst du? – Dieses: mein Lieber; ich weiß, man sagt das so, es ist eine Redensart, rutscht so raus, aber stimmt es, meinst du es ernst, bin ich dein Lieber, liebst du mich, – Oh Gott, auch das noch, ich hab's kommen sehen

– Glück, damals in London, deine Lippen, die ich zum ersten Mal sah an einem verhangenen Tag in der Direktionsetage einer Großbank, der Vateretage, wie ich sie bei mir nannte. Willst du kein normales Leben führen. Liebst du mich. – Verführen Sie meinen Sohn, hat dein Vater zu mir gesagt. Und wenn es Ihnen gelingt, werde ich dafür sorgen, daß Sie den Job in Singapur bekommen, – Was sagst du da, was redest du da, – Verdammt, was glaubst du eigentlich, wer du bist, denkst du, du bist unwiderstehlich, – Ines, was ist hier los, – Hör zu, Wiggo, Klartext. Du hast mich gut gebumst, hat Spaß gemacht, hatte ich 'ne Weile nicht mehr; aber it's all over now, okay, wir trennen uns, und benimm dich bitte vernünftig, mein Flug geht morgen, – Ich verlange von Ihnen nicht, daß Sie sich verlieben, Frau 't Hooft, ich bin nicht naiv, verführen Sie ihn, damit er wieder Geschmack an den Angelegenheiten des Lebens findet, den positiven wie den negativen. Nur seine Gleichgültigkeit ist schlecht. Er fängt sich schon wieder. Er ist robust, er ist mein Sohn. Würden Sie das für mich tun? Ich weiß, was ich von Ihnen verlange

– ich höre seine Stimme aus deiner Stimme, Ines, ich drehte mich nicht um, als du zum Safe gingst, um mir den Vertrag zu zeigen; waren wir glücklich

Wieso nehmen Sie Aspirin, Herr Ritter, das hatten wir doch abgesetzt und bisher, wie ich der Kurve entnehme, nicht wieder angesetzt, Sie wissen, daß dieses Medikament auf den Magen schlägt, ich muß Sie bitten, unseren Verordnungen Folge zu leisten, Novalgin-Kurzinfusion, Schwester, – Danke, Herr Doktor, erwiderte ich gelangweilt, der Arzt ging kopfschüttelnd hinaus

– Unruhe, Rausch, Rausch, der Abzug von Torpedokörpern, hechtgrau, Lichtbuge, torkelnd von Geschwindigkeit, aufgequirlte Graffiti, U-Bahnen, die sich in die Dunkelheit bohrten und sie mit ihrem Licht durchlöcherten, niemand hindert dich, Zimmer in die Luft zu tasten, wenn du das Gefühl hast, nur so von Freiheit sprechen zu können, niemand hindert dich, der Pantomime deines Verständnisses von Freiheit zu sein, war man frei, wenn man Grenzen zog, ich sah Frauen, sah, in den Kneipen, auf den Dancefloors, die zu Lockung und Feindschaft gewölbten nackten Frauenwaden, hörte das Stöhnen in den Toiletten, wenn die DJs die Platten austrudeln ließen, hörte, wie die aufs äußerste gespannte Lust in den Stimmen der Frauen zerriß, Einladungen, die nicht mir galten, keine Leitern an den Wänden meiner Träume, was ich sehe, ist ein explodierter Versandhandel, oder ist es ein Supermarkt? Platzende Lichter, Reklamen, Unruhe, Dünung, Anspülen, Abspülen des Verkehrs; wenn ich durch die Straßen trieb, verloren im Sog, in der kreisenden Riesenschleuder, hellwach in den narkotisch glosenden Bars mit ihrer pflanzenhaft taktilen, musikumschwappten Sprache, dachte ich: damit es einen Beobachter gibt im unablässig sich fortzeugenden Geweb der Tage, ja, einen Beobachter, wiederholte ich trotzig. Patrick lachte. Du nimmst dich zu wichtig, Wiggo, du läufst die Straßen auf und ab und siehst dich dabei natürlich nicht in deinem Karstadt-Mantel, sondern in der schwarzen Kluft der Schwertkämpfer, der fernöstlichen Clint Eastwoods, gib's zu, kannst dich mir ruhig anvertrauen. Ich hab auch manchmal solche Anwandlungen. Du zündest dir einen Zigarillo oder eine deiner Gauloises an, langsam und in Großaufnahme, oder dürfen Samurais nicht rauchen? Ich haßte Patrick in solchen Momenten, haßte seinen Spott, seine Ironie. Du bist mir zu pathetisch, Wiggo. Okay, du hast große Gefühle, aber man kann nicht immer Achterbahn fahren. Ich haßte ihn, dann fiel mir ein, daß er mit Dorothea zusammen war, Schwesterherz, was findest du an diesem Luftikus, ich schrieb noch

Tintenbriefe und wartete auf Antwort, vergeblich zumeist, schrieb drei, vier Briefe, dachte damit etwas Gutes zu tun, die Empfänger wenn nicht zu beglücken, lächerlicher Begriff, so doch zu erfreuen, absurde Hoffnung, in Wahrheit sorgte ich für schlechtes Gewissen, weil sie zu faul waren zum Zurückschreiben oder Angst hatten vor ihrem Stil, den sie meinem nicht gewachsen glaubten, dann riefen sie an und bedankten sich summarisch, das war natürlich das einfachste, Problem entsorgt, der lästige Kerl, der mich aus meiner Bequemlichkeit zu reißen versucht, mir meine Grenzen zeigt, abgewimmelt, es ist ja auch so schrecklich schwer, in vier Monaten eine halbe Stunde Zeit zu finden, um seine verdammte Schuldigkeit zu tun, sich einen Antwortbrief abzuquälen und sich wenigstens zu bedanken, und dann wundern sie sich, daß ich zurückhaltend werde, *komisch,* wie sie andeuten, nicht mehr gern ans Telefon gehe, *Wiggo ist ein schwieriger Mensch,* wir lieben nur die, die uns in Ruhe lassen, nichts von uns verlangen; ich verlangte Sondermarken auf der Post, man muß die Marken sorgfältig auswählen

[*PATRICK G.* {...}] Wiggo, der hundertsechsundsiebzig Gedichte auswendig konnte. *The lonely wolf. My heart is bleeding. Oh, this weltschmertz.* Fünfzehn auf französisch, vier auf japanisch. Wiggo, der das Fenster öffnete, wenn er im Zimmer eine Biene sah. Er schob sie mit der Zeitung so lange vor sich her, bis sie den Weg nach draußen fand. Wenn es ihm schlechtging, legte er *My Generation* auf, Vinyl, The Who 1965, und spielte sie ab, bis die Gitarren staubig klangen. Hat er schon jemals aus vollem Herzen gelacht

– lach mal, sagte Patrick zu mir, dieser Fernsehkomiker, an dem du einen Narren gefressen hast, Schwesterherz, vielleicht, *weil er die Dinge nicht so bierernst nimmt wie du,* wie du einmal zu mir sagtest, gereizt, wie ich dich sonst nicht kenne, doch, ich konnte lachen, auch als Patrick *das macht Sinn* sagte, – Das hat! Das *hat* Sinn! zischte ich und ballte die Fäuste, daß die Knöchel weiß wurden und er einen Schritt zurücktrat, ich konnte lachen, sogar über mich selbst, auch wenn es mich erboste; es waren die lichteren Momente, in denen ich mich von außen sah: ein arbeitsloser, nicht sonderlich gutaussehender Philosoph auf Stellen- und Partnerjagd, um den, glaubte er, alles in Bewegung geraten war, ein wohl befremdend wirkender Geselle, ich haßte Ironie, konnte sie nicht ausstehen, die Ironiker glauben an nichts, haben nichts, bezweifeln alles, tunken alles in die saure Soße ihrer scheinbar mit einem Lächeln versüßten Skepsis, geben alles der Lächerlichkeit preis, sind aber im Grund nur zynisch, Zyniker, lieber Patrick, brüllte ich, bauen keine Kathedralen, ich weiß, daß du Heine liebst, ich kann ihn nicht ausstehen, sowenig wie deinen Brecht, was ist das, Leitartikel mit Zeilenbruch, Binsenweisheiten zum Abnicken, kennst du Walcott, Ashbery, Pound, that's lyric, das sind Kap-Hoorn-Fahrer, die sich ins Dunkle wagen, angetreten, dem Teufel ein Ohr abzusegeln, die ins Niebetretene, Ungesicherte fahren, die Welt in den Griff ihrer Sprache zu bringen versuchen, keine deiner netten Binnenschiffer, Bachpaddler und Rohrkrepierer, angepaßtes, aber ironisches Mittelmaß, Parlando, entsaftet in fünfter Auslutschung, erschütternd nie, durchdacht immer, kaum geboren und schon tot, ich kann es nicht ausstehen, und dein Heine, säuselt von Liebe und zieht am Schluß alles durch den Kakao, nichts ist ihm heilig, ja, du Blödmann, *heilig,* will aber eigentlich doch geliebt werden, drückt sich vor dem bloßen, blanken Gefühl, zu kopfig, unfähig zur Empfindung, wie alle diese superintellektuellen, in Dekonstruktivismus-Seminaren eisgekühlten Kaltschnauzen, die heute den Ton angeben und alles ironisch gebrochen sehen wollen, ohne Pathos vor allem, sie hassen Pathos, weil sie es fürchten, sie hassen Pathos, weil sie die Gefühle dahinter fürchten, ihre Brennkraft, die sie außerstande sind zu ertragen, sie hassen Pathos, weil sie glauben, daß alle Pathetiker Faschisten sind, mindestens aber werden, Idioten, alles muß gebrochen sein, ironisch gebrochen sein, dabei: Wo wären sie, wenn die Liebe im entscheidenden Moment ironisch gebrochen werden würde, Koitus interruptus, mein lieber Patrick, dennoch konnte ich lachen, sogar, auch wenn du es nicht glaubst, über mich selbst, manchmal überrumpelte sie mich einfach, die Selbstironie, das war das Schlimmste, denn es war wie Besiegtwerden, du und deine Prinzipien, sagtest du immer, ja, ich und meine Prinzipien, habt ihr wohl nicht in eurer Fernsehwelt, ist euch wohl unbekannt, was; das war das Zweitschlimmste: die Prinzipien zu verraten, Prinzipien sind Prinzipien, wozu hat man sie sonst, – Und was machst du, Wiggo, wenn dir die ultimativ knackige Superfrau begegnet, Frau deiner Träume und deines Schniedelwutzes, oder hast du keinen, mit der du einfach nur sofort ins Bett willst, auch wenn sie auf deine Prinzipien pfeift und dich nur groß anschaut, wenn du eine Hymne aus der Hanfszene auflegst oder ihr deine Pläne zur Welterrettung entwickelst, anstatt ihr endlich die geile Krokoledertasche zu kaufen oder mit ihr in einen der schmalzigen, ganz und gar prinzipienlosen Hollywoodschinken zu gehen, wo zum Schluß der Taschentuchverkäufer durchgeht, und auf die dieses Wesen mit den makroskopischen Brüsten und dem mikroskopischen Welterlösungswillen leider steht, was machst du, Wiggo, beißt du die Zähne zusammen in heldischem Verzicht, holst dir einen runter für die Revolution, hackst eine

Extrafuhre Holz zur Triebabfuhr oder schleifst die blaue *heilige* Klinge, das Schwert deines Propheten, mit dem du den Knoten des Übels durchschlagen wirst?

– neue Kassette, neues Diktiergerät. Sprechprobe. Eins, zwei, drei. Und was man des Humbugs mehr sagt, wenn man wissen will, ob ein Mikrophon funktioniert oder dieses Dings hier, das Diktaphon. Merkwürdig, seine eigene Stimme von außen zu hören, ungewohnt, unvertraut, sogar schockierend; sie klingt für andere Menschen nicht so wie für mich. Meine Stimme könnte die eines Schlächters sein, so rauh klingt sie, auch höre ich immer einen Unterton von Roheit, Verachtung, ja Fühllosigkeit heraus, etwas kurz Angebundenes; gewissermaßen wie die Geste, die Stammtischlers flache Hand vollführt, wenn er *Schwachsinn!* oder *Kanaken!* oder *Alles korrupte Schweine, die da oben!* grunzt; ich empfinde sie als unangenehm, meine Stimme, und wenn sie versucht, sich etwas Einschmeichelndes, Herzwarmes beizumischen, wird sie für mich am unangenehmsten. Man hat es eben nicht leicht. Nicht, daß Sie all das wirklich interessieren könnte, Herr Verteidiger; es ist, wie gesagt, eine Sprechprobe, ich wollte wissen, ob das neue Diktiergerät, das Sie mir gegeben haben, nachdem ich das alte auf den Fußboden, Sie wissen schon, waren wir gerade bei meinen Lyrik-Vorlieben beziehungsweise -Abneigungen? beim Pathos? ob es also funktioniert und für das taugt, was wir vereinbart haben, ein gutes Gerät übrigens, wahrscheinlich sogar ein Spitzenerzeugnis, wie alles, was mein Vater heraussucht, von Wühltischmentalität hat er noch nie etwas gehalten; oder irre ich mich da, hat er es gar nicht besorgen lassen von einem seiner Trainees oder Assistenten; ist es Ihr eigenes, und können Sie es von der Steuer absetzen, falls ich noch einmal auf Vorlieben und Abneigungen zu sprechen komme?

– ich ging regelmäßig zur Bank und zählte mein Geld:

Das Erbe an Ängstlichkeit, das man mit sich herumschleppt, – Glaubst du wirklich? Dein Vater ist ein Schlachtenlenker, behauptete Ines; aber die meisten Schlachten werden aus Angst geschlagen, behaupte ich, Soll: Miete, Telefon, Rundfunk- und Fernsehgebühren, Strom; Haben: Arbeitslosenhilfe, Wohngeld, es reichte noch, ich sah eine Galaxie, in der alles, was nachließ, unerbittlich an den Rand der Bewegungen gespült wurde, interessiert es dich nicht, was um uns herum vorgeht, was hier passiert, mit uns, mit euch, treibt euch nichts um, Dorothea, Patrick, ist euch alles egal, interessiert ihr euch nicht für Politik, – Hör mir auf mit deiner blöden Politik! – Typisch, so denken die meisten Deutschen heutzutage: Politik ist ein Scheißgeschäft, braucht man sich nicht drum zu kümmern, tunlichst fernhalten davon, lieber Fun und Action und abends zum Italiener oder Griechen, das kotzt mich an, – Du kotzt mich an mit deinen Zwangsbeglückungsphantasien, Wiggo, entschuldige; aber das muß ich jetzt mal sagen! Es hat nicht jeder soviel Zeit wie du, sich mit Politik zu beschäftigen, wozu eigentlich, wozu gibt's dann überhaupt Politiker, wozu braucht man sie, wenn jeder sich mit Politik beschäftigen und ihnen die Arbeit abnehmen soll, nein, ich muß überhaupt nichts, ich hab keinen Bock drauf, schon recht, ich bin Ärztin, laß mich damit in Ruhe, hörst du, Wiggo? Du bist mir immer willkommen, du bist mein Bruder; aber wenn deine Besuche nur darin bestehen ... – Ja? Komm, sag's, – Uns anzugreifen, uns zu beleidigen, dann möchte ich nicht, daß du mich besuchst, hörst du, – Schon verstanden, Dorothea, mach's gut

– ich beobachtete, ging durch die Straßen, interessierte es jemanden, was ich sah, außer mir selbst, die Menschen wollten offenbar kein Gedächtnis mehr, News, Nachrichten von Tod, Verderben, Untergang, Zusammenbrüchen, Verzweiflungstaten, Gewalttaten, Entlassungen, Streitereien, Feuersbrünsten, Umweltverschmutzung, Waldsterben, Treibhauseffekt, schädlichen Geschmacksverstärkern, Forstschädlingen, Miniermotten, Rinderwahn, Teppichludern, Boxenludern, abgestürzten Urlauberbussen, abgestürzten Computern, steigenden Benzinpreisen, steigenden Rentenbeiträgen, Krankenkassenbeiträgen, Müllgebühren, Übergriffen von Deutschen gegen Ausländer, Ausländern gegen Deutsche, Männern gegen Frauen, Frauen gegen Schwiegermütter, Eltern gegen Kinder, Kindern gegen Alte, Kranke und Versehrte, Ölpest, schwarzen Kassen, Pleiten, Haushaltslöchern, demographischen Schrumpftannen, Cellulitis, demographischen Bienenkörben, Elend, Hungerkatastrophen, Dürrekatastrophen, Flüchtlingskinderaugen sehen dich an, die Sahelzone sieht dich an, Minenopfer sehen dich an, Abschlachtungen, Schlüsselkinder sehen dich an, Alzheimer sieht dich an, Salmonellen im Altersheim, Diebstählen, Einbrüchen, Unterschlagungen, Raubüberfällen, Mord und Totschlag, Penislängen, Busengrößen, Fettabsaugung, Analphabetismus, Russen- und Albanermafia, Rumänenbanden, polnischen Autoklauern, Drogenkartellen, Handelsdefiziten, Überschuldung, Konkursen, Schlammlawinen, Fusionen, feindlichen Übernahmen, vom Bankrott des Gesundheitswesens, danke für das Novalgin, Schwester, Flugzeugabstürzen, Massencrashs, Steuererhöhungen, Tariferhöhungen, Einzelhändlerjammer, Umsatzeinbrüchen, Pharmaskandalen, Grundwasserverseuchung, Güllepegeln, Weinpanschern, nein, Ohren zuhalten, weg mit dem ganzen Dreck, Tod Tod Tod, gellte es den Menschen unablässig entgegen, aus allen Rohren, aus allen Röhren, weg mit der Erinnerung, auslöschen die Vergangenheit, leben für den Augenblick, sie ließen los und wurden leicht, war es das, was sie immer gewollt hatten, werden wir alt werden, fragten die Zwanzigjährigen, die Welt ist jung, irgendwann nach der Wende wurde sie neu geboren, sie mag das Alter nicht, was alt wird, hat zu sterben begonnen, Zeit, Zeit, aus der Dunkelheit entstanden, in die Dunkelheit verschwindend, *suddenly everything fell out of place,* höre ich aus dem Discman, *suddenly everything fell out of place,* die Menschen wie Gefangene, die ihre Lebensboote durch die Straßen treideln, Einsamkeit und Angst, haltlos, bloßes, nacktes Existieren, manche vielleicht in der Ahnung von etwas anderem, einem Leben, wo andere Gesetze herrschen, nicht die Zeit mit ihren Uhren, unablässiges Ticktack, nicht der Tod und das, was übrigbleibt nach seinen Heimsuchungen, ein Traum von Gespenstern, Leben, einfach und wahrhaftig und hell

– Sie kriegen ein Zäpfchen, hat der Doktor angeordnet, weil Sie schon zwei Tage keinen Stuhlgang mehr hatten, bitte zur Seite drehen, Herr Ritter, – Es ist nicht Schwester Silke, wenigstens das, sondern dieser Spätdienstdrachen, der einem wandelnden Faß gleicht, eine Hexe mit Waberbusen, feministischem Background und Stentororgan, bestimmt kennt sie genau ihre Rechte, die Stimme wie eine Nutfräse, das ist die Rache dieses verdammten Arztes, er will mir zeigen, wer hier den Bizeps hat, wieso ist Silke auch so doof und sagt ihm das mit der Aspirin, gleich wird mir Brünhilde mit Genuß, die Zungenspitze im Mundwinkel, eine dieser weißen Darmpatronen in den Hintern bohren, wenn ich nur aufstehen könnte

[*PATRICK G.* {...}] ich kenne Wiggo noch nicht so lange, und ich weiß nicht, ob ich ihn besonders gut kenne – wie Sie vielleicht vermuten oder hoffen. Aber wer kennt selbst diejenigen wirklich, die er seine Freunde nennt. (Kennen Sie Ihre Mutter, Herr Verteidiger? Vorsicht.) Ich würde von Wiggo noch nicht einmal behaupten wollen, daß er mein Freund ist, wenn man mich danach fragte. Ich bin der Freund seiner

Schwester Dorothea, und damit läuft es ja, wenigstens prinzipiell, auf diese altmodische Schwager-Schwager-Geschichte hinaus, und das ist eine komische Beziehung, die mit Freundschaft nichts zu tun haben muß. Sie haben mich gebeten, das alles hier aufzuschreiben, mein *Verhältnis zu ihm undsoweiter,* wie Sie es ausgedrückt haben; aber wenn ich Ihnen schreibe, daß ich mir darüber noch gar keine großen Gedanken gemacht habe, weil Wiggo mir, um gleich mit offenen Karten zu spielen, immer ziemlich egal gewesen ist, auch wenn ihm das ganz und gar nicht so vorgekommen sein mag, weil er sich a) überaus wichtig nimmt und für wer weiß was hält und sich demzufolge gar nicht vorstellen kann, daß er anderen egal sein könnte, und weil wir uns b) bei verschiedenen Gelegenheiten, nun, ich will es nicht mit dem Wort gestritten, sondern eher mit *aufeinander eingelassen* haben ausdrücken – was taugt Ihnen mein Brief dann, müssen Sie dann nicht den Eindruck gewinnen, daß hier einer nur von Vermutungen und Spekulationen ausgeht? Können Sie das gebrauchen? Ich frage das, weil die Angelegenheit natürlich auch ihre pragmatische Seite hat. Dieser Brief wird mich einiges meiner Zeit kosten, für die ich bestimmt nicht bezahlt werde. Jedenfalls nicht von Ihnen, der Sie mit festem idealistischem Blick auf mich zugetreten sind und mit festen idealistischen Worten an meinen Idealismus appelliert haben, *doch mal eben* ein paar Gedanken zu meinem Fast-Schwager zu Papier zu bringen? Womöglich wollen Sie dann mein Schriftstück dazu benutzen, es in einem sogenannten *Fall* zu verwursten (läuft nicht Wiggos Angelegenheit darauf hinaus?), der Ihnen das Lob Ihres Kanzleichefs oder gar akademische Meriten einbringt? Vielleicht gedenken Sie damit zu promovieren, es zu veröffentlichen, weiß ich denn, was in jungen, aufstrebenden Anwälten vorgeht.

Ich will es mal professionell angehen, soll heißen, vor dem Hintergrund gewisser Eigentümlichkeiten meines Berufs. Ich weiß nicht, ob Wiggo Ihnen etwas über mich erzählt hat? Was ich nicht annehme, aus verschiedenen Gründen, deren wichtigster ist, daß Wiggo auf merkwürdige Weise Diskretion mit Eigenliebe verbindet, einer Eigenliebe, die nicht so weit geht, sich mit Randfiguren wie mir zu befassen, noch dazu solchen, die im laut Wiggo *beschissensten* Medium der Neuzeit tätig sind, dem mit der Werbung und den Spielfilmen dazwischen. Und jetzt tue ich mal so, als wäre ich in meinem Sender nicht der Mitarbeiter der Comedy-Show, der ich bin, sondern Beauftragter der Produktionsleitung und hätte zu prüfen, was Quote bringt und was nicht. Ich komme zum Punkt und damit zu Wiggo zurück. Er säße vor mir, dem Quoten-Augur, und die moderne Eingeweideschau würde nun so aussehen, daß ich Wiggo eine Reihe Videos abspiele und gut auf seine Reaktion aufpasse. Mit unfehlbarer Sicherheit wird er dasjenige Video als das beste bezeichnen, das der Graus der Werbepartner, das Entzücken des überregionalen Feuilletons und die Ursache dafür ist, daß die Produzenten am runden Geldgebertisch plötzlich fieberhaft nach ihren Asthmasprays suchen. Zum Beispiel einen Film, in dem nichts weiter zu sehen ist als eine blaue Leinwand, und das zwei Stunden lang, wo demzufolge so etwas wie Handlung nur als Fehlfarbe bzw. -anzeige vorkommt, gewissermaßen. Genau diesen Film, dieses Botulinustoxin der Quoten, will unser Wiggo aber sehen, und zwar möglichst nach der Tagesschau, wofür er eine der unverschämtesten Begründungen hätte, die man unserem gebührenfinanzierten öffentlich-rechtlichen Fernsehen zumuten kann. Ja, genau, *Bildungsauftrag.* Wiggo muß nun dasjenige Produkt benennen, das für ihn am abstoßendsten ist. Exakt derjenige Film, den Wiggo zum Bröckeln findet, wird die höchstmögliche Quote bringen. Eine Art Lackmustest, so sicher wie das *geil* in der Jugendkultur.

Wiggo ist ein Ästhet, glaube ich, und zwar einer speziellen Sorte: Er kostet aus, was er tut, auch die Rache; daran hätte er Vergnügen wie an seinen sophistischen Spielchen, von denen er ganz bestimmt auch Ihnen gegenüber nicht lassen kann. (Genau dies, im übrigen, macht ihn nach meiner Überzeugung angreifbar. Er ist da wie gewisse brasilianische Fußballer, die vor lauter schönen Schnörkeln das Runde nicht ins Eckige kriegen.) Zu diesen Spielchen würde zum Beispiel gehören, anläßlich der Verleihung des Förderpreises für Authentisches Philosophieren an ihn mit der tiefsinnigsten, seriösesten Miene der Welt dem versammelten Philosophenkongreß willkürlich zusammengebackenen Pseudo-Hegel in der Dankesrede zu *zitieren* und sich mit diesem Stück authentischer Philosophie, zu dem die Jurymitglieder bedeutungsschwer nicken, für das authentische Schachern während der Entscheidungsfindung zu rächen. Daß er zu solchen Sachen neigt, ist mir ziemlich schnell aufgefallen

[*DOROTHEA R.* {...}] das mit meiner Freundin Nele, ziemlich typisch für ihn. Er kannte sie überhaupt nicht. Höchstens daß ich sie mal erwähnt habe oder so. Er sah sie an diesem Abend zum ersten Mal. Nele ist nicht auf den Mund gefallen – was man bei meinem Bruder übrigens auch nicht sein sollte, sonst redet er einen in Grund und Boden mit seiner Logorrhö. Man muß ihn dann einfach mal unterbrechen, es ist wirklich unfaßbar, ich glaube, er könnte pausenlos reden. Wenn man ihm nicht ins Wort fällt, macht er weiter wie Schwarzenegger. Kennen Sie diesen Film, *Terminator*, wo zum Schluß nur noch ein paar Lämpchen blinken in seiner Elektrik, so geschafft ist er schon, aber er kraucht immer noch weiter? Das ist Wiggo beim Reden. Es muß was Angeborenes sein, irgendwas Physiologisches wie Atmen oder Essen. Jedenfalls hatte ich Nele schon einiges über ihn erzählt, eben weil sie auch gerne redet und ich mir gedacht habe, daß man da vielleicht mal was versuchen könnte. Aber sie hat ziemlich schnell mitgekriegt, daß ich so meine Hintergedanken hatte, sie und ihn zusammen einzuladen. Er übrigens auch. Er ist sehr mißtrauisch und denkt immer, alle sind gegen ihn und wollen ihm irgendwie am Zeug flicken, haben auf jeden Fall aber nichts Besseres zu tun, als sich pausenlos mit ihm zu beschäftigen. Nele ist Psychiaterin, wir kennen uns schon lange, waren im Studium in derselben Seminargruppe. Wiggo mag Ärztinnen nicht besonders. Er hat auch versucht, mich von meiner Berufswahl abzubringen, was ich ihm, aber das nur nebenbei, sehr übelgenommen habe. Ich meine, was denkt er sich. Er muß da irgendeinen Komplex haben. Von wegen Halbgötter in Weiß und so. Speziell mag er keine Psychiaterinnen, weil für die, sagt er, grundsätzlich alle was an der Waffel haben und sie die Menschheit in Schizophrene und Paranoiker einteilen mit noch ein paar Schattierungen dazwischen, und die Frage nicht ist, ob, sondern wann er ausbricht, der Irrsinn. Er schaute Nele an, vielleicht zwanzig Sekunden lang. Mir wurde richtig angst und bange. Haben Sie das schon mal versucht, einen fremden Menschen zwanzig Sekunden lang unverwandt anzustarren, noch dazu ohne ein Wort zu sprechen? Nele wurde abwechselnd rot und blaß. Ich versuchte irgendwas zu tun, was ihr helfen könnte, aber er ließ sich nicht abbringen. Sie übrigens auch nicht. Nach ungefähr zehn Sekunden reckte sie ihr Kinn und starrte zurück. Ich beschloß, als ich das sah, mich schleunigst davonzumachen und nichts mehr zu unternehmen, was die beiden ablenken könnte. Den Dingen ihren Lauf zu lassen, wie man so sagt. Ich dachte, da haben sich zwei gesucht und gefunden. Volltreffer, mein

Bruder, der in bezug auf Frauen alles mögliche denkt und erwartet, aber nicht, daß sie ihm Paroli bieten könnten. Ich wußte, daß ihm Neles Reaktion imponierte. Und dann machte er den Mund auf. Ich dachte im Weggehen, als ich das hörte, das darf ja doch wohl nicht wahr sein, du bist im falschen Film. Nele solle sich bitte vorstellen, sie triebe nach einem Schiffsunglück auf einer Holztür, allein, daneben ihre Mutter, die sich verzweifelt anzuklammern versuche, die Tür aber halte nur einen Menschen aus, würde unter zwei Menschen unweigerlich kentern. *Würden Sie Ihre Mutter töten, um selbst zu überleben, oder würden Sie sich opfern für Ihre Mutter?* Ich drehte mich um und sah ihn da stehen, mit verschränkten Armen, den stechenden Blick in ihren gebohrt – der von seinem rechten Auge zu seinem linken wanderte und zurück, immer im Wechsel. Dabei griff sie sich ins Haar und kringelte dort ganz langsam, wie traumverloren, eine Schnecke. Dann wurde ihr Blick fachlich. Das kannte ich an ihr, dieses aufglimmende, plötzlich witternde Psychiater-Interesse. Ich konnte ihr ansehen, daß sie im Geist einen Anamnesebogen öffnete in diesem Moment

– Herbst, Zeit, die alles beherrschte, feiner Sandstrahl in gewendeten Uhren; Schatten, die Schatten warfen, erst wenn man genauer hinsah, waren es Menschen, ich beobachtete, durchstreifte die Viertel der Stadt, die noblen und weniger noblen, die Luxusmeilen mit ihren Geschäftigen und Bettlern, die, eine Papptafel zwischen den Händen, einen zerschlissenen Hut, ergeben vor den Geschäften hockten, spürte, daß es auf mich und was ich dachte, fühlte, wünschte nicht ankam, ob ich lebte oder tot war, wen kümmerte es, Passanten trieben vorüber, gesenkten Blicks, schienen niemanden wahrzunehmen, glichen eher von mächtigen Strömungen erfaßten Partikeln als Lebewesen, die selbständig und frei handelten. Lichtergischt,

Tag wurde Abend, Nacht wurde Tag, Dämmerung, Zenit, Dämmerung, das Schiff auf dem Ozean, Wanderdünung, hinauf, hinunter, einzelne Bojen im konturlosen, in Rauch gesäten Fortgang der Dinge, wohin, wohin, vielleicht war es ohne Bedeutung, vielleicht kam es nur darauf an weiterzugehen. Zeit, bad news is good news, Stimmen, raschelnder Wind, die Bilder der Hungersnöte, der Kriege, Verwüstungen und Armut, der hier noch unvorstellbaren Armut, sie flackerte über Monitore und quoll quäkend, inmitten des obszönen Kauft-Kauft-Gesumms, aus den Lautsprechern, schrillte über Telefone, kroch aus Faxapparaten, schwang um die Häuser und über den Straßen, ein porendurchdringender Dunst, ein elektrisch knisterndes Arom; die Menschen waren hellwach und sogen es mit geheimer Gier ein, niemand konnte ausweichen, las man die Zeitungen nicht mehr, schaltete die Fernseher und Radios, die Faxgeräte und Computer ab, so waren doch in den Schulen, Universitäten, Fabriken und Büros Menschen, die sie nicht abbestellt oder abgeschaltet hatten, in den Schaufenstern flimmerten Videowände, Nachrichten schäumten auf wie zu lange gekochter Brei, Regenbogenmagma, schnell erstarrt, schon splitternd an den Straßenrändern, vom zerschnittenen Licht zerschnittene Scheiben, Zeitungen rollten auf, walzten sich in den U-Bahn-Stationen, an Kiosken zu farbkastenbunten Jagdstrecken aus, Handys plärrten, Short Messages tickten über Displays, Börsenbänder über Info-Screens, man traf Freunde, in den Kneipen hingen Bildschirme über den Theken, selbst in der Stille nobler Geschäfte lauerte der Schatten, die Angst, man sah all die schönen Stoffe, erlesene Proben der Schneiderkunst, entsetzlich teure Taschen für – wie oft? – entsetzlich gewöhnliche Aktenstücke, dahinter kam das Gesehene hervor und dann die Furcht, es vielleicht zu weit zu treiben, und vielleicht auch, in jäh erschreckenden Augenblicken, die Vision eines Gesichts, abgezehrt und von Armut gezeichnet: *das das eigene war.* Der eigene Körper, noch mit Luxus geschützt, entbehrte plötzlich so einfacher und sonst immer vorhanden gewesener Dinge wie Brot und Obst, Wasser und Fett, es war der Hunger plötzlich, die teuren Stoffe wurden den Händen fremd, der Inhaber des Geschäfts, ein distinguierter, gehobener Mann, wurde auf einmal undurchsichtiger und verbeugte sich leicht, wenn man zurückwich aus der so bedrohlich gewordenen Stille, die den Lärm draußen erst recht hörbar machte, wenn man zurücktrat auf die Straße, aus einer Angst in die andere, die Menschen liefen hastiger, blickloser, mit in sich gekehrten, angespannten Gesichtern, in den Nächten lagen sie wach in den Betten und konnten nicht schlafen vor Angst, vor Einsamkeit, Unruhe und bösen Ahnungen, Krieg, alle wußten davon, ich sah, hörte, las es jeden Tag, trank es wie Gift, es machte die Hoffnungen, die Zuversicht bitter, es war ein Zwang, ich mußte trinken und konnte nicht vergessen; die Bilder blieben und brannten sich ins Gedächtnis

– Patrick, bist du zufrieden? Ich meine, so mit allem? – Wiggo. Lach mal, – Hast du mir schon mal gesagt, aber du hast mir nicht auf meine Frage geantwortet, du weichst aus, ich will dir mal was sagen: Lachen ist Resignation, wer lacht, hat aufgegeben, – Sag, daß das nicht dein Ernst ist, oh Gott, – Eben, – Du wirst es so schwer haben, Wiggo. Du wirst nie eine Frau finden, niemand, der dir den Rücken mit Sonnenöl einschmiert, der deinen starken Arm in Richtung Schuhgeschäft lenkt. Immer nur Männermagazine. Immer nur aus Konservendosen essen, – Du kannst mich mal, – Sprach der Philosoph. Was für eine Überraschung, dein Wortschatz. Patrick spitzte die Lippen, – Leck mich am Arsch, – Na, na. Wo soll das hinführen. So weit geht die Freundschaft nicht

– Oktobermond: Aus den Seminarräumen der Universitätsgebäude drangen wieder Rede, Gegenrede, das Klacken der Diaprojektoren, Türen schlugen in den fahlgelb erleuchteten, schachtartigen Fluren, in den Treppenhäusern hallten die Schritte, die Fahrstühle waren überfüllt und die Schwarzen Bretter übersät mit den Anschlägen der Job-, Wohnungs-, Sinnsuchenden, Kopiergeräte summten, die Sekretärinnen der Professoren hatten wieder, wie in jedem Oktober, einen Ausdruck schmallippiger Hysterie in den Gesichtern, wenn die Studenten vor ihren Zimmern Schlange standen, durcheinander sprachen, Fotos zeigten, überlaut Bach und Smashing Pumpkins hörten, im Akkord mit ihren komplizierten Anliegen vorrückten, Momente der Stille, bläulich flackernder Widerschein von Computerbildschirmen auf den Brillengläsern, während sich die Nasenflügel darunter blähten und zusammenzogen, vom vielen Schneuzen entzündet waren, Unruhe

– ich suchte, haltlos, die Stadt war durchflirrt von den Tanzlichtern des Herbsts, ich trieb in den Passantenströmen, suchte, auf den noch spätsommerlichen Straßen rollte der Sonnenwagen mit verhängten Zügeln, Plätze, wo der Verkehr vorüberschwamm wie ein endloser Zug von Tiefseewesen mit Leuchtfühlern und phosphoreszierenden Augen, suchte in Cafés und Kneipen, klingelte bei Jost, wir hörten Musik, ich lief auf und ab, fragte ihn nach seinem Tag, seinen Plänen, wie um eine Kruste aus Schweigen zu durchbrechen, die ich wachsen spürte, nickte zerstreut auf seine Antworten, ging wieder. Manchmal, nachts, bestand alles aus Träumen, wenn ich eine Frau sah, die mir gefiel, folgte ich ihr in der Hoffnung, daß sie mich sehen und stehenbleiben, vielleicht ein Gespräch beginnen würde; vergeblich, wahrscheinlich dachten sie, was will der Typ von mir, warum verfolgt mich der Kerl, und statt nach einem Stück Papier haben sie wohl, wenn sie die Handtasche öffneten, nach Pfefferspray gesucht. Einmal faßte ich Mut, fragte nach der Farbe des Himmels über der Stadt, an dem im Süden noch die Sterne des Sommerdreiecks leuchteten, während im Osten schon Andromeda und Perseus standen, sie lächelte verdutzt und schaute nach oben, das Haar zurückstreichend, sagte Dunkelblau, dann: Blauschwarz, dann: Aubergine, – Nein, sagte ich leise. Es ist kein Violett dabei, es ist das Blau eines Mohnkorns

Na, wird's denn was, Herr Ritter, schon aufs Töpfchen gemußt? Dieser Kleinkinderton, in dem sie glauben, mit einem reden zu müssen, als gäbe man am Krankenzimmer sein Erwachsensein ab und wäre nichts weiter als ein hilfloser Säugling, wie demütigend das ist, daß mir dieser Drachen den Hintern wischen muß, – Nein, noch nichts, – Na, Sie haben ja eine Klingel, drücken Sie drauf, wenn's soweit ist

– Schaum, ist es das, was bleibt, der Schaum der Erinnerung, manchmal ballte er sich zu Strandgut, fremdartig klar und wirklich. Dann hörte ich Vaters Stimme, wie damals in Nizza: Ich gehe spazieren, sagte er, wenn die Dämmerung eines Augusttages veilchenfarbene Schatten auf die Wellen der Corniche senkte; weder Oda noch Mutter fragten, wohin er ging, sie verstanden, daß er nach einem anstrengenden Tag in der Bank Ruhe brauchte. Kommt was im Kino? erkundigte er sich, warf die Zeitung wieder hin, in die er flüchtig geblickt hatte. *Fruchtfliegentage*: ein nie zuende gedrehter Film der Nouvelle Vague, es gab nur einzelne Szenen des Drehbuchs und die Beschwörungen eines Erzählers. Fruchtfliegentage, Geruch nach eingelegtem Obst und frischer Wäsche, der sommers das Haus durchzog, in dem wir damals lebten

– es lag in der Nähe des Hafens und hatte morgens, wenn

die Sonne die kalten Klingen des Mistral in ihrem Strahlenkorb aufzufangen begann, Tapeten voller zögernd vorüberziehender Schattentheater, eine Vorhut geflügelter Gießkannen, dann Seepferdchen und Kaftane, aus denen Brassen schwammen, tiegelgroße Lichtscheiben. Sie glichen den Nagelrochen, die Antoine und ich manchmal in der kleinen Bucht sahen, wo wir fischen und baden gingen. Der Strand war voller Kiesel und wurde kaum noch besucht. Die wettergraue Umkleidekabine an den Dünen besaß Astlöcher, dort sahen Antoine und ich einmal Jeanne beim Umkleiden zu, hielten den Atem an, wenn Jeannes runde Hüften, die Brüste mit den flamingofarbenen, von der Kälte aufgerichteten Warzen vom Licht beraucht wurden, das durch die Ritzen einfiel. Ihr könnt ja ins Kino gehen, hatte Vater gesagt. Mutter winkte ab, auch sie war nach diesen Sommertagen müde. Ich ging mit Oda ins Kino; aber sie langweilte sich. *Seid nicht verstimmt, weil unsere Figuren nicht immer die gleichen Gesichter haben; sie sind darin dem Tod und dem Leben treu,* hörte ich im abgedunkelten Saal. Antoine, der Junge mit den abstehenden Ohren und Sommersprossen wie Feuersprenkel, saß oft schon mittags im Kassenverschlag hinter zugezogenen Vorhängen, weil er dort in Ruhe gelassen wurde, unter einer gebrechlich raspelnden Glühbirne las er *Asterix*-Comics und *Playboy*-Hefte, die Finger vieler Blätterer hatten den Glanz von den Mädchenkörpern gewischt. Ich lauschte. Oda saß neben mir mit verschränkten Armen. Was mochte sie denken, meine ältere Schwester mit dem langsam hin- und hergeschobenen Motta-Eis im Mund, das Antoines Großvater, der pensionierte Notar mit Bismarckschnitt und ewig bartstoppeligen Wangen, zwischen den Reihen hindurchgehend aus einem Bauchladen nach dem Vorfilm verkaufte, was mochte sie denken bei der Szene, die das Prädikat auf dem Filmplakat rechtfertigen mußte, eine Frau, ein Mann, Berührungen,

Blicke, die länger dauerten als alles, was ich kannte und was nicht verboten war, zu dauern pflegte. *Ist es nicht an der Zeit für sie zu ahnen, daß das Fleisch eine Uhr ist, eine Uhr, die nicht repariert werden kann?* hörte ich die Stimme des Erzählers, die ich später in einer Geschichte von Harold Brodkey wiederfinden würde. Ich, der Wiggo, der ich damals war, der Französisch sprach wie die von der Mittelmeersonne mahagonibraungebrannten Jungen, die mit Antoine und mir Boule spielten, war fünfzehn Jahre alt geworden. Meine Mutter hatte darauf bestanden, mich im Sommer fortan in Anzügen aus weißem Leinen zu sehen, die *für meinen Sohn und für niemand sonst* gemacht worden waren, wie sie mit Nachdruck sagte. Dein Vater trägt sie auch, unser Name verpflichtet. Haltung, nicht Nonchalance. Was dein Vater tut, ist richtig. Und Madame Delahaye arbeitet gut

– Mutter; Vater küßte sie, wenn er nach Hause kam, sanft auf die Wange, so daß manchmal Röte in ihre gebräunten Wangen stieg und sie den Kopf neigte. Dann sah sie mit seltsam verjüngten Augen auf von den Kunstbüchern, die sie am liebsten las, ihr zu einem straffen Knoten geschlungenes Haar wirkte weniger streng, für einen Moment mochten alle Dinge an dem Platz sein, der ihnen zukam, sogar die Einmachgläser, die zu Hunderten im Keller des Hauses schlummerten. Ich hätte sie schon lange nach Jahreszahlen und Früchten ordnen sollen, sie waren die Hinterlassenschaft einer Kriegswitwe, die gottesfürchtig gewesen war und sparsam. Alle haben ihre Aufgabe im Haus erledigt, nur du immer noch nicht, erinnerte mich Mutter mit vorwurfsvoll zusammengezogenen Brauen, wenn Vater am Abendbrottisch mit vor Anstrengung verzogenem Gesicht eines der Gläser öffnete. Du bist wirklich eine vorzügliche Hausfrau, sagte er, der unter dem Deckel fleischweiß zusammengepreßte Gummi gab endlich nach, das Glas öffnete sich mit einem schmatzenden Laut. Man kommt nach Hause und alles ist an seinem Platz, akkurat und wie es sich gehört, die Fenster bemerkt man auf den ersten Blick gar nicht, so klar sind sie. Was gibt's Neues bei Monsieur Hoffmann? wandte er sich dann an Oda und mich. Monsieur Hoffmann war unser Lehrer, und die Privatschule, die wir besuchten, lag im selben Viertel wie die Maßschneiderei, in der Jeanne bei Madame Delahaye arbeitete. Da die Schaufensterpuppe auf unnachahmlich alterslose und grazile Art ihre Hand ausstreckte: eine Frau, die soeben einen Eisvogel hatte fliegen lassen und in einer einzigen, atemlosen Sekunde verwandelt worden war, ging ich hin; in Wahrheit natürlich, um Jeanne wiederzusehen. *Der Tod kommt, und wir sind nackt,* stand auf dem Stück Papier, das ihr aus der Tasche gefallen war, am Tag, als sie an der Kinokasse vor mir gewartet und jedesmal, wenn der Bursche mit dem lakritzschwarzen Haar, Lederjacke und Insekten-Sonnenbrille auf seiner Vespa vorübergebraust war, nach Kleingeld gesucht hatte. Unter ihrem Sommerkleid zeichnete sich ihr Körper mit all seinen Rundungen ab, ich mußte wegsehen, Antoine war errötet, als er ihr die Karte reichte, die von seinem Großvater an der Saaltür abgerissen werden würde. Antoine, fand Oda, las zu viele Bücher. Bücher, in denen für ihren Geschmack zuviel von Liebe die Rede war und von bewundernswert schönen Frauen mit Händen, die in der Luft langsame, zärtliche Zeichnungen vollendeten. Aber keine von ihnen, soweit Antoine es mir erzählt hatte, besaß Jeannes üppiges blondes Haar mit der blauen Strähne darin

– Quitten, 1966, Jeanne kniete sich hin, um den Stoff meiner Anzughose festzustecken, Schattenmorellen, 1970, Williams-Christ-Birnen, ohne Jahreszahl. Gerüche nach konservierter Zeit, das Flirren der Fruchtfliegen im Sonnenlicht, Pflichten, Mutter, wie sie Tennis spielte mit der Frau des Handelskammervorsitzenden, Vater saß am Spielfeldrand, die Bügelfalten in den weißen Hosen verliefen gerade wie Linealkanten. Ich stand vor Jeanne auf einem Stuhl und hielt die Arme leicht ausgestreckt, die Augen halb geschlossen, um dem Pochen meines Herzens zu entgehen, der Stille im Raum, die Jeannes Arbeiten vertiefte. Wir waren allein. Madame Delahaye besuchte Madame de Pompadour, eine unnachgiebig anspruchsvolle Stammkundin. Jeanne hatte sie so genannt, zugleich spöttisch und anerkennend. Sie steckte das Hemd ab, ihre Fingerspitzen berührten die nackte Haut meines Oberkörpers, irgendwann danach hatte ich ausatmen müssen. Die Scheren, Zwirnrollen, glattgegriffenen Holzellen, Bänder verrieten mir nicht, wie alt sie war, wie die Dinge oder Eigenschaften aussahen, mit denen man sie beeindrucken konnte. Stoffe, Schneiderkreide, altmodisch klobige Bügeleisen, Nadelpilze, am Arm zu tragen, dämpften nicht meine Eifersucht auf den Kerl mit der Vespa und der Insekten-Sonnenbrille. Schnittmuster und Puppen schienen über mich zu lächeln, wenn ich nach Jeannes Haar schielte, von dem sich Strähnen gelöst hatten, die in einen träumerischen Sog zu mir hin gerieten, wenn sie mir so nahe kam, daß ich sie atmen spürte. Ich sah ihren leicht geöffneten Mund mit den hagebuttenroten Lippen, die Wölbung der cremehellen Brüste, wenn sie sich vorbeugte; die Puppen und Stoffballen besaßen nicht genug Kraft, meinen Blick zu halten und zu verhindern, was mir selbst bei Antoines nackten Hochglanz-Mädchen nicht passierte. Jeanne stand auf, sagte nichts. Ihre Finger glitten durch den weichen weißen Hemdenstoff, der sich immer enger an meine Haut schmiegte, je näher die Abstecknadeln den Achseln kamen. Sie trug einen Ring mit einem Herz aus rotem Granat. Ihre Augen erinnerten mich an die Augen von Frauenmasken aus ägyptischen Königsgräbern, tiefenlos und klar konturiert wie deren weißes Email mit dem farbigen Stein als Pupille, der meist herausgefallen war. Mir taten die Schultern weh. Ich ließ die Arme sinken, schob mir eine Nadel ins Fleisch, riß den Arm wieder hoch, Jeanne sah mich erschrocken und vorwurfsvoll an, begriff, öffnete das Hemd und drückte ihre Lippen auf die schon blutende Stelle unter der Achsel

– mehr ist nicht passiert? Ich meine ... Antoine schirmte die Augen gegen die Sonne, die Bucht war leer. – Nein. Sie hat mir ein Pflaster aufgeklebt. Und mich gefragt, ob ich schon lange hier wohne. Wie es in der Schule geht. Nächste Woche kann ich mir alles abholen. Antoine kniff die Augen zusammen und verfolgte mit kritischem Blick den flachen Stein, der über die Wellen hüpfte: Hast du schon einmal mit einem Mädchen geschlafen? Ich versuchte meiner Stimme einen festen Klang zu geben: Klar. Zuhause in Deutschland. Das war gelogen, ich holte weit aus, um mein Erröten zu verbergen, schleuderte meinen Stein dem Antoines hinterher: Sieben, acht, neun. Du bist dran

– noch was? fragte Jeanne eine Woche später, als ich die Sachen anprobiert hatte und im Atelierraum unschlüssig vor dem Spiegel stehenblieb. Die Rechnung hat deine Mutter schon beglichen. Madame Delahaye war mittagessen gegangen. – Sie sind sehr schön ... Jeanne öffnete den Mund, prustete los, die blaue Haarsträhne rutschte nach hinten. Die wievielte bin ich, der du das sagst? Ihre Augen blitzten, vor Lachen bekam sie rote Flecken im Gesicht. Ich drehte mich um und lief zur Tür

– sie paßte mich am folgenden Nachmittag auf dem Schulweg ab. Sei nicht böse, ich hab das nicht so gemeint. Es ist nur, sie sah beiseite, brach ab. Wie alt bist du eigentlich? Jeanne war ernst, ihre Augen wichen meinen Blicken aus. Sie trug das Haar offen. – Bald achtzehn, log ich. Ich mußte mich schon rasieren und war für mein Alter ziemlich groß. Wir gingen eine Weile nebeneinander, ich spürte, daß sie nichts Rechtes mit mir anzufangen wußte. Ich habe so etwas noch nie gesagt. Jeanne nickte und senkte den Kopf. Tut mir leid, wirklich. Hast du ein wenig Zeit? Eiscremebuden am Strand, weiß-blau gestreifte Markisen, Jungen, die in Eimern Tintenfische und Kraken trugen, unstetes Licht. Das Meer war mit hellgrünen, träge wechselnden Strömungen durchwoben. – Hast du Geschwister? – Zwei Schwestern, die jüngere ist in Mailand. – Ist dein Vater nicht bei einer Bank? – Ja. Dort trägt er auch Ihre Hemden. – Credit Lyonnais? – Ich glaube, in Frankreich sind alle dort. Das hatte Vater einmal zu Oda gesagt, die nach der Schule ins Bankfach wollte. Jeannes Blick schweifte ab, sie starrte ins Leere. Hast du eine Freundin? – Ihre Hemden tragen sich sehr gut. Sie lächelte. Danke. Und danke auch dafür, was du gestern zu mir gesagt hast. Was macht deine Verletzung, bist du zum Arzt gegangen? – Bagatelle, nicht der Rede wert. – Sag das nicht. Dort ist die Lunge. Jeanne war nah, streckte die Hand nach der Stelle der Verletzung aus. Ich schluckte und machte eine Bewegung zu ihr hin. Sie zuckte zurück, schüttelte den Kopf, sah aufs Meer. Ich schloß die Augen, um ihr Haar nicht zu sehen

– ich hatte allein sein wollen, deshalb hatte ich Antoine nichts erzählt. Über der Bucht stand der fast volle Mond. Ich lag hinter dem Badehäuschen, hatte die Finger in den noch warmen Sand gesteckt, lauschte den Stimmen Jeannes und Vaters. – Ich habe mich mit deinem Sohn getroffen. Ich glaube, er ist in mich verliebt. – Ahnt er etwas? – Nein, ich glaube nicht. Mein Gott, Stefan, er ist noch so jung ... – Komm her, du Prachtweib. Sie sprach den Namen *Stéphane* aus, Vaters Stimme war ganz anders als sonst, auch Jeanne schien sich verändert zu haben. Ich hörte Keuchen, hastig geflüsterte Worte, Reißen von Stoff, sie lachte, sagte etwas zu Vater, Worte wie angezündeter Samt. Ich legte die Stirn in den Sand, erschöpft, als ob mir ein Loch in den Magen gerissen worden wäre, ein Körper krachte gegen die Wand, ich hob den Kopf, sah im Astloch eine helle Hand, Finger, die sich anzuklammern versuchten und, ins Leere greifend, sich schlossen, sah für eine Sekunde Jeannes Ring mit dem Herz. Mir wurde schlecht. Ich brauchte meine ganze Kraft, um die Düne hinaufzukriechen, als alles vorbei war, die Stimmen drinnen wieder zu einem Flüstern gedämpft waren, um den Drehkolk, der an meinen Eingeweiden riß, bis zur anderen Seite hinzuhalten. Ja, Oda, du dachtest, ich sei wahnsinnig geworden und wolle das Haus anzünden, als ich am nächsten Tag die Anzüge und Hemden verbrannte, die Jeanne für mich genäht hatte. Fruchtfliegen, die in einem kurzen Aufflittern starben, als ich dich anbrüllte und die Einmachgläser zerschlug, plötzlich hatte ich keine Kraft mehr, meine Hände bluteten, Mutter fuhr mich ins Krankenhaus, ich sagte kein Wort auf ihre unablässigen Vorhaltungen und Fragen, in meiner Hand preßte ich die Schnipsel von Jeannes Zettel

– haben Sie geklingelt, schön, hat's endlich geklappt mit dem Stuhlgang, zur Seite drehen, bitte

– Kräfte spannten sich, Muskeln hatten jahrelang für etwas trainiert, das jetzt begann, das Fernsehen, die überall wie Knospen aufbrechenden Reklamen sagten, was es war, die Stadt glich einem riesigen Diskus, dessen Schwungmasse von bisher verborgenen, nun erwachten Energien angewälzt wurde; Sex wurde Leistungssport, der Schlaf danach riß den Körper bis an die Wurzel seiner Unruhe ab und baute ihn stückweise wieder auf für einen Tag erneuerter Jugend. Die Drehscheibe beschleunigte allmählich, aber unaufhaltsam, immer mehr wurde heraufgequirlt und geriet in ein Schlaglicht, sank nach kurzem Aufflackern zurück ins Dunkel. Zeit, in der die Menschen auf ihre Träume in der Silvesternacht zu achten begannen und Angst hatten, wenn jemand zu lange hinter ihnen ging, Horoskop-Shows von den lokalen Radiosendern in die überregionalen wanderten und die Dinge Umwege nahmen, um zu erscheinen, Zeit Zeit Zeit, das Schwungrad drehte sich immer schneller, Kohl wurde abgewählt, die Arbeitslosenrate stieg, ich wurde arbeitslos, Vater zuckte die Achseln, Oda, erfolgreich in einer New Yorker Bank tätig, sandte ein Fax voll mildem Spott, Kopfschütteln und guten Wünschen. An den Börsen brach das Fieber aus, es hieß, ein Kalb namens Neuer Markt sei geboren, und sein Fell besitze einen goldenen Schimmer

– Oktobermond: In den Bars mit den hungrigen Augen und höflichen Gesten beobachtete ich Frauen mit blut- oder tollkirschenrotgeschminkten Lippen, aufreizend gelackten Fingernägeln, die sie wie Waffen um Billardqueues schlossen, ehe sie zustießen, beobachtete, wie ihre Pupillen beim Stoß zupackten, wie sie das Haar herausfordernd zurückwarfen, wenn das Klacken der Kugeln verebbte, Leopardinnen, die sich im Rauschgold des Schummerlichts bewegten, blinkenden Schmuck und High Heels trugen und unter kreisenden Ventilatorenschatten ihre Jagd begannen. Ich besuchte Kneipen, hungerte im Lärm nach Gesprächen, Kontakten, schließlich, als das Resignieren schon zu den Abenden gehörte, nach einem bloßen Blicktausch, Zeichen möglicher, wenn auch wortloser und kaum verbindlicher Verständigung, saß auf abgeschabten Barhockern, drehte mein Weinglas, bis ein Lichtnetz darin spielte, saß neben melancholisch blickenden Gestalten, die Sehnsucht hatten wie ich. Erinnerung, wenn ich nicht einschlafen konnte, kamen Rauch und das Gewirr der Stimmen über den Tischen zurück, Kerzenflackern, Frauen, bereit zu bitten, die Kühle in den Augen zu löschen, schaumig schwellendes Bierblond, die ausdruckslosen Augen der Barkeeper, ich ging und suchte, suchte nach Dingen, die ich in Träumen nicht fand und nicht in der seltsamen Zeit, die angebrochen war. Abends glitt der Oktobermond auf wie eine Blechchrysantheme, Wind pfiff über leere Plätze, trug den Geruch des Herbsts mit sich, den Azetylengeruch der Baustellen, Abgase, Dunst der Bier- und Frittenbuden, den fettigen, gepreßten Geruch von Kreuzberger Straßen, Parfumglocken der Glitzermeilen, Laternen taumelten über Kreuzungen, Wind trieb mürbes Laub und Papierfetzen vor sich her, in den Mitternachtsvorstellungen der Kinos kuschelten sich Pärchen aneinander, küßten sich hemmungslos, ich schloß die Augen und wartete, bis es vorbei war, oder stand auf und ging. In den Theatern und Opern waren nun auch moderne Stücke gut besucht, in den Pausen flanierten die Besucher, ließen Blicke über Lüster und Lünetten schweifen, die Einsamen verbargen ihre Traurigkeit, indem sie sich verbargen, Sekt tranken, aus den Fenstern schauten, ich stand in irgendeiner Ecke und blickte zu den elegant gekleideten Frauen, die am Arm ihrer Begleiter mit erfüllten Gesichtern auf und ab gingen, tauchte in den Laserrauch der Dancefloors, wo hämmernder Lärm Stromstöße durch entseelt tanzende Körper zucken ließ, von denen jeder sein eigenes Universum war, betäubt und dunkel. Hier, an diesen Orten, begriff ich, daß die Menschen nichts andcres wollten, als in Ruhe gelassen zu werden und sich zu amüsieren, sie wollten Spaß haben und alles vergessen, was das Leben schwermachtc. Die Zeit des Mohns war angebrochen und seiner Gaben, nach denen die Menschen bereitwillig griffen. Eine davon war eine besondere Form des Schlafs, bei der das Vergessen und die Träume nicht aus Verlangsamung und Stille kamen, sondern aus Beschleunigung und unablässiger Bewegung: Trance

– Oktobermond; nachts lag ich lange wach, heimgesucht von Erinnerungen, Dinge setzten Masken auf, Schritte hallten über die kahlen Plätze, Straßenbahnen fuhren fröstelnd und allein, trugen ihr Licht und in sich gekehrte Reisende mit sich, in den verschlossenen Wohnungen schliefen die Menschen nah beieinander. Schritte unter den Fenstern, Klirren von Glas, das jemand in den Container wirft, Vogelzüge am tintigen Himmel, manchmal noch ein Anrufer in den glimmenden Telefonzellen, mit gesenktem Kopf auf Antwort wartend, gedankenverloren die Asche von der Zigarette stippend; manchmal das stilettspitze Stakkato einer Alarmanlage, und der Besitzer des Autos kommt nach langer Zeit aus dem Haus, mit zerzaustem Haar, festverzurrtem Mantel und Schuhen mit schleifenden Schnürsenkeln, Wind, der einen rostigen Karabiner gegen eine Wäschestange schlug, kling, kling, kling, in den Betonwüsteneien Marzahns, etagenweise synchrones Fernsehgeflimmer, Betrunkene auf den Straßen, Oktobermond

Nun lassen sie mich doch endlich einmal aufstehen, vielleicht habe ich es Jost zu verdanken, der den Spätdienstdrachen besänftigt hat mit dem Charme unverheirateter, vielversprechender Jungdoktoren, auf den Krankenschwestern, habe ich beobachtet, immer wieder fliegen

– was sie von dem Kerl wohl halten mögen, die Schwestern, jetzt zieht er sogar eine Packung Gauloises hervor, reißt ein Streichholz an, beobachtet, wie die Flamme von der Zigarettenspitze angesogen wird und sie entzündet

– nein: Ich wollte es nicht. Aber es gibt die Zeit und das, was die Erinnerungen davon übriglassen. Dorothea sagte: Aber mußt du dich denn so benehmen. Ich weiß schon, du willst sagen, du benimmst dich ja gar nicht – sie hatte das Wort so betont, daß ich mich nicht aufregen würde, ich spürte das durchaus –; aber, ich meine, muß es denn so hart sein. Mußt du denn dabei bleiben. Knall und Bruch. Manchmal seid ihr Männer stur wie kleine Kinder. Meine Güte, solche Dinge passieren, ich hab mich auch dran gewöhnen müssen, ich hab mich schon lange von den Illusionen verabschiedet

– oder die anderen Patienten, jetzt ist Besuchszeit, man erkennt die Besucher am Zivil und an den unsicheren Bewegungen, Krankenwagenlichter unter dem Flurfenster fräsen gelbe Schneisen ins einbrechende Dunkel, hinter den erleuchteten Fenstern der Klinik gegenüber bewegen sich Schatten

– ich sagte zu ihr: Weißt du noch, Nizza? Morgens, die Sonne auf den Wänden, und wie die Eisverkäufer im August ihre Ware ausriefen, und wie wir in Antoines Kino gegangen sind? – Ziemlich altmodischer Kasten, genau das Richtige für dich, Brüderchen, meistens lief Nouvelle Vague, Godard und Malle, du hast noch lange danach im Stuhl gesessen und wolltest erst gehen, nachdem der letzte Name des Abspanns vorüber war. Weißt du, manchmal hab ich dich beobachtet in den Unterrichtsstunden bei Monsieur Hoffmann. Du hast schon immer gern geträumt. Er hat dich aufgerufen in der Mathematikstunde, und du warst gar nicht da. Abwesend. Im Tal der Könige oder mit Cousteau an Bord der *Calypso,* und dann hast du Monsieur Hoffmann angestarrt, als er sagte: Monsieur Ri-tähr, darf ich in Kürze wieder mit Ihnen rechnen? Und ich mußte so lachen. Du sahst schön aus und unbezahlbar. Und sehr komisch. Aber ich kann mich nicht an vieles mehr erinnern. Anfang Juni ging ich nach Mailand, – Doch, doch, ich war schon da, aber eben nicht dort, wo mich Monsieur Hoffmann haben wollte. Dorothea sagte: Es ist ihr dreißigster Geburtstag, Wiggo

– wie kalt es jetzt schon ist, unwirtlich, aber das Rauchen

hilft, ich werde ruhiger, wenn ich dem Rauch zusehe, wie er aus dem Fenster wirbelt und verschwindet; auch wenn ich fröstele, werde ich nicht gehen, um mir noch etwas überzuziehen, auch die Ärmel meines Bademantels werde ich aufgekrempelt lassen

– dieser Mann, mein Vater, schwitzte beim Tennisspielen. *Er spielt brüllendes Tennis,* hieß es bei uns Kindern. So geht er bestimmt mit Konkurrenten um, sagte Dorothea, wenn Vater den weißen Ball, das Racket in beiden Fäusten, tief aus gedrehtem Oberkörper über das Netz knüppelte, unerbittlich, unermüdlich, mit braungebrannten, muskulösen Beinen, die beim Schlag ins Aschenrot des Platzes geschraubt zu sein schienen, um im nächsten Moment, wenn er den Rückschlag erwartete, federnd zu tänzeln, ganz angespannte Bereitschaft wie bei den Araberpferden, wenn sie vor dem Losschießen nur noch mühsam gezügelt werden können. Dann kam der Ball zurück – wenn er zurückkam nach einem solchen *Hammer,* wie wir diese Schläge nannten –, die Muskeln strafften sich, sprangen vor wie Schiffstaue, wenn eine Bö das Segel packt, Vater holte mit dem Racket aus wie ein Holzhacker, der mit der Axt den Hieb tief in den Baumstamm setzen will, die weiße Kugel flatterte übers Netz, und der hochgewachsene Mann mit dem weißen Björn-Borg-Stirnband und maßgeschneiderter weißer Tenniskleidung zog den Arm *voll durch,* kraftvoll, in blendender Technik, ich hörte nur ein Zischen, sah dann Dorotheas Gesicht: Jetzt macht er dich fertig, schien es zu sagen, und ich konnte kein Bedauern erkennen. Schon nach wenigen Ballwechseln war ich einen Satz im Rückstand, ich hörte Dorothea zählen: null dreißig, null vierzig, rannte über das Feld wie ein hin- und hergescheuchter Hase, während Vater die Donnerstrahlen seiner Vor- und Rückhände fast immer von derselben Stelle ausschickte. Man hörte es am Schlaggeräusch:

Er traf den Ball genau mit dem Punkt des Schlägers, wo die Bespannung am nachgiebigsten war, die Elastizität den Ball am wuchtigsten zurückprallen lassen würde. Die arme flatternde Kugel, die ich zustande gebracht hatte, verwandelte sich im Sekundenbruchteil in ein Geschoß, das im Aschenrot eine Narbe riß und gegen den Drahtzaun krachte, hinter dem gaffende, mich wohl insgeheim verspottende Jungen standen, die sich ein paar Francs verdienten, indem sie die über den Zaun geflogenen Bälle suchten und zwischen den Sätzen zurückgaben. Die Köpfe waren zurückgeschnellt, Erschrecken malte sich auf den Gesichtern, Vater klopfte gleichmütig die rote Asche von den Schuhsohlen und lief zur Aufschlaglinie zurück. – Der nächste, der bestimmt nicht mehr gegen ihn wird spielen wollen, sagte Dorothea, als ich mich neben sie auf die Bank plumpsen ließ, von der aus wir sonst die im Feld gebliebenen Bälle auflasen, Vater Handtücher und neue Bälle zuwarfen oder die Wasserflasche, die er mit einem knappen, harten Zupacken seiner Linken fing, aus der Luft pflückte, nie fiel sie herunter, griff er fehl. – Was ist los, mein Sohn? schrie Vater und hob die Nase, daß der schmale Rücken aufglänzte. Schon fertig? Das reicht gerade zum Aufwärmen, er sprang auf und ab, blickte mich an, stemmte die Arme in die Hüften, winkte ab. Dann spielte er gegen den Platzwart, einen ehemaligen Profi, sie lieferten sich minutenlange, monoton hämmernde Ballwechsel, die bald von einer ansehnlichen Zuschauertraube verfolgt und mit Kommentaren bedacht wurden. Nach einigen Punkten klebte beiden das Trikot auf dem Rücken. Vater rannte nach jedem Ball, hechtete sich auch nach Stopbällen, die unmöglich zu erreichen sein konnten, stieß einen Schrei aus, wenn er sie mit der Racketkante touchierte und ihnen doch noch einen Vorwärtsdrall zu versetzen vermochte, der den Ball bis zur Netzkante trug. Immerhin, würde er nachher zu uns sagen, ich habe nicht aufgegeben, ich habe mein Äußerstes versucht, man muß immer das Äußerste versuchen, man darf nie aufgeben, hört ihr: niemals. Und noch einmal, wenn er glaubte, daß wir es noch nicht richtig verstanden hätten; *verinnerlicht,* war das Wort, das er Mutter gegenüber oft gebrauchte: Sie haben es noch nicht verinnerlicht; *ein Ritter gibt niemals auf,* habt ihr das verstanden, Oda. Dorothea. Wiggo. Ein Name, der verpflichtet. Hast du das verstanden? – Ja, ich habe es verstanden, – Dann wiederhole diesen Satz, sag ihn mir Wort für Wort, ich will ihn hören

– Aschenbecher gibt es nicht, eine Veranlassung der Ärzte, damit wir, die es nicht lassen können, ihrem Laster zu frönen, suchen, fragen und bitten müssen und die erzieherisch veranlagten, gesundheitsbewußten Schwestern Gelegenheit haben, uns mit ein paar vorwurfsvollen Blicken zu bedenken; über den Flur laufen Patienten mit fahrbaren Infusionsständern im Schlepptau, die Schwestern teilen Tabletten aus

– Präzision, Perfektion. Dieser Mann, mein Vater, konnte einen Kinderkreisel bewundern, eines dieser Spielzeuge, wie sie in kleinen Manufakturen an der Côte d'Azur hergestellt wurden, konnte sich an der Maserung des Holzes erfreuen und versonnen darüberstreichen. Seine Augen waren dann anders als sonst. Manchmal brachte er Kreisel aus Stahl mit, sie hatten die Größe von Fingerhüten; er räumte die Glasplatte seines Schreibtischs frei und versetzte einen Kreisel in Schwung, lachte vor Vergnügen, ein glucksendes, ungehemmtes, sich aus seinem Bauch befreiendes Lachen, das so kernig und rotwangig wirkte wie ein Bauernapfel. Der Kreisel schien stillzustehen, erstarrt in rasender Umdrehung, minutenlang, dann begann die Kontur unscharf zu werden, der Punkt, auf dem er stand, beulte aus, verschob sich zur Ellipse; der Kreisel vibrierte, taumelte, stürzte schließlich. Der Bankier davor hatte den Stopuhrknopf seiner Jaeger-LeCoultre gedrückt und mit hocherhobenen Brauen das Ergebnis abgelesen: Meister Jouvais arbeitet immer besser, sagte er anerkennend. Manchmal schenkte er guten Kunden solche Präzisionskreisel, im Futteral mit dem feinen Goldschriftzug seiner Bank darauf. Eine kleine Aufmerksamkeit zwischendurch, sagte er dann. Zu Weihnachten oder zum Geburtstag können die Tanten und Verwandten schenken. Die Bank, die ich leite, ist immer für Überraschungen gut. Merke dir das, Wiggo. In den Beziehungen, auch den geschäftlichen, muß es immer ein unberechenbares Moment geben. Er, nicht meine Mutter, schickte mich zum Friseur, viermal, fünfmal in wenigen Wochen, besah sich das Ergebnis zuhause, steckte die Zeigefinger an meine Schläfen und kontrollierte, ob es einen Höhenunterschied gab, fuhr über die Fasson und prüfte Fall und Schnitt des Haars, keine Stufe oder sonstige Unregelmäßigkeit durfte zu sehen sein. Beim sechsten Mal ging er persönlich mit mir in den Salon, der in einer muffig riechenden Gasse lag und altmodisch eingerichtet war, sah sich prüfend um, ging, ohne mich zu fragen, ob er es sei, der mich geschnitten habe, zielsicher auf den Friseur mit dem Menjoubärtchen zu, nickte und sagte: Sie verstehen Ihr Fach. Meine Mutter war Friseuse, ich weiß, wovon ich rede. Der Meister blieb stehen, die Schere in der Luft, es wurde still im Salon, in dem nie viele Kunden waren, alles starrte meinen Vater an, der weitersprach: Ihr Laden ist zu dunkel und zu abgelegen, hier haben Sie nicht die Kundschaft, die Sie haben könnten. Wenn Sie das so sehen wie ich, besuchen Sie mich zu den Geschäftszeiten, bringen Sie Ihre Unterlagen und ein Gesundheitszeugnis mit. Wir haben durchaus günstige Kredite. Er hinterließ dem schweigenden Friseur seine Visitenkarte, nickte in den Laden, befahl in meine Richtung: Komm; ich folgte ihm hinaus

– er ist nicht so hochgewachsen, wie ich ihn in Erinnerung habe: mindestens einen halben Kopf größer als die anderen im Raum, dessen gesamte Atmosphäre sich sofort änderte, wenn er eintrat: die Blicke wandten sich ihm zu, Gespräche wurden leiser oder verstummten ganz, Weingläser blieben in der Schwebe vor den Mündern, die Bankangestellten umklammerten die Aktenmappen fester, die Frauen zupften verstohlen an Blusen und Röcken. Er betrat den Konferenzraum der Bank und sagte, indem er mich vorschob: Das ist mein Sohn, lassen Sie sich durch seine Anwesenheit nicht stören. Er geht heute mal ins Leben, nicht in die Schule. Die Umstehenden rangen sich ein Lächeln ab und folgten ihm an den massiven Eichentisch. Er eröffnete die Konferenz, indem er dem rechts von ihm Sitzenden zunickte; er ließ sich berichten, sie unterhielten sich in einer für mich beinahe unverständlichen Sprache, jemand stand auf und zeigte Diagramme auf einer Tafel, ich sah mit Filzstift gemalte Kuchen, aus denen Stücke geschnitten waren; Balken, Zahlen, Vaters knappe Zwischenfragen, er hörte reihum jedem zu, stach seinen Blick in die Augen des Sprechenden und brachte es fertig, mitten in den Rapport zu rufen: Sie halten nicht stand, Sie halten meinen Blick nicht aus. Glauben Sie, daß das einen guten Eindruck hinterläßt bei denjenigen, deren Geld Sie in Ihrem Depot haben wollen? Das weckt kein Vertrauen, und ohne Vertrauen können Sie Ihren Schalter dichtmachen! Und jetzt holen Sie mal den Antrag von diesen Seifensiedern aus Marseille hervor, die glauben, daß wir Geld zu verschenken haben

– natürlich wußte ich, daß er mich beobachtete, daß er auch in den Momenten, wo sein Blick sich in den des bleich gewordenen Gegenübers bohrte, einen zweiten, einen geheimen Blick für mich hatte. Aus dem Zornesstrahl zweigte sich ein feinerer, argwöhnisch tastender zu mir herüber, ich dachte immer: der Fühler eines Schalentiers, den die Unterwasserströmungen sacht auf und ab wiegen; ich spürte diesen zweiten, diesen Geheim-Blick körperlich, wußte, daß er nicht nur das arme, zusammengesunkene Individuum vor sich meinte, sondern immer auch mich, der ich in einer Ecke des Konferenzraums an einem Katzentisch saß, mit einer von Vaters Sekretärin liebevoll zubereiteten Tasse Kakao vor mir, von der ich nicht zu trinken wagte. Ich fixierte die Tasse, das danebenliegende Löffelbiskuit, wenn Vater die Stimme hob und ich den Geheim-Blick nach mir tasten spürte. Der Kakao war heiß und dampfte, kein Instantgetränk, sondern aus echtem Pulver gekocht; schokoladige Konsistenz, wenn ich darüberblies, riffelte sich eine Haut; ich ekelte mich davor. Er richtete nie das Wort an mich in solchen Konferenzen, jedenfalls nicht direkt. Natürlich nicht. Diese blieb nicht die einzige, in der ich *ins Leben und nicht in die Schule ging,* wie es Vater ausgedrückt hatte; übrigens war ich mir nicht sicher, ob sich die Kategorien nicht doch vermischten. Ich war gar nicht da, wenigstens nicht offiziell. Allerdings war ich zu betont *gar nicht da,* als daß Vaters Wort: Lassen Sie sich nicht stören, glaubhaft hätte wirken können. Für das Unsichtbarsein fehlte eine Reihe von Gründen; einer davon war, daß das Gesprächsklima die Zone des Offiziellen längst verlassen hatte. Ich erwartete nicht, daß Vater mit mir sprach, nachdem der Raum noch klirrte von einem seiner Tobsuchtsanfälle, die einen um so irritierenderen Eindruck hinterließen, je kontrollierter sie wirkten, eine Art von Faschingsgebrüll, das nach der Uhr aufschwoll und abbrach, beim nächsten Angestellten war seine Stimme sofort wieder sachlich, geschäftsmäßig. Die Verwirrung rührte daher, daß man nicht genau wußte, ob das ganz ernst zu nehmen war. Brüllen wirkt selten humoristisch; aber wenn es nach abgezirkelten Regeln geschieht, hat es etwas Lächerliches. Ich erwartete nicht, daß er mit mir sprach, hatte aber zugleich genau davor Furcht: daß er nicht die Scham verspüren könnte, sich auf Kosten des anderen zu amüsieren, oder daß er roh und bedenkenlos genug sein könnte, sie beiseite zu wischen, Scham und Gehemmtheit, die wohl die meisten Menschen, in Erwartung von eisigem Schweigen, Blamage, gräßlicher Unangemessenheit der sich ergebenden Situation, zögern und hinunterschlucken läßt und davon abhält, das zu äußern, was sie wirklich denken. Ich traute es ihm zu, das schauerlich rücksichtslose Lachen, das sich um die Erwartungen der anderen nicht kümmert und ihnen dadurch Verachtung und Geringschätzung ausdrückt. Ich dagegen fürchtete die Unwürdigkeit einer solchen möglichen Situation, mir war schon die entstandene peinlich genug, ich schämte mich, diesen Konferenzen beiwohnen zu müssen und als der Sohn des Direktors für halb und halb mitschuldig gehalten zu werden: erstens eben als Sohn dessen, der an der Stirnseite saß, Anordnungen erteilte, die mehr wie Befehle klangen, der in kürzester Zeit die Unstimmigkeiten in den Ausarbeitungen bloßstellte und sie so aus den gestammelten Rückzügen seiner Assistenten heraushieb, daß diese wie Schwachsinnige dastanden; zweitens mitschuldig, weil ich vermutete, daß Vater ein Schauspiel abzog, in dem er sich vor seinem Sohn in der Rolle des Prinzipals sonnte, der auf der Bühne unter ihm die Marionetten nach Belieben zappeln läßt. Es war nur ein Verdacht, ich wußte nicht, wie Konferenzen abliefen, bei denen ich nicht zugegen war. Halb und halb mitschuldig? Ich sah zuerst betretene, dann aber zunehmend ungehaltene und wütende Blicke, unter Anspannung spielende Kaumuskeln; einige ältere Angestellte wippten aufgebracht mit ihren Schuhen, atmeten vernehmlich ein und aus, wie um Anlauf zu nehmen zu einer unerhörten Tat, im Widerstreit zwischen

Unmut, Loyalität, Angst, Qual – und wollte mich auf das Halb und Halb nicht mehr verlassen. Ich starrte auf den Kakao, dessen Haut immer fester wurde, und bildete mir ein, daß sie wütend auf mich sein mußten, nicht so sehr, weil ich der Sproß jenes Tyrannen dort vorn war und also auch nicht viel besser sein konnte, sondern weil er, dieser Tyrann, mich zum Zeugen ihrer Demütigung machte. Sie waren wütend auf mich, weil sie spürten – dachte ich –, daß ich alles verstand, was vorging. Daß der oder die, im schwarzen Anzug mit seidenem Einstecktuch oder im fliederfarbenen Pariser Kostüm, etwas getan hatte, was mit dieser Kleidung nicht im Einklang stand, was sie nicht berechtigte, sie zu tragen, da sie offenbar nicht mehr taugten als jeder *Fliegenschnäpper* – einer von meines Vaters Lieblingsausdrücken, erst später ersetzte er ihn durch das weit glanzlosere *Loser* –, der draußen herumlief und um einen schäbigen Kredit zu ihnen betteln kam, an dem sie noch genüßlich herumknauserten. Ich fühlte, daß ich in ihren Augen schuld daran war, mindestens aber schuld sein konnte, daß Vater sie wie kleine Spießbürger behandelte und herunterputzte. Diese Einbildung verfestigte sich wie in Form gegossenes Wachs, wandelte sich zur Gewißheit, und sie peinigte mich so stark, daß ich meine ganze Konzentration aufbot, um aus den Augenwinkeln ein schärferes Bild der Verhältnisse zu erhaschen; erhitzt von der Qual, in diesem Raum sein zu müssen und nicht zu wissen, wie ich ihn mit Anstand – für die anderen, für mich – würde verlassen können. Ich schärfte alle meine Sinne zu äußerster Empfindlichkeit; ich wagte nicht, den Kopf zu heben und frei den anderen in ihre Gesichter zu sehen. Ich ahnte, daß diese Geste so etwas wie Einverständnis mit meinem Vater bedeutet hätte, der Sohn des Aufsehers, der an der Seite seines Erzeugers den Blick über die krummgebeugten Rücken der Plantagensklaven schweifen läßt: Früh übt sich. Pfui Teufel, Schande über den Balg. Ich hatte auch Angst davor, einen Gegenblick aufzufangen, Augen voll kaltem Interesse und mühsam gezügeltem Haß, Stellvertreter-Haß: Du bist die Brut des Trampels da vorn, der von uns Dinge will, die noch keiner vor ihm von uns gewollt hat, nicht hier im schönen Süden von Gottes eigenem Urlaubsland; wer hat ihn gerufen, wo kommt er überhaupt her, dieser Boche mit dem beleidigend guten Französisch, schon das gehörte verboten. Es gab diese Ressentiments, und ich wußte davon. Vater sagte immer: Macht euch keine Illusionen, wir sind hier in Feindesland. Wir haben den Krieg verloren, so war es, und dabei bleibt es. Und wenn wir wiederkommen, sind wir die alten Krautfresser von gestern. Erst recht, weil wir wissen, daß nicht ganz Frankreich in der Résistance war. Wir haben sie schlecht werden lassen, wir haben sie auf die Probe gestellt, und viele kamen nicht als die edlen Helden heraus, die sie gerne gewesen wären oder als die sie sich selbst sehen. Viele haben versagt; dafür hassen sie uns

– ich gestand es mir ein, daß ich Angst hatte vor einem solchen Blick, schon Abscheu oder Widerwillen hätte ich nicht ertragen, erst recht nicht einen unverhohlenen Haß, der auf mich gerichtet war. Ich hatte Angst davor, zu schwach zu sein, ihn auszuhalten. Ich hatte Angst davor, daß durch sie, die Fremden, ich vor mir selbst als Schwächling bloßgestellt werden könnte. Daß mein Vater, wenn er wegwerfend von meinen Fähigkeiten sprach, recht haben könnte. Ich hatte Angst vor seinem Geheim-Blick, der, bildete ich mir ein, das Aufsehen und Mustern forderte, den Mut, es ihm gleichzutun. Vielleicht hätte er sich auch schon mit einer Geste begnügt, die wie ein Messerschnitt in die zum Zerreißen angespannte Atmosphäre gefahren wäre: zum Beispiel die Tasse heben und vom Kakao trinken; trinken, nicht schlürfen, was allzu provokant und ungehobelt gewirkt hätte, schon das Geräusch, das es gab, wenn beim Zurückstellen das Porzellan der Tasse das der Untertasse berührte, hätte meine Haltung unmißverständlich ausgedrückt. Er wäre dann vielleicht zufrieden gewesen. Zufrieden: Womöglich habe ich es damals gedacht. Heute bin ich mir nicht mehr sicher. Oft, wenn ich mir diese Konferenzen ins Gedächtnis zurückrufe, wenn ich mich, den Wiggo von damals, an Vaters Seite sehe, auf einem Segelboot vor Nizzas Küste, er mich anraunzend, ich solle mich nicht so tölpelhaft anstellen: Du Niete, du bringst ja gar nichts zustande, nicht einmal so eine lächerliche Halse, kommen mir Zweifel. Vielleicht suchte er Widerstand. Vielleicht litt er selbst daran, daß Menschen so mit sich umspringen ließen wie er mit ihnen umsprang; vielleicht suchte er sie zu reizen, damit sich Widerstand entwickelte, damit eines Tages endlich einmal soviel Zorn angestaut war, daß er sich entlud, daß es gesprochen wurde, das Wort, das seinen Angriffen und Tobsuchtsausbrüchen Parade bot. Ich halte es für wahrscheinlich, daß er uns verachtete, weil wir ihm wie Duckmäuser vorkommen mußten. Vielleicht wollte er die anderen in den Konferenzen – und mich – dazu bringen, unsere Köpfe höher tragen zu lernen. Eine möglicherweise weit hergeholte und absurde Konstruktion; aber je länger ich darüber nachdachte, was er wirklich mit diesen Unterrichtsstunden bezwecken konnte – denn solche waren es, spürte ich, noch immer, nur daß Lehrer, Schule und Methoden gewechselt hatten: nichts, keine Zurechtlegung, konnte mir schließlich so überzeugend erscheinen wie diese, vielleicht auch nur, weil es die faszinierendste war: Widerstand. Wir sollten an ihm wachsen; er brachte uns ein subtiles Opfer, das subtilste und vielleicht größte, das ein Vater bringen kann, weil er riskiert, die Sohnesliebe zu verlieren: Ich setze mich deinem Haß, deiner Verbitterung aus, damit du zu dir selbst findest. Die Welle schlägt höher erst an einer Klippe. Er mußte ja wissen, dachte ich, daß ich verschreckt hinausgehen würde, innerlich taumelnd, angeschlagen wie ein Boxer; daß ich nicht denken würde: Siehst du, wenn du dich nicht anstrengst und das bißchen Zusammenreißen nicht fertigbringst, das nun einmal dazugehört, dann wird das Leben so aussehen wie ich, wenn mir die Zornesader schwillt, kapiert, mein Sohn. Nein, diese Schlußfolgerung, simpel und robust, wie sie war, genügte mir nicht. Möglich, daß das ein Fehler ist, möglich, daß der simple und robuste Gedanke der Wahrheit am nächsten kommt und diejenigen sich am weitesten davon entfernen, die die ausgeklügeltsten Schleifen drehen. Der Alltag und die Prämissen routinierter Kriminalkommissare, die sie wie Schlüssel in die Schlösser ihrer Fälle stecken, scheinen das nahezulegen. Ich glaubte nicht daran, nicht in diesem Fall. Ich glaubte nicht an das Klischee vom geradlinig gestrickten, plumpen Geldmenschen. Manchmal saß ich am Katzentisch und fragte mich, was passieren würde, wenn ich aufstünde und sagte: Du betrügst Mutter. Das allerdings habe ich nie gesagt. Gesagt habe ich nie etwas, ich habe mich immer nur verhalten

– nein

– denke ich jetzt, werfe die zusammengekniffte Kippe aus dem Fenster

– ich wollte es nie. Auch wenn du mir Angebote machtest, durchaus verlockende darunter, denn großzügig bist du immer gewesen. Aber ich wollte nicht, wie du es nanntest, in deine Fußstapfen treten, ich wollte dir nicht nachfolgen

[*JOST F.* {…}] Arbeit an der Antwort, so hatte es Wiggo einmal genannt, als ich ihn fragte: Warum Philosophie, ist es nicht wichtiger, etwas zu tun? Haben nicht die Philosophen *die Welt nur verschieden interpretiert, es kömmt aber darauf an, sie zu verändern*? Eben, sagte er, aber um sie verändern zu können, muß man sie verstehen, sie also interpretieren; heute suchen die Menschen, aber niemand findet mehr, alle hinterfragen, aber niemand hat den Mut zu einer Antwort, und was wir brauchen, heute mehr denn je, ist genau dies: eine Antwort. War es nicht immer so, sagte ich, hast du mir nicht selbst erzählt, wie dich das philosophische Treiben, diese Dialektik, oft ermüdet, jeder einigermaßen Belesene mit Sinn für Details und Widersprüche kann jeden widerlegen, wenn es darauf ankommt und das Seziermesser seines Verstandes scharf genug ist, hast du dich nicht über die Unsicherheit deines Metiers beklagt? Daß der Philosoph X dem Philosophen Y widerspricht und umgekehrt und daß jedwedes System, mag dessen Schöpfer auch noch so berühmt sein, seine Anfechtbarkeit schon in sich trägt? Was taugen Heidegger, Platon, Kant neben der Präsenz eines Zahnarztbohrers, dessen Hornissensirren sich deinem Zahnschmerz nähert? Eine Frage, die du mir gestellt hast.

Wir haben oft miteinander gesprochen, oft über solche Angelegenheiten. Ich fand es merkwürdig, daß Wiggo, wohin er auch kam, es immer schaffte, das Gespräch von langweiligsten Alltäglichkeiten zu existentiellen Grundfragen zu kippen. Anfangs saßen wir da und knabberten Chips, sprachen über diesen und jenen, den wir kannten, wer mit wem ein Verhältnis habe, was der Kommilitone tue und jene Kommilitonin, und dann kam Wiggo, stellte ein paar Fragen, und am Ende, nach stundenlangem Kampf, der uns völlig erschöpft zurückließ, aber nicht ihn, hatten wir uns zwar nicht gelangweilt, aber auch keine Gewißheiten mehr. Er federte regelrecht nach solchen Diskussionen, wurde immer energiegeladener, je mehr wir ermatteten (Dorothea meinte, er sauge uns aus), und ich glaube, er ging nach Hause und begann dann erst mit seiner

Arbeit. Für ihn war das wohl so etwas wie Sparringskampf und Training. Wir sprachen über mathematische Beweisführungen, das Vierfarbentheorem, Aussagenlogik, Kierkegaard und bestimmte Sprachfiguren, tückische Hologramme, die auf den ersten Blick einfach wirkten, bei näherem Hinsehen aber hochkomplex wurden; *Dieser Satz ist falsch* beispielsweise oder *Alle Griechen lügen, sagte der Grieche,* das mußte dann soweit wie möglich aufgefasert werden; solche Sachen liebte er besonders. Ich glaube, daß er damit einigen gewaltig auf die Nerven fiel. Sie wollten ausspannen und sich von ihren anstrengenden Arbeitstagen bei Klatsch und Tratsch und einem kleinen Imbiß erholen, vielleicht mal ein nettes unkompliziertes Video anschauen, da kam Wiggo und bohrte und wühlte unerbittlich nach den Geheimnissen, die die Welt im Innersten zusammenhalten. Merkwürdigerweise gefiel er den Frauen. Die Männer schüttelten die Köpfe und wollten immer sofort wissen, womit eigentlich er sein Geld verdiene. Die Titulierungen, die auf dem Heimweg manche für ihn hatten, brauche ich hier nicht zu nennen. Wortloses Achselzucken war noch die freundlichste Reaktion. Er beobachtete mich, wenn wir bei Dorothea den Abend verbrachten, wenn ich versuchte, den Kreis aus Fachchinesisch, der sich bei solchen Treffen regelmäßig bildete und Wiggo ausschloß, noch mehr zu dem Außenseiter machte, als den ihn ohnehin schon jeder, glaube ich, empfand, zu durchbrechen und für ihn zu öffnen. Ich nehme an, daß er eher meine Bemühungen honorierte als deren Ergebnisse, die meist kläglich ausfielen. Ich wollte über Literatur sprechen, Kinofilme, Architektur, versuchte ein Thema zu finden, wozu jeder etwas sagen konnte – verlorene Liebesmüh. Die Zeiten, als Ärzte humanistisch gebildete Persönlichkeiten waren und auch von Dingen außerhalb ihres Tellerrands etwas wußten, sind offenbar versunken und vorbei. Viele Kollegen, die ich kenne, haben von nichts, das außerhalb ihres Fachgebiets liegt, eine Ahnung, und nicht selten haben sie auch von ihrem Fachgebiet keine Ahnung. Vielleicht hängt das eine mit dem anderen zusammen, wer weiß. Aber ich will Ihnen nicht darüber berichten, wer heutzutage die hehren Portale der Heilkunst durchschreiten darf, um nachher auf die kranke Menschheit losgelassen zu werden; es ist, um es kurz anzudeuten, eine Schande und ein Skandal. Heutzutage werden Leute zum Studium zugelassen, die ungebildet sind, unwissend und, was das Schlimmste ist, ohne erkennbaren Drang, dem abzuhelfen. Ich korrigiere Klausuren und Seminararbeiten und habe dabei unverhältnismäßig oft das dringende Bedürfnis nach Befugnissen, die es mir erlauben würden, die Dame oder den Herrn Kandidaten umstandslos aus dem Kolleg zu werfen. Seminararbeiten, geschrieben in einem Kirmesidiom, aber nicht in einer Sprache, die dem gebotenen Intelligenzquotienten entsprechen würde. Ich denke mir dann, was können die als Ärzte taugen? Aber es taugen manche von denen durchaus etwas, rein fachlich wenigstens. Leider. Das gehört zu den Dingen, die ich gern einmal von Wiggo erklärt bekommen würde.

Ich beobachtete ihn, er beobachtete mich, vielleicht gerade deshalb, weil ich ihn beobachtete und in der Tarnung solchen Tuns nie besonders gut gewesen bin. Er ließ sich nichts anmerken. Aber ich spürte seinen Blick, wenn ich aufgehört hatte, ihn verstohlen anzusehen und zu mustern. Vielleicht war es simple Neugier, die mich aufmerksam werden ließ; ein Mensch wie er war mir noch nie begegnet. Zuerst war mir aufgefallen, wie er las. Er saß in einer Ecke und schien sich um nichts, was um ihn herum geschah, zu kümmern – wie sich übrigens auch um ihn niemand zu kümmern schien. Das ist mir später aufgefallen: Wenn Wiggo nicht selbst aktiv wurde und seine provokanten Fragen stellte, war er den Anwesenden herzlich gleichgültig; niemand begrüßte ihn (außer Dorothea), niemand wollte etwas von ihm wissen. Er hatte ein Buch in der Hand, hielt es liebevoll, beinahe zärtlich; wenn er umblätterte, dann nur am oberen Seitenrand und sehr behutsam, auch strich er die Seiten danach nicht glatt, knickte den Rücken des Buchs nicht. Er schien völlig versunken, die Geräusche und Vorgänge rings um ihn prallten an ihm ab. Ich sah ihn an und dachte: Der ist jetzt ganz woanders. Daß ich seinen Körper sehe, ist einer jener Irrtümer, der Sichtbarkeit mit Berührbarkeit kurzschließt und beides zusammen mit Anwesenheit verwechselt. Seine Lippen bewegten sich manchmal; er schien Worte und Sätze nachzusprechen. Das allein wäre mir nicht sonderlich interessant erschienen, denn wahrscheinlich lesen manche Menschen auch die *Bild*-Zeitung so. Wiggo aber las *Die Argonauten* von Apollonios Rhodios, er mußte es mitgebracht haben, denn ein solches Buch habe ich bei Dorothea nie bemerkt, und ich sehe mir immer die Bücherschränke der Leute an, bei denen ich zu Besuch bin. Er las es in einer Ausgabe, die völlig verschollen sein mußte: weißer, etwas vergilbter Umschlag, Titel des Werks, Name, Verlag; einziger Schmuck war ein hellblauer Mäander am Umschlagrand. Wer so etwas liest, sagte ich mir, und dann noch auf diese Weise, den möchte ich kennenlernen

– Treibgut, ich trieb durch Berlin, beobachtete, ich sah: Angst, sie war wie Ungeziefer in die Häuser gedrungen, fraß die Lebensfreude und die Hoffnung, ließ das Leben als Abfall übrig, ein Leben ohne Aufblick, ohne wirkliche Fröhlichkeit, jeder Tag ein mit schlafraubender Unsicherheit und mit einem gleichgültig-mitleidlosen *Vorläufig* beschiedener Existenzkampf, dem die gestundete, mit Auf-und-ab-Gehen, ruheloser Suche und Betäubung verbrachte Nacht folgte.

Ein großer Klavierstimmer war gekommen und hatte seinen Schlüssel auf einen Ort gesteckt, der vorläufig noch unkenntlich war, hatte angezogen, und die Straßen waren wie Saiten gespannt worden. Hektischer, rastloser trieben die Gesichter vorüber, Töne, die ihre Melodie suchten, aber nicht fanden und wohl auch nicht finden würden, denn Melodie beinhaltete einen Begriff von Harmonie, von Ordnung und Bestimmung, den auf diese Stadt anzuwenden mir absurd erschien. Was die Tage füllte, war das Geräusch, das Flüstern einer abgespielten Schallplatte, auf der ferne Ahnungen von Klängen hallten, Echos aus den Archiven und Opern, genug, um zu wissen, was Melodie einst gewesen war, und genug, um mit einer unstillbaren Sehnsucht danach die Vorstellungen zu verlassen

– Angst: So, wie es war, konnte man leben, wurde das Leben – erlaubt. Aber wer wußte, ob es so bleiben würde? Tintenhaft kroch die Unsicherheit durch die Ritzen und Fugen spröde gewordener Tage, schlich sich unter die Oberfläche der Dinge. Man vermochte in den Gesetzen einer Wohnung, aber kaum noch in denen des Gebäudes zu leben, in dem die Wohnung sich befand, und so hatte man das Gefühl, etwas schwer Greifbarem ausgesetzt zu sein, das keine Züge besaß, kein Gesicht, keine Gestalt, die man zum Ziel einer Verteidigung hätte nehmen, gegen die man sich hätte zur Wehr setzen können. Die Menschen kämpften, aber sie kämpften gegen Spiegelbilder; es schien mir, als ob sie bemerkten, daß es nichts half und sie sich aus Furcht vor den schleichenden Wandlungen auf die Verteidigung dessen verlegten, was sich mit ihren Mitteln verteidigen ließ: das, was sie sahen, was sie hatten und besaßen. Mir schien, daß sie immer bösartiger, besessener, irrsinniger vor Angst wurden, weil sie spüren mochten, daß das nicht genügte, und ihre selbstgesetzten Ordnungen mit Bollwerken aus Gesetzen und Rückversicherungen umgaben, die sie wiederum allein ließen vor der Dunkelheit, denn es war so, als ob sie sich gegen das Untergehen eines Schiffes versicherten bei einem, der sich selbst mit auf dem Schiff befand, und nicht auf einem anderen, das retten konnte in der Not. Aber sie verdrängten: in der unausgesprochenen Hoffnung, daß es von selbst wieder besser werden würde

Jetzt das Rasseln des Verbandswagens, die Schwestern machen ihre Spätdienstrunde, sie könnten das Rad an diesem Vehikel, das noch aus Sauerbruchs Zeiten überliefert sein muß, einmal auswechseln lassen, es schlägt und donnert gegen die Aufhängung wie ein Steinmetzhammer auf den Krönel, eines der Geräusche, die uns den Ort ganz klarmachen, an dem wir sind, und ihn vollständig aufzurufen vermögen, wenn wir ihn verlassen haben, so daß wir ihn, hören wir dieses Geräusch nach Jahren und Jahrzehnten wieder, jäh vor uns sehen, vor uns haben, Hantierungen, Gerüche, die spezifische Atmosphäre: alles kehrt zurück, und wir wissen nicht, ob die Zeit, die uns von diesem Ort wegführte und trennte, wirklich vergangen ist, oder ob sie nicht nur ein Traum war, aus dem wir plötzlich, durch dieses Geräusch, erwacht sind

– Kaltmeisters Stimme, die für mich im Widerspruch zu seinen feingeschnittenen Joseph-Conrad-Zügen stand, die Stimme eines Seebären – auch wenn Kaltmeister keiner war – stellt man sich dunkel, guttural, befehlsgewohnt vor; ich erwartete, daß sie ebenso rauh wirken müsse wie der kurzgeschorene weiße Vollbart; aber sie war leise, in einer farblosen Lage zwischen Tenor und Bariton, wie sie manche Nachrichtensprecher der BBC besaßen, die man, nach den Frauenstimmen, am besten versteht; eine leise, aber trennscharfe Stimme, kein brodelnder

Kapitänsbaß: Alcedo atthis. Besuchen Sie mich, wenn Sie mögen. Er gab mir die Adresse. Jost kam nicht mit

– der alte Kaltmeister lebte in einem Haus an der Havel außerhalb des strudelnden und lärmenden Berlin. Ich stieg aus der S-Bahn und dachte an die Gegend, in der ich einst zur Schule gegangen war, in London, Richmond upon Thames, auch dort hatte es diese halb herabgelassenen Markisen vor den kleinen Läden gegeben, Sommerwärme, von Lüftchen und schläfrigen Schatten durchweht, ohne die Klebrigkeit, die sie in Berlin, in der immer hektischen Innenstadt, hatte. Der Wind quirlte die Ebereschenblätter zu Schaum, als ich an jenem Nachmittag langsam die Allee hinabging, nach den Nummern an den wenigen, vornehm hinter Hecken und knorrigen Bäumen verborgenen Häusern links und rechts forschend, den Zettel mit der Adresse in der Hand, und während ich noch überlegte, ob es eine gute Idee gewesen war, der Einladung des Professors gefolgt zu sein, hörte ich das butterige, beruhigende Geräusch von Wasser, das in eine Zinkgießkanne gefüllt wurde, plumpsend und gurgelnd, allmählich heller werdend und sich verlierend, ein Geräusch tiefen Friedens, das meine Hemmungen, meine Nervosität glättete wie ein Öltropfen unruhiges Wasser. Die Allee mündete in einen Platz, auf dem Container für Weiß-, Braun- und Grünglas standen, und einen Sandweg, der sich zur Havel schlängelte, die hier und dort zwischen Schilf und Uferbäumen hervorblinkte. Das Haus, am Ende der Allee, duckte sich unter Fichten, die flächige Schräge des Dachs verschwand fast hinter den Rhododendronbüschen, die mit violetten und rosafarbenen Blüten bedeckt waren

– ein Schatten löste sich vom Gartenweg und bewegte sich in raschen Sprüngen auf mich zu, erschrocken nahm ich die Hand vom rissigen, auf einer Duroplastscheibe in feine Staubringe gefaßten Klingelknopf und trat auf die Allee zurück, in der Hoffnung, daß der Besitzer des Hundes mich von einem der Fenster würde sehen können, die hinter den Rhododendren und einigen Kornapfelbäumen durchschimmerten. Der Hund sprang am Tor hoch, ohne zu bellen, legte die Vorderpfoten auf das Gatter, zeigte die Zähne und knurrte. Kein sehr freundlicher Empfang für jemand, der eingeladen war. Plötzlich stellte der Hund die Ohren auf und sprang in riesigen Sätzen über den Gartenweg zurück zum Haus, ein scharfes Tasso! durchschnitt die Luft. Ich zögerte, war mir immer noch nicht sicher, ob ich gehen oder eintreten sollte. Knackend meldete sich die Gegensprechanlage: Keine Angst vor dem Hund, er wird Sie nicht mehr belästigen. Wollen Sie zu Professor Kaltmeister? Er ist im Gewächshaus, den Weg rechts entlang, hörte ich die gleiche Stimme, die den Hund Tasso gerufen hatte; Mauritz' Stimme, wie ich bald darauf wissen würde

– ah, Sie sind gekommen, ich hoffe, daß Ihnen Tasso keinen Schreck eingejagt hat, wie oft habe ich Mauritz gesagt, daß er den Hund im Zwinger halten soll, wenn Besuch kommt, höre ich den alten Kaltmeister sagen, sehe den weißen Hut über dem sonnengebräunten Gesicht, der ihm das Aussehen eines Gärtners verlieh. Die schwülfeuchte Wärme im Gewächshaus ließ die Luft fließen, ich hatte Angst, daß die kornblumenblauen Augen, die mich hinter blitzenden Brillengläsern freundlich musterten, die Schweißflecken entdecken könnten, die sich unter meinen Achseln zu bilden begonnen hatten; der Professor stand in Gummistiefeln in einem der kleinen Teiche und machte sich an den Wasserpflanzen zu schaffen, er kam, gab mir die Hand und bat mich, ihn noch für zehn Minuten zu entschuldigen, ich könne schon ins Haus gehen, wenn ich wolle, Mauritz habe einen Imbiß vorbereitet und werde mir Gesellschaft leisten. Wenn er nichts dagegen habe, sagte ich, wolle ich mich auf die Bank am Eingang setzen und lauschen, – Lauschen? fragte er erstaunt, – Der Stille, antwortete ich, er lächelte, und ich beobachtete ihn, wie er sachkundig an den Blattscheiben einer Victoria Regia arbeitete, radgroße, an den Rändern kronkorkenartig aufgebogene Schwimm-Tamburine, die sogar – das würde mir Mauritz später zeigen – das Gewicht eines Mannes zu tragen vermochten, ohne zu kentern. Ich sah Kaltmeister zu und bemerkte bald, daß seine Tätigkeit keine gärtnerische war; die Sachkunde machte mich neugierig und fesselte mich, und zwar deshalb, weil ich nicht genau bestimmen konnte, worin diese Sachkunde bestand, nur daß sie vorhanden war, spürte ich. Er stand gebückt im Teich, richtete sich hin und wieder auf, um etwas auf ein Blatt Papier zu kritzeln, das auf ein vor die Brust gehängtes Klappbrett gespannt war: Mein wissenschaftlicher Bauchladen, würde er mir später erklären in seinem preußisch harten Deutsch

– sie sind wieder gegangen, die Schwestern, nachdem sie mein Thermometer eingesammelt, mit kritischem Blick meine Verbände geprüft und sich erkundigt haben, ob ich noch etwas brauche; der Verbandswagen entfernt sich donnernd, und Schwester Antje, eine hagere Mittvierzigerin, die allein lebt, kettenraucht und mehr Eichendorff-Verse auswendig kann als ich, wird sich kopfschüttelnd über die stümperhaft angelegten Bindentouren der Damen und Herren Jungdoktoren ärgern; sie ist Mitautorin eines Lehrbuchs für Verbands- und Gipstechnik, das sogar drüben in der Notaufnahme ausliegt, aber außer Jost scheint kein Arzt Kenntnis davon zu haben, oft bleibt er, wenn sie Spätdienst hat, länger auf Station, um von ihr zu lernen, und dann, sagt Schwester Silke, werde der Dienst mit ihr um einiges angenehmer, sie rauche nicht mehr soviel in den nächsten Tagen und habe sich kürzlich die neueste Ausgabe ihres Lehrbuchs verschafft

– der Professor nickte mir freundlich zu: Siehst du, Sokrates, der junge Mann dort auf der Bank interessiert sich für unsere Arbeit; ich versuchte, jemanden zu entdecken, den er angesprochen haben könnte, aber ich sah nur Pflanzengewirr und Licht, das in staubigen Schollen durch das Glasdach sickerte, und einen Papagei, der über ihm in einem Bananenbaum schaukelte und krächzende Laute von sich gab; übrigens brauchen Sie vor Tasso keine Angst zu haben, er ist nur ein wenig ungebärdig

– du untertreibst, um Wiggo nicht zu erschrecken, Hans, sagte der junge Mann, der sich mir als Mauritz Kaltmeister vorgestellt hatte; er hatte in der Diele, die in ein großes Wohnzimmer überging, auf uns gewartet und mir mit beinernem Griff die Hand gedrückt, – Tasso ist ein Wachhund, der beißt durchaus auch zu, glücklicherweise gehorcht er gut; ich fand es merkwürdig, daß Mauritz seinen Onkel beim Vornamen nannte, er schien nichts dabei zu finden, wie auch der alte Kaltmeister nicht, der sich rasch umgezogen und sich in der Diele, nicht ohne mit ausgesuchter Höflichkeit zu fragen, eine leichte Zigarre angezündet hatte, wobei er mich durch seine Brille scharf, aber mit wohlwollendem Gesichtsausdruck musterte, – Im übrigen, sagte Mauritz lässig, da wir beim Zubeißen sind, der Imbiß wäre fertig

– Sie arbeiten als Gehilfe im Mikrobiologischen Institut, habe ich Hans da richtig verstanden?

– die feingesägten Blätter hoch im Licht, Lichtsud, der durch die Scheiben drang und sich wie Farn verzweigte, merkwürdig auch, daß Mauritz mich siezte und zugleich beim Vornamen nannte, erst am Abend würde er mir das Du anbieten; die Blattpaddel des Bananenbaums mit seiner schweren, elefantenrüsselhaften Blüte, ein violetter Zapfen, der aus dem Grün herabhing, die grünlichgelben Früchte in einer Skala von

Schamanenkronen nach oben gebogen, Kaltmeister klappte die Tafel zusammen, deponierte Gummistiefel und Hut in einem Spind, drohte Sokrates, der als bunter Blitz durch das Gewächshaus turnte, mit dem Finger, lief schweigend neben mir, hier und dort eine Blume oder die Blüte eines Strauchs prüfend, über den Gartenweg zum Haus, ein schlanker, elastisch wirkender älterer Herr mit straff gescheiteltem weißem Haar, seine Bewegungen waren federnd und bestimmt, manchmal ausfahrend nervös, wie bei Menschen, die unter innerer Spannung stehen oder zuviel Kaffee getrunken haben; er hielt mir die Tür auf und bat mich mit einer zeremoniösen Bewegung seiner Linken ins Haus, wo Tasso schon wartete, hechelnd zwischen Kaltmeister und mir Blicke wechselnd, als prüfte er, in welchem Verhältnis ich zum Hausherrn stand; Kaltmeister hob die Brauen, streckte langsam den Arm aus, wies auf einen Korb, der in einem Winkel der Diele stand, nickte, Tasso begriff, klappte die Kiefer zu, legte die Ohren an und trollte sich resigniert

– Mauritz' Frage hing eine Weile im Zimmer, verflüchtigte sich allmählich wie die Kringel, die von der Zigarre seines Onkels stiegen, ich schämte mich, wollte antworten, aber konnte es nicht, setzte das dampfende Teeglas ab, beobachtete die roten Wärmespindeln in der wunderbar aromatischen Flüssigkeit: Ja, aber ich habe ursprünglich Philosophie studiert, war Assistent an der Universität, es gab einen Zwischenfall, dann bin ich arbeitslos geworden und hatte nach einiger Zeit keine Wahl mehr

– alte Häuser haben eine ihnen eigentümliche Art von Stille, bei meinen Großeltern roch es nach Most und ausgedörrtem Zaunholz, im Altweibersommer nach eingelegtem Obst und manchmal, wenn die Schafhirten ihre Herden über den nahe gelegenen, von harzenden Apfelbäumen gesäumten Weg trieben, nach Sauerampfer; in Kaltmeisters Flur hing der charakteristische Geruch alter Bücher, den ich wie kaum einen anderen gern habe, den würzigen Feigengeruch guten Pfeifentabaks ausgenommen – der Duft ehrwürdiger Bibliotheken: dieses friedfertige, wohlwollende, mich immer tief beruhigende Arom jahre- und jahrzehntelang schlummernden Papiers, es herrschte auch in diesem Haus, überlagerte den kalten Zigarrenrauch, den Geruch des Hundekorbs und einer Schuhbank im Windfang, mit Reihen von *Tapir*-Lederfett und englischer *Dasco*-Hartwachspaste, die ich von London kannte, auch meine Familie hatte sie benutzt; Oda im taubengrauen Kostüm, die einen gleichfarbigen Schuh hebt und seinen Glanz prüft, bevor sie zur London School of Economics eilen wird, unauslöschlich ist die Vergangenheit in der Erinnerung, treibt wie ein aufgetauchtes Seerosenblatt in der Gegenwart, ist Gegenwart, wie Mauritz jetzt für mich Gegenwart ist, der langsam von der Treppe auf mich zukam, mir unablässig in die Augen sehend, es ist, als ob er jetzt die Hand aus der Tasche seiner weißen Leinenhose nähme und zum Gruß ausstreckte, mir seinen Namen nennte mit seiner heiseren und zugleich kühlen Stimme, die ich von nun an oft in meinen Träumen hören würde; ich schüttelte meine Hand aus, als er sich umwandte und die Diele entlang vor uns ins Wohnzimmer ging, versuchte, kein allzu schmerzverzerrtes Gesicht zu machen

– Philosophie. Aha. Der alte Kaltmeister blies geruhsam den Rauch seiner Zigarre aus, neigte den Kopf nach hinten, ließ Rauchringe steigen, die im Halbdämmer des Zimmers wie in einem mäßig beleuchteten Aquarium aufschwammen, durch die herabgelassenen Jalousien einfallendes Licht durchtauchten, unter der hohen Decke, an der ein ausgreifender Leuchter in Gestalt eines Oktopus hing, zerflatterten. Dann sind Sie also auch ein geheimer Baumeister. Die Kunst des

Staatsbaus scheint mir eine der schwierigsten Künste zu sein, die das Menschenwesen kennt. Ordnung und Unordnung, diese zwei Gefahren bedrohen unaufhörlich die Welt, sagt Valéry. Womöglich ist die Unordnung gefährlicher? Jedenfalls scheint mir heute einiges dafür zu sprechen ... Möchten Sie noch einen Tee, Herr Ritter?

– in Kaltmeisters Haus war es eine doppelte Stille, die ich als eine doppelte nicht sofort erfaßte: es gab die Stille der Bücher, die in ernsten braunen Lederreihen in der Diele und im Wohnzimmer auf durchgebogenen Schäften standen; die Stille der Gelehrtenbüsten, deren Gips pfefferminzplätzchenweiß im Dämmer der Bücherregale gloste, ich erkannte das nachdenklich-freundlich blickende Schimpansenantlitz Darwins, Humboldts Kopf mit Seesternfrisur und leicht bitterem Lächeln, enorm dimensioniert thronte Goethes Haupt in der Mitte, jupiterhaft stilisiert, die blinden weißen Augen in die Ferne gerichtet; die Stille der Zeichnungen und farbigen Drucke an den Wänden: Albrecht Dürers Hirschkäfer, auf die Länge eines menschlichen Fußes vergrößert; Tafeln, die, wie mir der alte Kaltmeister erklärte, aus dem Linnéschen Ordnungssystem stammten; aquarellierte Kupferstiche von Zitrusfrüchten und Schmarotzerpflanzen, von denen mich besonders der fleischrote Blütenschwamm einer Rafflesie – in der Realität halbmetergroß, sagte Kaltmeister – beeindruckte, dem der Künstler eine aus lappig-schwelender Trägheit und Gefährlichkeit gemischte Aura zu geben vermocht hatte; Stille, die aus den Schaukästen voller Schmetterlinge und Bienen sprach, die zwischen den Fenstern und neben der mächtigen Standuhr angebracht waren, auf deren Zifferscheibe sich das Licht zu einem metallisch leuchtenden Auge mit pflaumenfarbenen Sprengseln bündelte

– Mauritz, den ich im Halbdunkel des Zimmers nur undeutlich sah, ich höre seine etwas näselnde, ein wenig zu sanfte, eindringliche Stimme, sehe mich ihm gegenüber in seiner peinlich sauber aufgeräumten Kammer, die er in Kaltmeisters Haus, unter dem Dach, zur Verfügung hatte, hier war er aufgewachsen, inmitten von schwarzweißen Segelschiff- und Polar-Fotografien, die in millimetergenau gleichen Abständen zueinander hingen, der *Seeadler,* die *Niobe,* die *Preussen,* das Ledergesicht Amundsens mit den eishellen Augen, eine kahle weiße Kammer, die, mit Ausnahme eines Regals voller Abenteuer- und Simenon-Bücher – magst du ihn, fragte er und strich vorsichtig über die Buchrücken, er ist ein redresseur des destins –, in nichts an das Kind erinnerte, das Mauritz auch einmal gewesen sein mußte; es gab ein stählernes Feldbett, einen einfachen Holztisch beim Fenster, einen Stuhl und an der Wand darüber ein Brett mit militärhistorischen und philosophischen Schriften, Machiavellis *Fürst,* Campanellas *Sonnenstaat,* Bacons *Nova Atlantis* darunter; Mauritz' kurzgeschorenes leopardengelbes Haar, das seinem Kopf eine schwer zu fassende Eleganz gab, glomm in der Dämmerung, ein Pharaonenkopf, dachte ich, er erinnert mich an Echnaton; er sagte: Krieg, Wiggo, schau dich um: Die Architekten brauchen den Krieg, denn die Städte sind verstopft, es entsteht nichts Neues mehr, Architektur ist heute die Wissenschaft von der Umnutzung, vom Rückbau und Umbau; aber, sei ehrlich, haben sie vielleicht deshalb das Studium der Architektur aufgenommen? Für Rückbau und Umbau?

– Sie betrachten den Eisvogel? Der alte Kaltmeister hatte mir Tee eingeschenkt und war meinem Blick gefolgt. Das Bild ist schon mehrere Generationen im Besitz der Familie. Es hing über dem Durchgang zum Nachbarraum, ein quadratisches Gemälde von etwa fünfzig Zentimeter Kantenlänge; erst als ich näher trat, erkannte ich, daß das Bild eigentlich aus zwei Bildern bestand: Der Maler hatte in die dunkelbraune Grundierung, der hauchfein gemalte Goldwirkereien Tapetencharakter verliehen, mit satt lasurierendem Pinsel ein blaßgrünes, gerahmtes Quadrat gehängt, in dem das gedrungene Tier, der kräftige Schnabel ein schwarzer Keil im Dunkel, auf einem Ast saß. Es ist etwas größer als in natura, sagte Kaltmeister, der neben mich getreten war, ich betrachtete den stahlblau leuchtenden Vogel, der mit besessener Akribie und zartester, beinahe träumerischer Klarheit der Farben gemalt war; Stilleben, sagte der Professor, einen Zug an seiner Zigarre nehmend, das ist eines unserer Steckenpferde, nicht wahr, Mauritz?

– Krieg: Die geistig Tätigen brauchen ihn, denn dann wird ihre Stimme wieder Gewicht haben, wieder gehört werden im Ozean der Meinungen, nachdem sie zur Bedeutungslosigkeit verkommen sind nach dem Fall der Ideologien ... Wo sind sie, die Debatten und Diskurse von gestern? Wo ist der außerparlamentarische Widerstand, wo sind die alten SDS-Pamphlete, *Kursbücher* und Mao-Bibeln? Verdorben und gestorben. Der Mensch ist des Menschen Wolf; aber ist es das, was uns krank macht? zu sagen: Heute greifst du ein wenig nach dem Licht, morgen tut's ein anderer? Jeder will nur: leben. Das bedeutet: Lebe ich, lebst du schon ein bißchen weniger. Die bösen Kapitalisten ... Pah. Sie tun nur, was jeder tun will: leben. Es hat keinen Zweck, flammende *Krieg den Palästen*-Flugblätter zu verfassen, denn die, die sie schreiben, leben meistens von den Palästen. Schau sie dir doch an, wo kommen sie denn her, Wiggo, alles Bürgersöhnchen und entlaufene Pfarrerstöchter. Künstlerseelen! Aber die Mehrheit der Menschen verdient ihr Brot nicht mit künstlerischen Dingen und hat keine besonderen Begabungen, die es erlauben, die Weltrevolution zu fordern, in der Zwischenzeit aber, bis sie eintritt, von Tantiemen für künstlerische Erzeugnisse zu leben, sagte Mauritz, immer mehr in Erregung geraten, er schien von aufbrausendem Temperament zu sein, obwohl er kühl und beherrscht wirkte, ich sah an ihm vorbei nach draußen, wo das Zirpen der Grillen in den Gartentiefen mit dem Röhren der Frösche von der nahen Havel ein zwischen Waschbrettzwirbeln und Wasserschlauchposaunen rhythmisch wechselndes Duett einging; ich lächelte, schüttelte den Kopf, als ich Mauritz' mißbilligenden Blick auffing: Kein Krieg hat etwas zum Positiven gewendet, Mauritz, und schon gar nicht die beiden dieses schauerlichen zwanzigsten Jahrhunderts. Er schwieg, ich sah wieder nach draußen, die Sonne war ein im Schilf zeitlupenhaft zerflatternder Kupfergong, in der Krone des Apfelbaums vor Mauritz' Fenster summten die Bienen aus Kaltmeisters Imkerkörben in der Remise neben dem Gewächshaus

– und dies war die zweite Stille, die ich im Zimmer, im Haus, in der Diele mit den matt schimmernden Buchrücken spürte, eine doppelgängerische Stille, die Stille des Eisvogels in diesem Gemälde, der Körper, der auf einen zweiten verweist, seinen Schatten, Raum, der Durchgangszimmer ist zu einem zweiten, eigentlich gemeinten, das Schweigen des Körpers und das Schweigen des Schattens, die aufeinander deuten. Sie bedeuten mir von allen Gemälden am meisten, die Stilleben, sagte der alte Kaltmeister, wie nicht leicht in einer anderen Gattung durchdringen sich hier die beiden formenden Prinzipien der Kunst, aber auch der Natur: Logos und Eros, kompositorisches Kalkül und Vision, die in den höchsten Beispielen – Mozart und Bach auf dem Gebiet der Musik – zur Vollkommenheit und auch bis zur vollkommenen Ununterscheidbarkeit ineinanderfließen; die Mozartsche Melodie ist ein Wunder an Gefühlsausdruck und zugleich ein Wunder an technischer Komplexität, es ist ein Uhrwerk und zugleich die atmende Regung dessen, was allzu schwärmerisch veranlagte Menschen Seele nennen

– gehen wir spazieren, schlug Mauritz vor, du bist mit deinen Sinnen ja doch draußen, und vielleicht hörst du mir dann besser zu. – Ich höre dir zu. Du sprichst über den Krieg, und das ist kein Thema, bei dem ich unaufmerksam bin, auch wenn es den Anschein haben mag. – Heraklit sagt, daß der Krieg der Vater aller Dinge sei. – Heraklit kenne ich gut, ich habe viel über ihn gearbeitet. Er gehört, um es vorsichtig auszudrücken, nicht gerade zu den Modephilosophen. Es ist ein umstrittenes Zitat. Genausogut könnte man nämlich sagen, daß der Frieden der Vater aller Dinge sei, denn hinter jedem Krieg steht schließlich die Idee eines Friedens. Selbst bei Machiavelli und selbst in Clausewitz' *Vom Kriege,* das dort auf deinem Bücherbord steht. – Du bleibst doch heute hier? Mauritz' Gesicht hellte sich auf, als ich unschlüssig stehenblieb. Selbstverständlich bleibst du. Wir bekommen nicht oft Besuch, und ich wohne ja auch eigentlich nicht hier, sondern in der Friedrichstraße. Aber ich bin hier aufgewachsen, in diesem Haus. – Wer ist das Mädchen da auf dem Foto? Ich wies auf den Tisch, zwei Fotos in Kipprahmen standen darauf. Das Mädchen hatte einen feingezeichneten, sinnlich wirkenden Mund, blickte den Betrachter ernst und zugleich mit hauchfeiner Ironie an, deren Sitz in den ebenmäßigen, sehr weiblich wirkenden Zügen ich nicht entdecken konnte, so daß ich immer wieder hinschauen mußte. – Manuela, meine Schwester. Sie lebt in München. – Und wer ist das auf dem anderen Foto? Mauritz' Gesicht verdüsterte sich; er stand auf, ging ans Fenster, wandte mir den Rücken zu. Meine Eltern. Sie sind tot. Bei einer Entführung gestorben. Ich möchte nicht darüber sprechen. Laß uns gehen

– Unruhe: Mauritz' Anrufe beschränkten sich auf ein

Kommst du mit? dann holte ich ihn in der Kanzlei ab, seltener von seiner Wohnung, in der peinliche Sauberkeit herrschte, was hätte Dorothea erst zu diesem zum aseptischen Loft ausgebauten Dachgeschoß in der Friedrichstraße gesagt, wenn sie meine Wohnung, die zwar auch sauber, aber abgewohnter als die von Mauritz war, *Klosterzelle* nannte, vielleicht *Siliziumlabor*, es gab eine Edelstahlküche, Glastische und Stahlstühle, im Arbeitsbereich Laptops und einen anthrazitschwarzen Computer, zwei Stahlsofas mit schwarzen Sitztafeln, wenige Bücher, vor allem Fachbücher zum Patent- und Markenrecht, biochemische Kompendien, die Bibel, Gedichte von George in den Prachtausgaben des Bondi-Verlags, ein Regal mit Noten und CDs, auf einem Podest neben dem Arbeitsbereich eine Stereoanlage, der man die zwanzigtausend Mark, die sie gekostet hatte, gerade deshalb ansah, weil ihre Frontansicht nichts war als ein ebenfalls anthrazitschwarzer, matt schimmernder Block; in einer Ecke des Lofts stand ein Architekten-Reißbrett mit verschiedenen schaltplanartigen Zeichnungen darauf – erst später würde Mauritz mir erklären, daß es sich um Grundrisse handelte: Fernsehturm am Alexanderplatz, das KaDeWe; auf einem runden Stahltischchen in der Mitte des Raums stand eine zylinderförmige Kristallvase mit schräg angeschnittener Mündung, ein einzelner Farnzweig darin; in der anderen Ecke ein schwarzer Stutzflügel, manchmal, wenn ich Mauritz abholte, hörte ich ihn schon von weitem darauf spielen. Bach. Dann blieb ich im Hausflur stehen und dachte: Jetzt ist er allein mit Bach und einer Klarheit von geradezu geometrischen Dimensionen; – Kommst du mit? Er hatte geduscht und die Unterwäsche gewechselt. Er wechselte seine Unterwäsche täglich zweimal, weniges haßte er so wie Schmutz und Unreinheit. Dann nahm er ein weißes Leinenhemd und einen seiner schwarzen Anzüge, die er von einem Maßschneider aus der Savile Row bezog, wählte aus einer Reihe handgenähter *Lendvay & Schwarcz*-Schuhe, die ihm ein Geschäftspartner der Anwaltssozietät, in der er tätig war, aus Budapest zukommen ließ, ein passendes Paar, wir gingen

– für mich ist er etwas wie ein Wappentier, Kaltmeister griff nach einer Aschenschale und streifte den Aschkegel seiner Zigarre ab. Das Wappentier einer stolzen und stillen, im Hintergrund wirkenden Gilde miteinander verbundener Menschen, Naturwissenschaftler, Künstler, Politiker, Industrielle, denen die Werte des Humanismus noch etwas bedeuten, der Geist Goethes und Humboldts ... Verzeihung, ich bin unhöflich. Ich lasse es mir bei diesem schönen Sandblatt gutgehen und vergesse zu fragen, ob Sie rauchen. – Nicht so gut wie Sie, Herr Professor. Er schmunzelte. Nun, wenigstens für dieses Beisammensein können wir das ändern. Bevorzugen Sie intensivere oder leichtere Tabake? Prüfen Sie unsere Vorräte. – Er war mir sympathisch, ich forderte ihn heraus. Mokkabraune Blechschachtel, Schriftzug Café-au-lait, Grundton Lichter Ocker, auf dem Medaillon ein Herr, der an Nietzsche erinnert ... Sie wissen standesgemäß zu bestellen. Mauritz, würdest du uns bitte die Schachtel mit den Braniff-Zigarillos holen

– Unruhe: So schönes Wetter, sagte Mauritz, und nichts in Ordnung; Billards in Kneipen, Mauritz, der mit dem blauen Würfelchen die Spitze seines Queues kreidet, zustößt und immer wieder seinen Nachbarn oder seine Nachbarin auffordert: Erzählen Sie mir von sich – was regelmäßig Überraschung auslöste, sekundenlanges Anstarren, als wollten sie erforschen, ob er ein Problem habe, dann ein kurzes Besinnen, oft ein Fehlstoß aus Unkonzentriertheit und Irritation, und was mich immer wieder überraschte, war, wie bereitwillig die meisten Mauritz' Ansinnen erfüllten und erzählten. Er wollte alles wissen, interessierte sich für alle Details ihrer Arbeit, und Wie ist das genau, wie funktioniert das, was müssen Sie da tun, waren Fragen, die immer wiederkehrten; einmal lachte ein Mann und sagte: So genau wie Sie haben mich noch nicht einmal meine Eltern über das ausgefragt, was ich tue. Ich sah, wie sie nach anfänglichem Zögern ihre Scheu überwanden und immer mehr von sich preisgaben, manche auch private Dinge, die sich Mauritz anhörte, ohne nachzufragen, hier ermunterte er nicht, hörte schweigend zu, sein Queue kreidend, über das Billard gebeugt und Kombinationen auslotend; manchmal spürte ich dann, wie mich ein Blick streifte und die Frau – es waren häufiger Frauen als Männer, die sich mit ihm auf ein Gespräch einließen – sich gern allein mit ihm unterhalten hätte; dies aber ließ er nicht zu, eine dieser Frauen sagte: Du mußt ein anstrengender Mensch sein, aber interessant; sie schüttelte den Kopf und lachte, zahlte ihre Rechnung, ging, sah sich vom Ausgang noch einmal zu ihm um, einen Moment zögernd, ein wenig die Augen zusammenkneifend, dann schüttelte sie wieder den Kopf, lächelte und ging hinaus. Fast alle diese Menschen erschienen mir nach den Gesprächen mit Mauritz gelöster, um etwas leichter, was ihnen vielleicht Sorgen bereitet, sie bedrückt hatte

– Bild im Bild, der alte Kaltmeister warf mir einen verschmitzten Blick zu. Was mag er sich wohl dabei gedacht haben, unser Maler? Ich erinnerte mich an Museumsbesuche mit den Eltern, Mutter immer mit dem Katalog in der Hand, Louvre, Centre Georges Pompidou, ein Urlaub in Wien fällt mir ein und ein Besuch im Kunsthistorischen Museum, Mutter ging nicht zu den Allerweltsbildern, ich sollte besser sagen: zu den von aller Welt besuchten Bildern, nicht zur *Malkunst* von Vermeer, nicht zum Selbstporträt Rembrandts, sondern zu einem fast ganz und gar grünen Bild, einem Waldstück von Coninxloo, zeigte mir das dunkelfarbige Vanitas-Stück einer

Holländerin, Maria van Oosterwijk, war beeindruckt von dem Kunstgriff, daß die Malerin ein kleines Buch mit dem Titel *Self-Stryt,* das vom Kampf zwischen Gut und Böse handelt, ins Bild geschmuggelt hatte, Mutter blieb lange vor diesem Bild, während Vater amüsiert war von Dürers *Amor als Honigdieb,* den ein Kreisel aufgebrachter Bienen umschwirrte; Dorothea und Oda betrachteten tuschelnd Arcimboldos *Winter,* den Waldkastellan mit Efeuhaar und Zitronen am Kragen; mich faszinierte Caravaggio, *David mit dem Haupt des Goliath,* auf dem ein Jüngling in mysteriösem Licht vor einem Hintergrund undurchdringlicher Nacht, das Schwert über die rechte Schulter gelegt, in der Linken Goliaths zyklopischen Schädel hält, der Gesichtsausdruck des Jünglings ist beiläufig, fast sinnend, ein wenig verächtlich und wegwerfend; Mutters Stimme wieder vor einem Stilleben: Hier hat der Maler gegen die Konvention verstoßen, indem er ein lebendes Tier ins Bild gebracht hat; in einem regelrechten Stilleben hätte das Hündchen da nichts zu suchen; ich konnte also Kaltmeisters Frage beantworten

– ihr wohnt sehr schön hier, sagte ich zu Mauritz, diese Stille und der Fluß in der Nähe ... Wir gingen an der Havel entlang, auf der noch ein paar Boote langsam fuhren; er bückte sich plötzlich nach einem Nachtfalter, einem grauen haarigen Schwärmer, der in ein Wasserloch gefallen war und matt noch ums Leben kämpfte, führte seine Hand unter den Falter und nahm ihn vorsichtig auf, mich ekelte das Tier, ich hatte schon immer eine Phobie vor Nachtfaltern, diesen heimlichen, rauchgrauen Spähern mit felligen Körpern, Dämmerungsgeister, die man nicht lieben kann wie ihre farbigen, elfenhaften Tagverwandten, Mauritz hob das Tier ins Licht, ließ es fliegen: Es hat auch nur Todesangst, sagte er leise, es kann nichts dafür, daß es auf uns häßlich und abstoßend wirkt

– übrigens empfehle ich, die Zigarillospitze zu kupieren. Oh, Sie haben ein Taschenmesser? Das hat in meiner Jugend jeder Junge, jeder Mann bei sich getragen. Aber heute ... Das ist selten. Er musterte mich mit einer Mischung aus Überraschung und Respekt

– kein gewöhnliches System, allerdings. Thomas Mann steht zwischen Hofmannsthal und Andersen, Brecht drei Etagen darüber. Ich hätte sie zusammengestellt, gerade weil sie sich gehaßt haben. Hans findet das unmöglich. Man kann doch Thomas Mann nicht neben Bertolt Brecht stellen! sagt er. Die Buchstaben revoltieren, die Texte werden gallig, Ärger und Säure zerfrißt die Einbände. Ich senkte den Kopf, um mein Lächeln zu verbergen, das Mauritz für respektlos halten konnte. Eine Bibliothek nach solchen Gesichtspunkten zu ordnen, erschien mir skurril. – Sieh ihm seine Schrullen nach, bat Mauritz. Er mag dich, das merke ich. Bald wird er dir Bücher leihen, und du mußt regelmäßig kommen

– die Staaten, die ich untersuche, Kaltmeister beugte sich über den Kartentisch, der eine ganze Zimmerecke einnahm und mit Tafelwerken und Manuskriptblättern bedeckt war, arbeiten nach etwas anderen Prinzipien, als wir sie aus der Menschenrealität kennen. Geist und Demokratie ... Wir betreten heikles Terrain. Wissen Sie, Herr Ritter, es ist ja eine Anmaßung, wenn die Demokratie den Geist für sich in Anspruch nimmt. Nur der politisch-technologisch ausmünzbare Geist ist der ihre, also der, den man gemeinhin als den nützlichen bezeichnet. Es ist nicht immer der beste. Nun, mit Demokratie, wie wir sie im allgemeinen auffassen, haben die Staatenbildungen der Insekten wenig zu tun. Macht es sie deshalb erfolgloser? Im Gegenteil. Ich trat an den Tisch. Kaltmeister blätterte in einem Folianten, schlug eine Zeichnung auf. Mehrere zuckerhutartige Gebilde waren darauf zu sehen, die in einer Savannenlandschaft voller harter Schatten und sonnenverbrannter Bäume aus der Erde ragten. Interessieren Sie sich für Termiten? Ohne meine Antwort abzuwarten, begann Kaltmeister von diesen staatenbildenden Insekten zu erzählen. Die eigentümlich farblose Stimme hatte jetzt alle scherzenden Untertöne verloren. Der Professor stach die Sätze mit der gleichen Präzision in die Luft, mit der er die Insekten in den Schaukästen an den Wänden befestigt hatte. Seine Rede war nüchtern, und doch spürte ich darin die Freude an einer Schönheit, die auch das Trockene und Sachliche für den bereithält, der genau zu beobachten weiß. Er erzählte mir von der Zivilisation dieser Lebewesen, die auf ihn, der von der Erforschung der Bienen gekommen sei, zunächst eine abstoßende Wirkung gehabt habe: Licht und Frühling, Sonne, Äther, Himmelsblau auf der Bienen-, Nebel, Wildheit, Schmutz und Grabesluft auf der Termitenseite, eine Angelegenheit der Betrachtungsweise, wie er gefunden habe, unzulässig anthropozentrisch gewertet, ein Fehler, vor dem sich gerade der Wissenschaftler freizuhalten bestrebt sein müsse

– fühlst du dich wohl in dieser Zeit, dieser Gesellschaft? fragte Mauritz, ich antwortete: Nein

– hundert Millionen Jahre vor dem Erscheinen des Menschen, höre ich den Professor neben mir, er nickt mir zu, über den Rand seiner Brille blinzelnd, das leiten wir aus geologischen Untersuchungen ab, traten die Termiten auf. Pfui, Tasso. Verschwinde. Der Hund war an den Kartentisch gekommen, hatte sich aufgerichtet und die Pfoten darauf gelegt, um mit hechelndem Maul zu sehen, was es oben Interessantes gab. Mauritz schnalzte mit der Zunge, Tassos Kiefer schlappten zusammen, der Hund lief zu seinem Herrn, der hinter uns im Sessel saß und mit halbgeschlossenen Augen ins Leere starrte, seinen Onkel aber hin und wieder mit einer Frage unterbrach, die verriet, daß diese scheinbar schläfrige Haltung in Wahrheit angespannte Konzentration war und ihm kein Wort unserer Unterhaltung entging; Kaltmeister zeigte mir einen fossilen Bernstein mit eingekapselten Termiten

– wir leben, und keiner weiß, wozu ... Was willst du tun dagegen, wenn du sagst, daß du dich nicht wohl fühlst in dieser Gesellschaft? – Ich weiß es nicht, ich weiß nicht, was man tun kann, Mauritz, – Du, der Philosoph, hast keine Vorschläge?

– Fachbücher und Bände naturwissenschaftlicher Zeitschriften, vergilbt, verschollen und mit klangvollen Namen: *Linnaea Entomologica,* Stettin; *Jenaische Zeitschrift für Naturwissenschaft*; *Verhandlungen der Deutschen Zoologischen Gesellschaft*; *Annales de la Société entomologique Belge*

– ich wüßte schon etwas, sagte Mauritz: Analyse und die aus der Analyse folgende, logisch sich ergebende Tat

– sie besitzt nicht den Stachel der Biene, nicht den Chitinpanzer der Ameise, sie hat für gewöhnlich keine Flügel, und sind ihr doch Flügel verliehen, beim Schwärmen, so ist es wie zum Hohn, denn die schwärmenden Termiten werden zu Massen die Beute der Vögel, anderer Insekten und Reptilien, sie lebt vorwiegend in den heißesten Tropen und stirbt, wenn ein Sonnenstrahl sie trifft, sie braucht Feuchtigkeit und lebt in Zonen Afrikas und Australiens, in denen im größeren Teil des Jahres kein Tropfen Regen fällt

– Unruhe: tropisch wucherndes Licht im KaDeWe, Mauritz, der mit einer Mikrofilmkamera Aufnahmen machte, Fluchtwege inspizierte, die Fahrzeit des Glaslifts zwischen den Etagen stoppte und sorgfältig in ein Notizbuch eintrug, das Gesicht verschlossen, unnahbar im Gewirr der Menschen, die in den Schneisen zwischen den sich türmenden Waren hin- und hergespült wurden, nicht hastig oder ruckhaft wie in den Super- und Baumärkten, Sommer- und Winterschlußverkaufszonen, die ihre Darbietungen – lachende, winkende Mickymaus-Figuren, Muzak-Chöre, Sondersonderangebotsaufrufe, Goldkettchen-Herren mit umgeschnalltem Mikrophon vor Tischen mit Billigschmuck, Bettfeder-Ecken, Wühlbassins, Q-10-Pflegecremes, Küchenarmaturen, Balkonpflanzen – wie Schüttwasser über sie, die Kundschaft, ausgossen, sondern betäubter, gleitender, ohne hysterische Beschallung, mit einem Anschein von Freiheit, den Prunkbau zu verlassen, ohne einen einzigen der in Eistheken aufgebahrten Fische zu kaufen, keine der stockwerkhoch gestapelten Konservendosen, nicht diese Schattierung von Gelb inmitten von Hunderten Schattierungen von Gelb an der Käsetheke, keines der gebunkerten Sechs-, Acht-, Zehn-, Zwölf- und x-fach-Kornbrote zu kaufen, nichts aus den Fleischbänken mit ihren vielblättrigen Wurst-Leporellos, Schinken-Bocksbeuteln, in Scheiben geschnittenen Schweinen, lachsfarben lachenden Putenfilets, rostroten Rindersteaks: die Freiheit, nichts zu kaufen im Tempel des Schlemmens, Prassens und der Gaumenkitzel. Wie ich es hasse, sagte ich zu Mauritz, wie ich das und die Zeit, die so etwas möglich macht und nötig hat, hasse

– *Termes Bellicosus,* Kaltmeisters feingliedrige, wie von einem gotischen Meister geschnitzten Hände nahmen einen Druck aus einer Mappe, auf dem verschiedene Arten von Termiten abgebildet waren – der Kriegerische, dessen Bauten eine Höhe von acht Metern erreichen können; der *Viator,* der Wanderer, einer der wenigen Termiten, die man außerhalb ihres Baus sehen kann, wenn sie in langen Reihen, die lasttragenden Arbeiter von Soldaten flankiert, den Dschungel durchziehen; die *Capritermes,* deren Kiefer in Gestalt von Ziegenhörnern wie Stahlfedern losschnellen und das Insekt weit fortschleudern können; und sehen Sie hier, diese Kamine, Schlote und Burgen, ihre Bauten, die aus so hartem Zement gemauert sind, daß die Schneide einer Axt daran schartig werden würde; manche Termiten leben in Baumstämmen, die nach allen Richtungen ausgehöhlt und von Galerien durchzogen sind, die bis in die Wurzeln reichen

– es ist humanistischer konservativer Geist, Linné, Humboldt, Goethe, er hat auch mich geprägt, das macht es schwierig, davon loszukommen ... Ich weiß das. Ich bin mir darüber im klaren. Ich mag Hans sehr, ich verdanke ihm viel, aber das, was ihn umtreibt, ist ins Gestern gewandt. Kontinent Humanismus. Die Schiffe fahren weiter, und langsam verschwindet er unter dem Horizont. Es ist möglich, daß es in Wahrheit nichts anderes gibt, aber es käme auf einen Versuch an. Mauritz pflückte eine Pusteblume und blies die Fiederchen davon. Die Kultur jedenfalls, die jetzt herrscht, wird untergehen, denn sie kennt keinen Glauben mehr. Ohne Glauben aber gibt es keine Hoffnung – und ohne Hoffnung keine Zukunft. Wir sind nicht mehr naiv, wir kennen das Beginnen nicht mehr, das unwiderstehliche Arom der Frühe und des Morgens, wenn die Sonne aufgeht. Wir sind müde, und wenn wir nicht den Mut oder die Ideen zu einem radikalen Neubeginn aufbringen, werden wir sterben. Ich weiß, die Utopisten haben momentan nicht besonders gute Karten. Er lachte und zuckte die Achseln

– Kaltmeister rückte an seiner Brille, nachdem seine Kornblumenaugen auf meinem Gesicht nach Zeichen von Ermüdung oder Desinteresse geforscht hatten, zog einen Quartband heran, W. Saville-Kent, *The Naturalist in Australia,* ich sah Fotografien von Termitenstädten, Feldern mit Stalagmiten, getürmten Schlammhaufen, vulkanischen, erstarrten Steinblasen, Riesenkinder-Kleckerburgen gleichenden Nestern; sah Bauwerke der Kompaß- oder Magnet-Termite, die immer in Nord-Süd-Richtung liegen, aufgestapelten Stämmen und verwitterten Heuschobern ähnelnd, ungeheuren, mit Strohmieten bestandenen Feldern, den Gräbern des Tales Josaphat, einer verlassenen Tonwarenfabrik; andere besaßen Türmchen, schmutzbewimpelte Galerien, Zinnenflor, Schwibbögen; unzählige Strebepfeiler stützten die übereinandergreifenden Zementlagen, erinnerten an Kathedralen, an denen Jahrhunderte genagt haben. Die Termite ist blind, sagte Kaltmeister, sie baut die Häuser nicht wie wir von außen nach innen, sondern von innen nach außen, und das über viele Generationen. Diese Bauten müssen alt sein. Ihr Wachstum ist ein sehr langsames; von einem Jahr zum anderen sieht man keine Veränderung, wie aus dem härtesten Stein gemeißelt widerstehen sie tropischen Unwettern, den Monsunregen, der ewigen Schleifarbeit des Windes. Unter einer Kuppel aus zerkautem Holz, von der ein Gewirr von Wegen ausstrahlt, im Mittelpunkt der Stadt, befindet sich ein kugelförmiges Gebilde, dessen Umfang, auf menschliche Verhältnisse umgerechnet, größer wäre als der der Petersdom-Kuppel. Das Nest ist mit Millionen kleiner Larven besetzt und von Lüftungsöffnungen durchsiebt. Darunter befindet sich die Zelle der Königin, die auch der König bewohnt – verborgen unter dem enormen Bauch seiner Gattin, die dreißigtausendmal größer ist als ein Arbeiter und ihre Kammer nicht zu verlassen vermag, eine Fortpflanzungs- und Ausstoßungsmaschine, ein mit Eiern bis zum Platzen aufgeschwemmter Bauch, der täglich dreißigtausend Eier legt, also

– Gier, sagte Mauritz, sie schlendern durch diesen Vorratsspeicher mit völlig ruhigen Mienen, unaufgeregt, als bestünde hier überhaupt kein Anlaß, etwas pathetisch zu nehmen, das ist ganz und gar gewöhnlich, Menschen gehen einkaufen im KaDeWe, und dabei ist es die Gier, die hier spazierengeht, nichts anderes, jeder will nur haben haben haben, das ist das Grundübel, das ich immer wieder beobachte; alles kommt aus dieser Wurzel, die man ausrotten muß, will man wirklich etwas ändern ... Pascal meint, alle Übel der Welt rührten aus dem Umstand, daß die Menschen nicht in der Lage seien, ruhig in ihren vier Wänden sitzen zu bleiben, ich glaube, es ist die Gier

– rund elf Millionen Eier jährlich, sagte Kaltmeister, die nach unten gerutschte Brille hochschiebend, aus denen sich drei Sozialformen entwickeln: die Arbeiterkaste, die Kriegerkaste und die Fortpflanzungskaste. Die Arbeiter ernten, verarbeiten und verdauen die Zellulose, sie ernähren alle anderen Bewohner, denn weder die Krieger noch das Königspaar sind imstande, das Lebensmittel der Termiten, die Zellulose, zu nutzen. Inmitten des Überflusses würden sie verhungern ohne die Arbeiter. Die einen, weil ihre Kiefer zu Schlachtwerkzeugen mutiert und so unförmig sind, daß sie den Weg zum Mund versperren, die anderen, weil sie keine bei der Verdauung behilflichen Protozoen in den Eingeweiden haben. Es herrscht Kommunismus in diesem Staat, der einzige, der funktioniert, der Kommunismus des Schlundes und der Eingeweide. Wenn eine Termite Hunger hat, stößt sie den vorbeikommenden Arbeiter mit den Fühlern an. Ist der Bittsteller noch jung, kann er sich also noch zu einer Königin oder einem König entwickeln, liefert der Arbeiter das zum Fressen ab, was er im Magen hat. Ist er ein ausgewachsenes Männchen, dreht er ihm das Hinterteil zu und überläßt ihm, was sein Darm enthält ... Nichts geht verloren in dieser Republik, keine abgelegte Haut – sie wird sofort gefressen –, kein Leichnam, auch er wird verzehrt. Abfälle gibt es nicht. Alles ist eßbar, alles ist Zellulose, und die Exkremente werden immer wieder ausgenutzt. Die Galerien sind von innen mit der größten Sorgfalt geglättet und gefirnißt. Dieser Firnis besteht aus Kot

– die Tür mit dem eingeätzten Schiff schlug hinter uns

zu, wir verließen das KaDeWe. Die Gier? Wenn du sagst, daß das Grundübel der Menschen die Gier ist, so übersiehst du das Recht jedes Menschen auf Leben, und der Öltanker, der vor der Küste Alaskas auf Grund gelaufen ist und durch das ausgelaufene Öl Hunderttausende Tiere getötet hat, hatte das Öl auch für deine Lampe, der du von Gier redest, nein, es ist keine Gier, sie wollen alle nur leben, sagte ich, Mauritz' Tirade ging mir auf die Nerven, reizte mich, und gerade deshalb reizte sie mich, weil ich seiner Stammtisch-Philosophie in vielem zustimmen mußte, weil er es wagte, Gedanken, die auch ich schon gedacht hatte, die in mir wie Würmer bohrten und krochen und die ich vor anderen bisher sorgfältig verborgen hatte, auszusprechen, zu benennen als Wahrheiten oder jedenfalls als Ansichten, über die zu diskutieren der Arbeit des Chirurgen ähneln würde, die schmerzhaft und gefürchtet, aber notwendig ist, – Wie würdest du es dann nennen? fragte er mich

– gebannt hörte ich dem alten Kaltmeister zu, beobachtete seine mageren Hände, die selbst wie unruhige helle Tiere über den Tisch und die aufgeschlagenen Folianten glitten, ich habe seinen prononciert gesprochenen Vortrag wie damals im Ohr, das Ticktack der mächtigen Standuhr und hin und wieder das Klingen von Glas auf Glas, wenn Mauritz hinter uns die Teetasse absetzte; er hörte zu, trat aber nicht an den Tisch heran, vielleicht hatte er diesen Vortrag schon oft gehört, bei so manchem Studenten, der seinen Onkel besuchen gekommen war, vielleicht ekelte er sich auch vor den Bildern, die aufgeblättert lagen, oder sie waren ihm einfach nur gleichgültig: Termitensoldaten mit gewaltigen Harnischen, erzeugt vom Geist des Termitennestes, wie der Professor nach kurzem Zögern das unbekannte Element bezeichnete, das die Staatsgeschicke dieses Insektenvolks geheimnisvoll lenkte, – Denn die einfache

Termite ist wehrlos, kommt sie ans Licht, ist sie verloren; nur wenige Arten sieht man außerhalb ihrer Zementfestungen; sie ist blind, waffen- und flügellos und ist so der Ameise, ihrem schärfsten Feind, von vornherein unterlegen; aber dieser Geist des Termitennestes verfügt, wie übrigens auch der der Bienen, über eine Fähigkeit, die dem Menschen – soll man sagen: gottseidank? – noch fehlt: Nahrungszusammensetzung, Bruttemperatur, Lüftungsverhältnisse werden geändert, und aus einem Ei, aus dem sonst ein Arbeiter geschlüpft wäre, entwickelt sich solch ein monströser Schlagetot, der für nichts anderes als für den Kampf gemacht ist – hier, dieses Foto: Ameisen dringen in den Termitenbau ein, die Soldaten halten sie auf, so gut es geht, und wissen Sie, was dahinter passiert? Die Arbeiter mauern in aller Eile alle Öffnungen der Gänge zu. Die Soldaten werden geopfert, aber der Feind bleibt draußen

– Interessenkonflikte, Mauritz, ich nenne es einfach: Interessenkonflikte; Robinson Crusoe ist frei, solange er allein ist. Taucht Freitag auf, gibt es verschiedene Interessen

– sie sind empfindlich, außerordentlich sogar. In einem mitteltemperierten Klima können sie nicht leben. Noch nicht. Herrschen weniger als zwanzig Grad, erfrieren sie, über sechsunddreißig Grad sterben die Protozoen, auf die sie angewiesen sind, der Verdauung wegen. Aber dort, wo sie es aushalten, richten sie schlimme Verwüstungen an. Termes Indiae calamitas summa, schreibt Linné. Häuser stürzen ein, vom Erdgeschoß bis zum Dach zernagt; Möbel, Wäsche, Papier, Kleider, Leder, Vorräte, Holz: alles verschwindet. In Sankt Helena stehen zwei Polizeisoldaten plaudernd unter einem Meliabaum, der mit Blättern bedeckt ist, einer der beiden lehnt sich an den Stamm, und der riesige Fieberbaum, im Innern vollständig zerfressen, nur die Rinde ist verschont geblieben, zerfällt zu Mehl und Trümmern. Ein Pflanzer kehrt nach einer Woche Abwesenheit in sein Haus zurück, alles ist intakt, nichts scheint verändert zu sein, er setzt sich auf einen Stuhl – der Stuhl bricht zusammen. Er hält sich am Tisch fest – der Tisch zerfällt zu Brösel. Er stützt sich an den Tragpfeiler – der Tragpfeiler stürzt ein und reißt das Dach in einer Staubwolke mit sich. Sie durchbohren den Siegellack oder die Stanniolkapseln auf den Flaschen, um an den Pfropfen zu gelangen. Die Flüssigkeit läuft aus. Vom Weißblech der Konservendosen raspeln sie die deckende Zinnschicht ab, spritzen über das bloße Eisen einen Saft, der es rosten läßt, und ist es genügend zerrostet, wird es zernagt. Die Australier stellen Koffer, Kisten, Betten auf umgedrehte Flaschen, deren Hals in den Boden eingelassen ist – die Termiten, so sollte man meinen, können die glatte, überwölbende Glasfläche nicht überwinden. Aber sie sind Chemiker. Nach einigen Tagen haben sie das Glas wie mit Schmirgel abgeschliffen, sie schaffen also etwas, was noch nicht einmal Salz- oder Schwefelsäure schafft, sie produzieren eine Flüssigkeit, die nicht nur die Kieselsäure in den ihnen zur Nahrung dienenden Krautstengeln, sondern auch Glas zerstört. Im Kongo gibt es Gegenden, wo die Eisenbahnschwellen jährlich erneuert werden müssen, ebenso die Telegraphenpfähle und Brückengerüste. Von einem Kleidungsstück, das Sie über Nacht draußen lassen, finden Sie am nächsten Morgen nur noch die Metallknöpfe

– Hans hat dich fasziniert, stimmt's? Mauritz sah sich nach mir um und forschte in meinem Gesicht. Ich wich seinem Blick aus, ich war es nicht gewohnt, nach meinen Empfindungen gefragt zu werden. Er steckte die Hände in die Taschen und reckte sein Gesicht in die Sonne, die in der Havel schmolz zum klagenden und eintönigen Ruf eines Vogels. Aber was will es beweisen? Ich meine, diese Termiten und ihre Organisation ... Alle diese Schriften, die er da studiert, kommen marktschreierisch daher, sind aber eigentlich wenig bedeutsam, indem sie die Kenntnis des Menschen kaum erweitern ... Sie haben ein Belüftungssystem, eine Armee, verfügen über die Fähigkeiten von Baumeistern ... Und? Mit gewaltigem Aufwand wird etwas bestaunt, das die Menschen auch – und besser – haben ... Viel interessanter als das Sozialsystem der Termiten ist doch das Sozialsystem von uns Menschen, wieviel feiner verzweigt als deren Staat ist der unsrige, und die Technik, mit der ein Hochhaus beheizt, bewässert, belüftet wird, dürfte um einiges komplexer sein als die einer Termitenburg ... Was ich damit sagen will, ist: Warum studiert er statt des Termitennests nicht ein Menschennest wie Berlin oder New York? – Ich finde seine Ausführungen sehr interessant. – Das habe ich bemerkt, ich habe dich beobachtet, gelangweilt hast du dich offenbar nicht. – Nein. Es gefällt mir, daß ein Mensch einen Nachmittag damit zubringen kann, Bücher über Termiten hervorzuholen und sich mit einem Besucher wie mir darüber zu unterhalten. – Unterhaltung, na ja. Auch so eine Sache. Du mußt bedenken, daß er seit Jahrzehnten Vorträge vor Studenten und Mitarbeitern hält. – Er ist ein Hochschullehrer, und die scheinen in den meisten Fächern ein monologisches Dasein zu führen. In der Philosophie ist das etwas anders. Meist jedenfalls. – Erzähl mir von dir. Was machen deine Eltern? Hast du Geschwister? Wie bist du ausgerechnet darauf gekommen, Philosophie zu studieren? Was haben deine Eltern dazu gesagt? Ich nehme an, sie haben vor Entsetzen die Hände über dem Kopf zusammengeschlagen. Er lachte

– sie erscheint Ihnen unmenschlich, diese Organisation, ich sehe es Ihrem Gesicht an. Kaltmeister schmunzelte, nahm die Brille ab, rieb die Gläser mit einem Taschentuch blank, hielt sie prüfend gegen das Licht. Nun, es ist die gleiche Organisation, die wir in uns tragen. Wir streifen das Gebiet der

Moral, ich weiß es. Ganz unmoralisch gesprochen: Glauben Sie, daß ein Entomologe auf die Idee käme, den Lebenswandel seiner Insekten moralisch zu beurteilen? Diese Termiten – was spricht dagegen, sie als einen Organismus aufzufassen? Nicht als Individuen, wie Sie und ich eines sind, sondern als Zellen, die zusammen einen Körper bilden ... Das gleiche Aufopfern zahlloser Teile für das Ganze, das gleiche Verteidigungssystem. Ihre Phagozyten, Herr Ritter, arbeiten ebenso kannibalisch gegen abgestorbene, unnütze oder aus den Regelsystemen ausbrechende Zellen wie die Arbeiter dieses Volks; die gleiche Spezialisierung der Teile auf Ernährung, Fortpflanzung, Atmung undsoweiter ... Und wer steuert? Wer oder was ist die Anima hinter diesen Phänomenen? Kennt die Philosophie, Herr Ritter, tiefergehende Erklärungen für den lebenden, planenden Geist hinter den Phänomenen als den Willen Schopenhauers, Bergsons élan vital, die leitende Idee Claude Bernards ... Mag sein, daß ich hier an der Oberfläche bleibe und Sie innerlich abwinken. Es ändert nichts am Vorhandensein des Phänomens, wie unbeholfen und wenig fachgerecht meine Deutungen auch immer sein mögen ... Sie sehen, daß auch Naturwissenschaftler durchaus einen Sinn für Angelegenheiten besitzen, die hinter dem erscheinen, was man messen, wiegen, experimentell verifizieren kann

– Interessenkonflikte. Nehmen wir einen Brunnen in der Wüste. Sein Wasser genügt für einen Stamm, aber es sind zwei Stämme darauf angewiesen. Wenn der eine Wasser entnommen hat, bleibt für den anderen nichts mehr, und da man aber Wasser zum Leben braucht, gibt es zwei Möglichkeiten: Frieden und weniger Wasser für alle – oder Krieg und genug Wasser für den Stamm, der den Krieg gewinnt. – Blödsinn, ich habe noch nie gehört, daß Wasser aus einem Brunnen nicht für viele Menschen reichen soll ... Wenn es ein Brunnen ist und keine Zisterne. – Ich schon, und außerdem habe ich von Menschen gehört, die Macht wollten und sich, als sie den Brunnen und das Treiben darum eine Weile beobachtet hatten, etwas ausdachten – wie man ihn nämlich mit Waffengewalt an sich bringen kann, so daß der andere Stamm nichts mehr bekommt, oder nur gegen Tribut. Eitelkeit, es ist die Eitelkeit, Wiggo. Die Eitelkeit, die sich im Eigennutz verbirgt ... – Nein, Mauritz, das denke ich nicht. Alles geschieht aus einem einzigen Grund: der Angst vor dem Tod

– Sie werden mich vielleicht jetzt verlachen, Herr Ritter, ein philosophierender, übrigens auch schon emeritierter Zoologe, der in seinem Institut noch ein Narrenstübchen hat, in dem er ein wenig Allotria treiben darf; und dieser alte Knabe, Kaltmeister lachte und hielt die Brille wieder gegen das Licht, fragt sich, was es ist, das Rätsel der Schöpfung ... Was ist es, Herr Ritter? Kennt Ihre Fakultät es, kennen es die Philosophen, gibt es eine Theorie, eine Lehrmeinung, wie fragwürdig und problematisch auch immer, mit der Sie begreifen, warum das Gesetz der Natur das Fressen und Gefressenwerden ist; warum die Gottesanbeterin, indem sie im Akt das sie begattende Männchen verschlingt, einen tiefen Sinn erfüllt, die Schönheit eines Schmetterlings nichts ist als die Schönheit meines Blicks auf ihn, eine Symmetrie-Kundgebung ... Ich weiß, ich bin ein alter Kauz und habe Sie gewiß schon gelangweilt mit meinen Ausführungen

– aber diese Leute im KaDeWe, all diese Leute mit ihrem Haben-haben-haben-Wollen, warum ... machen sie das, kannst du es mir erklären, es gibt doch genug für alle, – Nein, es gibt nicht genug für alle, nicht genug Ruhm, Geld, Geld ist nichts anderes als ein Gleichnis für Leben, es ist verwandelte Chance, einlösbares Leben

– Tod ... Daß es die Zeit gibt und damit den Tod. Der Tod

ist das schwarze, gleichmäßig und grausam schlagende Herz der Natur, und die geringe Wärme, die sein Pulsschlag sendet, nennt man Liebe ... Verzeihen Sie mein Pathos, es ist ganz und gar unangebracht. Kaltmeister setzte die Brille auf, betrachtete seine Hände, runzelte die Stirn. Tasso kam und strich um seine Beine. Ja, mein Junge, sagte Kaltmeister und klopfte dem Tier die Flanke, ich weiß. Hast Hunger

– warum Philosophie ... Vielleicht, weil ich nie loslassen konnte, lieber Mauritz; ich denke es jetzt, als Rekonvaleszent in einem Krankenbett der Charité, aber ich sagte es ihm damals nicht, während unseres Spaziergangs an der abendlichen Havel; vielleicht, weil die Dinge mich bestürzten – daß ich einen Tisch, einen Stuhl, das Muster des Lichts auf einem Vorhang sehe, der vor dem Fenster meiner Kindheit weht, und daß etwas dazwischenkommt, das ich nie verstanden habe, doch immer verstehen wollte, weil es mir als etwas erschien, wogegen ich nichts vermochte: die Dinge der Kindheit, ich berühre sie; jetzt, in diesem Augenblick, strecke ich die Hand aus nach den Lichtmustern, die an einem Sommermorgen über die Wand eines Zimmers in Nizza wandern, und sie sind nicht mehr da; der kleine Junge, dessen Finger ich über die Schattenkarawanen, Turbanträger, Lichtelefanten und den Räuber Orbasan mit gehißter Wüstenfahne tasten sehe, es gibt ihn nur noch in meiner Erinnerung, Mauritz; daß Dinge mich bestürzten in ihrer Präsenz, die allmählich sich ändert, schwächer wird, aber nicht in meinem Gedächtnis, nicht im Ort, den wir sehen, wenn wir die Augen schließen; und das, was noch eben da war, ist nun nicht mehr da, ich kann sie fühlen, die Hand meiner Mutter, die aus dem Halbdunkel vor meinem Bett kommt und mir begütigend über die Wange streicht: Du hast Fieber, mein Junge, aber das wird bald überstanden sein; ich höre ihre Stimme, nicht kühl und distanziert wie sonst, sondern von vorsichtiger Wärme erfüllt, zärtlich beinahe, was mich schon wieder beschämt: es genügt, daß sie mir Geschichten vorliest, Perraults Märchen, Jules Verne, Livingstones und Nachtigals Reisen ins Innere von Afrika

Bald werden sie die Nachtmedizin austeilen, die eine oder andere Infusion anhängen, und ich werde das Donnern des Verbandswagenrades noch einmal hören, einige Frischoperierte sind aus dem OP gekommen, die Verbände sind von den Assistenten manchmal schlecht angelegt, weichen durch, suppen durch, wie es die Schwestern ausdrücken, und müssen erneuert werden. Krankenwagen jaulen, draußen ist es dunkel, Wintersternbilder, bald kommen die Stunden, in denen ich das Geräusch vorüberfahrender Züge von der Bahnstrecke hinter der Charité hören kann und das Zimmer sich von mir zu lösen beginnt. Das Nachtlicht wird eingeschaltet werden auf den Fluren, ein strähniges, eiterfarbenes Licht; die Schatten werden wandern und langsam die Haube aus Dunkel über die Wände ziehen, dann greifen sie wieder nach mir, die Ängste und Stimmen, die in der Einsamkeit und auf den Zungen des Fiebers herantreiben, das auf das Nachlassen des Lichts zu warten scheint, um zu steigen und mich von der Durchlässigkeit der Gegenwart zu überzeugen. Jost hat mir gesagt, daß Manuela in einer anderen Klinik liegt, auf einer Intensivstation, noch nicht ansprechbar. Ich würde sie so gern anrufen, ihre Stimme hören

– von alldem gibt es nicht genug, Mauritz, nicht genug Anerkennung, Freundschaft und Verständnis, all diese Dinge, für die sich Waffenstillstände lohnen sollen, es gibt nicht genug Liebe und

– Zeit, Wiggo, es gibt nicht genug Zeit für all das, wir brauchen Macht, weil die Zeit vergeht, weil wir sterblich sind, wir brauchen Kriege, um uns einzuschreiben in den Stein der Geschichte, um unsere Namen unsterblich werden zu lassen, wir brauchen Geld, weil es die Zeit gibt und den Winter, in dem wir sterben ohne Wohnung, Kleidung, Nahrung, wir werden alt und krank, und jemand muß dann Zeit für uns haben, und diesem Jemand müssen wir die Zeit, die er für uns haben soll, bezahlen ... Wir sind sterblich, Wiggo, dort ist die Wurzel, wir führen Krieg, weil wir nicht sterben wollen, und diese Gesellschaft wird ihre Verkrustungen erst dann aufzubrechen imstande sein, wenn sie das Sterben wieder lernt, wenn sie das Töten wieder lernt

– Quitten, Dinge haben keine Augen, aber einen Blick, Odas Loft in London, Geburtstagsgäste, ein Duft, der vom Süden sprach und den ich nicht kannte. Er gehörte zu einer Frau, die auf mich zugekommen und vor der schwarzen Keramikschale stehengeblieben war, auf der die Früchte lagen. Sie war elegant, doch etwas altmodisch gekleidet, hatte schrägstehende Augen und fuchsfarbenes, lockiges Haar, das sie offen trug. In ihren Bewegungen lag etwas, das sagte: Ich bin einfach, aber dennoch unverwechselbar; doch es war nicht dies gewesen, was sie für mich sofort aus der Menge der Geburtstagsgäste gelöst hatte. Ich stand allein am Fenster, die Früchte spiegelten sich darin, sie wirkten eingefügt in das Licht des Spätsommertages, der sich über der Stadt schon aufrollte wie ein von der Feuchtigkeit, die abends von der Themse kam, gewelltes Stück Papier, bedruckt mit den im Sonnenuntergang rostrot beflogenen Häusern Westlondons und dem metallisch gefleckten Band des Stroms. Dorothea spielte Klavier, irgendeine Sting-Adaptation. Die Frau sagte nichts, auch dann nicht, als das Klavierspiel abbrach und alles lachte und Kommentare einwarf, weil jemand begonnen hatte, Chaplin zu imitieren;

sie stand etwa einen Meter von mir entfernt und betrachtete schweigend die Quitten

– wir brauchen einen Krieg, Wiggo, und alle, die da jammern und kreischen und sich beschweren und heulen und mit den Zähnen klappern, wissen das im Grund, sind aber zu feige oder zu beschränkt, um es in voller Schärfe zu erkennen und anzuerkennen, was soll das Gejammere über die steigenden Lasten und all die angeblich unlösbaren Probleme, die Wahrheit ist, daß wir gemacht sind, um zu töten und den Tod, mit dem andere uns bedrohen, abzuwehren, der Krieg ist der Vater aller Dinge, aber du bist hier der Philosoph; er hatte sich abgewandt und die letzten Worte mit deutlich spürbarer Verachtung ausgesprochen, Philosoph: Schwätzer, Bewohner des Elfenbeinturms, Geistesmensch, nicht Tatmensch

– London, waren wir glücklich, ich sah ein Bild: Aufscheinen von Stille, so unscheinbar wie die Geste, mit der Oda morgens ihre Handschuhe anzog und ihre Finger darin streckend bewegte, die Hand plötzlich ein dunkelblauer Stern in den klaren Spiegeltiefen; die Frau beugte sich über die Früchte, das feinmaschige, wie von einem unbekannten Zustand in einen anderen gesogenes und von den Anstrengungen, die das kostete, schweigende Gelb wirkte noch immer fremd im Licht, unzugehörig den Bewegungen im Raum und den Gesprächen, die sich jetzt aus Anekdoten aus Finanz-, das war Odas, und Medizin-, das war Dorotheas Welt, speisten. Ich wandte mich um, blickte sie herausfordernd an, das Gelb der Früchte schien zu brennen. Vielleicht war es die Intensität, mit der Farbe sich ballen, Wärme sich unter einer Schicht Kühle stauen und sie hier und dort durchreiben konnte wie Atem den Kondensationsbeschlag eines Fensters, die sie nicht reagieren ließ. Der Duft wehte zu mir, als die Frau ihre Hand nach den Quitten ausstreckte, die mir unberührbar erschienen im Mangan-schwarz der flachen japanischen Schale

– ich hatte geschwiegen zu Mauritz' Suada, ihn nicht unterbrochen, er hatte sich in einen Rausch gesteigert und schien nicht darauf zu achten, was ich von dem hielt, das er da von sich gab, oder was andere davon halten könnten. Ich bemerkte, daß Jost uns beobachtete, vielleicht sogar einzelnes unserer Unterredung gehört hatte, denn manchmal hatte Mauritz die Stimme erhoben, und Jost hielt sich am Büfett auf, das nur drei oder vier Meter von uns entfernt war. Außer Jost schien uns niemand zu beachten, und auch er wandte sich hin und wieder ab, um mit jemandem zu sprechen; wir standen in der Ecke neben dem Flügel; jetzt nahm Mauritz wieder das Wort: Wir müssen handeln, Wiggo, etwas tun, verändern kann man nicht, indem man redet und redet und redet, er wies über die Schulter in Dorotheas Wohnzimmer, wieder verächtlich, wo sich die meisten Gäste aufhielten und ebendies taten, was wir auch taten, in diesem Moment: reden

– die Stimmen mischen sich, die Orte. Dorotheas Party in Berlin, auf die ich Mauritz mitgebracht hatte; die Feier in London, wo ich der Füchsin zum ersten Mal begegnete. So nannte ich die Frau, die jetzt meinen Blick bemerkte, mit der Bewegung innehielt; sie mochte gespürt haben, daß die Früchte und ihr Arrangement auf einer Stele am Rand eines sonst ziemlich kahlen Zimmers von etwas sprachen, das für den jungen Mann vor ihr wichtig sein mochte; in diesem Augenblick besonders. Sie schien zu überlegen; vielleicht fiel ihr ein, daß ich es war, der Geburtstag hatte, gemeinsam mit meiner Zwillingsschwester Dorothea. Mein Blick mußte sich verfinstert haben, denn sie zog die Hand zurück. Sie sind schön, sagte sie leise, sah aber mich an dabei und nicht die Früchte, richtete sich auf, verschränkte die Hände und ließ sie dann mit entschuldigender Geste sinken, als wäre sie bei etwas Ungehörigem ertappt worden. Ja, antwortete ich, wandte mich abrupt ab, starrte aus dem Fenster, und bitte berühren Sie sie nicht. – Es freut mich, daß Sie doch gekommen sind; ich schwieg, spürte, daß sie unsicher war, nach einem Thema suchte, etwas Unbefangenem. Ich habe gehört, daß Sie sich sehr für Literatur interessieren. Ich bin Literaturagentin. Oda und ich, wir sind befreundet. Sie nannte den Namen eines berühmten amerikanischen Autors. Haben Sie sein neuestes Buch gelesen? – Nein, habe ich nicht, – Oh, sie neigte den Oberkörper etwas zurück und blinzelte mich an, dann haben Sie wohl den Film gesehen? Da gibt es diese tolle Szene, – Ich habe den Film nicht gesehen, unterbrach ich sie schroff, die meisten Amerikaner, die ich kenne, schreiben ordentliche, völlig überflüssige Bücher, Fertigware von der Stange, Bücher, von denen es leider wimmelt und die ich, verzeihen Sie den Ausdruck, zum Kotzen finde. Sie sah mich verdattert an, wurde zuerst rot, dann blaß, zog die Brauen zusammen, ich drehte mich auf dem Absatz um und ging auf den Balkon. Nach einer Weile trat sie neben mich. Und welche Mannschaft unterstützen Sie? Ihr Deutsch war fließend, hatte eine österreichische Färbung, – Was für eine Mannschaft meinen Sie? – Na, Fußball, – Überhaupt keine, ich interessiere mich nicht für Fußball

– man muß etwas tun, sagte Mauritz, diese Gesellschaft ist krank vom Geschwätz, das ist ein Kalkmassiv, wir müssen es aufsprengen, es zerstören, Wiggo, komm zu uns, mach bei uns mit, sagte er, jetzt in einem fast beschwörenden Ton, er hatte sich wieder mir zugewandt und war näher gekommen, mich erstaunte die Beherrschtheit seiner Züge, nach dem zu urteilen, was er mir in den vergangenen fünf bis zehn Minuten anvertraut hatte, mußte es kochen in ihm, komm zu uns, wir können Leute wie dich brauchen, – Ach, sagte ich; aber bin ich nicht einer von denen, ein Philosoph, wie du sagst? – Eitelkeit und verletzter Stolz gehören auch zu den Eigenschaften, die alles zerstören und zur Verkrustung kommen lassen, mach mit bei uns, – Wer ist: uns? fragte ich; Mauritz' Augen glühten, dann zog er mich nach draußen

– sie sah mich wieder an, diesmal aber nicht wütend, sondern eher, wie ein Wissenschaftler ein seltenes Insekt betrachtet, interessiert; außerdem, wie mir schien, leicht belustigt. – Warum finden Sie das komisch? Ich mag Fußball nicht, und ich lese keine Unterhaltungsromane. Ich will nicht unterhalten, sondern herausgefordert werden; ich will kämpfen gegen ein Buch, und es muß gut kämpfen, hart, präzise, intelligent. Ich will von der Welt nicht abgelenkt werden, ich will ihr ins Auge sehen, sie erkennen und ... sie besiegen. Verstehen Sie das? Sie starrte mich an, ich starrte zurück, sie schüttelte den Kopf, trank einen Schluck aus dem Glas, das sie in der Hand hielt, lachte plötzlich. Oda hat mir ja schon einiges erzählt von dir, aber ... Entweder bist du der größte Idiot, der mir seit langem über den Weg gelaufen ist, oder –, – Ja? ich trat drohend auf sie zu, sie wich nicht zurück, – Oder der ehrlichste, – Aber ein Idiot in beiden Fällen, – Wir sollten uns unterhalten, findest du nicht? Lädst du mich zu einem Drink ein? – Nein! Sie schwieg, rollte die Lippen nach innen und blickte auf ihr Glas. Hör zu. Stefan, ich meine, dein Vater, und ich ... – Lassen Sie mich in Ruhe! Sie wandte den Kopf und sah auf London, das im Abendverkehr vibrierte

– ein mit weißer Farbe gemaltes W, hast du das schon mal gesehen? – Nein; aber ich habe in der Zeitung davon gelesen, ist das, – Ja, das ist: uns, – Ihr seid, das ist, das ist eine terroristische Organisation, Mauritz, das ist faschistisch, – Quatsch, das hat damit überhaupt nichts zu tun, das sind doch bloße Worthülsen, erfunden von Journalisten, die das Neuartige unserer

Arbeit nicht erkennen und uns nur durch die Brille ihrer Vorurteile sehen, – Arbeit? Arbeit nennst du das, ihr, – Ja? Wir zerstören, da hast du recht, wenn du das sagen wolltest; aber wir zerstören um des Aufbaus willen, – Gott, Mauritz, das haben schon alle diese, – Verbrecher? – Ja, diese Größenwahnsinnigen behauptet, alle diese größten Führer aller Zeiten, Väter der Völker und Leuchten der Menschheit

– die Themse leuchtete kupfern, Boote und Schiffe kerbten Linien in die münzenblanke, gegen die Sonne zu vom Wind gebürstete Haut des Flusses, – Deine Mutter ... – Lassen Sie meine Mutter aus dem Spiel, zischte ich und umklammerte das Balkongeländer, drückte so fest zu, daß die Knöchel weiß wurden, – Es ist nicht so, daß ich dich nicht verstehen kann, aber ... Schade, ich hätte dich gern kennengelernt. Sie ging hinein, ich folgte nach einigen Minuten, drinnen spielte Musik von einem Plattenspieler, alte ostdeutsche Jazzplatten, die einer der Gäste auf einem Flohmarkt in Soho entdeckt und mitgebracht hatte; Quitten, ich wechselte kein Wort mit Vater auf dieser Feier, manchmal spürte ich seinen Blick, fragend, aufmerksam, von Ironie beraucht, einmal blickte ich zurück, ostentativ, aber Vater, schlank, elegant gekleidet wie immer, gutaussehend für einen Mann in seinem Alter, nur das Haar war ein wenig grauer geworden, hatte schon die Augen abgewendet und sprach nun mit einigen von Odas Kollegen; die Frau war in seiner Nähe, ging an ihm vorüber zum Büfett, dabei streifte sein Finger den ihren, er ließ die Hand wie unabsichtlich sinken, eine kaum merkliche Geste, sie schauten sich dabei nicht an, er unterbrach das Gespräch nicht, lachte und warf dabei den Kopf ein wenig zurück. Was soll ich noch hier, dachte ich, die Gäste waren meiner Schwestern wegen gekommen, ich kannte niemanden, beobachtete Dorothea und Oda, sie erschienen mir unverändert, rauchte eine Zigarette, kümmerte mich nicht darum, ob das jemandem gefiel oder nicht. Die Füchsin hatte mich nicht mehr beachtet oder war mir ausgewichen, ich wußte nicht einmal ihren Namen. Die Gäste tanzten. Bevor ich ging, war Oda aufgestanden und hatte gesagt, daß sie heiraten würde

– es muß sich etwas ändern, Wiggo, wenn du das, was wir vorhaben, so verwerflich findest, sage mir, welchen Weg du siehst, es gibt keinen anderen Weg für den, der nachdenkt, und das *faschistisch,* mit dem du unsere Absichten bezeichnest – *wir* wollen keine Juden umbringen, – Weißt du überhaupt, was du hier redest, ich, also, was wäre, wenn ich zur Polizei gehen und dich anzeigen würde? – Das wirst du nicht tun, das glaube ich nicht, – Was macht dich so sicher, immerhin hast du mir erzählt, daß ihr den Krieg wollt, womöglich Terroranschläge plant, glaubst du, ich will das, ich will keinen Krieg, – Dann willst du, daß sich nichts ändert? – Wieso braucht es Krieg, um etwas zu ändern, du verknüpfst immer Veränderung mit Krieg, hör mir mit deinem Gerede auf, mein Großvater hat mir vom Krieg erzählt, ich glaube, du weißt gar nicht, wovon du sprichst, was du hier eigentlich unterstützt, – Doch, das weiß ich sehr genau, und du weißt ganz genau, daß ich recht habe, es gibt keine Veränderung ohne Zwang, und was wir jetzt haben, ist ein Herumdoktern an Symptomen, aber keine wirkliche Therapie, das geht nicht an die Wurzel, das bessert nichts grundsätzlich

[*JOST F.* {…}] eines Tages fragte Wiggo, was ich vom Selbstmord hielte und ob ich, als Arzt, einem Patienten die tödliche Spritze geben würde, wenn dieser Patient mich darum bäte und nachweislich bei klarem Verstand sei. Es machte mir angst, wie er mich das fragte. Weniger, was er mich fragte, als vielmehr das Wie. Ich dachte: Das ist ein Selbstmordkandidat.

So geht das los. Mit solchen Fragen, die eigentlich verkappte Hilferufe sind, wie uns im Studium beigebracht worden ist. Natürlich war er schlau genug und verstand soviel von Psychologie, die Frage, die ihm – das konnte ich ihm förmlich ansehen – auf der Zunge lag, nicht zu stellen, er wußte, daß ich sofort Verdacht geschöpft hätte (was ich aber trotzdem getan habe): Ob ich nicht ein Mittel wisse, wie man schnell und schmerzlos von eigener Hand sterben könne, wenn möglich: im Schlaf, was übrigens eher typisch für Frauen ist, Männer bevorzugen härtere Methoden. Ich lenkte sofort von diesem Thema ab und gab ihm mit meinem Verhalten eine Antwort, die viele Patienten *keine Antwort* nennen, da es keine wörtliche ist. Ich sah Wiggo an, daß ich brüsk genug reagiert hatte, um ihn wissen zu lassen, daß er mit mir, was Beihilfe zum Suizid und überhaupt eine wie immer geartete Sterbehilfe betrifft, niemals würde rechnen können. Nach diesem Gespräch beschloß ich, ein Auge auf ihn zu haben, ihn, soweit es mir möglich sein würde, zu beobachten, denn nach meinen Erfahrungen verhält es sich so, daß jemand, der anderen gegenüber solche Gedanken äußert, innerlich einem Selbstmord schon weit entgegengekommen ist

– wir müssen zerstören, Wiggo, um dem Neuen den Weg zu ebnen, alles ist verstopft, dicht, ermattet, ermüdet, die Gesellschaft verkalkt, sieh es dir doch an, was haben wir denn hier, eine Sozietät reformunfähiger Rentner, Vergreisung überall, es müssen die Museen niedergebrannt werden, Wiggo, damit die nachfolgenden Generationen Platz haben und Luft zum Atmen, es muß wieder Unschuld geben und Neubeginn, wir müssen zerstören, um aufbauen zu können, – So ein Schwachsinn, es gibt nichts Neues mehr, – Eben, – Und da wollt ihr das Alte verbrennen, ihr seid doch komplett verrückt, – Sind wir ganz und gar nicht. Mauritz sprach jetzt sehr klar und mit eisiger Ruhe. das eben ist das Neue und wirklich Radikale an unserem Ansatz: daß wir das Alte, das nur noch hemmt, das Leben in Erstarrung hat geraten lassen, vernichten wollen, um dem Neuen Licht und Luft zu schaffen, – Ihr wollt Rembrandt verbrennen, um irgendeinen neumodischen Pfuscher an seine Stelle zu hängen? Wenn das wahr ist, dann –, er schnitt mir das Wort ab: Wenn es notwendig sein sollte, auch dies, dann muß auch der Rembrandt brennen. Die Bienen, Wiggo, verlassen freiwillig den Bau, den sie zur höchstmöglichen Kunstfertigkeit getrieben haben; der Bau, unser Bau, ist das alte Europa mit seinen Schätzen, die aber kein Leben mehr zeugen, sondern das entstehende Leben wie ein kümmerliches Pflänzchen verdorren lassen, ein Bau, dessen Leben sich in Sterben verkehrt hat, und das Problem ist, daß den Menschen, die ihn bewohnen, die Einsicht in die Notwendigkeit fehlt, es zu tun wie die Bienen und den Bau *freiwillig* aufzugeben; niemand tut etwas freiwillig, wenn ich etwas gelernt habe in meinem Leben, so ist es dies: daß der einzig wirklich wirksame Antrieb des menschlichen Handelns der Zwang ist, der existentielle Zwang, sich zu verändern oder zugrunde zu gehen

– manchmal: Geruch nach Roßkastanienblüte, frisch gedruckten Büchern; zwei Spatzen, die sich um einen Keks stritten, eine Mädchenzunge, prall und fleischrot, die eine Eiskugel zu einem Kegel schleckte, ein an eine Straßenbahn-Abfahrtszeittafel genageltes aufgeschlagenes Notizbuch mit durchgestrichenen Frauennamen und der Skizze einer Wurstsemmel; unter einer einsam stehenden Peitschenlaterne ein Hundehaufen, jemand hatte ein Stäbchen mit der Deutschlandfahne hineingesteckt

– Geld ist einer der Hebel, über den man diesen Zwang einschalten kann, ein anderer ist die Furcht, die Angst, der

Geschlechtstrieb, einer ist, vielleicht, er verstummte, fuhr mit sehr leiser Stimme fort, ich konnte nur ahnen, was er sagte, Liebe – daß man geliebt werden will, ist auch ein starker Zwang, etwas zu tun, zu handeln; jedenfalls freiwillig tun die Menschen nichts, freiwillig rührt sich keiner auch nur einen Millimeter von seinem Platz, deshalb müssen wir sie zwingen, es zu tun, – Ach, du willst sie zwingen ... Zu ihrem Besten? höhnte ich, willst einen Krieg vom Zaun brechen, zu ihrem Besten? Sie töten, ihrer Ruhe berauben, ihnen Angst und Schrecken einjagen – zu ihrem Besten? Willst ihnen nehmen, was sie haben und was sie lieben für etwas, von dem weder du noch irgendeiner deiner Kumpane wissen kann, ob es taugt? Ob es das zu halten vermag, was du versprichst? Bist du dir denn sicher, ob der Tausch, den du haben willst, ein vorteilhafter sein wird? Und überhaupt, das gab es doch schon mal, so haben die Kommunisten auch geredet, und was ist dabei herausgekommen? Glaubst du nicht, daß die Menschen die Nase voll haben von solchen Experimenten?

+++ AOL Time Warner 116,34 +++ 12 Technologies 53,21 +++ Yahoo 56,40 +++ Du, ich hab 'nen Freund. – Ja, sicher. Klar. Deshalb können wir doch trotzdem. – Nee, du. Ficken is nich. CNN: It's the news. Soldaten und Nomaden. Pu:pushLetItGroove. EU legt Norm für Trillerpfeifenkugeln fest. Diesen Weg. Auf den Höhn. Bin ich oft gegangen. Vöglein sangen. Lieder. Excuses for travellers. Suddenly everything fell out of place Suddenly everything Suddenly everything ... everything ...

– verdammtes Gedudel im Radio, gibt es denn keinen vernünftigen Sender mehr, nur noch dieses Ohren-Junkfood, Zeit, manchmal blieb ich vor einem Uhrengeschäft stehen und sah, wie sie verrann, sah die Zeiger auf den Zifferblättern, wie sie Minuten zu Sekunden kleinhackten, tack, tack, unaufhörlich, monoton und unbegreiflich, eine nach der anderen erschien und verschwand, jede ein Augenblick, der einmalig war und unwiederholbar, und wenn ich nach einer Weile den Kopf wandte, den Vorübereilenden zu und dem Geräusch ihrer Schritte, hatte ich das Gefühl, daß es eine Sekunde geben konnte, vielleicht nicht mehr allzufern, in der alle diese Menschen plötzlich erstarren und, zu Glas verwandelt, so daß die Maschinerien ihrer Körper sichtbar wurden, leblose Zeugen einer noch nie vernommenen Stille werden würden

– sie können sie von mir aus gern voll haben, es ging ja eine Zeitlang aufwärts nach der Wende; aber jetzt geht es nicht mehr gut, die blühenden Landschaften sind ausgeblieben, Wiggo, die Zeiten ändern sich ... Wach auf, es gibt keine Windstille mehr, die Winde haben sich schon erhoben, bald wird es Sturm geben, Wiggo, die Dämonen sind wieder erwacht, die lange schliefen, gefroren im Eis des Kalten Krieges, sie sind erwacht und kommen zurück, das ist es, was die Leute spüren, deshalb klammern sie sich an das, was sie haben, was ihnen vertraut und sicher ist; aber ist es sicher? – Ich, – Komm zu uns, Wiggo, wir brauchen Leute wie dich, klug und unvoreingenommen, scheiß doch auf die anderen, die breite Masse, sei ehrlich: Was gehen dich die Proleten an? Glaubst du, einer von denen kümmert sich um dich? Glaubst du, ein Maurer interessiert sich für Philosophie? Ein Fliesenleger? Spül sie endlich die Toilette hinunter, die Illusionen vom aufgeklärten Arbeiter und den edlen sogenannten einfachen Menschen; die Proleten wollen Arbeit, Autos, 'nen gefüllten Kühlschrank und ab und zu 'ne flotte Mutti vögeln. Und jedes Jahr nach Mallorca in den Urlaub fahren. Schau sie dir doch an, und laß mal die Romantik beiseite: Ist denen wichtig, was dir wichtig ist? Hören die Mozart und Bach, oder hören sie die Charts rauf und runter? Lesen die Gedichte, Homer und Dante, oder die Scheiße in den Bonbon-Covers, die ihnen im Frühjahr und im

Herbst in die Fresse gestopft wird? Wenn sie überhaupt lesen. Wofür interessieren die sich, für Barockarchitektur und die Feinheiten scholastischer Textinterpretationskunst – oder für Formel 1, Super-Mario und dicke Titten! – Stammtisch! Das ist reiner Stammtisch, was du mir hier erzählst! – Darum geht es gar nicht. – Sondern? – Wo du hingehörst, wenn du etwas verändern willst. Und jemand, der etwas verändern will, sollte sich von demokratischen Illusionen lösen. Etwa: Mit freiem Volk auf freiem Grunde stehen. Das Volk ist niemals frei, es will gar nicht frei sein. Freiheit ist nur etwas für solche, die damit umgehen können. Für eine Elite. Die Könige sind es, die verändern, nicht das Fußvolk. Komm zu uns, Wiggo, wir bieten dir einen Platz, der dir gebührt, nach deinen Fähigkeiten und deiner Qualifikation; du gehörst zu uns, und du weißt es, im Grunde weißt du es

[*JOST F.* {...}] ich erinnere mich, daß wir einmal auf Frauen zu sprechen kamen. Über dieses Thema haben wir uns nur sehr selten unterhalten; ich hatte Scheu, es zu berühren, hatte auch ein wenig Angst vor ihm dabei, ich gebe das zu, denn ich spürte, daß Frauen in seinen Augen das waren, was aus vernünftigen, unsentimentalen Männern sentimentale Waschlappen macht; ich glaube, eine Frau zu *brauchen,* und das nicht nur im sexuellen Sinn, wäre für ihn dem Eingeständnis des Versagens gleichgekommen, der endgültigen Aufgabe des so mühsam aufgebauten und gegen tausenderlei Anfechtungen bewahrten eigenen Ich. Welche Frage genau ich gestellt hatte, weiß ich nicht mehr. Ein verheirateter Philosoph gehört in die Komödie, Nietzsche, hatte Wiggo mir geantwortet. Dabei habe ich, ich kann nicht sagen, ob zum ersten Mal; aber es war das erste Mal, daß es mir im Gedächtnis blieb, Haß in seiner Stimme gehört

– Goethe ist tot, Brecht ist tot, Heine ist tot, Shakespeare lebt, Tolkien lebt, die alten Gut-Böse-Gegensätze leben, die Dämonen kehren zurück, und damit all das, was ihr haßt: Pathos, Größe, der Dreck des Unterleibs und der Schmutz der Wirklichkeit; die staubige Kopfgrütze, das Theater auf Millimeterpapier, es stirbt, all das stirbt, die alte Bundesrepublik stirbt, zerfressen und zermorscht, es liegt die Demokratie in Agonie, krank vom *Morbus 68,* die Wirklichkeit gerät gegenüber den Träumen wieder in Rückstand, und jetzt kommen sie zurück, die finsteren Märchen, sie sind die Wahrheit, sie und der Albtraum, den sie uns bereiten; Dekonstruktivisten, Adorno-Schüler, Habermas-Klone, Intellektuelle, wo sind sie, was können sie, haben sie, wissen sie, wo es darauf ankam, haben sie sich geirrt, die Linke hat verloren; aber die Rechte hat auch verloren, links und rechts sind obsolet, verpufft, sinnlose Kategorien, etwas anderes zieht herauf, eine *Weiße Zeit,* alles und nichts, all is possible, everything goes, brüllte Mauritz, erregt auf und ab laufend, ins Zimmer, in dem Dorothea und ihre teils eingeschüchterten, teils wütenden oder betretenen Gäste saßen

– oft wünschte ich, daß alles nur ein Traum sei, aus dem man bald auftauchen würde in ein besseres Leben, man hätte geschlafen, und alles in diesem Schlaf wäre zwar sehr wirklich erschienen, doch hätte das nach dem Erwachen keine Bedeutung mehr gehabt; aber das, was ich sah und begriff von dieser Zeit, wirkte auf den ersten Blick nicht wie ein Traum, im Gegenteil, es wirkte, als ob jemand nach einem langen Schlaf voller Albträume erwacht wäre und nun in das nüchterne Licht des Tagesanbruchs blickte, eine Schreckensnacht lag zurück, voller Krieg, Blutvergießen, Grausamkeit, die Menschen, die in den Tag ausschwärmten, um ihn wie einen Claim abzustecken, wußten vom Krieg, sie sahen ihn im Fernsehen, hörten davon im Radio; aber er war nur eine Nachricht in ihrem Leben, der Tag wirkte seltsam leer, doch je länger ich ihn beobachtete, desto mehr hatte ich das Gefühl, daß dies: der von aller Vergangenheit losgerissene, unpathetische Tag der Gegenwart, das Aufwachen aus dem blutigen Albtraum gewohnter menschlicher Existenz, wiederum ein Traum sei, und daß es nur eines Fingertupfs bedurfte, einer Drehung an einer unsichtbaren Schraube, um die Haut aus Licht zu durchstoßen, zurück in eine Finsternis, der man ihre Wirklichkeit nicht glauben wollte, die aber vorhanden war, brutal, gnadenlos, und sich um unsere Vorbehalte und Überzeugungen nichts scherte, es gibt sie wieder, die Dämonen – *schwul-lesbische Sprachkurse in Finnisch, Türkisch, Hebräisch! – Hüftspeck? Slimnastik! – Die Sechs Vertiefungsstufen des Tai-Chi! – Contacting God is a Telephone Call: Achten Sie auf die richtige Vorwahl, lassen Sie sich nicht von einem Besetztzeichen entmutigen, nur im Notruf anläuten, nicht zu den Zeiten des Mondscheintarifs! – Babysein neu erleben. Sicher im Schoß einer erfahrenen und liebevollen Mami liegen und völlig wehr- und hilflos wie ein Säugling betreut und erzogen werden, das ist mein größter Wunsch. Tel. – Hörerkreis Pathologie, Sectio Zebrapenis, c. t.,* ich sollte lieber etwas lesen, anstatt mich durch diesen Brei zu zappen, oder einen Brief zu schreiben versuchen, per Hand mit Tinte auf Papier, ich hasse E-Mails, die Leute können sich überhaupt nicht mehr ausdrücken, einen richtigen Brief schreiben, wie wunderbar sind die Kantschen Briefe, die seiner Adressaten ebenso, ein herrliches, reiches, astknorriges Deutsch, ein Deutsch wie ein alter Apfelbaum, ein Deutsch für einen Stamm wilder Bienen, für Spechte und Riesen-Baumpilze, aber das will niemand mehr, sie wollen kein schönes Deutsch mehr, *ja kein Humanismus,* denn der ist tiefdeutsch, wir aber wollen global denken, was soll das eigentlich heißen, diese Worthülse, diese Sprach-Spreu, Herkunft ist überall, nur die Deutschen wollen sie leugnen, kein auch nur einigermaßen gebildeter Franzose würde es sich verbieten lassen, seine Sprache zu gebrauchen und sie zu pflegen, schon gar kein Amerikaner, Joe Smith aus Texas singt voller Inbrunst *God bless America* und legt erzpathetisch sich die Hand aufs Herz dabei, wissen die Deutschen überhaupt, was sie anbeten, wenn sie Amerika anbeten, genau das nämlich, was sie hierzulande verabscheuen, wie ich diese heuchlerischen Selbstauspeitscher hasse; einen richtigen Brief; aber an wen

[*PATRICK G.* {...}] wir wußten nicht, was wir davon halten sollten, er tobte wie ein Irrer, fuchtelte mit den Armen in der Luft herum, ich dachte: Könnte sein, daß er gleich vom Schlag getroffen wird. Er schrie was von *die Dinge neu denken, radikal,* alles müsse überprüft, alles von Grund auf erneuert werden. Die Kunst ist müde, schrie er (wir waren es auch, nebenbei gesagt), Musik, Literatur, Malerei, alles! Die Menschen sind müde (ich nickte zustimmend), Christentum und Hellas: Wer will, daß sich etwas ändert, muß hier ansetzen, radikal, schrie Mauritz. Das heißt: Verbrennt die Bibel, schlagt Christus ein zweites Mal ans Kreuz, diesmal für immer, neue Religion, neue Märtyrer, neue Helden, neue Geschichten, weg mit dem herkömmlichen Orchester aus den Konzertsälen, die ernste Musik ist müde und liegt auf dem Sterbebett seit den Zwölftönern, wir brauchen einen radikalen Neuanfang, wir brauchen eine neue Oper (ich glaube, niemand von uns, die wir auf Dorotheas Polstermöbeln saßen, hatte etwas dagegen einzuwenden); neue Oper heißt: DJs beschallen die Mailänder Scala! (Gibt's das nicht schon? dachte ich.) Geigen, Violoncelli, Klarinetten, Klaviere, alles auf den Müll, neues Instrumentarium! Alles Alte muß weggeworfen werden, schrie Mauritz, er schüttelte die Fäuste, war hochrot und hatte Schreiflecken im Gesicht. Befreien wir uns von der Geschichte! Was wir brauchen, ist ... eine NEUE RELIGION! schrie er, und da fand ich doch, daß es an der Zeit war, etwas zu erwidern: Wenn du uns jetzt sagst, daß du der neue Christus sein wirst, falle ich vor Lachen vom Stuhl, – Die Bienen, zischte er da, griff mir an den Hemdkragen und stieß seinen Zeigefinger dorthin, wo herkömmlicherweise der Verstand sitzt, ich schloß reflexartig die Augen, ich wußte ja nicht, was er vorhatte, und als ich sie wieder öffnete und die Hände hob, ich lasse nämlich nur ungern an mir rütteln, sah ich ein großes, wutflackerndes Auge vor mir, blutunterlaufen und nicht ganz frei von Irrsinn, wie mir schien. Die Bienen! brüllte er. Verlassen! Den! Bienenstock! Wenn ihre Aufgabe! Erfüllt ist! Sie richten den Bau ein, füttern den Nachwuchs, führen den Bau zu höchstmöglicher Perfektion – und verlassen ihn, um, als Volk, woanders von vorn zu beginnen! Damit vermeiden sie die Müdigkeit, das Erschlaffen (er hatte mich jetzt losgelassen), die Degeneration und De-ka-denz! Kapierst du das! So! Müssen! Wir es auch! Machen!

– Zeit, Zeit, ich wollte sie nicht mehr anerkennen, das ist lächerlich, ich weiß es, aber so viele Dinge sind lächerlich, wenn man will, kann man die ganze Welt lächerlich finden, ich stellte mir absurde Fragen, wie lange ich schon lebte, wie lange mir mein Leben und das der Menschen um mich herum als normal erschienen war, wie es sein konnte, daß die Zeit unmerklich an mir vorüberglitt, als unterliefe sie mich gleichsam, als wäre ich ihr nicht mehr unterworfen, und desto unmerklicher, heimtückischer und schneller glitt sie, je einförmiger die Tage waren, je mehr einer dem anderen glich. Wenn ich durch die Stadt ging, sah ich mich selbst und auch die Menschen um mich herum von außen, als sähe ich einen Film an, in dem ich die Rolle des Beobachters spielte, und ich hatte das Gefühl, als gehorchte niemand sich selbst, sondern alle einem Zwang, einer unbekannten Kraft, verborgen, aber spürbar – was war das? woher kam das? ich durchstreifte die Straßen, suchte ihr wahres Gesicht, wollte es sehen, fand es nicht, schlief mit ihr, die ich die Füchsin nannte, berührte ihren Körper, formte ihn unter meinen Händen und wußte, während ich sie liebte, daß es so nie wieder sein würde, niemals mehr, niemals mehr würde unser beider Körper so wie in diesem Moment der von abgerissenen Lauten, Seufzern und unendlich behutsamen Berührungen sein, erfüllt vom Augenblick und einmal am Ziel einer ewig wehen Sehnsucht

Nachtruhe, Herr Ritter, waren Sie schon im Bad, kann ich das Licht ausmachen? Brauchen Sie noch etwas, eine Schlaftablette, – Wenn Sie mir eine herlegen könnten, danke

– Tunis, das Licht von Tunis; immer ist es einfach, immer erinnert man sich an das Licht. Ich liege wach in der Nacht, gefangen von Stimmen, die ich einst hörte, gefangen von den farbigen Theatern der Erinnerung. Das Licht in Tunis an einem Nachmittag, langsam wandernde Schatten auf den Würfelhäusern der Kasbah, Überhelligkeit, wie von Schnee, auf den man zu lange sah; Menschen, die sich wie in einem Stummfilm durch die Straßen bewegten, Frauen mit schwarzen Djellabas und Männer in kreidigweißen Burnussen; der Poet im Café mit der eingravierten, zersprungenen Blume in der Glasscheibe der Eingangstür; seine Arme, die sich im Rhythmus der Verse hoben und senkten; Worte, die ich nicht verstand, die aber voller Gerüche waren. Kaffee, arabisch, mit Feueradern, ein Segel, die Kontur scharf in die rote Sonnenscheibe geschnitten

– nachts kommen sie wieder, die Dinge der Kindheit, das

Haus meiner Großeltern im Alten Land, ich sehe meine Schwestern und mich im Garten spielen oder dem Großvater bei der Apfelernte, beim Mosten helfen; die Pfauenaugen, die auf dem Dachboden überwinterten, totenstarr und mit zerfransten Flügeln. Ich weiß nicht, wie ich aus der Zeit geglitten und unmerklich allem fremd geworden war, was meine Eltern und meine Schwestern für wichtig hielten. Vielleicht war es, als Vater mir gesagt hatte, damals in London: Ein Philosoph willst du sein, wovon gedenkst du da zu leben, vom Taxifahren? Tellerwaschen? Von der Barmherzigkeit einer Frau, die doof genug ist, dich zu lieben und zu heiraten? Ich glaube nicht, daß du dich dafür eignest. Hör zu, Wiggo. Du bist mein Sohn, ich habe dich doch nicht dafür auf Privatschulen geschickt. Im übrigen war ich dir ziemlich ähnlich. Was glaubst du, woher du's hast? Aber das einzige, was den Leuten wirklich hilft, ist Geld. Geld ist verwandeltes Leben. Mehre ihr Geld, und du bist ihr größter Wohltäter. Mißachte und entwerte es, und du bist ihr größter Feind, – Ich will nicht bei euch anfangen. Im Gegensatz zu euch sehe ich das Leben nicht als eine Abfolge von Geschäften, – Wenn du wüßtest, wie romantisch du bist. Oda ist viel vernünftiger, – Ihr handelt mit der Angst, – Um sie erträglicher zu machen, mein Sohn. Und falls du jetzt gern etwas, wie ich deinem Gesichtsausdruck zu entnehmen glaube, über deine Mutter und mich sagen willst – überleg dir deine Worte

[*PATRICK G.* {...}] ach, wissen Sie, sagte dieser Kerl zu mir, sagte: Gestatten: Goll, beugte sich heran, schwenkte sein Cognacglas, daß der edle Tropfen fast herausschwappte. Ich gehöre auch zu diesen Leuten, die alles auf einen Punkt bringen wollen ... oder besser: müssen. Nachrichtensprecher, Redakteure. Nachricht ist, was in die Zeitung paßt. Soll ich Ihnen sagen, was unsere Kultur ausmacht? Die Oblate, das Geldstück und die CD-ROM. Wir sind eine Kultur, in der die Scheibe herrschend ist. Und die Mattscheibe sowieso. Er lachte kurz und haßerfüllt, warf sich Cracker in den weit aufgesperrten Mund. Ich mußte an ein gähnendes Nilpferd denken. Dorothea unterhielt sich mit Oda und einigen von Odas Kollegen, die alle Augenblicke ihre Handys aus der Tasche zogen und aus der Small-talk-Zone knickten, um in einer vorgebeugten, an Leibschmerzen erinnernden Stellung mit schiefen Gesichtern, baumelnde Krawatten bändigend, um Verstehen zu kämpfen. Das mußte ich auch tun, denn wenn Herr Goll das Wort an mich richtete, prasselten die Cracker in seinem Mund nicht wenig, ich mußte dann auch etwas aufpassen, Essensreste auf meiner Kleidung machen mich sofort nervös, Christentum, Kapitalismus und TV (er sprach Tie Wieh, ich trat einen Schritt zurück, Sie an meiner Stelle, Herr Verteidiger, hätten es auch getan), alles gar nicht so verschieden. Big Entertainment, you know, haha. Alles hat Platz auf einer Münze, nicht wahr?

Ich nahm mir etwas Hummer und blickte nach draußen. Im Garten brannten Lampionketten über den weißgedeckten Tischen. Herr Goll war ziemlich dick, er polkte jetzt eine Auster aus dem Eis, knackte die Schale und schlürfte sie genießerisch leer. Alles ist, was es ist. Diese Auster – ganz einfach eine Auster. Was soll man da für Funken herausschlagen. Wie machen Sie das, wenn Sie spielen? Sie sind doch der Schauspieler hier. Stefan deutete das an ... Na, ich mache bloß Nachrichten.

Ich sagte, eine Rolle als Auster sei mir bisher noch nicht angeboten worden, denn ich sei bei einer Comedy-Sendung beschäftigt, im Hintergrund, wenn er verstehe. Ah so. Jaja. She loves you yeah yeah yeah, dudelte es, Goll zog ein papageienbuntes Handy hervor, wedelte damit vor meinem Gesicht herum. Das Wappentier unserer Zunft, haha. Die Schippe muß erst noch erfunden werden, auf die ich mich nicht nehmen kann. Kurzer Break, sorry

– dann hatte ich Judith zu lieben begonnen, ich, der Philosoph, hatte bei den Medizinern hospitiert, um zu erfahren, was diese Fakultät vom Menschen dachte; ich sehe die zarte Luft eines Junitags, an dem der Duft von Holunderblüten durch die geöffneten Fenster des Hörsaals gekommen war und Sonnenrauch auf den alten Pulten gelegen hatte, ein Tag voller Wolkenströmungen und pastellener Helligkeit, die bezwingende Kraft der ersten Liebe, die stille Abruptheit, mit der die Auslöschung dessen beginnt, was vertraut war, der Blick, der anders ansieht plötzlich, die Bewegung einer Hand, die nicht mehr gleichgültig ist. Judith war in den Hörsaal gekommen, hatte sich das Haar zurückgestrichen, bat sie um Verzeihung mit dieser Geste, denn die Vorlesung hatte schon begonnen; war die Treppe zwischen den Sitzsektoren zu einem freien Platz hinabgestiegen, es war der Platz neben meinem, ich sagte kein Wort

[*PATRICK G.* {...}] sehen Sie, sagte der dicke Kerl zu mir, da gibt es diesen Spruch: Einem geschenkten Gaul schaut man nicht ins Maul. Ich frage mich: Wieso eigentlich nicht? Glauben Sie, dieser Gaul steht kostenlos bei mir im Stall herum? Wenn ich überhaupt einen habe, ich meine, wer hat heutzutage schon einen Pferdestall, nicht wahr. Dann müßte ich ja noch einen bauen lassen. Und was gäbe das erst für Kosten. Oder? Nicht? Sehen Sie, hehe. Der Gaul frißt ja auch seinen Hafer, und seit wann wächst der auf Bäumen. Und Krankheiten kann das Vieh ja auch haben, nicht wahr. Wissen Sie, das würde ich sogar vermuten. Sie nicht? Ich meine, was gäb's sonst für einen Grund, daß mir ein Wildfremder 'nen Gaul schenkt. Der lacht sich eins, tut verteufelt human und spart ganz einfach den Tierarzt. Schlägt mir auf die Schulter, brüllt mir Mein liieber Goll ins Ohr, dieses herrliche Roß hier sei dein, ziehe hin in Frieden! Kosten Sie mal von dieser Mousse hier, ganz köstlich. Und was spielen Sie so? Jugendliche Liebhaber? Mit dem Wallehaar, das Sie haben. Die Weiber stehen ja drauf, neuerdings. Möchte mal wissen, wieso. Man hört ja immer von diesen Groupies bei Schauspielern. Sagen Sie mal, ist das wirklich so? Nicht schlecht, die Mousse, was? Lassen Sie sich vom alten Goll ruhig was sagen. Außerdem interessiert mich, wie einer schenkt. Ich meine, das ist doch nicht sauber, so 'n Deal. Jemandem 'n Stück Mist schenken, und dem klebt's dann an der Backe. So einer kann doch nicht mein Freund sein. Oder? Nicht? Sehen Sie. Hehe

– Zeit, etwas wollen und es bekommen oder nicht bekommen, darauf schien sich alles zuzuspitzen, Jeanne, Judith, einst hatte ich eine Frau geliebt; aber sie hatte mich nicht wiedergeliebt, Zeit, in der die Sommer herbstlicher und die Winter frühlingshafter wurden, bis das gesamte Jahr eine unentschieden geformte Masse aus mittleren Temperaturen war, Übergangsperiode immerfort. Finde dich ab mit den Verhältnissen, hatte Oda gesagt. Ja, hatte ich geantwortet, die Verhältnisse sind, wie sie sind, sogar das Wetter spielt mit, jeder Epoche das Wetter, das sie verdient – gab es nicht bei unseren Großeltern noch sibirische Winter und Saharasommer, alles säuberlich voneinander getrennt, vier voneinander scharf unterschiedene Jahreszeiten? Bitte schön, bei uns ist alles Demokratie, sogar das Wetter benimmt sich wie das Produkt einer Schlichtungskommission. Zeit, in der, für mein Gefühl, der Lebensstoff plötzlich in direkteren Verfügungen aufzutreten und reiner geworden zu sein schien, die Dinge wurden kühler und dadurch auf Eiskristallart schön. Wir können uns kaum noch bewegen; aber wir befinden uns im Zustand des Falls, alles ist freies Flottieren, alles stürzt mit uns, so daß wir unseren Verrichtungen nachgehen können, als wäre nichts geschehen, *how can you sleep at night,* der Fall geschieht nicht nach unten wie der einer Puppe, die ein kleines Mädchen aus den Händen verliert, wir fallen auf den Horizont zu, *how can you sleep at night,* meine Stirn ist heiß, ich spüre, wie das Fieber durch meinen Körper kriecht, in den Adern langsam ausschwärmt. Das ist nichts Seltenes nach Operationen, hat die Schwester gesagt

– sie ist nun mal Vaters neue Frau, mein Gott, Wiggo, solche Dinge passieren. Es ist ihr dreißigster Geburtstag, und sie haben dich eingeladen. Spiel doch jetzt nicht die beleidigte Leberwurst. Du mußt doch nicht mit ihr zusammenleben

– Jeanne, Judith, Schüchternheit und Skrupel, fortgesetzte Annäherungsversuche, absurd gemischt aus Brutalität und Zärtlichkeit, verschämte, linkische, irritierende Erinnerungen daran, daß ich existierte und die sie wahrscheinlich als aufdringlich empfand, ich war entgleist durch Berlin getrieben, dann der Brief: kurz, bestimmt trotz allem Verständnis, aller Behutsamkeit, unzweideutig: Nein

[*PATRICK G.* {...}] Ansgar, Odas Mann, enchanté (er sagte wirklich: enchanté), und Sie sind der Freund von Dorothea, nicht. Und was machen Sie so, wenn Sie nicht auf Partys rumstehen? Ach ja, Sie waren doch der Schauspieler, damit liege ich doch richtig? Ich glaube, ich hob ein wenig die Augenbraue. Dieser Mittvierziger mit beginnender Glatze, schlaffen margarinegelben Händen, schwarzen Haarbüscheln darauf, Manschettenhemd und mehreren Ringen an den Fingern war nun schon der zweite an diesem Abend, der über mich falsch informiert war. Ehe ich etwas sagen konnte, riß Ansgar den Mund auf und schob einen Zahnstocher zwischen die Zähne. Schon 'nen Anruf von Spielberg gehabt? Wuhaha. Dann drehte er sich zu Wiggo um, dem die Party sichtlich keinen Spaß machte. (Er kam mir im Haus seines Vaters immer fremder vor als ich mir vorkam, vielleicht lag es daran, daß ich dort wesentlich häufiger zu Gast war als er.) Ansgar sagte: Es geht doch nichts über Filme aus dem Land deines Hasses, was, Wiggo, stimmst du mir zu? Aber du gehst wahrscheinlich gar nicht ins Kino. Dieses Opium fürs Volk. Was verdient man denn so als Schauspieler, wenn die Frage gestattet ist? (Wissen Sie, Herr Verteidiger, ich hatte auf einmal keine Lust mehr, den Irrtum mit dem Schauspieler richtigzustellen. Das geht einem manchmal so. Eben noch verspürt man das dringende Bedürfnis, die anderen über sich aufzuklären, man kann es gar nicht erwarten, endlich an die Reihe zu kommen und die Verzerrung und die Lüge aus der Welt zu schaffen, man platzt beinahe – und dann ist die Luft raus, einfach so. Plötzlich ist einem aufgegangen, wie klein man ist, gemessen an kosmischen Maßstäben. Laß sie doch, winkt man innerlich ab. Weil einem eingefallen ist, daß der Regenwald jährlich auf einem Gebiet von der Größe Frankreichs abgeholzt wird. Oder man denkt: Mein Gott, Tschernobyl. Die letzten Arbeitslosenzahlen aus Nürnberg. Schmelzende Polkappen, Anstieg der Weltmeere. Holland, überschwemmte Deiche. Nie wieder Holzklompen, Tulpenfelder bis zum Horizont und Meisjes, die vor mühlsteingroßen Käselaiben lächeln. Nie wieder holländische Entertainer. Und was, frage ich Sie, spielt es dann noch für eine Rolle, ob man wirklich Schauspieler oder bloß Produktionsassistent ist, ob man vor oder hinter der Kamera steht? Es war plötzlich alles so fern, ich dachte mir, daß Dorothea das mal korrigieren könnte, bei Gelegenheit und im Familienkreis.) Ansgar wartete, ich sagte: Gute Rollen. Ein Schauspieler, der wirklich ein Schauspieler ist, verdient nichts so sehr wie gute Rollen. Er war überrascht, denn ich setzte mein artigstes Lächeln zu dieser Antwort auf. Die anderen wechselten Blicke. – Sehen Sie's ihm nach, er glaubt, die Rettung der Welt wird von den Investmentbankern kommen. Er verdient dreihunderttausend im Jahr und denkt, daß es keines weiteren Beweises mehr bedarf. – Gabi! Ansgar breitete theatralisch die Arme. Wie du mich mal wieder in Schutz nimmst! Das ist ja schön! Es geht doch nichts über liebevolle Familienbeziehungen. Stimmt's, Wiggo? Waha. Übrigens: dreihunderttausend nach Steuern. Er steckte die Zunge in die Wange und lächelte selbstgefällig. Wiggo wandte sich ab, angewidert. Er saß der Frau mit dem reichgelockten roten Haar gegenüber, die sein Vater geheiratet hatte. Ich dachte, daß kaum ein Name weniger zu ihr paßte als ausgerechnet Gabi

– willst du nicht vorbeikommen, Papas Chauffeur ist da, um mich abzuholen, wir können doch gleich zusammen rausfahren, hatte Dorothea gesagt, und ich dachte: Das ist der Unterschied, Chauffeur mit gepanzertem Mercedes, den die Bank für Vater stellte, dann per Motorboot über den Wannsee zum Wassergrundstück, wo man die Villa sah, hellerleuchtet wie ein Luxusliner, die breite Freitreppe, hin- und hereilende Dienstboten in der verglasten Eingangshalle oder zwischen den weißgedeckten Tischen unter den Schweiflampen im Garten, wenn Vater eines seiner Sommerfeste feierte, die Villa, deren linker Flügel alt war, Jugendstil, eine riesige Eiche stand davor, manchmal, wenn niemand störte und man Geduld und Glück hatte, sah man Hirschkäfer erscheinen und Baumsaft saugen, einmal fiel mir ein Großer Eichenbock auf das Buch des kühnen Schriftstellers, den ich gerade las; er spann wahre

Satzlianen, ausschweifende, komplexe, reiche Perioden; aber es wollte lange kein Raum entstehen, die Sätze, die man las, glichen zersplitterten und wieder gekitteten Blumenvasen, man hatte den Eindruck, daß die Scherben nicht in der regelrechten Ordnung zusammengefügt waren, nein, es war nicht Proust, nicht Thomas Mann; deren Sätze waren gefrorene und unter dem Lesen erwärmte, in Stufen fallende Wasserkaskaden, klar wie Bergkristall, der Eichenbock spannte die Flügel und kippte sich aus der Rückenlage auf den Bauch, die fingerlangen, nach rückwärts gebogenen Fühler tasteten, dann brummte er ab; willst du nicht vorbeikommen, das wäre doch das einfachste, nein, ich wollte nicht, und das machte den Unterschied: kein Chauffeur, sondern die S-Bahn nach Wannsee, kein Motorboot, sondern der versteckt liegende Kahn mit halbverfaulten Rudern unterm Dollbord, für den ein verrosteter Schlüssel immer noch an derselben Stelle lag, die nur Oda und Dorothea und ich kannten. Verdammtes Fieber, wie damals bin ich jetzt bettlägerig, wenn auch aus anderer Ursache, auch nach der Geburtstagsfeier hatte ich Fieber bekommen, lachhaft, rutsche ich auf dieser bemoosten Bootsplanke aus, wie diese Brühe gestunken hat, die sich Wannsee nennt, wie sie über mich gelacht haben dort, im Luxusliner, die rechte Seite der Villa aus aschenbechergrünen Glaswürfeln, die weit über den See strahlten, Vater rollte wortlos einen seiner Schränke auf und warf mir frische Wäsche zu

[*PATRICK G.* {...}] das ist doch Pleistozän, sagte Oda zu einem von Ansgars Kollegen, einem Investmentbanker. Der Krieg ist zuende, kommt endlich mal los von der ewigen Schuld der Deutschen! Das klingt ja genauso wie Heiliger Gral! Der Krieg –

Hör bloß auf damit. Bei dem Wort fällt mir gleich Jugoslawien und Nahost ein. Wer weiß, was diese Palästinenser dort unten noch so alles ausbrüten. Diese Wüstensöhne ohne Moneten, aber mit Raketen, hehe. Das müßte doch was für euch sein, Stefan, Aktien von Krauss-Maffei oder von anderen Torpedodrechslern. Krupp liefert Kanonen an Freund und Feind, bis die eigne Mutter weint. Und mehrt die Dividende. – Klingt ziemlich marxistisch, der Kerl, was, Wiggo? Ansgar beugte sich vor, schnappte sich eine Schale mit Erdnüssen vom Tisch, auf die Odas Hand gerade zugesteuert war, Ich glaube (immer, wenn er *ich glaube* sagte, und er sagte es oft im Lauf des Abends, hob er bedächtig seinen schweren, dickberingten Zeigefinger, so auch jetzt), du müßtest das wissen. Studenten, Philosophen, Lehrer – und immer revolutionärer. Banker stehen irgendwo dazwischen. Was glaubst du, was es in unserer Branche für Weltverbesserer gibt. Kleiner Joke am Rande, wuha. Aber mein lieber Kollege hier war ja auch mal beim SDS. Komisch, daß die Weltumstürzler, die mir über den Weg laufen, immer so gute Rotweinkenner sind. Prost Mahlzeit. Was sagt unser Schauspieler dazu?

– und das erste, was er mich fragte, nachdem ich mich umgezogen hatte, war: Brauchst du Geld?

[*PATRICK G.* {…}] der Schauspieler sagte dazu nichts, Herr Verteidiger. Die anderen redeten über Aussichten am Anlagemarkt, Optionsscheine, Termingeschäfte, regelmäßig unterbrochen von Pieptönen. Meist war es Wiggos Vater, der sein taschenrechnerflaches Handy hervorzog: Ja. Am Apparat. Er stand dann auf, sagte: Entschuldigt. In der Zwischenzeit erzählte Ansgar von Schweinefutures an der Warenterminbörse, ein Geschäft, das seine Tücken habe für den, der die Feineinstellungen nicht kenne: Hände weg, kann ich nur raten. Das ist wie Ernte auf dem Halm kaufen. Oder wie gepflegte asiatische Junkbonds. Ein Himmelfahrtskommando.

Wenn Wiggos Vater zurückkam, forschte Gabi in seinem Gesicht; es hatte immer einen gleichmütigen Ausdruck, wunderbar beherrscht, ganz gentlemanlike, der perfekte Profi. Wenn ich es sah, dachte ich: Der hätte es auch bei uns zu etwas gebracht, der würde in keiner Branche Klinkenputzer bleiben. Für Stil hatte ich schon immer sehr viel übrig. Einmal sagte er: Oda. Sehr leise, aber trotzdem für uns alle hörbar. Wir wandten den Kopf, es hatte wie ein Befehl geklungen. Oda sah ihn an, er sagte, ganz gleichmütig (doch auf mich wirkt solche Gleichmütigkeit immer alarmierend, das kenne ich von den Regisseuren, wenn sie zu den Produzenten gehen und eine Überziehung der Produktionskosten um, sagen wir, fünfzig Prozent vorschlagen): Paßt mal auf euren neuen Fonds auf. Die Performance ist nicht besonders. Sechzehn Prozent Exxon halten unsere Analysten für zu reichlich eingekauft.

Hab ich doch gleich gesagt, rief Ansgar triumphierend. Hättet ihr mal lieber unser AT & T-Paket genommen. Neuer Markt ist die Zukunft. Telekommunikation. Geht's den Leuten gut, rufen sie sich an und erzählen, wie gut es ihnen geht, geht's ihnen schlecht, rufen sie sich erst recht an. Bombensicher. Und wieso habt ihr Nestlé abgestoßen?

Ach Gottchen, Nestlé, dieses Großmutterpapier! (Mich wunderte, wie vehement sie stritten, Oda schien mir gegenüber den anderen, selbst ihrem Vater gegenüber, in einer Verteidigungsposition zu sein, sie wehrte sich mit Händen und Füßen gegen etwas, das ich als Vorwürfe nicht bezeichnen würde, dazu war es zu vage im Ton und zu unscharf in der Kennzeichnung; aber ich spürte, daß es, wie man das Klima solcher Situationen gern umschreibt, *ein Problem* gab.) Oda sagte: Das nehmt ihr, das ist typisch für euch. Ihr müßt mal was riskieren. Eure Fondsmanager sind viel zu vorsichtig. Papa, ich glaube, eure Analysten haben noch die alten Geschäftszahlen. Und die Performance

– erwachsen, oft fragten sie mich: Wann wirst du erwachsen, Wiggo, eines Tages glaubte ich erwachsen geworden zu sein, und es bedeutete, Angst zu haben, weil man liebte, – Nein, danke, ich brauche kein Geld, sagte ich zu Vater; erwachsen werden, Zeit, das Vergehen von Zeit, die unsichtbare Regierung, die jetzt herrschte, hatte nichts anderes getan, als im Hintergrund der politischen Tragödien, Possenspiele und Grotesken des zuendegehenden Jahrhunderts seelenruhig zu warten, bis die Frist um war, eine Uhr schlug und ein abgeschminkter Narr die Bühne betrat, um uns, den ungläubigen Zuschauern, ein Schild hochzuhalten: Die Vorstellung ist aus; jemand hatte einen Rotstift genommen, die Textbücher durchgestrichen und zwei Sätze darübergeschrieben: Wir sind für Wirklichkeit. Leben ist Geldverdienen

[*PATRICK G.* {...}] ist doch nicht schlecht, ich weiß wirklich nicht, was ihr habt! Und dann kippte das Gespräch auf einmal, es mußte zwischen Wiggo und seinem Vater eine Unterredung gegeben haben, beide waren noch vornübergebeugt, sichtlich erregt. Eine Unterredung, die unter dem Hauptgespräch so unauffällig und schnell verlaufen sein mußte, daß wir erst jetzt etwas davon mitbekamen. Wiggo sagte, ziemlich verächtlich: Rente? Du willst, daß ich mir Gedanken über meine Rente mache? Ich bin froh, wenn ich das nächste Jahr erreiche, wieder das nächste, undsoweiter –

Als ich so jung war wie du, dachten wir auch alle, wir sterben mit neununddreißig. Und jetzt bin ich fast sechzig!

Zukunftsplanung, der verächtliche Ton in Wiggos Stimme

hatte zugenommen, es schien ihm darauf anzukommen. Darin warst du schon immer gut. Aber die Zukunft interessiert sich nicht für unsere Pläne –

Kann es sein, daß du für irgendetwas in deinem Leben, was ich vielleicht einmal als schiefgelaufen bezeichnet habe, die Schuld bei mir suchst?

Nur weil ich nicht das wollte, was du für mich und mein Leben wolltest, läuft mein Leben noch lange nicht schief. Das war schon immer dein Irrtum, das anzunehmen –

Und deiner, daß es für alles eine Lösung geben muß und daß *Leute wie ich,* hast du dich nicht mal so auszudrücken beliebt, die Ursache dafür sind, daß die Lösung verdammt nochmal unauffindbar ist!

Moralist ist für euch ein Schimpfwort, was? An euerm Geld klebt Dreck – (es gab einige befremdete Blickwechsel an dieser Stelle, aber Wiggos Vater antwortete kühl:)

Wahrscheinlich. Auf die Speisung der Fünftausend versteht sich leider nur die heilige Mutter Kirche, und leider weiht sie uns böse, unmoralische Kapitalisten nicht ein in ihre Künste und Wunder. Die Materie zeigt sich uns ungläubigen Ausbeutern immer wieder verstockt. Sie will sich partout nicht von selbst vermehren. Nun, was die himmlische Fakultät treibt, ist ihre Sache. Hier auf Erden aber kann ich nur soviel ausgeben, wie ich einnehme. Wenn du das schmutzig nennen willst, von mir aus. Also. Im übrigen wollte ich dir einfach nur einen freundschaftlichen Rat geben.

Oda: Laß ihn doch, Papa. Wiggo saß schon immer auf dem hohen Roß. *An euerm Geld klebt Dreck,* dem müssen doch wohl 'n paar Tassen im Schrank fehlen. Darf man daran erinnern, wo der Herr aufgewachsen sind?

Wiggo: Halt die Klappe, Oda.

Wiggos Vater: Ich verbitte mir solche Töne, wenn du hier

im Haus bist! Wenn es in deinen Kreisen üblich ist, so zu sprechen, na dann. Hier bei uns ist es nicht üblich, und ich wünsche, daß du das respektierst!

Wiggo, unser edler Idealist, höhnte Oda. Soll ich dir was sagen, Bruderherz? Dein Idealismus ist den Leuten scheißegal!

Oda, das gilt auch für dich, was ich eben sagte!

Jaja. Ich brauch jetzt 'ne Zigarette, Papa. Es regt mich auf, daß jedes Gespräch mit Wiggo zur Grundsatzdiskussion ausartet und daß er es schafft, dadurch jede Feier kaputtzumachen. Und die Familie

– Yasunari Kawabata, *Schneeland;* Albert Camus, *L'étranger.* Oda hatte damit nichts anzufangen gewußt. Ach, deine komischen Bücher. Ich will mich entspannen, wenn ich nach Hause komme, nicht noch schwierige Probleme wälzen. Die hab ich in der Bank schon genug. Verzerrte Gesichter, bleich das von Mutter, fleckig gerötet Odas und Vaters, als ich sagte: Ihr wollt nicht wissen, wie ihr lebt, das wißt ihr selber, ihr sucht Unterhaltung oder besser, genauer, Ablenkung, ihr wollt euch auch keine Gedanken machen, warum die Dinge so sind, wie sie sind. Sie sind eben einfach so, basta, ihr könnt sie nicht ändern. Keiner kann das

[*PATRICK G.* {...}] und danach, wir waren gerade ein wenig beim Auskühlen, so will ich das mal nennen, tippte mir Wiggos Vater auf die Schulter: Ich möchte Sie einen Augenblick sprechen, bitte. Nebenan

– verfluchtes Fieber, ich werde eine Tablette nehmen müssen, ich weiß wie heute, was ich sagte: Aber manchmal wollt ihr sie für ein paar Stunden vergessen, ihr könntet im KZ stecken und würdet euch nicht dafür interessieren, was diese Tatsache erklärt oder ihre Hintergründe. Ihr würdet euch dafür interessieren, welchen schönen Film eure Bewacher als nächstes für euch spielen, um euch von der Misere abzulenken, die ihr ja eh nicht ändern könnt, – Jetzt ist Schluß, Wiggo, du beleidigst uns, – Nur nicht nachdenken! Alles seinen Gang gehen lassen! Täglich die Mühle treten; aber nur nicht nach den Gründen fragen, nach dem Woher, Wohin, Warum, – Raus! – Schon gut, Oda. Das war die Zeit, als ich mir das *Hagakure* kaufte, den Kodex der Samurai. Ich trug ihn ständig bei mir und wußte bald ganze Passagen auswendig. Jetzt gibt es auch noch diese Frau zuhause, diese fuchshaarige Schlampe, von der Dorothea keine Ahnung hat, wir haben miteinander geschlafen, ich hasse sie

[*PATRICK G.* {...}] der Gentleman, der perfekte Profi, er setzte sich an den Schreibtisch, das war kein Imitat, so etwas sieht man, Herr Verteidiger, jedenfalls ich sehe das. Schwere, gediegene Tischlerarbeit aus tropischen Edelhölzern, ein schwarzer Quader, gut drei Meter lang, die Tischplatte vier Finger dick und leuchtend blank. Er verschränkte die Hände, starrte mich an und sagte: Unmöglich, ein solches Benehmen. Ich wünsche, daß sich so etwas nicht wiederholt. Wie stehe ich in der Öffentlichkeit da, wenn der Freund meiner Tochter in einer Comedy-Sendung dem Moderator Margarine ins Haar schmiert! Ich bin Aktionären verpflichtet, Angestellten. Meine Sekretärin hat mir das Video gezeigt. Bei aller Freundschaft, Herr Grammaté, ich leite keine Kirmes. Ich habe weiß Gott Verständnis, aber das geht entschieden zu weit. Das kann und werde ich nicht dulden. Sollten Sie Dorothea heiraten, haben Sie bei Ihrem Sender entweder eine Karriere gemacht, die Ihnen gestattet, auf solche ... Einlagen zu verzichten, oder sich einen anderen Beruf gesucht.

Ich muß zurückgestarrt und mich dabei verändert haben, denn er sagte: Das ist mein voller Ernst. Meine Tochter heiratet keinen Schmierenkomödianten. Haben wir uns verstanden? Warum sind Sie eigentlich in dieser Branche, bei diesen ... Schmutzfinken? Warum sind Sie Schauspieler

Ich unterbrach: Ich bin kein Schauspieler.

Er setzte ruhig, aber um eine Nuance betonter fort: – Schauspieler geworden?

Ich hatte noch mein Weinglas in der Hand. Ich verbeugte mich knapp, hob das Glas: Der Schmierenkomödiant wollte wissen, wie man einem Moralapostel zuprostet. Dann kehrte ich auf dem Absatz um und verließ den Raum

– Licht, natürlich hattest du nichts übrig für mich und die sonderbare Art von Versteckspiel, die du mein Leben nanntest, Vater, die Fieberschauer laufen über meinen Körper wie giftige Feen, der Streit mit deiner Frau, der Füchsin, du warst in Tokio, sei leise, sagte sie, das Baby wacht sonst auf, mein Halbbruder nebenan, der ihre teefarbenen Augen hat, aber dein, mein schwarzes Haar, das Licht von Hellas, die Stille, die unausdenkliche, vorzeitliche Stille, die mich umgab, ohne Müdigkeit wanderte ich im Abendlicht, vor mir die Meeresfläche, zeitloses Blau, ruhig, immer gekannt und nie, Meer und ferne Lichter, Bäume an der Landstraße, Licht, das in Tausende Strahlen zersplitterte, von denen jeder seinen Schatten warf, tief, phantastisch und exakt, Eppich, der alles bedeckte, silbergrau und grün, Selinunt

– jetzt spinnst du wirklich, Wiggo, entrüstete sich Dorothea, also echt, ich hab ja immer viel Verständnis für dich gehabt, aber hier muß ich Papa und Oda recht geben, und überhaupt, bist du denn besser? Aus welchem Grund glaubst du, so von oben herab reden zu können? Immer verlangst du

Interesse von den anderen, du bist der Mittelpunkt. Hast du dich denn zum Beispiel mal für mich interessiert, was ich mache und wie's mir so geht? Immerhin bin ich deine Schwester, du hackst hier auf Gabi herum, sie hat Geburtstag

– blaues Sandknöpfchen, Altweibersommer auf den Havelwiesen, erinnerst du dich, der Duft der Skabiosen, Weinen hilft nichts, Dorothea, Labkraut und Waldlöwenzahn, die gesägten Blätter, Licht, gefangen in einem Taudiadem auf einem Spinnennetz, die Gichtfinger-Silhouetten der alten Obstbäume in den Gärten, Kornäpfel, Grüne Jagdbirnen, der Wiedehopf auf dem vermorschten Leiterwagen, den Kopf mit dem Federschopf eines Indianerhäuptlings hielt er schräggelegt, beäugte mich argwöhnisch, ich bewegte mich nicht

– und dann sitzt du da, entrüstete sich Dorothea, knabberst Kekse und schaust dir einen deiner bekloppten Super-8-Filme an, immer denkst du, du bist was Besseres als wir, mit welchem Recht eigentlich, Wiggo, Ruhe, jetzt rede ich, diese Dreiminutendinger, auf denen nichts zu sehen ist als ein Stück Strand, paar Kiesel und ein angeschwemmter Badelatsch, wenn's hochkommt, du ... du Aussteiger

– Fieber, hat Jost nicht mal gesagt, daß sie nicht genau wissen, ob es heilsam ist oder schädlich, Aigina, der Aufstieg zum Aphaia-Tempel, zarte, beinahe durchsichtige Schatten in den Zweigen, sei leise, sagte sie, bat sie, wir stritten bis aufs Messer, liefen umeinander herum, sie auf einmal nah, zornrot und schön, sie schwitzte, atmete schwer, die leberfleckbesternte Haut, ich riß sie an mich, wußte nicht, was ich tat, sie hatte gerade noch Zeit, nach dem Schlüssel zu greifen und abzuschließen, der Feuerduft ihres Haars, ich werde nach der Schwester klingeln müssen um Fiebertabletten, Sizilien, das weiträumige Hügelland von Agrigent, herb, wie gestriegelt von Pflugspuren, der donnernde Pleuel in meiner Brust, als sie zu stöhnen begann, die Dienstboten, keuchte sie, und ihre Hand auf ein Kissen warf, um wie eine Gebärende darauf zu beißen, nicht vor Schmerz, ich küßte ihren Bauch, die Schenkel, das sich weitende, mit der gleichen animalischen Heftigkeit wie damals reagierende Geschlecht, sie stöhnte, nicht vor Schmerz, sondern vor Lust, wie damals, im Jahr vor der Geburt meines Halbbruders, Agrigent, Silberdisteln auf den Abhängen, glimmendes Getreide und blutrote Mohnblumen, Ölbäume mit großen Kronen, die scharflinig umrissene, den Blick, hatte ich das Gefühl, hart zurückprellende Landschaft, das Sägegeräusch der Zikaden im Mittagsglast, das Baby fing an zu wimmern, das Blutrot der Mohnblumen, sie biß ins Kissen und schrie, klatschnaß unten, um Atem ringend durch die flatternden Nasenflügel, Glück, ja, Glück, als es mich überwältigte und ich nichts mehr wußte außer diesem Gefühl, in ihr zu sein, geschluckt von einem Ölmund ohnmächtig peinigend lächerlich, und dabei die Linie ihrer von Milch, der Milch meines Halbbruders, geschwollenen Brüste mit meiner Zungenspitze hinaufzustreichen, die zu roten Zapfen aufgerichteten, süß schmeckenden Warzen in den Mund zu nehmen, die sie vor mir nicht schamhaft versteckt hatte, als sie meinen Halbbruder stillte, sondern zwischen Zeige- und Mittelfinger legte, dabei ihr Haar zurückwerfend, du Miststück, wie ich sie begehrte, Glück, wie damals im Sommer, im abgelegenen Gästezimmer, die rauschende Dusche, die dein Seufzen, ich biß mir in die Hand, unsere Kapitulation übertönte, für die ich mich nachher abgrundtief haßte, dich haßte, ich wollte Schluß machen mit mir, wollte das Ding, das mich gedemütigt, zum Idioten gemacht, mit sekundenlanger Glückseligkeit beschenkt hatte, abhacken – Mein lieber Sohn, es dreht sich alles um Geld, kapier das endlich, und kapier endlich auch, daß ich dein Bestes will; ich fuhr per Schiff nach Griechenland, wanderte am Golf von Korinth, die Tage wurden durchsichtig und verschmolzen miteinander, Zeit berührte Zeit und verlor sich, ich schwamm und teilte das Wasser nicht, immer, auch wenn es verschwunden war, die Nähe des Meeres, die Ägäis windsandblau, eingeschliffen in die Hügel und Pfade, wie unberührt der Anfang war, ich wunderte mich, war verjüngt, erfüllt von Heiterkeit, ich staunte, daß es kein Traum war, und wußte doch, daß ich nicht würde bleiben können, unter mir die Pleistosschlucht, im Osten die kastalische Quelle und im Norden das Heiligtum des Apollon, Musagetes, Licht- und Wolfsgott, die Bienen am Helikon, Hellas

– ich sah ihnen zu, sie bemerkten mich nicht, ich wagte kaum zu atmen, denn Menschen spüren oft, daß jemand in ihrer Nähe ist, für den das, was sie sagen werden, nicht bestimmt ist, sie haben eine Witterung, und ich sah, daß Patrick wußte, daß sie hinter ihm stand, er drehte sich aber nicht um. Vielleicht war es ein von Luftströmungen herangetragener Hauch ihres Parfums gewesen, vielleicht eine Änderung im Magnetismus der Luft. Jetzt blickte sie wie er auf den See, die ruhig bewegten Lichter in der Ferne, Stimmen wehten heran, Gelächter. Die Nacht war warm für die Jahreszeit. Er sagte, seine Stimme klang ruhig: Wiggo ist ein komischer Kerl, nicht wahr? Patrick drehte sich noch immer nicht um, senkte aber den Kopf, wie um ihr zu verstehen zu geben, daß er sie bemerkt habe und seine Worte nicht für sich in die Dunkelheit sprach, – Sie haben ein feines Ohr, ich war eigentlich sehr leise, und das Gras ist lang und weich ... Wie haben Sie mich hören können? – Ich habe Sie nicht gehört, – Und woher wußten Sie ..., sie zögerte, ich kauerte in meinem Versteck und hätte mir beim Klang ihrer Stimme am liebsten die Ohren zugehalten, Rascheln von Stoff, Knistern, sie mußte den Kopf geschüttelt haben, vielleicht ungläubig oder überrascht. – Daß Sie es sind? Patrick lächelte.

Wenn ich Ihnen sagen würde, daß es Ihr Parfum ist, würden Sie womöglich die Marke wechseln. Nicht nötig, es ist sehr gut. Vielleicht glauben Sie mir nicht. Weil der Mensch besser hört als riecht, sagt jedenfalls mein Freund, der Arzt ist. Sie stand nun neben ihm, legte den Kopf schräg, lächelte kurz. Ich war bis zur Matura bei den Pfadfindern. Ich war nicht schlecht im Anschleichen. Es fuchst mich ein bißchen, daß Sie mich ertappt haben, glauben Sie das? Wollen wir nicht übrigens du zueinander sagen? Er nickte. Sie mochte es nicht gesehen haben; sie schwieg, aber nicht verstimmt über eine vermutete Unhöflichkeit, wie ich spürte, sondern nachdenklich. Sie sagte: Früher habe ich Wiggo für einen Idioten gehalten. Ich weiß nicht, was er ist. Merkwürdig, mindestens. Keiner hat ihm was getan, warum benimmt er sich so? Sie sah auf ihre Hand. Es ist nicht meinetwegen, falls du das denkst. Er muß schon so gewesen sein, lange bevor Stefan und ich eine Beziehung hatten. Genau weiß ich das nicht, und es interessiert mich auch nicht sehr, um ehrlich zu sein. Wissen Sie, sie lächelte wieder kurz. Du, entschuldige. Blöd. Gerade biete ich's an und dann ... Tja. Passiert, – Ich kann ihn verstehen, bis zu einem gewissen Grad. Dorothea hat mir einiges über ihn erzählt. Es muß auch schon etwas in Frankreich gegeben haben, worunter er sehr gelitten hat. Patrick brach ab, vielleicht überlegte er, ob er taktlos gewesen war. Ich konnte jetzt ihren Gesichtsausdruck nicht erkennen. Sie las eine der umherliegenden Quitten auf und warf sie in den See, mit der etwas ungeschickten Ausholbewegung vieler Frauen. Der Aufschlag war voll und glucksend. Lustiges Geräusch. Blonk. Komisch eigentlich, warum lacht man über Geräusche. Sie schüttelte den Kopf und beugte sich dabei etwas zurück, so daß ihr Haar frei den Rücken hinabfiel. Ich meine, er jammert herum und spielt den Weltverbesserer; aber er tut nichts. Das meine ich mit Idiot. Natürlich ist er nicht blöd.

Aber er benimmt sich wie einer dieser Pubertierenden, die so furchtbar an der Welt und am Schicksal leiden. Dann gießen sie ihr Leid in Verse und beglücken die Lektoren in den Verlagen damit. Glauben Sie mir, ich weiß, wovon ich spreche. Du. Zu blöd, schon wieder. – Nimmt er dich ernst? Patricks Stimme klang rauh. Sie ging langsam nach vorn, an die Brüstung, die das Grundstück vom Wasser trennte. Er war zu weit gegangen. – Du läßt dir so leicht nichts gefallen, hm? Sie drehte sich um, musterte ihn mit einer Spur Koketterie. Ihr Gesicht war mir zugekehrt, ich konnte es gut erkennen. Fand ich nicht schlecht, dein Kontra auf Ansgar vorhin. Darf ich fragen, was los war in Stefans Zimmer? Patrick sagte nichts. Entschuldige ihn. Er hat viel um die Ohren. Außerdem provoziert er gern. Er will wissen, woran er mit jemandem ist, und um das schnell herauszukriegen, greift er zu Mitteln, die nicht nach jedermanns Geschmack sind. Er meint das nicht so, falls, – Schon gut. Patricks Gesicht verhärtete sich. Er sagte: Jedenfalls kann ich mir nicht vorstellen, daß das Leben mit ihm langweilig ist. – Liebst du sie? fragte sie ziemlich unvermittelt. Patrick starrte auf den See, der am gegenüberliegenden Ufer nun dunkel lag. Wir halten nicht immer Händchen, falls Sie darauf anspielen. Die Bäume auf den Werdern bildeten schwarze Kämme, vor denen die Lichter schwankten. Ich glaube, wir kennen uns noch nicht lange genug, als daß ich Ihnen auf diese Frage antworten müßte. Er steckte die Hände in die Taschen und wandte sich zum Gehen. Aber wenn es Sie wirklich interessiert: kann schon sein. Lassen Sie mir jetzt bitte das Boot bereitmachen.

Ruhig ist es nie im Krankenhaus, es ist still manchmal, so wie jetzt, aber es ist eine erwartungsvolle, nervöse Stille, Filmregisseure wissen sie zu inszenieren: Zeig eine Fliege, die ihre

Beine zwirbelt in einem kahlen Raum, in dem zwei Menschen einen dritten verhören; zeig den ins Riesige vergrößerten Wassertropfen, der vor einer unscharf gehaltenen, schmauchenden Lokomotive quälend langsam zum Fall reift, während sich der Sheriff im Haus den Hut aufsetzt, die Trommeln seiner Revolver noch einmal überprüft, sie rädeln und einrasten läßt und, bevor er hinaus auf den im Mittagsglast schwelenden Platz tritt, ein letztes Mal in den Spiegel schaut; jeden Moment kann etwas geschehen, eine Patientenklingel schrillen oder das Telefon, die Stille hier ist eine wartende, die Schwestern haben ihre Nachtrunde beendet und werden vorn in der Stationskanzel sitzen und Kurven schreiben oder im Internet surfen, oder in der Küche rauchen, den neuesten Krankenhaus-Beziehungsklatsch austauschen, sich über die Fähigkeiten diverser Ärzte mit der ihnen eigenen Scharfsicht und Nüchternheit verbreiten, Kreuzworträtsel lösen

– es ist spät in der Nacht, und ich kann wieder einmal nicht schlafen, die Schmerzen kommen zurück und das Fieber in seinen Staubgold-Schüben, ich habe die Schlaftablette genommen, aber das Zeug taugt nichts, vielleicht eine Placebo-Arznei, die heute an die gerade, morgen an die ungerade numerierten Zimmer ausgeteilt wird, damit die Klinik Geld spart, jeder weiß, daß unser Gesundheitswesen einem billigen Kassentod entgegensiecht

– Bewegungen, aus denen sich langsam etwas klart, trudelnd und sinkend wie das Restzucker-Plankton in umgerührtem Tee, die Bilder wirbeln in mir, Herr Verteidiger, ich sehe Manuelas Hände in pastellgrünen Handschuhen, es ist die Farbe ihres Kostüms, auf dem Teakholz-Lenkrad der Mercedeslimousine liegen, spüre den Duft ihres südländische Assoziationen weckenden Parfums: *Lady Knize,* höre ich ihre Stimme, später, viel später, Rose, Jasmin, Tuberose, ein kräftiger, doch unter der Schwelle zur Entschiedenheit liegender Duft, wie die Farbe der Quitten im Frühherbst, wenn das Licht an den Dingen nicht mehr abprallt, sondern sie mit durchsichtigen Fingern aus ihren Verankerungen löst, Manuelas dunkelgraue Augen, deren Blick mich manchmal im Rückspiegel streifte, ihre Hand in meiner bei der Begrüßung, kühl und trocken und sehr leicht: Wollen wir uns nicht duzen? Mauritz hat mir schon viel von dir erzählt; sie hatte die Handschuhe an den Fingerspitzen gezupft beim Ausziehen, eine spielerische, elegante Geste, dann die Handschuhe in der tropfenförmigen Tasche verstaut, zum Fahren aber wieder herausgenommen

– Sie sind ... Du bist seine ..., – Schwester, sagte Mauritz. Hör auf zu stottern.

– wir verließen München, ich erinnere mich an die hellgrün dahinschießende Isar, dann die Landschaft in den Übergängen von Ocker zu Abendrot, gesäumt von drachenrückigen Bergen mit Schnee auf den Flanken, Mauritz hatte das Fenster heruntergekurbelt und den Ellbogen darauf gelegt, pfiff leise zu den ruhigen, farbenreichen Klängen einer afrikanischen Weltmusik-Gruppe, die Manuela aus der CD-Box hinter dem Schaltknüppel ausgesucht hatte, wir unterhielten uns kaum, die wenigen Versuche, die ich unternahm, das Schweigen zu brechen und irgendetwas Belangloses zu sagen, das als Einladung zu einem Gespräch verstanden werden konnte, endeten in Herzklopfen und Scham vor der Offensichtlichkeit eines solchen Versuchs, um Kommunikation zu bitten, ihre dunkelgrauen Augen würden mich fixieren und mir meine Plumpheit verweisen. Mauritz hatte sich eine schmale schwarze Sonnenbrille aufgesetzt und starrte nach draußen. Für Geschwister redeten sie recht wenig miteinander, fand ich, aber vielleicht hatten sie das Allgemeine schon eher besprochen, und jetzt wäre die Zeit der intimeren Worte gewesen, die für das Ohr eines

Dritten nicht bestimmt sind, die Zeit der wie unabsichtlichen Berührungen und Zärtlichkeiten. Ich fühlte mich müde, der Motor summte gleichmäßig unter den Weltmusikklängen, die in mir die Assoziation von Karawanen, lederhäutigen Tuareg, friedlich wiederkäuenden Kamelen und sanft gerundeten Wüstendünen weckten. Schlaf ruhig ein bißchen, sagte Manuela plötzlich, ich mußte sie ziemlich erstaunt angesehen haben, denn sie lächelte kurz in den Rückspiegel, mit ironisch geweiteten Nasenlöchern. Ja, sagte sie mit ihrer dunkel timbrierten, leicht singenden Stimme, wir sind noch ein Weilchen unterwegs

– das Knirschen des Kieses, das Flügeltor mit der Überwachungskamera auf einem Pfeiler schloß sich langsam hinter uns, wir bogen auf eine Allee, die von Orangenbäumen und kegelförmig geschnittenen Hecken gesäumt war, auf einem Teich in dem parkähnlichen Garten glitten Schwäne in einem zitternden Passepartout von Stille, – Wünschen Sie Tee, sagte die Freifrau, die uns auf der weitgeschwungenen cremeweißen Treppe vor dem schloßartigen Anwesen empfangen hatte, das Königin-Beatrix-Gesicht in einem Ausdruck strenger Güte, sie stand allein in der Mitte der Treppe und erwartete uns, gekleidet in ein apricotfarbenes Kostüm, die Arme leicht angewinkelt, die Hände in ebenso bestimmter wie eleganter und abwartender Haltung flach überkreuz aufeinandergelegt, nicht zeltartig wie zum Beten, die apricotfarbenen Schuhe eng und genau parallel gestellt, ohne daß sich die Knöchel berührten, sehr aufrecht stand sie da, der Kopf etwas schräggeneigt, die mit einem dezenten Apricotschimmer bedeckten Lippen in Bereitschaft eines Lächelns gespannt; ich sagte: Danke, gern, und Königin Beatrix, die Mauritz langsam, etwa wie ein Schwan seinen Hals reckt, die Hand zum Handkuß gereicht hatte – Mauritz beugte sich hinab und deutete den Kuß an, es wirkte nicht lächerlich –, gab der Aufwärterin, einem türkischen Mädchen in schwarzem Serviererinnenkleid mit gestärktem weißem Häubchen, ein Zeichen, die Abendgesellschaft, langsam einrollende, gewichtig in gezügelter Kraft anschleichende Coupés und Limousinen, Haifische, die mit blitzenden Felgenflossen über den Kies knirschten, an Orangenbäumen und Schwänen, starrenden Dornenklingen von Sisalagaven und der knappen Verbeugung eines Dieners vorbei in eine der Tiefgaragen glitten, junge Leute, nach denen Mauritz vom Fenster des großen Salons spähte, in kirschroten oder kamillegelben Porsches, manche auch auf schweren Motorrädern, deren nach oben gebogene Auspüffe Salven von Bullengebrüll ausstießen, wenn die Hand am Gashebel spielte

– Philosophie, interessant, wirklich, sehr interessant, murmelte der Bischof und musterte mich durch seine randlosen, achteckig geschliffenen Brillengläser, Sie sehen ja, seine Hand, schwammig wie gebackenes Kalbfleisch wirkend, strich über den schwarzen Klerikerrock, unsere Fakultäten liegen gar nicht so weit auseinander, wie es so oft heißt, auch ich trage das Gewand des Geistesarbeiters. Philosophen sind ja im Grunde Gottesmenschen, nicht wahr, und die Mutter Kirche

– tanzt du? fragte der feingezeichnete Mund unter den dunkelgrauen Augen, die denen von Königin Beatrix nicht glichen, eine andere Farbe, ein anderer Ausdruck, das Gesicht hatte nicht den bei der Freifrau vorherrschenden Zug, den die Franzosen contenance nennen, nicht die Geschäftsfrauenbräune und die weißen Lachfiederchen in den Augenwinkeln, die Fingernägel waren nicht apricotfarben lackiert, – Ich fürchte: nein, sagte ich, – Also doch ein bißchen, aber du glaubst, nicht gut genug? Hm, sie seufzte leicht, wie immer, die Männer heute können nicht mehr tanzen, außer Mauritz. Aber komm, sie streckte ihre Hand aus und ergriff meine, ich stelle dich den

Freunden vor, und da du einmal hier bist, mußt du auch ein wenig tanzen lernen

– liebe Freunde und Mitglieder der Organisation Wiedergeburt, begann Mauritz, wir sind heute an diesem Ort zusammengekommen, um uns über einige Verfahren klarzuwerden, die unserer Arbeit dienlich sein sollen. Ist die Demokratie, vielmehr das, was von dieser Idee – denn es ist eine Idee – in die Wirklichkeit der politischen Verhältnisse gelangt, die beste der gesellschaftlichen Umgangsformen? Ich will es einmal so nennen, liebe Freunde ... Alles vernünftige, das heißt, am Wohl des Menschen orientierte Denken und Handeln ist durcheinandergeraten und in vielen Bereichen sogar außer Kraft gesetzt, die Vernunft ist unter jene Schwelle gerutscht, von der aus sie erst wirksam werden kann ... Wir sehen Leute an der Macht, die nicht an die Macht gehören, die die Staatsmacht aufgeweicht, in ihrer Jugend Polizisten angegriffen, Gesetze gebrochen und versucht haben, den Staat unter kommunistischen Einfluß geraten zu lassen, die Unternehmer und Bankiers entführt und ermordet haben oder ermorden haben lassen

– Mauritz schritt auf und ab, heftig erregt, steckte die Hände in die Taschen, nahm sie heraus, um wild zu gestikulieren, hackte mit der Zeigefingerspitze die Ausrufezeichen und Punkte in die Luft

– und sie, deren ideologische Konzepte aus der marxistischen Mottenkiste stammen und jetzt die von verbitterten Altlinken geführten Alternativbuchläden hüten: sind sie etwa keine Elite? Genährt vom Bürgertum und von Geld, das sie niemals haben verdienen müssen, planten diese Leute die Revolution, deren Folgen unser Land bis heute zu tragen hat!

– wie sie nickten, die Umsitzenden, die Köpfe klappten mit der mechanischen Monotonie hüpfender Aufziehfrösche auf und ab, es waren nicht alle Gäste dabei, ich sah die Freifrau und den Bischof, einige von Mauritz' und Manuelas Freunden, denen ich vorgestellt worden war, einige ältere Herren in teuren Kapitänsanzügen mit Goldknöpfen an Ärmeln und Revers. Manuela saß mit verschränkten Armen, den Blick starr zu Boden gerichtet, ihre Schuhspitzen wippten leicht, manchmal schlug sie die Beine übereinander und zupfte das Kleid über dem Knie des vorgestreckten Beins zurecht; Gelächter und *Wohl, wohl*-Rufe, sie taxierten die wechselnden Graphiken, die der Projektor an die Wand warf, Zeitungsausschnitte, Fotos, die grundlegenden Prinzipien der Organisation Wiedergeburt, die Mauritz mit einem Laserpointer bepunktete, Mauritz' Gesicht war bleicher als sonst, er sprach frei, suchte die Blicke der Anwesenden, wich aber meinem aus, seine Stimme hatte einen schneidenden Klang

– Bildung haben heißt eingebildet sein in den Augen ihrer Ideologie, von der Verpflichtung des Gebildeten zum Dienst an denen, die ihm diese Bildung ermöglichten, ist dagegen nie die Rede ... Ist denn aber eine Elite eine losgelöst in irgendwelchen Wolkenkuckucksheimen herumtändelnde, von allen Problemen des Landes unberührte Schicht? Ist sie wirklich der Popanz, zu dem eine lügnerische, volksverdummende Ideologie sie aufblasen will?

– bitte bedienen Sie sich und lassen Sie es sich schmekken! Freifrau von Usar lächelte mich an und reichte Patisserie zum Tee, – Nur keine Angst, junger Mann, wir beißen nicht. Ich freue mich, daß Sie uns besuchen kommen, und überhaupt, daß Mauritz Sie gefunden hat. Er spricht viel von Ihnen, glauben Sie mir! Wir telefonieren oft, ich habe ihn gern. Junge Menschen wie er sind selten ... Er mag auf manche abweisend und vielleicht hochmütig wirken, aber der, der genau hinschaut, wird bemerken, daß Mauritz all dies nicht ist ... Er ist ziemlich offen, und seine Meinungen mögen nicht nach jedermanns Geschmack sein, doch abgesehen davon, daß diejenigen wenig taugen, deren Meinungen nach jedermanns Geschmack sind, ist es doch ein Zeichen von Wahrhaftigkeit und Aufrichtigkeit, nicht wahr? Mit Heuchelei kann man viel gewinnen, Offenheit ist häufig verletzend, und es braucht ein gutes Auge, um zu erkennen, wieviel jemand riskiert, der offen ist und nach Wahrhaftigkeit sucht: Er riskiert es, einsam zu bleiben und Freundschaften aufs Spiel zu setzen ... Ich habe ihm schon manchmal gesagt, daß seine Kompromißlosigkeit es ihm nicht leichtmachen wird im Leben, aber schließlich, wir brauchen solche Menschen wie ihn! Die Angepaßten, die Schafe, die getreu jedem Modehammel hinterherrennen, bringen uns nicht weiter ... Aber er ist ziemlich allein, das macht mir Sorgen, er könnte es bequemer haben. Es gibt nicht viele Menschen, die genau hinschauen und sich von Vorurteilen nicht blenden lassen

– hat eine Elite nichts anderes im Sinn, als Geld zu horten und sich ihrer Privilegien zu erfreuen? Sie, liebe Freunde, Unternehmer, Bankiers und Manager, werden gewissermaßen als Ausgeburten der Hölle diffamiert, als böse Kapitalisten, Beutelschneider und Kriegstreiber, die den Müden und Beladenen am Wegesrand auflauern, um sie ihrer Zehrpfennige zu berauben; als geldgierige Scharrer und Raffer, die nichts Besseres zu tun haben, als unschuldigen Proletariern und idealistischen Kulturschaffenden das Blut abzusaugen ... Selbstverständlich, genauso ist es, genauso und nicht anders ... Auf der einen Seite die Gutmenschen, friedliebend, vegetarisch, nickelbebrillt und protestbewegt – auf der anderen Seite die Bösemenschen, ausbeuterisch, machtversessen und korrupt ... Selbstverständlich! Und wie, liebe Freunde, steht es mit der Ordnung, mit dem Gesetz? Mit der Ordnung steht es so, daß alles in Unordnung geraten ist ... Der Idiot tritt in der Talkshow auf, die größten Einschaltquoten haben Sendungen, in denen nichts, aber auch nichts bedeutend ist als die Hirnrissigkeit ihrer Teilnehmer, eine geradezu abstoßende Hirnrissigkeit! Ein paar Leute sitzen in einem Container und sehen sich gegenseitig beim Abwaschen zu, das ist alles – und dafür gibt das Fernsehen Platz, das ist es, was die Menschen offensichtlich sehen wollen, die aufgrund der allumfassenden Verblödung mittlerweile nicht viel mehr als bunte Knete im Kopf haben! Ist das der Fortschritt?

[*DOROTHEA R.* {...}] er sagte zu mir: Weißt du noch, Nizza?

und ich: Aber in Nizza,

und er: Aber in Nizza waren wir glücklich, nicht wahr, bist du glücklich gewesen, die Sommer und die Gerüche des Hafenviertels, die Gerüche im Haus, wenn der Mistral kam und das Licht eine Kavalkade von Schattenfiguren vorüberziehen ließ, weißt du noch, waren wir glücklich,

und ich: Du tust so, als wäre das Leben dazu da, dich glücklich zu machen, als hättest du einen Anspruch darauf, bei der Geburt ausgestellt, mit dem Ablösen der Nabelschnur fallen gelassen ins Leben, das dir Glück zutragen muß wie Bienen den Honig in die Waben tragen? Übertreibst du nicht ein bißchen? Hast du dich nicht einmal vor den Spiegel gestellt und gefragt: He, Wiggo, bist du nicht ein bißchen naiv?

und er: Naiv?

und ich: Wie würdest du es nennen, werde endlich erwachsen, Wiggo, du kommst mir manchmal wie ein Kuckuck vor, der den Schnabel aufreißt und schreit: Füttert mich füttert mich füttert mich mit Glück, und die Eltern sind nur halb so groß wie er, verdammt nochmal, werde endlich flügge

– Manuela lachte und beugte sich vor dabei, die Abendsonne lockte freischwebende Glut in den Cocktailgläsern hervor, kleine bunte Sonnen auf den weißgedeckten Tischen im Park, das schwimmende Weiß zwischen dem Dunkel der Büsche, den zu Figuren geschnittenen Hecken, es waren dreißig, vierzig Gäste da, alle mit den wohlabgestimmten, gemessenen Bewegungen reicher Leute auf Dinnerpartys oder Vernissagen, Mauritz ging von einem zum andern, lässig, selbstsicher, er sah sehr gut aus in dem schwarzen Frack und dem blütenweißen Hemd mit den viereckigen schwarzen Knöpfen und Rubinmanschetten, er blieb hier bei einem Weißhaar stehen, mit dem er sich ein, zwei Minuten unterhielt, dort bei einem Managertyp mit scharfgeschliffenem Blick, metallisch glänzendem Smoking und lachsfarbener oder apfelgrüner Krawatte, lächelte und bezauberte ihre Frauen, die wie kleine Mädchen nervös an ihren Perlenketten und Armreifen drehten, seinen Blick: das mit ihrer Neugier zu füllende Eisenblau, suchten, aber hastig auswichen, sobald sie spürten, daß er ihnen in die Augen sehen würde; Frauen, deren Finger mit den rotlackierten Nägeln unruhig die Cocktailgläserstiele zwirbelten, wobei ihre Blicke still und raublustig über Bauch und Brust, Wange, Ohr, sein Haar wanderten, den Adamsapfel, die wie geschnitzt wirkenden Hände streiften und unverblümt auf seinem Hintern verweilten, während ihre Lippen den Cocktail in kleinen, träumerischen Schlucken nippten, wenn Mauritz weiterging; die Industrieadmirale in dunkelblauen Maßschneidersakkos und Jermyn Street-Hemden, das Stück für vierhundert Pfund, ich sah plötzlich Vater vor mir, wie er, vor dem Spiegel stehend und sich die Krawatte bindend, gesagt hatte, damals in London: Die Schneider der Jermyn Street arbeiten erstklassig, vierhundert Pfund, alles andere kratzt; weiße Leinenhosen, die in der Entfernung mit dem Kies auf den Wegen verschmolzen,

Königin Beatrix bildete den apricotfarbenen Kontrapunkt zu Mauritz, sie war die Gastgeberin, schlenderte von einer Gruppe zur anderen, gab den Bediensteten unauffällige Zeichen, nickte den Köchen zu und der angeheuerten Band, die Kaffeehausmusik spielte, molluskenhafte, von niemandem ernstgenommene Hintergrundbeschallung, der Bischof stand mit auf den Rücken gelegten Händen unter einer Kette Lampions am See, sah auf das glitzernde Wasser, hinter ihm der Wechsel der Flanierenden, sie beachteten ihn nicht

– und was mich wundert, ist, wie friedlich es trotz allem zugeht in diesem Land, wie wenig sich die meisten Menschen trauen, ihre Gedanken zu äußern und das, was sie denken, zu verteidigen ... Alle, mit denen ich bisher gesprochen habe, teilen meine Meinung, daß es so wie bisher nicht weitergehen kann, aber niemand ist bereit, aus diesem Umstand die Konsequenzen zu ziehen ... Ebenfalls seltsam! Das Land liegt in einem Dämmerschlaf, es scheint auf etwas zu warten, einen Befreiungsschlag vielleicht oder ein Zeichen des Himmels oder eine alles hinwegfegende Explosion, ich weiß es nicht, liebe Freunde

– plötzlich sah ich das Meer meiner Kindheit wieder, als ich langsam hinab zum See ging, den Strand von Nizza, die blau-weiß gestreiften, im Wind flatternden Markisen; wirklich, ich freue mich, daß Sie Zeit gefunden haben und mitgekommen sind, sagte die Freifrau. Möchten Sie lieber etwas Herzhaftes zum Tee?

Manuela hatte sich umgezogen, ich bemerkte den Schatten, der sich von den Tischen löste, als ich den Weg zum See einschlug, sie trat mir aus einem Seitenweg entgegen, das knapp geschnittene elegante Abendkleid mit den zwei dünnen, überkreuz verlaufenden Trägern über Rücken und Dekolleté, eine Zickzackschnur lief bis zu den Hüften hinab, ließ die sahnige Haut der Seiten bis zum Ansatz der Brüste frei. Manuela hielt ein Weinglas, Rotwein spielte darin von der Farbe ihres Haars

– he, Flo, erzähl doch mal von dem Deal mit dieser Pharmafirma! rief der Spirituosenfabrikant Edgar, und Flo, ein vierzigjähriger Professor, rückte an der Brille und grinste geschmeichelt, schwenkte den Cognac im Cognacschwenker, spitzte die Lippen: Ja, die Sache ist die, daß diese Firmen soundso viele Studien, Doppeltblindstudien, randomized, – Doppeltblindstudien? fragte Manuela, lachte und sah mich an dabei, – Ja, Doppeltblindstudien, das bedeutet, daß es zwei Probandengruppen gibt, eine kriegt ein Placebo, die andere das Wirkpräparat, aber keine der beiden Gruppen weiß, wer was hat, und randomized heißt einfach: nach Zufallsprinzip, jedenfalls müssen diese Pillendreher einen ganzen Haufen klinischer Studien machen, an Patienten, ehe das Zeug eine Zulassung kriegt, ziemlich kompliziert, und nun hängt's ja davon ab, wo sie das machen können, also zum Beispiel bei mir, und wer ihnen das macht, zum Beispiel ich, indem ich ihnen meine Klinik für solche Studien zur Verfügung stelle, was aber einiges kostet ... für meine Assistenten springt die Promotion bei raus, paar Artikel in diversen Fachzeitschriften für uns alle, mein Name muß da schon mit draufstehen, denn sie treiben ihre Studien ja an meiner Klinik

– Philosoph, wirklich, sehr interessant, sagte der Bischof, hüstelte leise, hob die Hand mit dem Bischofsring, er wirkte fern, das schwarze Kleid rissig von Licht an den Rändern, wie er vor dem Fenster stand, das von der Abendsonne ausgegossen war, ich erinnerte mich an Nizza, Kirchenkühle, durchspielt von Staubbahnen, die durch riesige Glasfenster mit farbigen Darstellungen aus der Heilsgeschichte einfielen, das filigrane Rankenschnitzwerk des Lettners, den eine Prozession Geistlicher murmelnd durchschritt, der weihrauchschwenkende Mesner, das Tabernakel, aus dem der Domdechant die Hostien nahm, Vater und Mutter bekreuzigten sich, ich schielte zu Jeanne, deren ungebändigte Haarfülle die Chorknaben irritierte, die Orgel dünte ihre Anrufungen in die lichtdurchspielte Höhe mit den feixenden Pausbackenengeln und entrückt, Antoine sagte immer: orgasmisch, nach oben weisenden nackten Rubensweibern, deren Euterbrüste und Brauereipferdhintern wir studierten, wenn wir fromm nach oben blickten und mit gefalteten Händen, das Vaterunser betend, in den Bänken knieten. – Philosophie beginnt, wo ein Bruch geschehen ist mit der wirklichen Welt und ihrem Leben. Philosophie ist Ausdruck der Entzweiung mit dem wirklichen Leben. Hegel. Und Sie sind dann natürlich kein Atheist?

– und ich habe den Quattro draußen abgegriffen, den kann Babette zum Einkaufen nehmen, und außerdem ist auch ein nettes Sümmchen rausgesprungen – Kein schlechter Geschäftsmann, unser Flo, sagte Edgar, der Spirituosenfabrikant, aber das war er schon in der Penne. Er hatte eine Sportbefreiung, und in der Sportstunde, wenn wir schwitzten, ist er zum nächsten Getränkegroßhandel getrabt, hat sich dort billig mit Limos eingedeckt, die er nachher, wenn die Stunde aus war, zu unverschämten Preisen verschachert hat, der gewiefte Hund, wir hatten natürlich immer tierischen Durst nach dem Sport, und das Leitungswasser schmeckte wie Plörre! Daß du's mal zu was bringen wirst, war mir damals schon klar!

– blau-weiß gestreifte, im Wind flatternde Markisen, Oda, die lachend aus der Brandung gerannt kam und die sich in der Sonne aalende Dorothea mit glasgrünem Regen bespritzte, Pastaverkäufer, Capannen, die Farbtupfen der Badetücher, manchmal zog die bockige, schwarz-weiß gewürfelte Savoia-Marchetti des verrückten Flugingenieurs knatternd ihre Kreise, ausgemustert aus der Aéropostale, streifte fast die Schöpfe der Palmen auf der Promenade des Anglais, das hatte noch etwas bedeutet, all diese Dinge, Strand und Meer und die Capannen, dies war ein Krug und nicht der Beginn, das Gleichnis von etwas anderem, es war seine Geschichte, die er in der Umhüllung seiner Leere verschwieg; wir gingen nebeneinander zum See, das Haus und der Rasen mit den Flanierenden entfernten sich, die Musik wehte in Fetzen heran, Manuela trank den Wein aus, stellte das Glas auf das Füllhorn einer marmornen Gartengöttin, aus dem Blumen wuchsen. Und das hast du alles hingeschmissen? – Ja. – Gefällt mir. Ich sagte nichts. – Was schaust du mich so entsetzt an, hab ich was Falsches gesagt? – Nein, nur bist du die erste, die das sagt: gefällt mir. – Ach du armer verkannter Weltverbesserer! Sie lachte und zwinkerte mir zu. Wundert mich nicht, daß ihr euch gefunden habt, Mauritz und du

– und Sie, wenn ich noch mal fragen darf, haben eine Philosophen-Praxis in Berlin, was macht man denn da, was wirft denn das so ab? – Mensch, Edgar, schüchtere doch den Herrn Ritter nicht so ein, unter Geistigem versteht man nicht bloß Spirituosen!

– wie sie lachten wie sie lachten wie sie lachten

– alle fühlen, daß es so, wie es ist, nicht gut ist, sagte Mauritz, die Zuhörer saßen mit verschränkten Armen und gesenkten Köpfen, Krittelei und Tadelei überall – aber keiner unterbreitet Vorschläge, die an die Wurzel des Übels gehen, die also untersuchen, ob diese Gesellschaft nicht vielleicht deshalb nicht funktioniert, weil der ihr zugrundeliegende Gedanke, das sie bestimmende System: die Demokratie, nicht funktioniert ... Die Demokratie ist die Gesellschaftsordnung des Mittelmaßes, des Geschwätzes und der Unfähigkeit, aus dem Geschwätz fruchtbares Handeln werden zu lassen ... Nichts bewegt sich mehr! Alle Räder sind festgefressen in gegenseitiger Hemmung, fordern die Unternehmer dies, blocken es die Gewerkschaften ab, sollen die Steuern herunter, laufen die Sozialverbände Sturm, die Arbeitslosenraten steigen, die Wirtschaft wandert ab, die Gesellschaft vergreist, die Jugend hat kaum noch Perspektiven ... Junge Menschen stehen in den Startblöcken, so gut ausgebildet wie nie, und können nicht starten, weil sie keine Arbeit finden ... Wie soll das enden? Nirgendwo Aufbruch, Hoffnung und damit: Zukunft... Statt dessen Lethargie, Menschen, die Schatten ihrer selbst sind, an nichts mehr glauben, die keine Vision mehr haben, keine Ursprünglichkeit, zerfressen von Skepsis und Zynismus ... Sie sind krank von Demokratie! Die Menschen wollen nicht mehr tausend Angebote, sondern Einfachheit, was sie wollen, ist Führung, Ordnung, Sicherheit, sie sind krank von Unsicherheit, von dem Vielleicht und Ich weiß es nicht, von der unablässigen Angst um den Arbeitsplatz, was aus ihren Kindern werden soll und aus diesem Land, sie sind zerstört von Demokratie!

– wie sie lachten wie sie lachten wie sie lachten

– das ist ja nun eine gute Diagnose, Herr Kaltmeister, aber was ist die Therapie? Was Sie uns hier sagen, kann man in jedem besseren Leitartikel nachlesen, aber was ist zu tun, da müssen Sie nun schon mal die Karten aufdecken! Immerhin unterstützen wir Sie mit nicht gerade geringen Summen, – Terror, sagte Mauritz kühl und schnitt dem Industriellen das Wort ab. Die einzige Möglichkeit, die ich sehe, wirklich und nachhaltig etwas zu verändern, ist der organisierte Terror

– aber die Philosophie ist ja die Liebe zur Weisheit, und die Erkenntnis Gottes hat immer eine zentrale Rolle in ihrer Geschichte gespielt, half mir der Bischof aus meiner Verlegenheit, ich war auf eine solch direkte Frage nach meinem Glauben nicht gefaßt gewesen, sie hatte mich überrumpelt, und wahrscheinlich hatte ich Unwillen erkennen lassen, denn der Bischof war etwas zurückgewichen und hatte seine Brille, die gerutscht war, hochgeschoben; ich empfand die Frage als indiskret und völlig ungeeignet für einen Small talk, auf den es doch nur hinauslaufen konnte; der Bischof fragte nach meinen Studien und mit welchen Philosophen ich mich besonders beschäftigt habe, an welcher Hochschule ich tätig sei, – Ich bin an keiner Hochschule tätig, ich betreibe eine kleine Philosophie-Praxis, Alltagshilfe, – Dann sind Sie ja ein weltlicher Seelsorger! rief der Bischof mit erhobenen Brauen

– und deshalb, fuhr Mauritz fort, schlage ich die Gründung einer Untergruppe innerhalb unserer Organisation Wiedergeburt vor, die dafür zuständig sein soll, mit Namen Cassiopeia, nach dem W der Wiedergeburt, das Himmels-W, es wird ihr Zeichen sein

– ich habe gehört, sagte die Freifrau und zeigte mir ein gewinnendes Lächeln, daß Sie in Frankreich aufgewachsen sind? Sie erzählte mir von einer Fabrik für Spachtelmasse, die zur Usar-Holding gehöre. Manuela sei ihre Privatsekretärin, man habe einen Auftrag in Lyon erhalten, öffentlicher Bau, woran es liegen könne, fragte die Freifrau, daß die Franzosen mit uns in der Spachtelmassefrage nicht gut kooperieren? – An der Farbe, antwortete ich. – Bitte? Die Freifrau schien verwirrt. – Ja. Es könnte an der Farbe der von Ihnen verwendeten Spachtelmasse liegen. Welche Farbe hat die von Ihnen verwendete Spachtelmasse? Die Freifrau blickte sich hilfesuchend zu Manuela um, die ein Handy aufklappte. Während sie telefonierte, traktierte mich die Freifrau mit Anisgebäck. – Grau, sagte Manuela schließlich. – Sehen Sie, sagte ich, in Frankreich müssen alle Baumaterialien für öffentliche Gebäude zertifiziert und gefärbt sein. Ich weiß das von meinem Vater, er hat eine Bank in Nizza geleitet und oft von solchen Dingen erzählt. Grau halten die Handwerker für schlechte Qualität, gute Qualität ist für sie rot oder gelb

– plötzlich, ich wußte gar nicht recht, was ich tat, brach ich eine der Blumen aus dem Füllhorn und drückte sie der völlig verdutzten Manuela in die Hand, sie wurde rot, es hatte ihr die Sprache verschlagen, mir auch, zugleich schämte ich mich, denn es war eine besonders schöne Blume, ich kannte sie nicht, vielleicht würde mir Manuela diesen Frevel gleich mit scharfen Worten verweisen, aber sie stand noch immer sprachlos und wie vom Donner gerührt, starrte auf die Blume in ihrer Hand. Danke, sagte sie. Du hast mir soeben ein sehr wertvolles Geschenk gemacht. Diese Blume ist der Stolz unseres Parkgärtners, sehr selten, sie lachte, oh Gott, wie erkläre ich ihm das. Der Bischof winkte uns, sie fing sich, bedachte mich mit einem zwischen Bedauern und Spott schwankenden Lächeln. Wir warteten auf den Gottesmann, gingen ihm entgegen, als wir bemerkten, daß es ihm schwerfiel, seinen Schritten die angemessene Geschwindigkeit zu geben: Laufen hätte seiner Würde geschadet, allzu gewichtig-bedächtiges Schreiten hätte unhöflich wirken können. Manuela nannte ihn Ehrwürden, der Bischof sprach sie mit ihrem Vornamen an und bemerkte, wie groß sie geworden sei. Er kenne sie von klein auf, erklärte er mir. Die Freifrau, bei der Manuela aufgewachsen sei, habe immer zu den aktivsten und gottwohlgefälligsten Mitgliedern der Gemeinde gehört, und gut könne er sich an Mauritz und seine Schwester erinnern, wie sie Kommunion empfangen hätten, sie im weißen Kleid, wie eine Braut, und Mauritz schon damals sehr aufrecht und streng. Wie groß sie geworden sei, wiederholte der Bischof, an seiner achteckigen Brille rückend, und wie schön. Er lachte und hob die Hand. Der katholischen Kirche habe es nie an Sinn für Schönheit gefehlt, auch nicht an dem für weibliche Schönheit, die Madonnenbildnisse gäben ein beredtes Zeugnis, immer hätten für die Kirche tätige Künstler mit der Schönheit der Menschenkinder die Schönheit von Gottes Schöpfung preisen wollen. Wie rührend und wundersam in ihrer die Jahrhunderte überdauernden Menschenanmut seien die Bildnisse Riemenschneiders oder die Figuren des Naumburger Doms. Er persönlich hege ein beinahe zärtliches Gefühl für die Reglindis und die Uta. Man solle das Hohelied bedenken mit seinen Lobpreisungen, und kein fühlender Mensch wohl könne sich dem Zauber entziehen, den die Sixtinische Kapelle ausstrahle. Gottes Sohn in seiner Nacktheit, die auratische Unschuld zugleich sei; wie ihn, den Bischof, wenn er dort weile, die Herrlichkeit einer großen, alles durchleuchtenden Musik ergreife, das grundsätzliche Ja von Gottes Werk, von dem plötzlich aller Zweifelstaub abfalle wie nach einer Reinfegung; er selbst, der Bischof, fühle dann sein Herz von allem Zweifelstaub gereinigt, es sei, er wies auf die Bäume und den See, als ob sein Herz grüne wie die Natur nach der Dunkelheit des Winters. Manuela betrachtete die Blume. Der Kirchenmann hatte die Hände auf den Rücken gelegt und den Kopf gesenkt, schien mehr zu sich als zu uns zu sprechen. Wir hatten uns vom Haus schon ein gutes Stück entfernt, die Musik lag wie ein zerfaserter Schleier in der unbewegten Luft. Das gegenüberliegende Ufer des Sees, dessen ruhig gespannte Fläche zwischen den alten Parkbäumen hervorblinkte, tupften Katamarane und weiße Segel. Manuela ging etwas hinter uns, ich ließ mich zurückfallen, fragte flüsternd: Wärst du mit meinem Frack einverstanden, sollte dir kühl sein? Sie legte ihn amüsiert um, ihre herrliche karamelfarbene Haut war nur noch am Dekolleté zu sehen. Sie ging mit mir wieder nach vorn; der Bischof sagte: Gebt acht auf Mauritz, er ist ein sehr gefährdeter Mensch

– wie sie lachten an der Tafel im rittersaalähnlichen Raum,

in dem die Freifrau hatte servieren lassen und nun präsidierte. Edgar, der Spirituosenfabrikant, und ein Herr mit schlagflüssig roten Wangen, Schnurrbart und Bismarckbürste brachten Toasts aus, letzterer auf Mauritz: Toll, Kamerad Kaltmeister, was Sie da in die Tat führen wollen, über die Details kann man noch sprechen, aber es geht ums Prinzip, und wo das stimmt, findet sich der Rest, dann hob er das Glas und prostete auch mir zu: Zum Wohl auch dem Kameraden Ritter, der mit Ihnen die schwierige Bastion Berlin schleifen will; worauf das Lachen wieder aufsprang, in das der Herr mit der Bismarckbürste schnurrbartstreichend einstimmte; aber Mauritz erhob sich und wischte das Lachen mit einer herrischen Handbewegung beiseite, ging an den mit großen gelben Polsternägeln beschlagenen Ratsherrenstühlen, den Ritterrüstungen, die im letzten Sonnenlicht matt schimmerten, sich theatralisch auf Schwerter und Hellebarden stützten, an den schüchtern wartenden Serviermädchen vorbei zum Flügel am anderen Ende der Halle, klappte den Deckel auf und intonierte die ersten Takte der Nationalhymne, sagte: Liebe Gäste, laßt uns das Lied des Vaterlands singen, alle standen auf, auch Manuela, die neben mir saß und Mauritz mit halb besorgtem, halb unwilligem Blick gefolgt war; mit erhobenen Gläsern schmetterten wir alle die dritte Strophe des Deutschlandlieds, der Herr mit der Bismarckbürste mußte sich bei den ersten Worten verbessern, womöglich hatte er die erste Strophe erwartet, ich preßte mehr die Worte zwischen den Zähnen hervor, als daß ich sie frei und überzeugt sang; mir schien ein Widerspruch zwischen Mauritz' Tiraden, die mir noch im Ohr hallten, und dem jetzigen Gebaren der Gesellschaft zu liegen, die die Hymne ebendesselben Staats sang, den sie vorhin mit verächtlichen Worten niedergemacht hatte, aber vielleicht waren Hymne und Staat für sie zweierlei Angelegenheiten. Auch Manuela sang, ich musterte sie aus den Augenwinkeln, sie hatte den Kopf gesenkt und schien genauso betreten mitzutun wie ich. Als die Hymne zuende war, blieb Mauritz am Klavier sitzen, in sich versunken, wie mir schien, konzentriert, Stille breitete sich aus, niemand setzte sich, dann begann er die Mondscheinsonate zu spielen, entrückt zu den Takten singend, die Freifrau hatte die Augen geschlossen, eine Träne rann ihr über die Wange. Der Bischof stand mir gegenüber, auch er hatte die Augen geschlossen, hielt die Hände vor dem Rock verschränkt und den Kopf leicht geneigt. Auf einmal hatte er für mich gar nichts Komisches mehr, ich sah einen alten Mann, dessen Körper kaum zwei Meter von mir entfernt stand, dessen Geist aber sehr weit entfernt sein mochte, und ich sah hinter seinem schwammigkalbfleischhellen Gesicht plötzlich ein anderes hervortreten, ein zarteres, kindlicheres, vielleicht das Gesicht dieses Mannes, wenn der Alltag mit seinen Anforderungen und Maskierungen von ihm abfiel, ein sehr privates und unbeobachtetes Gesicht, wie mir schien; erinnert von der Musik. Mauritz spielte gut. Ich besitze die Mondscheinsonate in mehreren Einspielungen, die liebste ist mir die mit Wilhelm Kempff; der verhangene Beginn, das Adagio sostenuto, diese melancholische Frage, ob er bewohnbar ist, der nachtblaue Traum – Mauritz konnte auf seine Art mithalten, ich spürte, daß ihm diese Musik eine Sprache war, daß er sich darin auszudrücken vermochte. Erstaunt hörte ich zu. Die Serviermädchen warteten betreten, schielten irritiert zur Freifrau, wann sie ein Zeichen gebe, daß aufgetragen werden könne. Professor Flo stand mit geschürzten Lippen, seine Augen wanderten über die dunkel gebeizte Kassettendecke zum gewaltigen Kamin an der Stirnseite der Halle, zu der mit Jagdszenen bemalten Ledertapete, die über einem feingerippten Stucksims gespannt war, der bis zum Kamin lief, etwa einen Meter hoch, in regelmäßigen Abständen von geschmackvoll ausgeführten Karyatiden unterbrochen, auf denen Vasen mit langstieligen apricotfarbenen Rosen standen. Frau Babette hielt den Kopf gesenkt und betrachtete ihre Fingernägel. Applaus, als Mauritz geendigt hatte und zu seinem Platz rechts neben der Freifrau zurückging, noch benommen von der Musik, seine Augen starrten ins Leere

– wie stellen Sie sich das vor, Herr Kaltmeister, Terror, mit Verlaub, das ist doch genau das, was die getan haben, gegen die Sie die ganze Zeit wettern, – Ich bin mir dieser Tatsache durchaus bewußt, Herr Staatssekretär, aber Sie übersehen den Umstand, daß die Ziele der von mir geplanten Aktionen denjenigen der genannten Gruppierungen genau entgegengesetzt sind, will sagen, die Mittel mögen die gleichen sein, aber nicht das Ziel, die Errichtung eines Ordens- und Kastenstaats, – Wissen Sie eigentlich, daß das, was Sie vorhaben und hier so freimütig äußern, strafbar ist? Das fällt unter die Hochverratsgesetzgebung! Paragraph 129 A – ist Ihnen der bekannt? Über die Gründung und Unterstützung terroristischer Vereinigungen, – Herr Staatssekretär, wollen Sie mir doch bitte nicht mit Gesetzestreue und Moral kommen, wir wissen beide, wie es darum in der politischen Wirklichkeit bestellt ist! Wer regiert das Land? Der Bundespräsident, der hübsche Sonntagsreden schwingen darf, ab und zu mit einem Hammer auf Grundsteine klopfen, Orden an die Brust verdienter Bürger heften? Oder der Kanzler und sein Machtapparat! Ich bin nur Patentanwalt, aber die herrschende Gesetzeslage in bezug auf meinen Vorschlag ist mir bekannt, – Aber was ist der Sinn, Herr Kaltmeister? Einer der Unternehmer breitete die Arme, von der Zigarre in seinen Fingern fiel Glut auf den Teppich, die ein fingernagelgroßes Loch brannte, bevor es jemand bemerkte und das Glimmen austrat, – Verunsicherung ist der Sinn des Terrors. Die Angst der Bürger ist der Sinn des Terrors. Die

Bürger werden nach Ordnung und Sicherheit verlangen, und je weiter der Terror in die Gesellschaft eindringt, desto stärker wird dieses Verlangen werden. Das nützt den konservativen Parteien, es schadet der regierenden Partei, und dies um so mehr, je weniger es ihr gelingt, das Problem in den Griff zu bekommen. Hier müssen Sie mir zuarbeiten. Ich werde natürlich, wenn ich Aktionen plane und durchführe, einiges wissen müssen. Die Methoden der Polizei. Des Geheimdiensts. Ich werde Tarnadressen brauchen, Deckidentitäten für mich und Mitstreiter, wir müssen unsere Leute in entsprechenden Apparaten plazieren und zugleich verhindern, daß deren Leute uns infiltrieren, – Und was machen Sie, wenn wir die regierende Partei sind ab der nächsten Wahl? Wozu sollte ich Terror bemühen, wenn das ganz einfach durch einen Wahlsieg zu klären ist, ohne Ihr, mit Verlaub, absurdes Szenario? – Dann, entgegnete Mauritz, haben wir ja wieder genau die gleiche Situation, die im Land seit Jahr und Tag herrscht: Stillstand, gegenseitige Blockade, keine grundsätzlichen Veränderungen! Ich dachte, wir hätten uns darüber unterhalten, und darüber, daß man Opfer bringen muß, will man wirklich etwas bewegen! Normale Wahlen, Herr Staatssekretär! Und was ist das Ergebnis normaler Wahlen? Ein Drittel SPD, ein Drittel CDU/CSU, die FDP gerade über die Fünfprozenthürde, die Grünen bei acht bis zehn Prozent – wie wollen Sie da Reformen zustande bringen? Ich dachte wirklich, daß wir das genügend diskutiert hätten, – Vom Standpunkt des Unternehmers kann ich nur sagen, daß das, was Sie vorhaben, Wahnsinn ist, unberechenbarer Wahnsinn, der sich, in die Tat umgesetzt, höchstwahrscheinlich gegen uns selbst kehren und die Aufbauarbeit der Organisation Wiedergeburt zunichte machen wird, eine Arbeit mehrerer Jahre, an der Sie selbst, Herr Kaltmeister, in maßgeblicher Position beteiligt gewesen sind! Terror! Ich weiß, was das bedeutet, ich kenne den Fall Schleyer nicht nur aus den Zeitungen, – Ich weiß auch, was Terror bedeutet, immerhin habe ich meine Eltern dabei verloren, preßte Mauritz mit wutblassem Gesicht hervor. Und meinen Großonkel, den Hausherren dieses Anwesens, dessen Gastfreundschaft wir heute genießen! – Ja, warf die Freifrau ein, ihr Gesicht hatte vor Erregung rote Flecken bekommen. Habt ihr vergessen, wie Herbert und Fritzi und Bernhard umgekommen sind? Habt ihr die Entführung vergessen, die Fotos? Daß sie sie haben verhungern lassen? Habt ihr vergessen, wie Bernhard die Mondscheinsonate gespielt hat am Abend, bevor sie losgefahren sind? Die Stimme der Freifrau wurde brüchig, sie wandte den Kopf, ich sah, daß ihre Lippen zitterten, – Wir haben es nicht vergessen, Hildegard, versuchte der Bischof sie zu trösten, er nahm ihre Hand. Der Staatssekretär schnaubte durch die Nase, schüttelte den Kopf, wandte sich an den Bischof: Was sagen Sie eigentlich dazu, was uns Kaltmeister hier einzureden versucht, Sie als Christenmensch und Nachfolger der Apostel? Der Bischof musterte den Staatssekretär, die achteckige Brille blitzte auf, er antwortete mit einer Schärfe, die mich überraschte: Die Kirche, Herr Staatssekretär, war nicht immer nur friedlich, wie Sie wissen. Mein Herz sagt mir, daß es verwerflich ist, was uns Mauritz erzählt, was er plant! Zugleich sagt mir mein Kopf, daß die Wege des Herrn unerforschlich sind und daß schon oft aus dem scheinbar Bösen das Gute erwachsen ist durch Seine Gnade ... Die Zeit ist schlimm. Die Menschen stehen nicht mehr im Glauben. Der Götze Geld beherrscht alles, und wenn es überhaupt noch Reste von Glauben gibt, dann den an die Macht des Geldes! Ich als einer der Realpolitiker innerhalb der Kongregation sehe die Kirche auf dem Weg der Auslöschung, auch der Selbstauslöschung, begriffen! Ich frage mich täglich, wie man den Verfall aufhalten kann ... Ob es nicht an der Zeit ist, das Undenkbare zu denken und über den Schatten seines bisherigen Denkens zu springen ... Ob in dem, was wir nicht zu denken wagen, die Lösung liegt ... Das Gute, das Böse – hohe, durchaus unklare Begriffe, die die gelehrtesten und scharfsinnigsten Geister der Kirche und Philosophie, er warf mir einen Blick zu, nickte wie um Bestätigung bittend, seit Jahrtausenden beschäftigen ... Wenn wir wollen, daß die Gesellschaft sich erneuert, müssen wir vielleicht den Mut zu Grenzüberschreitungen haben ... Urteilen Sie nicht, ich werde einst vor einem anderen Richter Rede und Antwort stehen müssen. *Und er rief mit lauter Stimme vor meinen Ohren und sprach: Laßt herzukommen die Heimsuchung der Stadt,* so steht es geschrieben, Ezechiel neun. Der Herr wird ein blutiges Gericht an den gottlosen Bewohnern Jerusalems halten! Der Staatssekretär hob enerviert die Augen zur Decke, starrte den Bischof in einer Mischung aus Faszination und Ekel an, er zitierte *Wie lieblich sind auf den Bergen die Füße der Boten, die da Frieden verkündigen ...* Jesaja zweiundfünfzig, lassen wir das doch, Ehrwürden, dieses geschraubte Gerede! Dieses Pathos! Terror, Herr Kaltmeister, hat schon immer unabsehbare Folgen gezeitigt. Abgesehen davon, daß es strafbar ist, was Sie vorhaben, ist es auch unsinnig, ja geradezu verbrecherisch. Terror führt nach allen Erfahrungen, die wir haben, nur zu einer Extremisierung der Gesellschaft, er ändert nichts, denn er richtet sich gegen die, für die er eigentlich gedacht war! Immer sind es die kleinen Leute, die am meisten unter solchen Dingen zu leiden haben. Terror nützt keiner der etablierten Parteien, sondern nur extremen Kräften, die ich nicht unterstütze. Gerade die Lehren, die wir aus der Geschichte des zwanzigsten Jahrhunderts gezogen haben, – Was wollen Sie tun? schnitt ihm Mauritz das Wort ab, was gedenken Sie zu tun, Herr Staatssekretär? Uns verpfeifen? Der Staatssekretär rückte an der Brille, sein

Blick bekam etwas Eisiges: Wollen Sie mir drohen, Herr Kaltmeister? Er stand auf, ging hin und her, wobei die Köpfe der Anwesenden ihm folgten. Sie machen sich strafbar mit dem, was Sie vorhaben, dabei bleibt es, ich warne Sie! Wenn das Ihr Ernst ist, werde ich Sie anzeigen, und im übrigen muß ich sagen, daß die Unterstützung unserer Partei sich keinesfalls auf derartige Umtriebe erstreckt, damit das klar ist! Terror! Mann, sind Sie verrückt? Wollen Sie dazu beitragen, dieses Land endgültig in die Grube zu reißen? Nicht mit unserer Partei. Wir unterstützen doch keine terroristischen Machenschaften!
– Wirklich nicht, sagte Mauritz und lächelte ironisch. Ich glaube, wir müssen uns einmal unter vier Augen unterhalten, Herr Staatssekretär. Von mir aus können Sie sich auf Aktivitäten innerhalb der Organisation Wiedergeburt – die Sie und Ihre Partei sehr wohl unterstützen – zurückziehen, wenn Sie nicht mitmachen wollen; aber hören Sie auf, hier den Moralapostel zu spielen. Anzeigen? Nein, anzeigen werden Sie mich nicht. Folgen Sie mir bitte nach draußen, ich habe Ihnen etwas mitzuteilen, das Sie sehr interessieren dürfte. Der Staatssekretär blinzelte irritiert; Mauritz hatte in ziemlich respektlosem Ton mit ihm gesprochen. Die beiden verschwanden für fünf Minuten. In ihrer Abwesenheit herrschte betretenes Schweigen im Raum. Der Bischof putzte ausgiebig seine Brille, hielt die Gläser gegen das Licht, kniff dabei die Augen zusammen, wobei sich sein Gesicht in viele Rollwülste faltete und dem eines Boxerhundbabys glich, rieb die fleischige Nase, auf der der Brillenbügel einen roten Abdruck hinterlassen hatte; der Herr mit dem Bismarckschnitt räusperte sich mehrmals und fragte die Freifrau, ob er rauchen dürfe, was sie ihm mit einer müden Handbewegung und einem Fingerzeig auf den Brandfleck im Teppich gestattete, worauf auch der Spirituosenfabrikant Edgar sich eine Zigarette anzündete. Einer der Herren in kapitäns-

blauen Anzügen stand auf, ging zu einem Beistelltischchen, dessen grazil geschnitzte Beine wie Rehläufe wirkten, und schenkte sich ein Glas Whiskey ein. Das Klirren der Eiswürfel war so laut, daß Manuela, die mit hochgezogenen Schultern saß, als ob sie fröstelte, zusammenzuckte. Der Staatssekretär und Mauritz traten wieder ein, Mauritz wirkte erschöpft wie nach einer schweren Auseinandersetzung, seine Hände zuckten, er ruckte mit den Schultern, runzelte die Stirn, entspannte sie wieder. Der Staatssekretär mußte sich auf das Beistelltischchen stützen, Halt suchen an Stuhl- und Sessellehnen, als er zu seinem Platz taumelte, um seine Aktenmappe zu holen; er bat die Freifrau um Entschuldigung, daß er gehen müsse. Die Lage der Dinge ... Er stockte. Was er von Herrn Kaltmeister gehört habe, erfordere seinen Aufbruch, er könne nicht länger bleiben, es sei ihm unmöglich, nein, nichts Schlimmes, nichts, das von allgemeiner Bedeutung für die Arbeit der Organisation sei, es handele sich um etwas Privates, das ihm Herr Kaltmeister mitgeteilt habe, ganz und gar privat, nein, ihn, den Staatssekretär, betreffend; aber er sehe sich außerstande, die Gastfreundschaft der Freifrau noch länger zu beanspruchen. Mauritz hörte sich den hastig, doch beinahe flüsternd vorgebrachten Sermon mit abgewandtem Rücken an, er lehnte an einem Bücherregal, hatte sich eine Zigarette angezündet und rauchte in betont langsamen, tiefen Zügen; sein Gesichtsausdruck wechselte von Haß zu tiefer Befriedigung, Triumph und Ekel, ich sah, daß es ihn Mühe kostete, sich zu beherrschen. Die Freifrau klingelte. Das türkische Mädchen erschien, das den Tee eingeschenkt hatte. Die Freifrau trug ihr auf, dem Herrn Staatssekretär bei der Abreise behilflich zu sein. Der Staatssekretär verbeugte sich mechanisch wie eine Marionette und lächelte dazu wie jemand, der etwas nicht begreifen kann

– die Tanzfläche hatte man nun den jungen Leuten überlassen, Mauritz saß am weißen Klavier, das aus dem Wintergarten nach draußen geschafft worden war, ein dünner schwarzer Zigarillo steckte zwischen seinen Zähnen, er lächelte, schüttelte den Kopf vor Vergnügen, während seine Hände über die Tasten steppten, in jenem schwimmenden Zustand vor dem Betrunkensein, in dem alles sehr schnell wird, ohne an Präzision zu verlieren und aus dem man, wenn man will, mit einem Fingerschnipp zurückkehren kann auf nüchternere Etagen; er fetzte einen Rock 'n' Roll und Ragtime nach dem anderen ab, das Spiel der Kapelle hatte auf einmal alles Rückgratlose verloren, das waren keine durchschnittlichen Kaffeehausbeschaller mehr, sondern Musiker, die wirklich gefordert wurden von einem, der ihre Sache verstand; ich spürte, daß sie nicht mehr spielten, weil sie dafür bezahlt wurden, sondern weil es ihnen Spaß machte. Mauritz am Klavier hatte den Part des Bandleaders übernommen, die Musiker akzeptierten ihn, spielten ihm Bälle zu, fingen die Bälle auf, die er ihnen zuwarf, es gab kaum Fehler, obwohl nichts Inszeniertes geschah, man vertraute einander, verstand sich und mußte zusehen, wie man aus den Schwierigkeiten, die das Können des anderen vorgab, wieder herauskam. Die Serviermädchen reckten die Hälse und lachten, wenn sie durch den Wintergarten zur anderen Terrasse gingen, wo die Freifrau mit den älteren Gästen saß, manchmal blieben sie stehen, und man sah ihnen an, daß sie das Tablett mit Kaffee oder Wein gern irgendwo abgestellt hätten, um mitzutanzen. Manuela! rief Mauritz, sie stand auf, nahm seine Hand, er spießte den Zigarillo auf einen Kakteenstachel, Pasodoble! befahl er, die Trompete reckte sich wie das Horn eines Stieres, exakt stoßender Dreivierteltakt, melodramatisches Fü߬eaufstoßen, was bei beiden seltsamerweise nicht lächerlich wirkte, sondern mit dem tiefen Ernst von in ihr Spiel völlig versunkenen Komödianten zelebriert wurde, die Tanzfläche füllte sich, aber niemand tanzte so überzeugend wie die beiden, die auch äußerlich sehr gut miteinander harmonierten: Mauritz' schwarzer Frack mit weißem Hemd und den Rubinmanschetten, Manuelas rotes Kleid mit den eleganten dünnen Trägern; sein blondes Haar und ihre in der Abendsonne matt schimmernde Haut, etwas heller an den Waden, wenn sie ein Bein vorstellte, um das Mauritz dann mit der Spannung einer gebogenen Reitpeitsche tanzte, es gab kein Zögern, kein Mißverständnis in ihren Bewegungen, kein Geschiebe wie bei den anderen oder Nachfedern, Nachwackeln bei den Bewegungsumschwüngen; meine Nachbarin, eine stark geschminkte Frau im unbestimmten Alter zwischen 39 und 39, nippte heftig am Wein und sagte: Es sieht aus, als ob sie was miteinander hätten

– dem scheint er's aber gegeben zu haben, gut so, dieser arrogante Typ, mit unserem Geld geschmiert bei jeder Wahl, ohne unsere Hilfe ist doch deren Parteikasse leer wie ein ostdeutsches Kleinstadtsäckel! Möchte bloß mal wissen, was er ihm gesagt hat, das tät' mich schon interessieren, – Aber verdammt nochmal, Terror, Hans-Georg, willst du so was unterstützen? – Wenn dadurch mal wieder bißchen Zucht und Ordnung in den Laden kommt, die Scheißgewerkschaften zurückgedrängt werden, meine Güte, soll ich dir mal von den letzten Tarifverhandlungen erzählen? Was aus dem Betrieb wird, ist denen völlig wurscht, die prügeln die Lohnerhöhungen durch, und zum Schluß muß ich die Leute entlassen, weil's einfach zu teuer wird, – Aber bedenke doch mal, wie sich das Geschäftsklima dann entwickelt, die Leute werden doch nur noch in Angst und Schrecken leben und nix mehr kaufen! Dann säuft die Wirtschaft erst recht ab, und was haben wir dann davon, – Ich sag dir, laß ihn doch mal machen. Das kommt immer alles halb so wild. Die Jugend ist immer groß mit Worten, und wenn er über die Stränge schlägt, so haben wir ihn bald unter Kontrolle. Immerhin sind wir seine Geldgeber, und wenn er's zu bunt treibt, krrk, verstehst du! Hans-Georg lachte rauh und machte die Hahnabdrehgeste

– Tango! schrie Mauritz vom Klavier, der Herr mit der Bismarckbürste strich sich den Schnurrbart, leckte sich die Lippen, griff zum Bandoneon, schloß die Augen und klopfte den Takt mit der flachen Rechten auf dem Instrument, der Spirituosenfabrikant Edgar strich eine klagende Melodie auf der Violine, der die Baßgitarre der Kapelle antwortete, das Bandoneon begann mit einem melancholischen Lächeln, fiel ins Lachen des Klaviers ein, schraubte es auf bis zum Gelächter, kippte und ließ sich, während das Klavier immer enger Fröhlichkeit umschlich, vom Netz der Violine und der Baßgitarre auffangen, hüpfte heraus und verwandelte sich in eine Perlmuttersäge, die mit ihren stakkatohaft gesetzten Schnitten die Körper der Tanzenden aus ihren Achsen fällte, Wie-ge-schritt, Va-len-tino! wie die Figur hieß, was mir Manuela kurz darauf erklären würde, und in die sich Professor Flo jetzt mit zeltartig vortretendem Hosenschlitz beugte, Manuelas Schenkel, der sich um seine Hüfte schlang, die honigfarbenen Lichtzungen auf Knie und Wade, das Bandoneon hustete und blies, in exakten Synkopen zur Violine versetzt, die Körper wieder gerade, Klavier und Baßgitarre karriolten um die im Zeitraffer getanzten Schachzüge der Paare, Komm! forderte Manuela mich auf, nachdem ich nach ihrer Meinung lange genug die Augen offengehalten hatte. Professor Flo verabschiedete sich in merkwürdig gekrümmter Haltung, wehrte verzweifelt die besorgte Babette ab. Keine Angst, ich zeig dir, wie es geht

– überhaupt, Herr Kaltmeister: Was wollen Sie erreichen?

– Maßstäbe. Nach der Phase der Unsicherheit folgt die Phase der Konsolidierung. Vertrauen. Ende der Beliebigkeit. Saubere Begriffe. Unterscheidung, Hierarchie, Ränge. Unflat ist Unflat, Mozart ist Mozart. Nichts ist so schlimm für das Leben der Menschen wie die Verwirrung der Maßstäbe. Jeden den ihm zukommenden Platz zumessen, nach genauer und wohlabgewogener Prüfung. Das ist ein Teil von dem, was ich erreichen will, wenn auch kein kleiner. – Aber wie wollen Sie das durchsetzen? Wollen Sie die Leute zu ihrem Glück zwingen? – Nein, das ist gar nicht nötig, entgegnete Mauritz mit unbewegter Miene. Ordnung, Hierarchie und Gerechtigkeit sind das tiefste Bedürfnis der Menschen im gesellschaftlichen Leben, so wie das tiefste Bedürfnis der Menschen im privaten Leben Liebe und Verständnis ist. Was ich erreichen will, das wollen die meisten Menschen erreichen. Sie verfügen nur nicht über meine Radikalität und meinen Mut. Ich weiß, daß es kein Spaziergang werden wird. Ich riskiere Karriere, bürgerliches Glück im Winkel, vielleicht mein Leben, wer weiß. Es wimmelt ja von Fanatikern, die die Dinge anders sehen und sich nur mit einem gutgezielten Schuß zu helfen wissen. Nicht, daß ich sie nicht verstehen könnte, im übrigen. Auch pflegt es ja so zu sein, daß die Revolution ihre Kinder frißt. Es gibt die Umstürzler der ersten Stunde und die der zweiten. Die der ersten Stunde sind selten die, die regieren, wenn sich der Staub gelegt hat. Nach den Soldaten kommen die Verwalter, das war schon immer so. Ich habe das einkalkuliert, ich bin mir der möglichen Folgen meines Tuns sehr wohl bewußt. Keine Sorge, ich werde die typischen Fehler der Märtyrer zu vermeiden wissen, im Grunde tauge ich schlecht dazu, nicht etwa aus Feigheit, sondern weil der Typus unklug handelt. Doch vielleicht ist die Zeit gekommen, wo es klug ist, unklug zu sein. *Aber sie lassen sich nichts sagen und achten's nicht; sie gehen immer hin im Finstern; darum müssen alle Grundfesten des Landes wanken.* So steht es geschrieben

– ich hörte mir die Diskussion mit gemischten Gefühlen an. Auch mir erschien Mauritz' Vorhaben als eine Art Wahnsinn, dennoch war ich fasziniert von seinen Worten. Vieles war mir vertraut; erstens, weil er in mehreren Unterhaltungen mit mir ähnliche Argumente gebraucht hatte, zweitens, weil einige seiner Überlegungen auch mir schon im Kopf herumgegangen waren. Allerdings hatte ich nie die Schlußfolgerungen gezogen, die er zog. Darüber waren wir auf der Party bei Dorothea in Streit geraten. Ich hatte sie kennengelernt, die Angst, die an den Nerven frißt, bis davon nichts mehr übrig ist. Wenn Sie sich vor Sorgen schlaflos hin- und herwälzen. Wenn Sie nicht wissen, wovon Sie die Miete bezahlen sollen im nächsten Monat. Wo Sie in einem Jahr sein werden – immer noch an diesem Ort oder unter einer Brücke. Ich hatte sie kennengelernt in meiner Praxis, die Sorgen der Menschen, die zu mir kamen. Und was ich sah, war, daß das beherrschende Gefühl im Leben der Menschen, unter den Maskierungen, Zynismen, Scherzen, Ablenkungsmanövern, Angst war. Man fragte ein wenig nach oder schwieg einfach im halbdunklen Zimmer, und sie begannen zu erzählen. Nach einer Weile hatte ich den Eindruck, daß das für sie das wichtigste war. Nicht der Ratschlag. Wenn ich imstande war, einen zu geben, schienen sie ihn zu akzeptieren, aber nur ein einziger bat mich ohne Umschweife um Rat. Das war mein Vater. Für die meisten schien die größte Erleichterung zu sein, reden zu können, jemanden zu haben, der ihnen zuhörte. Ich erinnere mich an einen Bankangestellten. Wie er in meine Praxis kam, die ich in meiner Wohnung eingerichtet hatte, ein schlanker, hochgewachsener Mann in einem dieser typischen anthrazitfarbenen Yuppie-Anzüge mit Weste und Button-down-Hemd. Er blickte sich rasch um. Ich sah ihm an, daß er dachte: Da wohne ich aber besser. Und ich dachte: Was will der Kerl von mir? Kommt er etwa von Vater? Aber dann begann er zu erzählen, sank immer mehr in sich zusammen, die Schultern wurden immer schmaler. Er erzählte, und ich bekam zu spüren, daß er an seinen handgenähten Schuhen, der Krokodillederaktentasche und der teuren Uhr am Handgelenk keine Freude hatte. Um seine Gewinnvorgaben einzuhalten, war er zum Hasardeur geworden, bewegte sich mit seinen finanziellen Transaktionen am Rand des Kriminellen, und manchmal darüber. Nachts stand er auf und mußte sich regelmäßig übergeben. Jeden Monat gebe es Entlassungen, Filialen würden geschlossen, keiner wisse, wen es als nächsten treffe. Es sei die Angst, die ihn zerfresse und kaputtmache. Warum er überhaupt weitermache, wisse er nicht. Er habe das Gefühl, daß alles immer schlimmer würde, immer unberechenbarer, und daß man tun könne, was man wolle, es ziehe einen immer tiefer in den Strudel. Das Leben sei ihm zur Abfolge von Schrecklichkeiten geworden. Der Banker, der ausgebrannte Lehrer, die Hausfrau, die Sekretärin aus dem Innenministerium, Studenten, ein Langstreckenläufer, der Hegel besser kannte als ich; der Webdesigner, die Reformhausverkäuferin, die Buchhändlerin: sie alle einte Angst. Man riskierte viel, hangelte sich an halsbrecherischen Projekten entlang, bis an den Rand des Lebensbedrohlichen, gab es frei – und es geschah nichts oder nur so wenig, daß die Angst nicht verschwand, daß sie der vertraute Partner blieb, mit dem man es seit dem ersten Schrei zu tun hatte. Meist ging es um Geld. Zu mir kam die Ärztin, die nicht wußte, wie sie die Kredite für ihre Praxis abzahlen sollte, die bei einem Vierzehn-Stunden-Tag keinen Mann fand und sich nach Kindern sehnte. Junge Leute kamen zu mir, ausgestattet mit allen Liebesbeweisen wohlhabender und fürsorglicher Eltern, und erzählten mir, daß sie jeden Morgen vor dem Spiegel standen und dem anschwellenden Stadtgeräusch zuhörten, diesem Lärm einer Münzprägungsstätte, daß sie nicht wußten, ob sie heute hip und kreativ genug sein würden in ihrer Werbeagentur, ihrem Graphikbüro, daß sie Tabletten schluckten. Sie standen vor dem Spiegel und blätterten ein Leporello verschiedener Arten des Lächelns durch, denn das Lächeln, sagten sie, war die beste Art des Angriffs. Dann schlüpften sie in ihre Markenkleider wie in Rüstungen. Es kam der Polier, dem der Sohn an Krebs gestorben war, und der Trost bei Augustinus suchte – und damit, nebenbei, Mauritz' These von den unterbelichteten Proletariern widerlegte, die mir schon damals als Vorurteil eines Menschen unangenehm in den Ohren geklungen hatte, der einfache Menschen, die nach meinen Erfahrungen nur als sogenannte einfache Menschen bezeichnet werden können, nicht kannte. Angst ist es, worüber wir uns hier unterhalten, Herr Verteidiger; worüber ich mich mit Ihnen unterhalte, ich muß mich verbessern. Angst und Hoffnung. Das heißt: über die Abwesenheit von Hoffnung, Mut, Lebensfreude, eine Abwesenheit, die etwas hinterlassen hat, das über unserer Zeit liegt wie ein Bleihimmel

– Hundertmarkscheintanz! rief der Herr mit dem Bismarckschnitt Manuela zu, nachdem ich ihr zum dritten oder vierten Mal auf die Füße getreten und die Tanzfläche dadurch in ein Stolperfeld verwandelt hatte, ein Tisch wurde leergeräumt, Mauritz erklärte es mir: Jeder, der will, kann einen Hundertmarkschein auf den Tisch heften, Manuela muß daran vorbeitanzen, berührt sie den Schein, muß sie einen Hunderter an den Besitzer zahlen – das ist der Anreiz für ihn. Gelingt es ihr, ohne Berührung daran vorbeizukommen, gehört er ihr – das ist das Risiko. Je mehr Hunderter man hinlegt, desto mehr kann man gewinnen oder verlieren, und so ist es auch für Manuela. Ich sagte: Mauritz, ich habe gar nicht soviel Geld. Doch, doch, Herr Ritter, haben Sie, sagte neben ihm die Freifrau, für Ihren Ratschlag in der Spachtelmassefrage bekommen Sie von mir ein Honorar von tausend Mark. Wieder erklang eine spanisch feurige Melodie, Manuela sprang auf den Tisch, Mauritz hatte den Zigarillo wieder vom Kaktusstachel gepflückt und klopfte den Takt auf dem Klavier, die Umstehenden zückten ihre Brieftaschen, der Herr mit dem Bismarckschnitt befestigte die Hundertmarkscheine mit Stecknadeln und pflasterte selbst zehn oder elf in die Lücken, die geblieben waren

– Herr Kaltmeister, noch einmal zu dem, was Sie vorhin sagten, das mit den Achtundsechzigern. Wissen Sie, auch ich war mal jung, und in der Jugend treiben selbst Unternehmer, wie ich einer bin, seltsame Sachen, man denkt an Revolution und Umsturz, hat Probleme mit dem Lauf der Dinge, na, so halt. Ich war auch ein Achtundsechziger, und was Sie darüber sagten, gefällt mir nicht. Einverstanden, aus diesen Aktionen sind nicht nur Engel hervorgegangen. Manches ist schiefgelaufen, und über die Karrieren so einiger Herren könnte man sich lange unterhalten. Zum Beispiel auch über meine eigene. Aber Scherz beiseite. Es gab auch viel Gutes, das wir bewirkt haben, und Sie wissen nicht, was damals für ein geistiges Klima in diesem Land herrschte. Unvorstellbar. Faschismus? Hat's nie gegeben, und wenn, dann war keiner dabei. So in etwa. Da war wirklich der Muff von tausend Jahren ... Ich schätze Sie durchaus, aber einige Ihrer Schlußfolgerungen und Forderungen sind mir zu radikal. Es ist auch ein wenig billig, die ganze Schuld an der Misere auf den Achtundsechzigern abzuladen. Das stimmt so nicht. Ich wollt's Ihnen nur sagen, wie schon erwähnt. Ich bin weißgott kein Achtundsechziger mehr, aber ich bin es einmal gewesen, und dazu stehe ich auch. Ich finde es falsch, wie Sie über eine Sache urteilen, die Sie für ein differenziertes Urteil kaum gut genug kennen dürften. Die Dinge liegen nicht so einfach, wissen Sie. Die Dinge liegen nie einfach. Und auch wir, die damals jung waren, haben an etwas geglaubt. Ob Sie damals, im übrigen, so weit von uns entfernt gewesen wären, ist keine uninteressante Frage. Denken Sie mal drüber nach, bei einer Flasche sehr gutem Weinbrand vielleicht. Schick ich Ihnen. Edgar hob die Hand mit dem Weinglas und prostete dem finster blickenden Mauritz zu

– die Umstehenden klatschten leicht versetzt, aber rhythmisch zum Takt der Musik, die immer schneller und wilder wurde, Manuela tanzte, die Arme in die Hüften gestemmt, die knapp-energetischen Figuren eines Flamenco, die Scheine auf dem Tisch sparten schmale Straßen aus, die den Linien des Tanzes entsprachen, ihre Schuhe stanzten präzis in die schmalen Stege Weiß zwischen den Geldscheinen, Gell, das kriegst du nicht alle Tage geboten, sag bloß, das ist dir die paar Piepen nicht wert, du alter Geizkragen! schrie der Herr mit dem Bismarckschnitt lachend Professor Flo zu, der ein saures Gesicht machte, als Manuela mit der Geschmeidigkeit und Eleganz einer großen Katze an seiner Einlage vorbeigetanzt war, sie rief ihm triumphierend etwas zu und warf den Kopf zurück dabei, nahm die Arme hoch, so daß man die rasierten Achseln sah, ihr Oberkörper geriet in wiegende Bewegung, das Licht flog wie seidige Vögel über die nackte Haut an der Seite ihres Kleids, sie tanzte jetzt in der Zone, wo der Herr mit dem Bismarckschnitt den Großteil seines Einsatzes ausgelegt hatte, manche Scheine wegen der Platzknappheit doppelt geheftet, sie beugte sich ohne im Tanz innezuhalten zum Tisch hinunter, wobei die Augen der Männer vor Gier fast aus den Höhlen traten, nahm eines der Weingläser, trank, warf es mit einem Schrei beiseite, lüpfte vor dem Herrn mit dem Bismarckschnitt leicht das Kleid, er brüllte vor Vergnügen, zog eine fürchterliche Grimasse, beugte sich vor und biß ihr in die Wade, der Schnurrbart hob und senkte sich im hochroten Gesicht wie Gespensterärmel, sie lachte, wie ich nur Gabi habe einmal lachen hören, damals im Sommer, als sie nach unten griff mit pulsenden Nasenflügeln über mir, sich zurechtrückte und die ersten Züge eines heftigen Schwimmens machte, es war ein beinahe kindliches, entblößtes Lachen, Manuela tanzte auf mich zu, ich saß am anderen Ende des Tischs, sie hatte erst zwei oder drei Scheine berührt, die Musik war nun rasend schnell geworden, das Klatschen hatte etwas Peitschendes, jetzt war sie bei meinem Schein, der Absatz einen Moment in der Luft, dann stieß sie zu

– wir werden dich unterstützen, Mauritz, sagte die Freifrau, du kannst an die Arbeit gehen. Zu folgenden Bedingungen: Wir bleiben außen vor. Keine der von dir zu planenden und auszuführenden Aktionen darf mit den Aktivitäten der Organisation Wiedergeburt in Verbindung gebracht werden. Du agierst autonom und auf eigene Verantwortung. Du erstattest uns regelmäßig und in kurzen Abständen Bericht. Wenn wir das Gefühl haben, daß die Dinge eskalieren oder in eine von der Organisation nicht gewünschte Richtung driften, wirst du sofort stoppen. – Ja, sagte Manuela. Und jetzt zu den Einzelheiten

[*JOST F.* {...}] er begann sich zu verändern, und ich war nicht der einzige, der das feststellte. Er hatte Umgang mit Mauritz, den er bei uns eingeführt hatte und der sich von uns entfernt hielt, auf Abstand, und auch Wiggo gegenüber nicht persönlicher wurde. Nicht nur ich beobachtete die beiden. Dorothea sagte: Wiggo ist ein anderer geworden, seitdem er diesen Mauritz kennt. Härter, rücksichtsloser, ich weiß nicht, ob es an Mauritz liegt und ob es gut ist. Was meinst du, Jost? Ich antwortete: Ich habe kein gutes Gefühl bei diesem Kerl. Um ehrlich zu sein, ich mag ihn nicht sehr. Wiggo scheint sich da, glaube ich, auf irgendetwas einzulassen. – Du beobachtest ihn? – Ich versuche, mich etwas um ihn zu kümmern; ich sehe ihm ein wenig zu, ja. Klingt seltsam, ich weiß. Das Problem ist, daß ich nicht genug Zeit dafür habe. Wir waren allein in Dorotheas Küche. Sie sah mich an, sagte: Merkwürdiges Hobby, meinen Bruder zu beobachten. Ich könnte mir was Besseres vorstellen, das ich mit meiner Zeit täte. – Er interessiert mich, und ich mag ihn. – Ach. Und ich? – Weißt du, Dorothea, es ist so: Ein Mann findet leichter eine Frau als einen Freund, jedenfalls ist das mein Eindruck. Wiggo ist mein Freund, ich mache mir Sorgen um ihn, seitdem dieser Mauritz aufgetaucht ist. – Eifersucht? Soll's ja geben zwischen Jungs. Dorothea lachte spöttisch, auch verletzt, wie mir schien. Ich hatte ein wenig getrunken, hatte nicht die Kontrolle über meine Worte, die ich mir wünschte. Eine Zeile aus einem Lied der Comedian Harmonists ging mir durch den Kopf, *Ein Freund, ein guter Freund, das ist das Beste, was es gibt auf der Welt …* Es tat mir leid, diesen Satz ausgesprochen zu haben, ich hatte nicht bedacht, wie beleidigend er auf sie wirken mußte. Aber die Entschuldigung wollte mir nicht über die Lippen. Ich wandte mich ab von ihr, weil ich mich schämte. Nein, keine Eifersucht, sagte ich. Besorgnis. Ich habe einfach kein gutes Gefühl bei dem Kerl. Wie gesagt. – Du versuchst dich also um ihn zu kümmern, siehst ihm ein wenig zu. Und was siehst du da? Hast du übrigens schon von seiner neuesten Idee gehört, dieser Philosophen-Praxis, die er aufmachen will? – Nein, erzähl. Ich wunderte mich über das Wort aufmachen, das Dorothea gebraucht hatte, aufmachen: wie eine Sardinenbüchse, eine Tür oder eine Boutique. – Ich weiß nicht, was er da treiben will. Philosophische Praxis. Vielleicht höhere Psychoanalyse oder so. Was hältst du davon?

Sie lachte kurz. Wenn du mich fragst, ich glaube, mein Vater hat recht. Er sagt, daß er es für ziemlichen Blödsinn hält, eine typische Altwestberliner Schnapsidee, und daß er sich nicht vorstellen kann, daß Wiggo dort auch nur einen einzigen Klienten bekommt. – Ich schon, erwiderte ich ein wenig trotzig. Ich will ja nicht gleich von der ganzen Welt reden, aber zumindest Berlin ist doch voller Leute, die mit ihrem Leben nicht klarkommen. Sie lachte wieder. Na, wenn's danach geht, hat Wiggo ja schon einen Stammkunden gefunden, er braucht nur mal in den Spiegel zu sehen. Übrigens redet Vater fast nur von ihm, wenn wir uns treffen. Bei mir – alles in Butter, ein paar Fragen, wie ich beruflich vorankomme und ob ich nicht an Kinder dächte. Dann versucht er mir was über Investmentstrategien zu erzählen, aber davon hab ich schon immer nur Bahnhof verstanden. Und dann Wiggo hinten, Wiggo vorn. Der Unterton in ihrer Stimme gefiel mir nicht, vielleicht hatte auch sie zuviel getrunken. – Du solltest das Rauchen lassen, Dorothea. – Laß das Schulmeistern, Jost, okay?

Wiggos Idee, eine Philosophische Praxis zu eröffnen, konnte noch nicht sehr alt sein. Einige Wochen vor diesem Gespräch hatte ich ihn zum ersten Mal auf seiner Arbeitsstelle besucht. Ich erinnere mich gut an den Abend, an das bunkerhafte Institut, eine Feste aus schlammfarbenem Beton mit mehreren hohen Antennen, auf denen rote und grüne Positionslichter blinkten. Ich hatte in der Gegend Besorgungen gehabt; in der Auslage eines Geschäfts für Souvenirs und Schmuck sah ich einige Mineralien, eine Platte mit dem Abdruck eines versteinerten Fischs, und mir war eingefallen, daß das Institut, in dem Wiggo arbeitete, in der Nähe lag. Was genau er dort tat, hatte er mir nie gesagt, nur daß es mit einem Laboratorium zu tun hatte, war mir im Gedächtnis geblieben. Ich betrat das Haus. Viele dieser Institute haben etwas Halboffizielles, man kann selbst abends, wenn die fahlen Sparbeleuchtungen eingeschaltet sind, hineingehen, einen der Fahrstühle rufen und, wenn man ausreichend unbeteiligt und *befugt* tut, ohne das Wo wollen Sie hin, bitte? des Pförtners passieren. Ich bin zwar in einer Chirurgischen Klinik tätig und habe nicht allzuviel mit den Instituten, in denen sich ja die mehr theoretisch und experimentell ausgerichteten Fächer einer medizinischen Fakultät befinden, zu tun, dennoch war mir der Geruch und überhaupt das Klima des Gebäudes sofort vertraut. Meine Studentenzeit liegt noch nicht so lange zurück, daß die Erinnerungen den Anschluß an die Wirklichkeit verlieren; außerdem habe ich meine Doktorarbeit an einem Institut für Pathologie geschrieben. Diesmal kam ich nicht durch, diesmal fragte mich der Pförtner. Sie sind immer gute Menschenkenner, diese Pförtner der großen Einrichtungen und Institute, der Justizpaläste und, vor allem, der Hotels, wo sie allerdings Portiers heißen, was ihren Kenntnissen zu einer diskreten Note verhelfen und über die Schärfe und Illusionslosigkeit dieser Kenntnisse hinwegtäuschen soll. An Kleinigkeiten mußte der graubekittelte, untersetzte Mann, der mich nach seiner Frage abwartend musterte, erkannt haben, daß ich nicht hierhergehörte; vielleicht an meinen unsicheren Bewegungen, die seinem geschulten Auge verraten hatten, daß solche Orte für mich nicht tägliche Umgebung waren, wie etwa für einen Wissenschaftler aus einem anderen Institut, der zwar auch nicht hierhergehörte, jedoch kein Besucher oder, wie es die Pförtner nennen mögen, kein *Unbefugter* war. – Ich möchte zu Herrn Ritter. – Haben wir hier nicht, erwiderte der Pförtner sofort, ohne den Blick zu senken, in dem jetzt Mißtrauen aufglomm. Pförtner vermuten sofort das Schlimmste, Pförtner durchschauen die Menschen und ihre niedriggesinnten Umtriebe, und die Pförtner sind es auch, die immer genau wissen, daß in ihrem Reich am Kopierer in der zweiten Etage zwar der Zähler, aber sonst nichts defekt ist und Studenten (der Student ist der natürliche Feind des Institutspförtners), die mit ihrem BAFöG nicht zurechtkommen und in neuerer Zeit überhaupt erschreckend unidealistisch denken, sich diesen Umstand auf fakultätsschädigende Weise zunutze machen könnten. – Wiggo Ritter, präzisierte ich. – Moment. Er beugte sich zurück, tippte etwas in seinen Computer ein, verzog die Lippen zu einem Ausdruck widerwilliger Überraschung. Ach der, ja. Laborgehilfe unten im Keller. Deshalb hatte ich ihn nicht gleich. Sind Sie auch sicher, daß er jetzt arbeiten muß? Ich war mir nicht sicher, aber um mir weiteres Geplänkel zu ersparen, sagte ich fest und bestimmt: Ja. – Gehen Sie im Keller nach links, bis Sie an eine Milchglastür mit der Aufschrift Trakt M stoßen. Dort sitzen die Mikrobiologen, und dort müßten Sie auch Herrn Ritter finden. Er verlangte meine Tasche, warf einen kurzen Blick hinein, dann gab er mir eine Marke, die mich als Besucher auswies.

Laborgehilfe im Keller, dachte ich, als ich mit dem Fahrstuhl nach unten fuhr. Es war ein fensterloses, von knisternden Neonröhren mit dünnem Licht bestreutes Gangsystem, Wasserrohre und Elektroleitungen verliefen unter der Decke, in der Luft hing der süßliche Geruch von *Agar-Agar*-Nährböden; die Wände hatten das schwitzende Weiß von unterirdischen Archiven. Niemand war zu sehen. Ich wandte mich nach links, um die Milchglastür zu suchen. Zwischen Kühltruhen und Brutschränken, die ein leises, stetes Brummen von sich gaben, standen Stahlspinde mit kryptischen Filzstift-Kürzeln auf den Türen und zerstörte alte Schränke, die den Blick auf staubige Akten und ausrangierte Laborgeräte freigaben. Eine Kakerlake huschte vor mir über den braunen Fliesenboden, verschwand in einer Ritze. Du bist offenbar auf dem richtigen Weg zu den Mikrobiologen, dachte ich. Ich sah die Milchglastür und dann den Schatten dahinter, die Klinke wurde heruntergedrückt, die

Tür öffnete sich. Wiggo stand mit dem Rücken zu mir; er trug einen Laborkittel und in den Händen ein Tablett mit Petrischalen und Glaskolben. Er hatte die Tür mit dem Ellbogen geöffnet und wartete jetzt. Eine Frau stand vor ihm und gab ihm Anweisungen, in ziemlich schroffem Ton; er verdeckte sie halb. Wenn Sie damit fertig sind, gehen Sie hinüber ins Zoologische Institut, waren Sie dort schon einmal? Finden Sie das? Und holen die Proben aus dem Brutschrank zwo. Arbeitsgruppe Schmitt. Mit Doppel-t. Das steht auch draußen dran am Brutschrank. Wiggo stand sehr aufrecht, den Ellbogen noch auf der Klinke. Ich wollte dem Impuls folgen, der mein erster gewesen war, als ich ihn hatte die Milchglastür öffnen sehen: zu gehen; ihn und damit auch mich gar nicht erst in die Situation kommen zu lassen, die für ihn nur eine im höchsten Maß peinliche sein mußte; aber es war zu spät zum Umkehren. Es konnte nicht mehr lange dauern, bis er sich umgedreht und mich dann gesehen haben würde. Der Flur war zu lang, als daß ich Wiggos Blick noch hätte ausweichen können, und außerdem hatte mich die Frau schon gesehen. Zu wem möchten Sie, bitte? Hier ist normalerweise Zutritt verboten, haben Sie das *Biohazard*-Schild nicht gesehen an dem Durchgang vorn? Ich konnte mich an einen solchen Durchgang und ein entsprechendes Schild nicht erinnern – Nein, entschuldigen Sie. Ich möchte zu Herrn Ritter, sagte ich und nickte in Wiggos Richtung, der sich umgedreht hatte und mich erstarrt, beinahe entsetzt ansah, als hätte ich eine unverbrüchliche, unausgesprochene Übereinkunft mit meinem Erscheinen an diesem Ort gebrochen. Die Frau runzelte die Stirn. Sie trug Gummihandschuhe, in der Rechten eine Pipette, die sie wie ein Stilett auf den Erdboden gerichtet hielt. Es gibt hier keinen Herrn Ritter, sagte sie. Wer soll das sein, bitte? Ich kenne keinen Wissenschaftler oder Laboranten dieses Namens. Da muß es sich wohl um einen Irrtum handeln. Ich schüttelte den Kopf und machte eine Geste zu Wiggo hin, der das Tablett mit den Glaskolben und Petrischalen wie einen Schutzschild vor seiner Brust hielt und errötet war. Die Frau stutzte kurz, nickte, sagte knapp: Ach so. Wiggo senkte den Blick. Ein Muskel in seinem Gesicht zuckte, dann hob er den Kopf, streckte verletzt und zugleich stolz das Kinn vor, mied meinen Blick. Dann wiederholte die Frau, sie konnte nicht sehen, daß er dabei die Augen zusammenkniff: Also denken Sie bitte daran. Zoologisches Institut. Brutschrank zwo. Römisch zwo. Arbeitsgruppe Schmitt, – Mit Doppel-t, schon verstanden, Frau Professor, preßte Wiggo hervor und ging, während sie noch sprach, auf mich zu, mich dabei mit einer knappen und befehlenden Kopfwendung bedenkend. – Habe ich dir nicht gesagt, daß ich nicht möchte, daß du mich an meiner Arbeitsstelle besuchst? fuhr Wiggo mich an, sichtlich wütend und erregt. Dieses blödsinnige Weibsstück, die traut mir wahrscheinlich nur das Hirn einer Blindschleiche zu, die redet mit mir wie mit einem Irren, murmelte er haßerfüllt, während wir den Flur zum Fahrstuhl vorliefen. Biohazard, pah, wo soll das denn hier sein, diese Mikrobiologen pfriemeln doch bloß an ein paar Hefepilzen herum, aber wahrscheinlich denkt sie, daß wir Mutanten mit diesem Wort eh nix anfangen können, Professorin, pah, die hat 'ne feuchte Wohnung und bestimmt 'ne Backpflaume als Möse, die Alte braucht's mal wieder! stieß er hervor, es schien ihm gleichgültig zu sein, was ich davon hielt. Ich war erschrocken, ja schockiert. Verstehen Sie mich nicht falsch, Herr Verteidiger, ich bin nicht prüde, aber eine solche Ausdrucksweise finde ich abscheulich. Erst recht klang sie mir aus Wiggos Mund abscheulich, zu dem sie gar nicht zu passen schien, jedenfalls hatte ich ihn so noch nie sprechen hören, und ich wußte, daß ich einen gewaltigen Fehler begangen hatte, hierherzukommen. Wiggo fluchte weiter. Mich überlief es heiß und kalt, zumal ich spürte, daß er nicht nur gegen diese Professorin, sondern auch gegen mich tobte, dagegen, daß ich ihn hier, in einer für ihn demütigenden Situation, angetroffen hatte, daß ich nun wußte, womit er, der hochintelligente, gebildete, kultivierte Wiggo Ritter, sein tägliches Brot zu verdienen gezwungen war. Gezwungen war? Es erschütterte mich, ihn als Laborgehilfe zu finden, hatte mich schon erschüttert, als der Pförtner mir, halb herablassend, halb süffisant, die Auskunft nach Wiggos Arbeitsplatz gab; nur hatte ich es mir nicht eingestanden. Ich ging schweigend neben ihm her, beschämt und bestürzt, dem Impuls, ihn zu besuchen, aus einer dummen Laune heraus nachgegeben zu haben. In diesem Moment wußte ich, daß er mich dafür hassen würde. Er würde nicht diese Professorin hassen, die ihn so gedemütigt hatte, jedenfalls nicht ausschließlich, sondern mich – weil ich ihn in dieser Situation gesehen hatte. Ich machte mir darüber keine Illusionen, die Menschen, Herr Verteidiger, sind nun einmal so. Sie hassen nicht so sehr den Verursacher ihrer Schmerzen, natürlich den auch, das schon; aber mehr noch, glaube ich, hassen sie denjenigen, der zum freiwilligen oder unfreiwilligen Zeugen, zum Mitwisser ihrer Erniedrigung wird. Was willst du eigentlich hier, rüffelte Wiggo, als wir mit dem Fahrstuhl nach oben glitten. Mal sehen, was Ritter für einer ist? Ob er wirklich soviel draufhat, wie er immer tönt? Ich bin Laborgehilfe, also der hinterletzte Pampel in der Reihe, na und? Was geht's dich an? Das ist nicht entscheidend. – Ich weiß, unterbrach ich ihn, laß doch diese eingebildete Schnepfe reden, Wiggo, die hat doch keine Ahnung. – Pack, schnaubte Wiggo, arrogantes, überhebliches Pack, die merk ich mir vor, und überhaupt alle solche, das kannst du aber wissen. – Wiggo, was redest du da, was soll das bedeuten? Kümmere dich doch nicht darum, es hat doch gar keine Bedeutung, das trifft doch nicht dich! Er starrte mich an, nickte. Ich konnte sehen, wie er mühsam seine Wut zügelte und sich allmählich wieder in den Griff bekam. Ja, sagte er, du hast recht. Das betrifft nicht mich. Sondern den kleinen, imbezillen Laborgehilfen, der mit mir rein zufällig Aussehen und Namen teilt. Du hast recht. Es hat nichts mit mir zu tun, nicht wirklich. Er lachte kurz und haßerfüllt, dieses hohe, unterdrückte Lachen hallte schauerlich im leeren, halbdunkel liegenden Vestibül, in dem die Pförtnerloge wie ein hell leuchtender Kiosk lag. Wiggo ging, ohne den Pförtner eines Blickes zu würdigen, nach draußen, während ich mir meine Tasche aushändigen ließ und die Besuchermarke durch das aufgeschobene Fensterchen reichte. Ein Grund mehr, all das kaputtzuschlagen, murmelte er, als wir das Gebäude verließen. Der eine kellnert in einer Bar und ist vielleicht ein Picasso, aber niemand weiß es und, vor allem: Niemand glaubt es. Denn es gibt keine Picassos mehr, lieber Jost, nicht wahr? Der andere erfindet etwas, das unsere Welt verändern, sie voranbringen könnte, womöglich verhindert seine Erfindung den nächsten Krieg um Öl, weil sie das Öl überflüssig macht, aber da gibt es Lobbys, die nicht daran interessiert sind, daß das Öl überflüssig wird, und deswegen ist unser Erfinder ein armes Schwein, das von Sozialhilfe lebt, muß betteln gehen zu den hohen Herren und wird von ihnen als größenwahnsinniger Spinner verlacht, wie sie quartalsweise auftreten. Ist es nicht so, Jost? Und ich, der ich das Potential habe, ein Führer zu sein, verrichte eben in einem Mikrobiologen-Labor Hilfsdienste, in dem Automaten auf zwei Beinen Kokken und Hefepilze züchten, warum nicht? Du denkst, ich sei übergeschnappt? Kann schon sein. Kann aber auch nicht sein. Er musterte mich mit einem wilden Blick, in dem Haß, verletzte Eitelkeit und auch, ich scheue mich, das Wort niederzuschreiben, Verrücktheit in einer Mischung flackerten, die mich zusammenzucken ließ. Ich wußte nicht, was ich von seiner Rede halten sollte. Sie schien mir gar nicht mehr direkt mit dem Vorkommnis an der Labortür und meiner Anwesenheit zusammenzuhängen. Lang Angestautes kam hier herauf, und ich hörte es mit Entsetzen. Nie wird sich am Ablauf der Dinge etwas ändern, wenn man nichts tut, wenn man den gordischen Knoten nicht zerschlägt! zischte Wiggo. Er ahnte wohl, daß er zu weit gegangen war, mochte mir ansehen, daß ich ihn nicht wiedererkannte, beherrschte sich mühsam. Na gut, nun hast du mich gesehen in meiner Alltagsverkleidung. Es ist mir nicht recht, du hast es gemerkt, und ich habe gemerkt, daß du es gemerkt hast. Aber es ist nicht mehr zu ändern. Schwamm drüber! Er lächelte grob und stieß mir in einer Art gewollter Lustigkeit in die Seite. Das sollte wohl eine freundschaftliche, verzeihende Geste sein; mich beruhigte sie ganz und gar nicht, im Gegenteil. Es ist ohnehin mehr eine, na, nennen wir's: Tarnung, als wirklich ein Job zum Geldverdienen, und ich werde ihn nicht mehr lange machen. – Wiggo, ist mit dir alles in Ordnung? Ich war stehengeblieben und hatte ihn am Ärmel gefaßt. Er machte sich los, runzelte die Stirn, hatte sich jetzt gefangen. – Wieso fragst du? Seine Stimme klang betont kühl. Was soll mit mir los sein? Natürlich ist alles in Ordnung. Du kennst mich ja, ich brause nun mal leicht auf, und die Alte hat mich wirklich aufgeregt. Schon vorbei. Kein Grund zur Besorgnis. Er atmete einigemal tief ein und aus, wahrscheinlich war er der frischen Luft wegen nach oben gegangen. Ein Klinikgelände ist in der Regel komplett untertunnelt, ein System von miteinander kommunizierenden Kellergängen, die den Transport von Kranken oder Labormaterial unabhängig von der Witterung und ungestört von neugierigen Blicken erlauben. Üblicherweise wird dieses System für solche Botengänge benutzt. Warte einen Moment. Wiggo nickte zum Tablett. – Ich muß erst diese Teegläser hier in die Chirurgische Klinik bringen. Wenn du willst, komm mit ins Zoologische Institut, das wird dich interessieren.

Es war ein kleines, schon etwas baufälliges Haus am Ende einer Seitenstraße, in der sich die vorklinischen Institute der medizinischen Fakultät, der Laborturm der Anorganischen Chemie und ein Rechenzentrum befanden. Die meisten dieser Gebäude waren hell erleuchtet, in den ebenerdig gelegenen Labors sah man weißbekittelte Wissenschaftler ihrer Arbeit nachgehen. Wiggo lief schweigend neben mir, das Gesicht tief im aufgeschlagenen Kragen seines Kittels. Krankenwagen fuhren vorüber, schlingerten im zerfahrenen Schneematsch, ließen ihre Sirenen aufjaulen, bevor sie in die Straße einbogen, in der sich die Notfallambulanz befand. Ich sah Wiggo bei den abrupt die Luft durchstoßenden Tönen immer wieder zusammenzucken. Im Zoologischen Institut waren nur wenige Fenster erleuchtet. Wiggo zog ein Schlüsselbund aus der Kitteltasche und schloß auf. Eine merkwürdige, trockene Stille umgab uns, als wir die Tür geschlossen hatten. Sie war mir vertraut, ich kannte sie aus der Bibliothek des Pathologischen Instituts, die auf mich den Eindruck einer mittlerweile verstaubten, hölzernen Schneckenspindel machte, aus dem Dachgebälk des alten Gebäudes gehöhlt vom geduldig und zäh raspelnden Schnitzwerkzeug der Jahre; ich hatte dort als Doktorand gern gearbeitet und manches in den Lederfolianten mit verblaßten Frakturschrift-Stempeln auf den elfenbeingelben Titelseiten nachgeschlagen. Dies war eine Stille, in der die Zeit nichts war als sie selbst, pures Vergehen, ohne daß etwas anderes geschah als das Niedersinken von Staub, nicht die Zeit auf den Straßen, die vom Takt der Rush-hours bestimmt wird, von Pendlern und U-Bahnen, die das Blickfeld schraffieren, nicht die Zeit, die mit den Hantierungen während einer Operation vergeht, mit Warten vor einer Tür in einem kahlen Behördenflur, mit dem Lösen von Kreuzworträtseln. Nicht die Zeit, die Tätigkeit ist. Wiggo schaltete das Licht ein. Mir fiel auf, daß hier keine der sonst üblichen Neonlampen brannte. Ein Spinnenleuchter hing von der Decke, Schliffglastüten über den Glühbirnen, fünfziger Jahre. Es war ein rundes Vestibül, ausgelegt mit schwarzen, von Studenten- und Wissenschaftler-Generationen uneben gewetzten Steinplatten, von einem Säulengang umzogen. Hermenartige Büsten standen zwischen den Säulen. Ich erkannte Darwin an dem mächtigen Bart und der skeptisch gerunzelten Stirn unter der Glatze, die glattpoliert wirkte. Vielleicht diente Darwins Kopf als Institutstalisman, ängstliche Prüflinge und unsichere Forscher mochten ihn abergläubisch und hilfesuchend streicheln. Wissenschaftler sind nicht selten weitaus weniger nüchterne Menschen, als man gemeinhin annimmt. An den Wänden hinter den Säulen hingen Schaukästen mit Stammtafeln aus dem Linnéschen Ordnungssystem, Stundenpläne, Institutsmitteilungen. Komm, sagte Wiggo und zupfte mich am Ärmel. Hinter Darwins Büste führte eine Treppe nach oben, von spärlichem Licht beleuchtet. Die Stufen waren aus Holz, das von unzähligen Schichten Bohnerwachs einen Honigglanz bekommen hatte. Sie knarrten unter den Schritten, als ob sie zu verbotenen Schätzen führten, und waren in der Mitte stark ausgetreten. Oben zweigten Flure strahlig von einer Rotunde ab, die viel kleiner war als das Vestibül unten. Ein Tisch stand in der Mitte, auf dem einige Zeitschriften auslagen. Die Flure dämmerten in schwach grünlichem Licht, das von Vitrinen an den Seiten ausging. Hier, sagte Wiggo. Das ist es, was ich dir zeigen wollte. Ich folgte ihm in einen Flur, den tote Vögel säumten. MITTELEUROPA, stand in Blockbuchstaben auf einer Schrifttafel. Wiggo blieb vor einer Vitrine mit Waldvögeln stehen, starrte schweigend auf die Eulen und Häher. Die

Arbeitsprobe aus dem Brutschrank römisch zwo, Arbeitsgruppe Schmitt mit Doppel-t, schien er vergessen zu haben. Ich habe mich noch nie für Naturalienkabinette, Dioramen und überhaupt für Naturkundemuseen begeistern können. Ich mag ihn nicht, diesen zu einem Scheinleben aufgeputzten Tod. Ich finde die Vorstellung bedrückend, daß ein Tier sterben mußte, um aus den Prozeduren der Präparatoren als fragwürdige Hülle, bloßer Balg, aufzuerstehen, Objekt in einem großen Stilleben zu werden. Auch bedrückt mich der unverkennbar registrierende Gestus solcher Ausstellungen, denn diese vollständige, aber tote Versammlung der Tiere spricht in ihrem Schweigen davon, daß es draußen, in der von allen Seiten bedrohten Natur, vielleicht kein einziges lebendes Exemplar von ihnen mehr gibt. Wiggo mochte meine Gedanken aus meiner Zurückhaltung herausspüren, schweigend stand er vor einem riesigen Uhu, schien vor ihm zu meditieren oder mit ihm Zwiesprache zu halten. Die gelben Augen des gut halbmeterhohen Tieres reflektierten das Dämmerlicht, die mächtigen Ohrbüschel standen wie lauschend aufgerichtet. Nichts war zu hören als das Geräusch unseres Atmens und das feine Knistern der Leuchtstoffröhren in den Vitrinen. Wiggo war mir in diesem Augenblick so fremd wie noch nie, ich beobachtete ihn, wie er mit halbgeschlossenen Augen die Vögel musterte, die Hände vor den Bauch gelegt. Obwohl ich kaum einen Meter von ihm entfernt stand, schien er mir sehr weit weg zu sein, unberührbar in einer nur ihm gehörenden Welt, in der keine Gesetze aus der anderen Welt galten, in der ich mich befand. Er hatte mir einmal von einem Gärtner erzählt, den er als Jugendlicher in London in den Gewächshäusern von Kew Gardens kennengelernt hatte. Ich versuchte, mich auf den Namen zu besinnen, um eine Bemerkung zu machen, die keinen anderen Sinn hatte, als die Stille zu durchbrechen, die etwas

Lastendes, Bedrohliches in sich barg. Doch der Name fiel mir nicht ein. Ich fühlte mich nicht sehr wohl zu dieser Stunde auf diesem Flur, und ich wollte Wiggo schon den Vorschlag machen, für ihn die Arbeitsproben aus dem Brutschrank zu holen und seiner Professorin zu bringen, tat aber die Idee sofort als Unsinn ab. Ich wußte ja gar nicht, wo sich dieser Brutschrank befand, und ich wußte ebenfalls nicht, was die Professorin von der sonderbaren Verwandlung des Laborgehilfen Ritter halten würde. Außerdem war mir die Vorstellung unerträglich, auf der Suche nach dem Brutschrank allein durch dieses mir unheimliche, todesstill liegende Institut tappen zu müssen.

Wer sind Sie, was machen Sie hier? unterbrach eine Männerstimme meine Gedanken. Ich fuhr herum und sprang gleichzeitig zurück, so erschrocken war ich, beinahe wäre ich gestürzt. Vorstellungen von klappernden Skeletten und unerlösten Gespenstern, wie sie in englischen Landsitzen spuken, schossen mir durch den Kopf, während ich noch nach Luft schnappte. Wiggo, sah ich, hatte nur rasch aufgesehen, wirkte aber keineswegs so erschrocken wie ich, obwohl auch er (das verriet er mir später) nichts nahen gehört hatte. Wiggo antwortete ruhig: Ich bin Laborgehilfe aus dem Mikrobiologischen Institut, mein Name ist Ritter, und das ist mein Freund Jost Fortner, der mich besucht hat. Ich soll eine Probe aus einem Brutschrank abholen für Frau Professor Schmitt. Der Mann nickte. Ich sah, daß er schon älter war und einen Kittel trug, darunter Anzug und, das ist selten geworden bei Wissenschaftlern, eine Fliege. Sie war gepunktet, was dem Mann, der uns über eine Lesebrille argwöhnisch musterte, etwas Clowneskes, Zauberkünstlerhaftes gab. Sein Haar hob diesen Eindruck auf, es war preußisch streng gescheitelt und wie der weiße Bart kurzgeschoren. Interessiert Sie das? fragte er und deutete mit einer knappen Geste über die Vögel hin. – Sehr, antwortete Wiggo;

ich sagte nichts. – Übrigens: Kaltmeister, sagte der Mann und nickte wieder. Haben Sie Fragen? Seine Stimme klang jetzt ein wenig unwirsch. – Viele. Wiggo hatte die linke Schulter nach vorn gedreht, abwartend, wie unschlüssig, ob er gehen oder bleiben solle. – Alkyone, sagte Kaltmeister nach einer Weile, in der er uns nachdenklich angeblickt hatte, drohte vag mit dem Zeigefinger, wiederholte das Wort, diesmal gedehnter, sprach es nicht wie eine Frage aus, eher wie einen Vorschlag oder eine Aufforderung, sich auf ein Spiel einzulassen, öffnete wieder den Mund, verlor sich, brach ab. Er klopfte mit dem Zeigefinger auf die Lippen, kniff prüfend die Augen zusammen und wippte mit der Schuhspitze, vielleicht war ihm soeben die Lösung für ein Problem eingefallen, das ihn schon lange beschäftigte; wir schienen für ihn gar nicht mehr vorhanden zu sein. – Ja, sagte Wiggo, mit ebenfalls prüfend zusammengekniffenen Augen. Auch den Eisvogel habe ich mir angeschaut. – Was halten Sie davon, wenn Sie Frau Professor Schmitt das Verlangte bringen und dann noch einmal herkommen? Oder haben Sie Nachtdienst? Ich könnte Ihnen unsere Sammlungen erläutern, jedenfalls einen Teil. Wiggo nickte. Nein, Nachtdienst habe er nicht, und noch einmal herzukommen wäre wohl möglich, aber ... – Sie stören mich nicht, ganz im Gegenteil, versicherte Kaltmeister und sah nur Wiggo an dabei.

Was hat er mit Alkyone gemeint? fragte ich draußen. – Schönwettertage. Nach einer alten griechischen Sage wurde Alkyone von Zeus in einen Eisvogel verwandelt. Alcedo atthis. Alkyone. Hab ich auf dem Schild gelesen, die lateinische Bezeichnung. Er lächelte entschuldigend. Willst du mitkommen zu diesem Kaltmeister? – Ich hatte nicht den Eindruck, daß er mit dem Sie auch mich gemeint hat. – Ach was, natürlich. Wiggo wischte meine Bedenken mit einer Handbewegung beiseite. Scheint ein komischer Kauz zu sein. Wartest du auf mich? Ich schaffe mal eben die Probe runter und ziehe mich um. Meine Ablösung müßte schon da sein.

Hältst du mal bitte, bat er, als er wiedergekommen war, gab mir seinen Rucksack, band die Schuhe zu. Der Rucksack war schwer. Ich wog ihn überrascht in der Hand. Ich war heute vormittag in der Bibliothek, sagte Wiggo. Im Westen. Er schnaubte ironisch. Weißt du, was mir aufgefallen ist? Im Westen machen sie Anstreichungen in den Büchern, korrigieren Rechtschreibfehler, Schlampigkeiten des Autors, die dem Lektorat nicht aufgefallen sind, oder sie schreiben ihre Meinung hinein. Im Osten dagegen sind die Seiten jungfräulich, ganz besonders Philosophie und Lyrik. An jedem Klischee ist eben etwas Wahres, nichts für ungut. Er nahm den Rucksack, musterte mich mit einem schnellen Blick, wohl um herauszubekommen, ob ich gekränkt war, denn ich stamme aus dem Osten und bin kein Freund von Stammtisch-Weisheiten. – Wie hast du das vorhin gemeint – daß du das Potential hast, ein Führer zu sein? Führer – wovon, von wem? Wiggo antwortete nicht

Würdest du töten, Mauritz,

– jetzt, wo die Nacht beinahe um ist, geht es mir besser, das Fieber hat nachgelassen. Der Himmel wird von hellgrünen Nußknackerzangen gefaßt und von den Rändern her strahlig zerbrochen, die schwarzen Schalen werden weggekehrt, bis nur noch Tageslicht übrig ist. Die Schwestern vom Nachtdienst rumoren, fahren Infusionen in die Zimmer, haben Tabletten gesetzt, neue Patientenkurven geschrieben, freuen sich auf das Ende ihres Dienstes. Die Putzfrauen sind gekommen, ich kann hören, wie sie ihre Wischmops aufklappen und die kleinen Scheuerteppiche festklinken, in denen sich immer wieder Büroklammern verfangen, Dreiwegehahnadapter, Kugelschreiber, die auf unerklärliche Weise verschwunden waren: verschluckt vom Stationsgeist, der sich von diesen mit den Logos der Pharmafirmen bedruckten Plastikartikeln zu ernähren scheint. Bald wird der Frühdienst kommen, danach die Ärzte, heute wird Chefvisite sein

– Abendduft vom leicht bewegten See; Mauritz stand auf, lief auf und ab, zog die Stirn in Falten, rauchte, warf die eben angerauchte Zigarette weg, die Glühwürmchen flogen wie in den Johannisnächten meiner Kindheit, wenn an der Corniche die dunklen Boote ausliefen; die Kinder fingen die Tierchen und sperrten sie in Flaschen, die sie an die Bootsbuge hängten, um Fische anzulocken

– würdest du töten, Mauritz, höre ich meine Stimme

– übrigens, was ich Sie schon immer fragen wollte, wandte sich Mauritz mit einem boshaften Lächeln an den Bischof, wie lebt es sich denn mit dem Zölibat? Haben Sie wirklich nie, Sie verstehen schon, diese Bedürfnisse? Eine schöne Frau – wird Ihnen nicht anders, wenn Sie, zum Beispiel, Manuela anschauen? Manuela schwieg, vielleicht war sie solche Eskapaden von Mauritz gewohnt, vielleicht hatte sie Freude an der Schmeichelei ihres Bruders, vielleicht war sie neugierig und wollte abwarten, wie der Bischof reagierte. Die Freifrau, rot geworden, warf einen raschen Blick zu Ehrwürden, der auf Mauritz' für mein Empfinden nicht nur indiskrete, sondern unverschämte Frage den Kopf gesenkt hatte und seine Fingernägel betrachtete. Sie sind betrunken, Herr Kaltmeister, ich muß Ihnen nicht darauf antworten. Warum wollen Sie mich provozieren? Wollen Sie wissen, was es mit mir auf sich hat? Sie müßten mich doch eigentlich kennen ... Mauritz. Ich habe euch heranwachsen sehen, deine Schwester und dich. Warum bist du so zu denen, die dich gern haben? Warum lästerst du

Gott? – Weil ich gerade Lust dazu habe! platzte Mauritz wütend und zugleich schadenfroh hervor. Weil es mir eine Art von Vergnügen bereitet, ich gebe es zu! Es ist peinigend, es quält – Sie, gewiß Manuela und unseren Philosophen, selbst mich; es reinigt aber auch, solche Fragen zu stellen, die jeder hier in der Runde sich schon insgeheim gestellt, aber aus Konvention oder Takt oder wasweißich nie gestellt hat! – Höflichkeit, sagte Manuela belustigt.

– würdest du töten, Mauritz

– Gottes Offenbarung ... die Macht, die endlich die Wahrheit auf Erden errichten wird ... Heilig werden alle Menschen sein und einander lieben, die Verirrung und Verwirrung wird ein Ende haben ... Arm und Reich, Hoch und Niedrig werden zurückkehren in den Schoß Gottes, und Sein Reich wird anbrechen, wie es verheißen ist, Dein Reich komme, Dein Wille geschehe, – Entschuldigung, aber Sie haben sich Himbeerkompott auf die Soutane, Ehrwürden, verzeihen Sie, hier haben Sie ein feuchtes Tuch, – Ja, danke, Herr Lothmann, also ... nun, das Reich Gottes auf Erden, – Ich bin sehr ungebildet in klerikalen Dingen, weiß nicht einmal, ob das eine Soutane ist, die Sie tragen, erlauben Sie, daß ich das Himbeerkompott, hehe, Verzeihung, ich muß lachen, es ist mir peinlich, aber ich kann mich nicht beherrschen, hehehe, geht mir auf Beerdigungen auch so, ein unwiderstehlicher Lachzwang packt mich, alle sind betroffen und gewissermaßen grabesernst (Edgar, zu Füßen des Bischofs und damit beschäftigt, den Himbeerfleck abzuwischen, krümmte sich und kicherte), aber ich stehe in der Ecke, hehe, mache alles kaputt und heule vor Lachen

– würdest du töten, Mauritz – und wenn jemand stirbt bei einer deiner Aktionen, der dir nahe ist

– aber was, sagen Sie mir das doch, Ehrwürden, was geschieht eigentlich, wenn alles, was Ihre Kirche verheißt, ein fauler Zauber ist? Wenn er gar nicht kommt, der Erlöser? Was dann? Wie steht es überhaupt mit diesen Wundern und dem Glauben? Manche behaupten ja, Jesus sei irre gewesen und Maria die raffinierteste Fremdgängerin des Morgen- und Abendlands ... Läßt sich von einem Fremden schwängern, und um es vor Joseph zu verbergen, sagt sie, es sei der Heilige Geist gewesen, der über sie gekommen sei ... Kann Joseph da zum Beispiel eifersüchtig sein – wenn Gott selbst es ist, der ihm Hörner aufsetzt? Das ist doch mal eine interessante Betrachtungsweise, finden Sie nicht? Joseph steht ja immer etwas belemmert in der Ecke herum, eine verdrückte Gestalt ist das, man hat manchmal den Eindruck, daß die Theologie mit ihm nichts Rechtes anzufangen weiß, daß er ihr ein wenig peinlich ist ... Oh, ich sehe, daß es Ihnen nicht gefällt, was ich mir hier zusammenreime, aber meinen Sie nicht, daß solche Überlegungen gestattet sein müssen? Es gibt doch da, fällt mir ein, diesen blödsinnigen Test, ich meine dieses Gedankenspiel, ob Gott einen Stein machen kann, der so schwer ist, daß er ihn nicht aufzuheben vermag? Wenn die Allmacht bei ihm ist, müßte er da nicht einen solchen Stein ...? Nicht? Ja, das ist natürlich Blödsinn, und ich könnte jetzt Wiggo zu Wort kommen lassen, der das sogleich als einen uralten scholastischen Schmarren abtun wird, den die Philosophen bereits im ersten Semester abzustauben lernen

– und wenn jemand stirbt, der dir nahe ist: Manuela

– sie stirbt nicht

– ach nein

– nein: Wir sind unsterblich, Wiggo

– aber, Mauritz, die du da, hm, erlösen willst, mit Terror ... Liebst du sie denn? – Ja, Großtantchen! versuchte Mauritz zu scherzen, aber ich sah gleich, daß der Freifrau nicht zum Scherzen zumute war. Sie richtete sich auf, auf ihrem Gesicht lag ein drohender Ausdruck. Alles Liebenswürdige, Charmante war aus ihrer Haltung verschwunden. Es mochte ihr Alltagsgesicht als Vorsitzende der Usar-Holding sein, das sie jetzt hervorkehrte, das Gesicht, mit dem sie unfähige Mitarbeiter abkanzelte, Entlassungen aussprach, Konferenzen abhielt, Geschäftszahlen studierte. Ich kannte dieses Gesicht, es war auch Vaters Gesicht. – Nenne mich nicht Großtantchen, das habe ich mir schon einige Male verbeten, Mauritz. Ich möchte dir sagen, daß ich es nicht richtig finde, wie du mit meinen Gästen umgehst. Du provozierst, benimmst dich wie ein Rüpel, pöbelst Herrn Ritter an, der dir gar nichts getan hat. Du solltest froh sein, daß er hier ist! Er ist ein feiner Mensch (bei diesen Worten überlief es mich heiß, ich spürte, daß ich rot wurde, Manuela wandte den Kopf zum See, um sich ein Lächeln zu verbeißen); ich habe mich mit ihm unterhalten, und du solltest froh sein, einen Freund wie ihn gefunden zu haben! Ich habe ihn liebgewonnen, und ich sage dir das eine: Wenn du es schaffst, Herrn Ritter derart vor den Kopf zu stoßen, daß er dir die Freundschaft kündigt – ich werde ihm die Freundschaft nicht kündigen. Sie können mich besuchen, wann immer Sie wollen, Herr Ritter (Manuelas Nasenflügel flackerten vor unterdrückter Lachlust), auch ohne Mauritz – und auch ohne Manuela. Du findest das offenbar sehr lustig, was ich zu sagen habe. Ich finde dein Verhalten albern, meine Liebe, wir sprechen noch darüber. Du bist doch kein kleines Mädchen mehr, das über alles kichert, was es nicht versteht. Manuela legte den Zeigefinger auf die Lippen und lachte nicht mehr. – Du glaubst mir also nicht, fuhr Mauritz dazwischen, blaß geworden. Du glaubst nicht, daß ich die Menschen lieben kann? – Ja, das ist es eben. Die Menschen. Die liebst du vielleicht. Aber liebst du auch den einzelnen? – Es steht dir nicht zu, mich so etwas zu fragen! Mauritz sprang auf. Es steht dir nicht zu, weil ... es mich beleidigt, weil ... es mir verrät, daß du mich überhaupt nicht kennst, so etwas kann nur jemand fragen, der mich nicht kennt, Hildegard, aber du kennst mich, und ich meine mit Beleidigung, daß ich aus deiner Frage entnehmen muß, daß das möglicherweise doch nicht der Fall sein könnte, – Halt den Mund! donnerte die Freifrau. Was steht mir nicht zu! Ich bin überrascht, wie wenig Kritik und Nachfrage du verträgst, du, der sich ganz und gar nicht zurückhält, wenn es darum geht, die anderen zu prüfen! Und kaum will man einmal von dir etwas genauer wissen, wirst du ausfällig! Ich darf dich in aller Ruhe daran erinnern, von wem das Geld für unsere Organisation hauptsächlich stammt. Ich betrachte das jetzt gewissermaßen als Mitglied einer Aktionärsversammlung. Da muß man sich auch manch unliebsame Frage gefallen lassen, wenn man will, daß die Leute in einen investieren. Und es muß schon gestattet sein, daß ich dich und deine Ideen jetzt einmal unter unternehmerischen Gesichtspunkten betrachte ... Nicht, daß ich dir nicht wohlgesinnt wäre, aber das ist mir alles zu emotional, wir sollten das nüchterner halten, wir sollten es mit klaren, kühlen Köpfen betrachten. Mehr geschäftlich. – Na, Wiggo, murmelte Mauritz mit kaum unterdrückter Wut, kommt dir das bekannt vor? So könnte auch dein Alter reden, hm? Krämer aller Länder, vereinigt euch! Die Freifrau krümmte die Lippen zu einem Lächeln und zuckte die Achseln. Das ist billig, Mauritz, unter deinem Niveau. Ich will wissen, was hinter den großen Worten steckt, die du von dir gibst. Ich wiederhole: Liebst du den einzelnen Menschen? Du, der du keine drei Tage mit einem Fremden in einem Zimmer leben kannst? Schon widert er dich an, die Art, wie er geht, wie er sich schneuzt, wie er morgens immer mit denselben Ritualen immer das gleiche Frühstück schmatzt ... Ich hatte bisher stumm zugehört, aber auf einmal packte mich die Lust, in das gleiche Horn wie die Freifrau zu stoßen und Mauritz die vielen Sticheleien und manchen Beleidigungen ein wenig heimzuzahlen. Ja, mischte ich mich ins Gespräch, und diese Menschen: sagtest du nicht selbst, daß sie alle Idioten sind? Nichtswürdige Herdentiere, getrieben von Ängsten, töricht und sentimental, allem Kitsch und allen Soap-operas dieser Welt verfallen; kennst du sie überhaupt, diese Menschen! Das erscheint mir ein wenig widersprüchlich, Mauritz! Erst zeigst du deine Verachtung, plötzlich entdeckst du deine Liebe zu ihnen, – Ah, der kleine Philosoph fällt mir in den Rücken, sieh da. Hildegard hat ihn gelobt und eingeladen, langweilige Starnberger Abende mit seiner Anwesenheit zu verschönern, schon wird er mir gegenüber illoyal. Großartig, das ist genau das, was wir gebrauchen können, was meinst du, Schwesterherz? – Du bist manchmal, so auch jetzt, ein riesengroßes Arschloch. Bitte entschuldige, Hildegard. Mauritz lachte. Auch meine Schwester hast du schon eingewickelt mit deinem dir offenbar angeborenen Charme! Schau, Wiggo, trotzdem bist du mir sympathisch. Du duckst dich nicht, du widersprichst, hast deine eigene Meinung. Nein, ein Herdentier bist du nicht. Aber was du vorbringst, ist wirklich uralter Kram. Ich hätte Besseres von dir erwartet ... Das ist genau die Art Einwand, die immer kommt. Alle Umwälzung hat auf diese Weise stattgefunden, wie ich sie postuliere. Immer gab es einen, der den anderen den Weg gewiesen hat. Alexander, Napoleon, Lenin, Stalin. Und immer gab es bei diesen Umwälzungen Opfer. Im übrigen: Liebe. Das ist ein großes Wort mit vielen Manteltaschen. Und in jeder steckt eine andere Maske. Schau, es heißt zum Beispiel: Ich liebe dich, und aus Liebe quäle ich dich. Oder mich? Er lachte heiser

– ihr seid also unsterblich, interessant, und woraus schließt du das?

– wir sind unsterblich, solange wir eine große Aufgabe zu

erfüllen haben, und nichts kann uns davon abhalten, solange sie noch nicht getan ist – wie bei Napoleon, wie bei Alexander, sie waren dazu da, eine bestimmte Aufgabe zu erfüllen

– eingesetzt vom Weltgeist, aha

– du machst dich lustig, aber das wird dir noch vergehen

– würdest du töten, Mauritz

– Organisation Wiedergeburt – pah! Die wissen doch nicht einmal, was genau wiedergeboren werden soll! Der Bischof will den Kirchenstaat wie Papst Gregor VII., ein Ultramontanist wie er im Buche steht ist dieser scheinheilige Pfaffe, wer hätte das gedacht ... Der heiligen Mutter Kirche will er alles einverleiben, dann sind wir Betbrüder, Wiggo, ich freue mich schon, dich in der Kutte zu begrüßen, und Manuela wird Nonne! Er lachte schallend. Manuela und Nonne! Weißt du eigentlich, wie viele Verehrer sie hat? Mehrere an jedem Finger. Aber sie will von keinem einzigen etwas wissen. Sagt sie. Dabei ist sie heißblütig, mein Schwesterchen, sinnlich und leidenschaftlich, du glaubst es kaum. Sie wirkt so kühl, so beherrscht, so kaltmeisterlich, sie sitzt in der Runde und hört uns zu, wie wir uns ereifern, sie sagt nichts und ißt Maraschinokirschen und nippt am Wein, schlägt ein Bein über das andere, und nach zehn Minuten das andere wieder über das eine, tagsüber hilft sie Großtantchen beim Geschäftemachen, telefoniert und mailt und fliegt in der Weltgeschichte herum, damit dort die Fugen, aus denen die Zeit ist, gefälligst mit der Dichtmasse aus Großtantchens Fabrik zugekleistert werden, aber was sie abends und nachts treibt, das weiß keiner so recht, dann fährt sie meist nach München zurück, sie hat da eine Wohnung, – Warum sagst du mir das? unterbrach ich Mauritz. Ich will es nicht wissen, es interessiert mich nicht und geht mich auch nichts an, was deine Schwester macht, und ich finde, daß du nicht so von ihr sprechen solltest, so,

– Indiskret? half mir Mauritz mit halbem Lächeln. Soso, du willst es nicht wissen ... Mein lieber Freund, denkst du, ich habe keine Augen im Kopf? Du starrst sie an, und wenn du spürst, daß ihr Blick deinen treffen wird, schaust du rasch zur Seite, wirst rot wie ein Schuljunge und mußt schlucken! Ich sehe das und denke mir: Zack, wieder einer, der ihr verfallen ist wie die Fliege dem Honigtropfen. Aber es geht noch weiter. Ich habe ihr soviel von dir erzählt, daß sie mir eines Abends sagte: Weißt du was, Mauritz, sagte sie, ich kenne ihn gar nicht, ich weiß nicht, wie er aussieht, ob er groß ist oder klein, häßlich oder attraktiv, wie er sich benimmt, wie er redet ... Aber kannst du dir vorstellen, daß das manchmal ganz egal ist? Einmal habe ich mich in einen Mann verliebt, von dem ich nichts anderes wußte, als daß er schöne Briefe schreibt, ganz wunderbare Briefe hat er mir geschrieben, leidenschaftlich, zärtlich, intelligent, hochfliegend und beckmesserisch und manchmal auch völlig traumverloren. Und dann gestand sie mir, daß sie dich kennenlernen möchte und daß sie dich schon jetzt gern habe. Und so etwas sagt sie nicht so schnell, obwohl sie sich als sechzehnjähriges Mädchen so ziemlich in jeden halbwegs gutaussehenden Kerl verknallt hat. Sogar in solche, die nur von Plakatwänden lächelten. – Laß dieses Thema! herrschte ich ihn an. – Es gefällt dir nicht, wenn man dich lobt? Und du glaubst, daß du deswegen nicht eitel bist? Von wegen. Es liegt eine viel tiefere, gefährlichere Form von Eitelkeit unter solcher Abwehr des Lobs. Aber das will ich jetzt nicht weiter ausführen. Mauritz senkte den Kopf, legte die Hände auf den Rücken, dachte nach, kickte Steinchen beiseite. Als er zu den Feiernden hinübersah, die gelassen vor den Büfetts auf und ab gingen, tanzten, vor dem Wintergarten beisammensaßen, verfinsterte sich sein Gesicht. Ich glaube, die wollen, daß das Zeitalter, in dem einem die gebratenen Tauben in den Mund flogen, wiedergeboren wird! murmelte er und winkte verächtlich ab. Der einzige außer uns: Manuela, dir und mir, der was taugt, ist Frenss. Vielleicht noch Edgar, unser Altachtundsechziger und Schnapsfabrikant mit dem unter seinen klugen und abwägenden Kommentaren immer noch schlagenden umstürzlerischen Herz! Ja, der tut nur so gewandelt. In Wahrheit ist er verzweifelt, weil die Ideale seiner Jugend den Bach runtergingen, und er haßt sich selbst, weil er es auch nicht weitergebracht hat als die, die er in seiner Jugend verachtete! Den Schnapsladen hat er nämlich von seinem Vater übernommen ... Mit fünfundzwanzig wollte er es *wegfegen*, das Kapitalistenschwein, so hat Edgar es einmal ausgedrückt, und jetzt, mit knapp sechzig, ist er selbst ein solches Kapitalistenschwein! Und will mir edle Weinbrände schicken, die mir meinen Geist aufhellen sollen, den einseitigen, bösartigen! Tja. Frenss macht sich wenigstens keine Illusionen. Mauritz nahm plötzlich eine der Porzellanfiguren, die in regelmäßigen Abständen den Weg säumten, vom Sockel, wog sie in der Hand, es war ein süßlich lächelndes, harfezupfendes Engelskind, betrachtete es angewidert und spuckte ihm ins Gesicht. Dann schmetterte er die Figur mit aller Wucht in ein Gebüsch. Dieser dämliche Nippes, zu dem hat Großtantchen einen Hang! War bestimmt eine hübsche Stange Geld wert, der Schund, ist nämlich Nymphenburger. Scheiß drauf! So muß man es machen. Man muß es durchbrechen, dieses ewige Einerlei, dieses Immergleiche, es muß durchbrochen werden, wenn es wirklich zu einer Wiedergeburt kommen soll – tja, wovon? Und ich muß das Mittel sein. Wenigstens in diesem Land, zum Erlöser der ganzen Menschheit will ich es gar nicht bringen. Man muß schließlich realistisch sein, sagte er mit schneidendem Spott und sah mich an dabei, vielleicht, um möglichem Spott meinerseits vorzubeugen

– hast du das Wort Größenwahn schon mal gehört, Mauritz

– ja, das kommt an dieser Stelle immer, aber wenn nicht die Größenwahnsinnigen – wer verändert dann die Welt?

– schließlich, Ehrwürden, wir müssen uns selbst überwinden, nicht wahr? Steht es so nicht geschrieben? Opfere, und für das Opfer, das du leistest, wird dir die höchste Belohnung zuteil, die Liebe der Menschen, die erkennen, was du für sie gegeben hast. – Werden sie es erkennen, Mauritz? Der Bischof lehnte den Kopf zurück, hielt die Augen geschlossen, sein Gesicht zuckte. Werden sie es erkennen? Du forderst den scharfen Blick, aber gibt es ihn, gibt es ihn noch? Hat es ihn je gegeben außer bei seltenen, großherzigen, der Nächstenliebe verbundenen Menschen? Manchmal glaube ich, daß alles, was die Zeit heute so finster macht, aus dem Mangel an ebenjenem scharfen Blick herrührt, die Menschen erkennen einander nicht mehr, sie sind blind füreinander, und wer es nicht ist, der will für sein Leben nicht das, was der andere will, – Es sind die alten Fragen. Mauritz hatte wie der Bischof den Kopf zurückgelehnt und die Augen geschlossen. Gerecht und ungerecht, gut und böse. Ist es nicht böse, wenn der eine die Unterordnung des anderen fordert? Und wer soll es sein, dieser Mensch, der über den anderen steht, woraus bezieht er das Recht, sich über andere zu stellen, zu sagen: Ich bin es, ich werde euch führen, und, viel interessanter: Wie kann es sein, daß die anderen das mit sich machen lassen? Wenn ich, sagen wir, von Wiggo, die bedingungslose Unterordnung unter meine Befehle verlange, bin ich dann böse – weil ich dich auslösche, das, was du warst? Und ist es nicht ein wenig so auch in der Liebe? Wer sich verliebt, ist nicht mehr der, der er vorher war ... Ist das böse? Hm, was meinst du, Wiggo, ist nicht auch die Liebe im Grunde eine bösartige Angelegenheit ... Oder bin ich gut, denn wie du mir zu verstehen gegeben hast, kommst du mit deinem Leben nur schwer klar, und wäre es da nicht eine Erleichterung für dich, die Verantwortung für dein Leben abzugeben, es in die Hände eines Freundes zu legen? Nämlich in meine ... Tue ich dir damit nicht einen Gefallen, ist es nicht etwas, das du dir insgeheim wünschst? – Nein, das wünsche ich mir nicht, entgegnete ich ruhig und, das erstaunte mich selbst, beinahe heiter. Ich bin kein Sklave, und solltest du das von mir fordern ..., – Oho! Er ist stolz, unser Philosoph, sehr stolz, findet ihr nicht? Nein, Wiggo, Sklaven nützen mir nichts, jedenfalls vorläufig nicht. Partner, die nützen der Organisation. Partner, die aufgrund freier Willensentscheidung ein Stück von sich abgeben, etwas opfern im Dienst der Aufgabe ... Das ist es, woran es uns in dieser Zeit mangelt, etwas opfern zu können, von seinem Glück (er lachte), seinen Wünschen, für ein übergeordnetes Ziel ... Glaubst du, dein Vater hat ein übergeordnetes Ziel? – Hör auf damit. – Wollte dich nur mal ein bißchen provozieren. Wollte sehen, wie du reagierst, was du taugst. Er lachte hämisch. – Ich finde das nicht lustig. – Soll's auch nicht sein. Vielleicht bist du nur eins der üblichen Großmäuler. Vielleicht taugst du nichts? Hm, Wiggo? Große Pläne, kleine Ergebnisse? Der Berg hat gekreißt – und hat eine Maus geboren ... – Halt deinen Mund, das sage ich dir, halt deinen Mund! Diese Sprache kenne ich ... – Von deinem Vater? – Woher weißt du das? Was hast du mit meinem Vater zu schaffen? – Er ist ein potenter Geldgeber der Usar-Holding ... Und damit auch unserer Organisation, haha; man interessiert sich halt, woher das Geld kommt, das uns helfen soll, das Großkapital anzugreifen ... – Mein Vater ist bei euch? – Wo denkst du hin. Das hättest du wohl gerne. Nein. Dein Vater ist ein vernünftiger, allen umstürzlerischen Ideen abholder, praktisch gesinnter Mann, kurz: eins von den typischen kapitalistischen Arschlöchern, wie sie nicht nur in diesem Land häufig vorkommen. – Das nimmst du zurück! – Ein Geldsack. Konservativ bis auf die Knochen. Einer, der mit dem üblichen Leben dealt. Ein Alltagsdealer. Ein Scheißehändler. – Mauritz, hör auf! rief Manuela. – Er liebt dich, weißt du das? Mauritz lachte. Ja, er ist ein wenig in dich verknallt, unser Philosoph. Kein Wunder. Eine Frau wie dich trifft man nicht oft. – Sie sind betrunken, Herr Kaltmeister, und wenn Sie betrunken sind, werden Sie zu allem Überfluß auch noch geschmacklos. Edgar stand auf und ging ein paar Schritte in den Garten. Er hatte die Hände in die Hosentaschen gesteckt, wippte auf den Fußspitzen, ruckte mit den Schultern, um der Erregung Herr zu werden. – Betrunken? Wo denken Sie hin! Und schon gar nicht von den hervorragenden Erzeugnissen Ihrer kapitalistischen Destille, Herr Lothmann! Übrigens meinte ich eigentlich deinen Vater, Wiggo. Mit dem: Er liebt dich. – Du kotzt mich an. Laß mich in Ruhe. Davon stimmt kein Wort. Du hast keine Ahnung von ihm, von uns, von mir. Du kennst ihn nicht. Du kennst mich nicht. – Soso. Vielleicht besser als du denkst. Du glaubst also, daß dein Alter dich haßt. Wie ist das eigentlich so, mit Vater? Ich meine: aufzuwachsen? Hat er dir Märchenbücher vorgelesen? Oder Kontoauszüge? Hat er dich verdroschen? Seid ihr zusammen wandern gegangen oder in die Pilze? Mauritz prustete vergnügt. Hat er dir was über Frauen erzählt, ja? Hat er? Ich sah an seinem hellen Gesicht vorbei. Ich war auf einmal sehr müde.

– möchten Sie Kinder haben, Herr Kaltmeister? Edgar hatte sich wieder hingesetzt und trank sein Whiskeyglas in großen Zügen leer. – Kinder? – Ja, wie ich sagte. Finden Sie nicht, daß das, was Sie postulieren, jeder Mensch befolgt, der ein Kind in die Welt setzt? Verkörpern Kinder nicht die natürliche Form von Zukunft und damit ... Hoffnung? – Haben Sie überhaupt begriffen, was ich will? Ich spreche von radikaler Umwälzung und von der Beseitigung der Demokratie, und Sie ... kommen mir mit Kindern! Mit Familie gar, was ja damit zusammenhängt! Mauritz erhob sich erregt. Manuela lachte: Nicht soviel Theater! Er wandte sich blitzschnell zu ihr um, auf seinem Gesicht wechselten Wut, Enttäuschung, Überraschung. Es war, als könnte er nicht begreifen, daß seine Schwester ihn kritisiert hatte, vielleicht sogar verspottet, und das mochte für ihn schlimmer sein. Ich spiele kein Theater! Demokratische Verhältnisse sind Arrangements zum maximalen gegenseitigen Nutzen der Mittelmäßigen. Denn Mittelmaß ist es, was die Demokratie erzeugt. Wie auch nicht. Schau dir den Glockenverlauf einer Gaußschen Kurve an. Ein für die Beschreibung von Lebensverhältnissen überhaupt sehr geeignetes statistisches Instrument. Ich schwieg. Die Tanzmusik war leiser geworden, auf den weißgedeckten Tischen zitterten die Windlichter, vom See her roch es nach Tang; am jenseitigen Ufer flimmerten die Lichter der Ausflugslokale. Vielleicht waren wir alle erschöpft vom Wortwechsel, von unvereinbaren Positionen, dem Drehen und Wenden grundsätzlicher Dinge. Manuela fröstelte. Ich möchte mal Kinder haben, sagte sie in die Stille hinein. Egal, was du davon hältst. Ich weiß, daß du mich nicht ganz ernst nimmst, Mauritz, Frauen denken mit dem Uterus, das hast du einmal fallenlassen mir gegenüber, und ich habe es nicht vergessen. Wennschon. Manchmal bin ich müde, manchmal, – Bin ich daran schuld? sagte Mauritz mit tonloser Stimme. Er stand auf und ging in Richtung See, ich sah, wie er mit den Schultern ruckte, mit der Hand in die Luft griff, wie um etwas ungeschehen zu machen, was nicht ungeschehen gemacht werden konnte, und obwohl ich mir selbst, innerlich, befremdet zusah, weil ich lieber bei den anderen geblieben wäre, weil ich spürte, daß ich eher zu ihnen als zu ihm gehörte, ich weiß es nicht,

Herr Verteidiger, ich war durcheinander, manchmal tut man gerade das, wovon einem die innere Stimme abrät, aus purem Trotz oder Ehrgefühl oder vielleicht auch einem eitlen Bedürfnis nach Verkanntsein, obwohl ich mich in diesem Moment selbst nicht verstand, folgte ich Mauritz

– alles schon dagewesen

– ja, ich weiß, es ist alles schon dagewesen, Wiggo, kannst du dich an die Party bei deiner Schwester erinnern, da hast du mir denselben Vorwurf gemacht. Auch der ist also schon mal dagewesen ... Oh, ich sehe, du hast keinen Sinn für diese Art von Scherzen. Aber was besagt dieses: Es ist schon mal dagewesen? Wir müssen dennoch weitermachen und uns diese Fragen stellen. Sie hören nicht auf, unser Leben zu bestimmen, obwohl sie Generationen vor uns ebenso gestellt haben, und obwohl sie in das fürchterliche zwanzigste Jahrhundert gemündet sind! Alle diese Fragen: Was ist der Sinn des Lebens, gibt es Gott, was ist gut, was ist böse, Liebe, Hoffnung, Glaube undsoweiter ... sie müssen weiter gestellt werden, – So? unterbrach ich ihn, von uns, einer Horde Versprengter in einer Wüstenei aus Imbezillen, wie du selbst sagst? – Ja, so ist es. Wir müssen es tun. Es ist unsere Pflicht, die Fahne hochzuhalten. – Warum? – Weil es sonst keinen Sinn gibt, Wiggo! Wir sind dazu da, Sinn zu erschaffen! Und unsere Kraft ist es, dahin zu weisen und dorthin, und unsere Tragik, – Zu wissen, daß wir den anderen etwas vormachen? – Und wennschon! sagte Mauritz, blaß geworden. Theater ... Nennen wir es von mir aus Theater. Du hast die Lüge der Demokratie nicht begriffen, Wiggo. Sie besteht darin, daß sie glaubt, auf die Könige verzichten zu können. Dabei will sie genau dies: die Monarchie – die der Verhältnisse und die des Herzens, und wer es weiß, wird erfolgreich sein: Könige muß es geben, Päpste, Huren, den Hans im Glück, Dandys und bunte Vögel. Die Demo-

kratie, lieber Wiggo, faltet heimlich die Hände und betet den an, der auf sie spuckt! – Aber woran kann ich dann glauben? Was kann ich hoffen, wenn es keine Veränderung gibt und niemals geben wird, wenn sich alles immer gleich bleibt, Kriege, Aufstieg und Fall der Reiche, und wir nur Episode, Utopia wird seinem Namen gerecht, Nirgendort ... Wir predigen den anderen ein besseres Leben – und glauben selbst nicht daran?
– Bois ton sang, Beaumanaire, erwiderte Mauritz

– ja, ich würde es tun, Wiggo, ja, ich würde es tun, ich würde töten für mein Ziel

– das Reich Gottes wird kommen, mein Sohn, du bist nicht allein, warf der Bischof mit unterdrückter, aber vor Erregung umschlagender Stimme ein. Das ist die Heilsbotschaft: daß du, daß ihr, wir alle, aufgehoben sind bei Ihm, daß Sein Reich kommen und daß Sein Wille geschehen wird! Das wird sie sein, die Wiedergeburt ... – Veni, Creator Spiritus, sagte Mauritz spöttisch. Und wenn er nun nicht kommt? – Wiedergeburt, sagte Edgar, ich glaube daran, daß alles hier unten abgemacht wird. Und wenn nicht: Vielleicht werde ich mal als Kieselstein im Mississippi wiedergeboren oder als ein Faultier im Berliner Zoo? Mich interessieren weniger die Sterne und die jenseits davon gelegenen Landschaften, Ehrwürden und Herr Kaltmeister, mich interessieren Machtveränderungen in diesem Land. Konkrete Dinge. Wie gelingt es uns, daß die Leute sich für die wirklich wichtigen Dinge wieder interessieren? – Und was halten Sie für die wirklich wichtigen Dinge? fragte der Bischof nicht ohne eine Spur Hohn. – Zum Beispiel, daß die Flimmerkisten ausbleiben, entgegnete Edgar ruhig. Das mag Ihnen sehr profan vorkommen, ein ganz und gar irdischer Wunsch, gewissermaßen, aber ich glaube, daß das eine sehr wichtige Errungenschaft wäre. – Aber dann hätten Sie die zugkräftigste Werbung für Ihren Wacholder nicht mehr, und was dann?

Mauritz lächelte geringschätzig. – Herr Kaltmeister hat heute abend einen recht speziellen Humor. Das Fernsehen ist, Sie erlauben, Ehrwürden, daß ich mich ausnahmsweise einmal Ihrer Terminologie bediene, ein wahres Teufelsgerät. Ja, es ist der moderne Altar, aber Satan hat ihn gestiftet, auf daß den Leuten ein Flutlicht aufgehe. Politik ist wichtig, denn das meint die Art und Weise des Zusammenlebens ... – Immer noch der alte Achtundsechziger! Auch eine Kirche! Der Bischof versuchte ein Schmunzeln, aber es hing schief im Gesicht und verzerrte es zur Grimasse. – Noch einmal zurück zu dem, was du vorhin sagtest, Wiggo, alles schon mal dagewesen undsoweiter. Ja, du magst recht haben. Nur: Was folgt daraus? – Daß wir nur Episode sind, Mauritz. Der Bischof hatte die Hand gehoben und mit geschlossenen Augen gesprochen, seine Augenlider zitterten. Das folgt daraus. Wir sind nur ein Durchgangsstadium, wie es die finsteren Jahrhunderte nach dem Zerfall Roms waren. Da gibt es hier einen Scholastiker, da einen; Augustinus gibt es, Eriugena und noch einige andere, über die Herr Ritter wahrscheinlich besser Bescheid weiß als ich. Aber sonst? Kunst, Architektur, Literatur? Etwas, das sich den Leistungen der Antike auf diesen Gebieten annähernd an die Seite stellen ließe? Und wir? Haben wir noch einen Picasso, einen Kafka, Tolstoi, Balzac? Gibt es einen Mozart, einen Bach oder Richard Wagner unserer Tage? Ich sehe sie nicht, lese sie nicht, höre sie nicht. Das mag an mir und meiner Ignoranz liegen, und dennoch ... Wir stehen im Sonnenuntergang, die Schatten werden länger, und bald wird es Nacht sein. Und wie lange wird sie dauern, diese Nacht? Was wird darin geschehen? Das sind Fragen, die mich unaufhörlich beschäftigen. Was kann Gottes Wort noch bewirken, wenn wir, seine Vermittler, so gut wie nichts mehr bewirken? Wirkt es ohne uns ...? Manchmal habe ich Zweifel, Mauritz ... Vielleicht weißt du nicht, wie das ist, du wirkst sehr hart und kompromißlos, nicht so wie die meisten Menschen, die weich sind, fehlbar und voller Widersprüche ... Cave obdurationem cordis! Mauritz ... Hüte dich vor der Verhärtung des Herzens!

– jeder von uns tötet für seine Ziele, auch du

– du spielst dich hier als großer Seelenkenner auf, Mauritz, aber mir erscheinst du nur als Seelenschänder. – Ach was. Nicht soviel Moralin drübergießen, mein Lieber. Seele, hm. Das ist wohl eher etwas für Ehrwürden. Übrigens, weißt du, daß Jost deine Schwester vögelt? – Meine Schwester *vögelt* nicht, du Schwein! preßte ich hervor, die Hände weiß vor Anstrengung, die Stuhllehne zu umklammern, mich zu beherrschen und sitzen zu bleiben. – So? Nicht? Was macht sie denn dann? Schläft sie bei? In der Familie Ritter geht es edler zu als bei unsereins. Nein, den Schmutz der Wirklichkeit lassen wir nicht herein zu uns. Dorothea und Jost, sie treiben's nicht miteinander, nein, sie 'aben amour, oder: sie vereinigen sich, oder: sie kommen zusammen, oder: *es* geschah, oder: sie erkennen sich ... Und der Freund deiner Schwester, dieser Patrick, treibt's nebenbei mit einer Cutterin und mit einer Moderatorin einer Montagnachmittag-Fetisch-Talkshow, und sein Geld verbrät er für Koks erstklassiger Qualität! – Und du, was machst du? Hast du überhaupt jemanden? Im Grunde bist du ein armes Würstchen, Mauritz, murmelte ich, voller Wut, daß er mich so erniedrigte. Kaum hatte ich das gesagt, verzerrte sich sein Gesicht zu einer Grimasse aus Schmerz, Bitternis, Selbstmitleid, die Empfindungen wechselten einander rasch ab. Ich lachte triumphierend, ich spürte, daß ich ihn tief getroffen hatte, wollte noch nachstoßen, aber Mauritz sah mich in diesem Augenblick voller Furcht an, und das erschütterte mich so, daß ich nicht mehr sprechen konnte

– jeder von uns tötet

Dorothea hat mir Blumen mitgebracht, die alten weggeworfen; sie sagt nie, ob sie einen freien Tag hat oder ob sie in der Hautklinik später anfangen, so daß sie vor der Visite, hier ist sie gerade vorüber, noch auf ein paar Minuten vorbeischauen kann. Sie läßt sich meine Wunden zeigen, sofern sie nicht verbunden sind, was die Schwestern, wenn sie es sehen, meist die Brauen heben und die schnippische Bemerkung machen läßt, daß schon die hiesigen Doktoren draufgeschaut hätten und es durch dauerndes Aufmachen auch nicht schneller heile. Reverdin-Plastik, sagt sie, Meshgraft, und erklärt mir, warum ich, wenn sie eine frische Transplantation vorgenommen haben, für eine Weile wieder nicht aufstehen darf. Sie begutachtet die Entnahmestellen für die Hauttransplantate an meinem Oberschenkel, wo ich wie ein Sack Kartoffeln zusammengeflickt bin. Dorothea mißfallen die Fleischernähte, was mich jedesmal, wenn sie den Kopf schüttelt, aufs neue verstimmt, mir fällt Jeanne ein und die wie Ameisenschritte feinen, regelmäßigen Stiche auf meinen weißen Leinenhemden. Hast du noch Fieber? Ich schüttele den Kopf, aber sie glaubt mir nicht und meint, ich solle ausreichend trinken, das sei wichtig. Und diskutiere nicht jede Maßnahme, das tust du doch bestimmt, so wie ich dich kenne. Nimmst du die Antibiotika regelmäßig oder versteckst du sie und wirfst sie nachts ins Klo? Ich sehe sie an, ein Lächeln huscht über ihre Züge. Ihr Haar ist etwas heller als meines, sie trägt es mit einem Band zugebunden und nach vorn über die Schulter fallend, wie in manchen Filmen Meryl Streep; meine Schwester ist schön, und daß sie erschrocken ist, als ich ihre Hand nahm und küßte, daß sie ihren Arm im ersten Moment angespannt hat und zurückziehen wollte, kann ich verstehen, es waren die Lippen eines Menschen, der einen anderen Menschen getötet hat, die sie berührten; es lag nicht daran, daß es klopfte und gleich darauf Jost eintrat, – Was sagt der Anwalt, fragte sie hastig, schon im Gehen, Jost zunickend, dessen Pieper zu zetern begann. Ich komme noch mal wieder, wenn ich Schluß habe, oder vielleicht besser morgen, ich hab noch ein Gutachten, das kann lange dauern, sagte sie, und ich hatte mich noch nicht einmal für die Blumen bedankt

– ich dachte, es würde Regen geben, denn das Haus schien zu vibrieren, ganz leicht; Konturen, die atmeten; aber die Luft schmeckte nur brackig, vom See her, nicht feucht. Ich dachte an Berlin und daß es jetzt die Zeit war, wo das Licht in den Fenstern kletterte und die Straßen im Prenzlauer Berg etwas Fließendes bekamen, schmelzend von Hitze, die sie aus den Häusern zogen, deren Pellagra-Haut nun von der harten Sonne in Ruhe gelassen wurde und etwas in die Dämmerung zu geben schien, das sie leichter werden ließ. Bars und Cafés, Gelächter und Insektizidgeruch aus fernen trockenen Gärten ohne Himbeerschatten; Jukeboxes, aus denen Musik schwamm; Geräusche, plasmatisch und einflüsternd, daß man die wichtigsten Ziele erreicht habe und nun glücklich sein müsse, aber man will nichts anderes als weggehen in diesen Augenblicken und niemals wiederkommen. Abende, an denen ich Dorothea etwas geschenkt hatte, einfach so, und ohne sie zu sehen. Abende, wo Jost die Schultern gegen die Verspannungen rollte, den Kopf zurücklehnte im Flackerschein eines Windlichts, und tief ausatmete, als wäre er gleichzeitig ratlos und müde und zufrieden. Das war die Stunde, in der den Dingen eine Haut aus Geheimnis wuchs und man selbst in einer Zahnarztpraxis im Halbdämmer, unterbrochen von in regelmäßigen Abständen aufwachsenden und abdrehenden Scheinwerferlichtern, die aufgereihte Bohrer, leere Spülgläser und den schwarzen Behandlungsstuhl streiften, an Gespenster glauben konnte. Manuelas Freunde lachten und meinten, wir sollten nicht soviel reden, es sei eine schöne Nacht, wir sollten uns lieber amüsieren, nichts kehre wieder, keine einzige Sekunde. Tack, tack! rief einer der jungen Männer augenzwinkernd und skandierte mit dem überlangen Nagel seines kleinen Fingers das Klacken der Sekunden auf dem Zifferblatt seiner Armbanduhr. Wir fahren nach München, im Ultraschall ist Clubnight, da geht heute was ab! War schön, aber ihr seid uns zu ernst. Die eine Hälfte brauste davon, zerdröhnte mit aufbrummenden Motoren die Stille, die andere Hälfte wollte segeln gehen und schlenderte hinab zum See. Weiße Hemden, die in der Dunkelheit leuchteten, manchmal aufblitzende Juwelen, von den Fingern einer Frau am hellen Fleck des Halses gedreht; Worte, die im leichten Wind, der aufgekommen war, kühler klangen, als sie womöglich gemeint waren, unscharf von Echos, zerflatternd. Mauritz zuckte die Achseln und steckte die Hände in die Hosentaschen. Ich sah zum Haus und nahm Manuela, die davor saß, nur als Schatten wahr; ihre Hand, die hin und wieder durchs Haar fuhr, den dunklen Streifen, in dem ihre Augen sein mußten, vielleicht wachsam, vielleicht geschlossen, die von Licht mit einem feinen Strich umrissene Schulter. Das Haus wirkte jetzt fern. Die Freifrau hatte mit mir gesprochen, wollte wissen, wie der Tee und das Anisgebäck schmeckten, fragte nach meinen Vorlieben. Klassische Musik? Sie hob leicht die linke Augenbraue, nickte dem Diener zu, der im Salon zwischen den Rehbeintischen stand, worauf er sich andeutend verbeugte, dann auf einen Knopf drückte. Ein Wandpaneel glitt zur Seite und entblößte ein Stockwerk voller Schallplatten und CDs. Als sich der Diener ein zweites Mal verbeugte, sah ich, daß Manuela hereingekommen war; sie bewegte sich lautlos, das Kleid raschelte nicht, und als sie sich setzte – elegant und dabei ein wenig kokett, wie ich es nur von schlanken schwarzen Katzen kenne –, geschah auch dies lautlos; aber vielleicht täuscht mich die Erinnerung, die mir den

Blick von Manuelas dunkelgrauen Augen in die Eingeweide treibt. Sie hatte die Hände zusammengelegt und zwischen die Knie gepreßt, saß einfach da und beobachtete mich, folgte mit ihren Augen dem Weg der Teetasse zu meinem Mund, betrachtete meine Hände, wenn ich sprach und dabei gestikulierte, so daß ich begann, verlegen zu werden und meine Gesten zu kontrollieren. Es gibt Augenblicke, in denen alle Gegenstände, die wir sehen, etwas Sanftes, Zartes bekommen, plötzlich brechen die Farben eines Teppichs auf und beginnen zu erzählen, Schritte, die darüber gingen, Stimmen, die sich hineinverflochten; scheint das Klavier in der Ecke ein scheues glänzendes Tier zu sein und die reglose Kerzenflamme ein goldbemaltes Pharaonenauge. Mauritz war am Pool geblieben, und ich wußte, daß er zu den erleuchteten Fenstern des Salons hinaufstarrte, unter sich das verzerrte Spiegelbild eines jungen Mannes im Anzug, vielleicht hatte er die Hände in den Taschen und wippte sacht auf den Schuhspitzen, einen glimmenden Zigarillo im Mund. Dann folgte ich der Freifrau durch Flure mit schweren, aus anderen Zeiten auftauchenden Kristallüstern, die Manuela mit einer kleinen Fernbedienung an ihrem Schlüsselbund aufflammen und, wenn wir vorüber waren, wieder sterben ließ: sterben, so sah es aus, wenn das Licht dieser Riesenspinnen in sich zusammenfiel und die Flure mit ihren weichen Läufern, Vasen mit erstarrten Chrysanthemen und Staub auf den Schultern wieder zu dunklen Tunneln wurden. Die Freifrau murmelte, vielleicht war sie von Gespenstern der Vergangenheit umgeben, und ging nicht mehr aufrecht, keine stolze Königin Beatrix mehr in ihrem apricotfarbenen Kostüm, sondern gebückt und huschend; ich hatte Mühe, Schritt zu halten. Musik von irgendwoher, Luftzug, ein Fenster mußte offenstehen; Nachtfalter taumelten um eine Ampel, die eine Halle mit Schachbrettboden erhellte. Die Freifrau hielt einen Moment inne, lauschte, schrieb mit dem Zeigefinger die Melodie nach, Schumann, hörst du? Sie wandte sich an Manuela, die den Blick senkte. Schumann hat er geliebt; woher ist das, können Sie mir helfen, Herr Ritter? Es war ein Stück aus den Davidsbündlertänzen. Sie nickte mit schräggeneigtem Kopf, hilflos, wie mir schien. Manuela streckte die Hand aus. Komm. – Du mußt darauf achten, daß man sein Zimmer nicht reinigt. Nie. Auch nicht das Jagdzimmer. Es darf nichts verändert werden. Nur du und ich haben Schlüssel. – Ja, Hildegard. Komm. Vielleicht will es Wiggo gar nicht sehen. – Er muß! Die Freifrau lachte. Sie schien älter geworden zu sein, als sie das Jagdzimmer aufgeschlossen, die schweren Türflügel beiseite gedrückt hatte. Es war das schlagartige Älterwerden, das einer gekrümmten Haltung folgt, abwehrendem Ausstrecken dürrer, runzliger Hände mit zu schweren Goldringen und Brillanten, deren Größe widerspruchslos von krallenartigen Fingern ablenken soll. Jagdzimmer, dachte ich, als ich eingetreten war und die Freifrau als apricotfarbener Schimmer vor herabgelassenen Jalousien hin- und herlief und Kerzen anzündete, deren Flammen wie Blätter eines Messingbaums aufblinkten, die, zu Funken verkleinert, in den Pupillen ausgestopfter Vögel wiederkehrten. Einige Sekunden blieb die Freifrau stehen, lauschend, das brennende Streichholz in der seltsam verrenkt erhobenen Hand. Sekunden voller Melancholie und Erinnerungen, von denen Manuela und ich ausgeschlossen waren; aber die Freifrau stand mit halb uns zugewandtem Körper, als wollte sie sagen: Hört ihr nicht? Doch ich sah den Elefanten, dessen Kopf mit den aufgebogenen, von der Zeit gegilbten Stoßzähnen und der Schußwunde im Auge auf einer tischplattengroßen Holzscheibe an der Wand hing, nicht in dem Moment, in dem der Freiherr von Usar über sein Leben, seinen Tod entschieden hatte, den Zeigefinger am Druckpunkt eines Gewehrabzugs; konnte es mir nur vorstellen, wie der Freiherr sich an Damhirsch und Leopard, den Eber mit den Messerhauern, den Elch mit dem mächtigen Schauflergeweih und den jetzt unter einer dicken Staubschicht grau gewordenen Bären mit aufgerissenem Fang herangepirscht hatte. Ich hörte nichts außer dem Schweigen des Staubs. Aber als ich vor dem Reiher, der seinen Kopf ebenso schräg hielt wie die Freifrau, den Blick niederschlug, sah ich mich plötzlich in meiner Wohnung; dieser tote, fast mannshohe Reiher würde im Wohnzimmer stehen und mich abends, wenn die Einsamkeit der Nachmittage wieder von Illusionen leicht gemacht und angehoben wird, wie ein böser Zauberer ansehen. Seine aus Feuersplitterchen bestehenden Augen würden sagen: Du bist ein Philosoph ohne Philosophie, ein Liebender, der noch nie geliebt hat – und ich würde verzweifelt sein und ihn zu zerstören versuchen, aber der Blick seiner Feuersplitteraugen würde mir für immer im Herz stecken, nie würde ich ihn vergessen und seinen stummen, vergiftenden Vorwurf. Ich würde wissen, insgeheim, daß er recht hatte, und ahnen, daß, wenn ich die Hand gegen diesen Vogel hob und zuschlug, er in tausend Spiegelscherben zerbrechen würde. Manuela fragte leise, ob ich gehen wolle. Plötzlich strich mir die Freifrau übers Haar, ihre Stimme klang hart und beherrscht, aber sie hatte, doch vielleicht täuschte der Schimmer des Kerzenlichts, Tränen in den Augen. Sie erinnern mich an ihn, sehr, vielleicht zu sehr ... Sie sollten öfter kommen oder besser doch nicht? Vielleicht sollten Sie nicht kommen ... Nein, ich rede Unsinn. Natürlich müssen Sie kommen. Fühlen Sie sich hier wie zuhause. – Dann werde ich gehen, sagte ich, vorsichtig lächelnd. – Oh, ich verstehe. Ich verstehe. Nun, dann fühlen Sie sich, als ob Sie hier zuhause sein wollten. Manuela begleitete mich zur Terrasse, wo die Lampions im Wind baumelten. Die Freifrau kam erst nach einiger Zeit; das Gesicht war wieder bleich und wirkte entschlossen wie vorhin im Wortwechsel mit Mauritz; sie hatte das Rouge erhöht und Lippenstift nachgezogen. Sie setzte sich und starrte ins Leere. Wir schwiegen. Der Bischof trank sein Glas aus, Edgar kam vom See zurück, das Jackett über den Schultern. Ich beobachtete die Freifrau, die völlig reglos saß, den Blick aus halbgeschlossenen Augen in eine imaginäre Ferne gerichtet. Ihre Hände hatten sich um die Stuhllehnen gekrampft. Sie schlägt gerade mehr tot als nur die Zeit, flüsterte Manuela mir zu. Ich fuhr zusammen im Wärmeschauer, der mich überrieselte, als ihre Lippen meine Ohrmuschel streiften. *Lady Knize,* das sich mit dem Geruch von Nachtblumen mischte, die in der Dämmerung ihre Blüten geöffnet hatten, der regenschwangeren Luft. Sizilien, sagte die Freifrau plötzlich in das Schweigen hinein. Dort lebt ein stolzer, herrischer Menschenschlag. Als Herbert noch lebte, sind wir jeden Sommer dort gewesen. Ein lethargisches, sonnenverbranntes Land, arm, hoffnungslos und hochfahrend, bewohnt von Dunkelmännern und Granden. – Aber das ist Literatur. Mauritz zündete sich ruhig einen Zigarillo an. Literatur ist Einkreisung des Schicksalsbegriffs. Es gibt keine Granden mehr, Hildegard. Und auch in Sizilien stirbt, was gewesen ist. Die Freifrau seufzte. Die Zeit ist gegen das Besondere. Herbert war ein Grande, du bist einer, und vielleicht Sie auch, Herr Ritter. Oder ihr hättet es doch sein können, zu anderen Zeiten. Paßt auf euch auf ... Daß ihr nicht unter die Räder kommt ... – Ja, Hildegard! rief Mauritz im Ton eines artigen Schülers. Die Freifrau achtete nicht darauf. Ein Land, wo man leben kann mit unseren Wertbegriffen ... Verläßlichkeit, Bonhomie, Ehre, Anstand, Pflichterfüllung, Treue. Deutschland ist einmal ein solches Land gewesen, aber heute? Wo sind wir hingeraten? Vater erzählte mir, wie er das Ende des Krieges erlebte: Ein amerikanischer Oberst betrat das Anwesen und sagte auf deutsch: Ich begrüße einen der Männer des zwanzigsten Juli! Kommen Sie mich besuchen. Vater sagte: Nein. Der Besiegte betritt nicht das Haus des Siegers. Es war der Moralbegriff der preußischen Offiziere. Das hat der Amerikaner überhaupt nicht begriffen. – Frenss gehört dazu, auf seine Weise, warf der Bischof ein. Ritterlichkeit, Ehre, Pflicht, höheres Interesse. Alles im Aussterben begriffen in der heutigen Bundeswehr. – Aussterben, ja, das werden wir wohl, murmelte die Freifrau. – Ach was, es wird uns immer geben, entgegnete Mauritz ungerührt. Wir werden ewig sein

– am nächsten Morgen fuhren wir nach München zurück. Mauritz besuchte einen Patentanwaltskongreß (Du glaubst gar nicht, was für skurrile Typen da rumspringen) und hatte danach noch Dinge zu erledigen, bei denen er mich nicht dabeihaben wollte; Manuela lud mich ein: Ich könne sie begleiten, wenn ich wolle, sie habe in den nächsten Tagen einige Termine, und sie hasse das Alleinreisen. Ich könne während der Termine im Auto warten oder mir die Gegend anschauen (Nur zu Fuß, ich kann nicht Auto fahren, – Auch das gefällt mir! Sie lachte. Da kannst du mir wenigstens nicht ausreißen). Nur du und ich? fragte ich skeptisch. – Wir können abends zurückfahren. Manuelas Wohnung blickte auf den Englischen Garten, drei große, ineinander übergehende Zimmer mit umlaufender Dachterrasse, die voller Pflanzen stand: Fächerpalmen, Vieruhrblumen, die sich gegen Abend öffnen würden, fleischige Sisalagaven. Licht drang in breiten Klingen durch die Ritzen der herabgelassenen Jalousien. Als ich ins Wohnzimmer ging, hörte ich ein Trappeln in einer entfernten Ecke des Raums, gleich darauf das Poltern herabfallender Bücher. Keks! rief Manuela. Ich sah niemanden, zu dem dieser sonderbare Name gepaßt hätte. Keks! Manuela hob die Bücher auf und lockte: Na komm, du Angsthase, er ist ein Freund! In dem Haufen achtlos hingeworfener Kleider, vor dem Manuela stand, rumorte es, dann erschienen zwei spitz aufgerichtete Ohren, dazwischen ein flaschenbürstenhaft gesträubter Haarwirbel, zwei Augen mit geweiteten Pupillen. Na komm. Die Katze kletterte vorsichtig aus ihrem Versteck, äugte, hob die Nase und witterte angestrengt. Das also war Keks, und Keks war buntgescheckt wie der Indianersommer. Jemand schien ihr eine Flickendecke übergezogen zu haben: eines der Ohren war milchkaffeefarben, das andere schwarz, weiße, zimtrote, kakaobraune und graugelbe Tupfen sprenkelten ihr Fell. Einfarbig schwarz waren ihre Pfötchen, so daß es aussah, als schliche sie in Pantöffelchen, zart gehoben, zart gesenkt, näher. Eine Sie? – Eine Sie. Manuela hockte sich hin, streckte die Hand aus. Die Katze kam, aber sonderbarerweise nur mit den Vorderpfoten, sie zog sich lang und länger, vielleicht, um eine Fluchtdistanz einzuhalten, denn sie starrte ängstlich nach mir und rieb ihr Köpfchen zögernd in Manuelas Hand. Gleich darauf begann sie zu schnurren, hastig und hart wie ein Glücksradleder. Manuela öffnete ihre Handtasche, entnahm einen Parfumflakon, gab einen Tropfen auf ihre Zeigefingerspitze, die die Katze mit wilder Gier abzuschlecken begann. Komisch, aber sie liebt das, sagte Manuela kopfschüttelnd. Hier. Sie reichte mir das Parfum. Ich benetzte ebenfalls die Zeigefingerspitze, hockte mich in einer zeitlupenhaften Bewegung hin. Keks wartete. Nach einer Weile verriet mir die plötzlich zunehmende Spannung ihrer Flanken, daß sie mir vertrauen wollte. Sie hob die linke Vorderpfote, winkelte sie verstohlen nach vorn und senkte sie so langsam, als wollte sie das Knistern trockener Tannennadeln vermeiden

– noch jetzt irritiert mich die Erinnerung an Manuelas Wohnung: der von Nachrichten überquellende Faxapparat auf einem Glastisch mit Stapeln ungebügelter Blusen, daneben die Krokodilsgebisse von hastig mit den Fingern aufgerissenen Briefumschlägen, eine Schale mit vertrockneten Äpfeln. Eine Küche aus dunklem Stahl stand mitten im Raum; das war das einzig Feste. Umzugskartons schienen die Möbel zu ersetzen, bis auf ein ausgelegenes Sofa voller Kleider und den Glastisch entdeckte ich keine. Die Bücher lehnten in einer Regalschlange aus Schaumstoff, die Schlaufen waren mit Drahtklammern aneinandergetackert. Ich dachte an Mauritz' kristallartige Wohnung. Manuela riß die Faxnachrichten ab, überflog sie, begann zu telefonieren, wobei sie auf und ab ging in dem großen Zimmer, das voller Kleider war und voller Erdkundekarten, über die sie, aber das würde ich erst später wissen, seltsam versunken mit dem Zeigefinger reiste. Manchmal murmelte sie dabei Verse, einen immer wieder: books I've read in short and cloudy summer nights

– in Spanien habe ich einmal zwei Mädchen gesehen, die tanzten. Ganz frei. Sie tanzten eng, berührten sich aber nicht, hielten sich nicht bei den Händen und trugen Kleider, die wie Gardinen aussahen. Sie hatten die Augen geschlossen und waren frei. So frei, wie ich noch nie zuvor jemanden gesehen habe. Ich wünschte mir, auch einmal so frei sein zu können. Ich habe sie nie vergessen

– höre ich Manuelas Stimme, wir fuhren, nachdem wir Keks' Toiletten gereinigt, ihre Futternäpfe und die Eimer aufgefüllt hatten, aus denen sich die Pflanzen Wasser zogen. Manuela warf ein paar Kleider und die Faxpapiere ins Auto. Niederbayern, Landstraßen mit Obstbäumen, Flachsfelder, wir kamen ins Badische, vom Odenwald duftete es nach Abend, wir machten eine Pause, es war still, in den wilden Apfelbäumen am Straßenrand summten Heerscharen von Bienen. Dörfer, gedrängt um ihre Kirche und relativiert von Gewerbegebieten, in sich gekehrte Orte, die wirkten, als wären sie zu nichts anderem bestimmt als zum Hindurchfahren oder zum Wegziehen. Bevor wir den Landgasthof erreichten, aßen wir eine Rose. Manuela sagte, sie sei hungrig genug dazu, und meine Aufgabe war es, während Manuela den Mercedes mit laufendem Motor warten ließ, in der Dämmerung über einen Lattenzaun zu springen und die Rose zu brechen. Sie hielt mit zähen Fasern fest, ich kappte sie panisch mit dem Taschenmesser, als Hunde anschlugen und im Haus das Licht anging, eskaladierte über den Zaun und riß mir dabei einen Schiefer ins Fleisch. Manuela hielt weit außerhalb des Dorfes, holte eine Pinzette aus ihrer Kosmetiktasche, zog mir mit ernstem Gesicht den Splitter aus dem blutenden Handballen. Sie preßte ihre Lippen saugend auf die Wunde. Dann roch sie an der Rose, beide Hände um die Knospe gelegt, lächelte und biß hinein, gab sie mir, ich kaute die Blätter, bis sie den leichten Walnußgeschmack verloren und mir im Mund zerfaserten wie alter Salat

– wovor hast du Angst? fragte ich sie abends, als sie in einem der beiden Betten lag, die durch Tisch und Fernseher voneinander getrennt waren. Wenn wir uns ansahen, erschien sie mir unberührbar. Seltsamerweise hatte ich keine Scheu vor ihr. Ich starrte auf die Vase mit Strohblumen auf der rot-weiß gewürfelten Tischdecke. – Ich weiß es nicht, sagte sie. Ich weiß nur, daß ich auf lange Zeit nicht still in einem Zimmer sein kann. Davor, Mauritz zu verlieren. Ich habe nicht viele Freunde. Sie murmelte einen Namen: Nein. Er ist in mich verliebt, aber er ist kein Freund. Manchmal haßt er mich auch. Dann sieht er in mir jemanden, der ich vielleicht einmal war, aber nicht mehr bin. – Ich habe Angst vor dem Anblick eines Zimmers. Manuela stützte den Kopf auf die Hand, hörte mir zu. Es steht voller Apparaturen und medizinischer Geräte, das Bett, in dem ich liege, ist weiß. Es gibt ein Fenster, es steht immer offen. Man sieht einen Supermarkt, ein paar Hochhäuser mit einer Reklame, die immerzu aufblinkt und verlöscht. Ich kann sie nicht lesen. Der Himmel ist grün und violett. – Du träumst davon? – Nicht oft. Und ich sehe einen Arzt, der etwas an den Apparaturen verstellt, kurz darauf werden die Schmerzen erträglicher. Dann setzt er sich, und vor mir sehe ich mein ganzes Leben

– ihre Handschrift, sie schrieb mit der Linken, erschien mir als ein Gewimmel einander überschuppender Zacken, holzsplitterhafter Aufstriche und Buchstabensegel; der Brief, den ich am nächsten Morgen fand, lautete: *Guten Morgen, Kaffeebohnenritzensäger, Schwarzcharakter, Übelgrübel. Bin bei einer Ortsbegehung mit dem Bürgermeister und einer Baufirma, danach im Fitneßstudio. Gegen Mittag müßte ich zurücksein. Du schnarchst! Ich lag wach und habe in Deiner Dissertation gelesen. Manuela*

– am selben Tag ein Termin in Pforzheim, der Schwarzwald als hitzeflirrender Riegel in der Ferne, Manuela preschte über abgelegene Straßen. Sie überraschte mich mit sonderbaren Fragen: Sind Landschaften scheu, was meinst du; oder: Haben Menschen einen Homunkulus, den ich sehe, wenn ich an sie denke; oder: Glaubst du, daß wir die Stille fürchten? Ich fragte: Du hast meine Dissertation gelesen? Wir folgten der Nagold, aßen Kornäpfel und saugten den Honig aus Taubnesselblüten, die an den Feldrainen so dicht standen, daß die Hummeln darüber in der Entfernung wie ein träge dünender Teppich wirkten. Manuela hielt auf einer Brücke, stieg aufs Geländer und breitete die Arme, in der Tiefe glitzerte die Nagold in der Sonne, ich hatte nicht einmal Zeit zu schreien, sehe mich noch jetzt wie in Trance aussteigen, ihre Beine umarmen, sie festhalten. Sie kippte auf mich zu. Schweratmend sah sie mich an, fuhr sich durchs Haar, betrachtete den Riß in einem ihrer Handschuhe, zog sie mit den Zähnen aus und ließ sie in den Fluß fallen, wo sie davontrieben wie geheimnisvolle fünffingrige tote Fische. Wir kamen nach Calw, ich kaufte mir einen Panamahut auf dem Wochenmarkt, Manuela raffte wahllos Leinenkleider von der Stange eines sonnenverbrannten Mannes mit Nickelbrille und Prophetenbart, der bedächtig und barfuß ein Spinnrad trat, hielt sie sich kurz an, probierte keines und kaufte alle. Sie warf die Kleider achtlos auf den Rücksitz, musterte meinen Hut, Belustigung in den Augen, nicht Spott. Wir fuhren, und ich versuchte, nach ihrer Hand zu tasten, mein Gesicht und seine Hitze beschützt von der Hutkrempe, aber Manuelas Hand mit einem Ring auf dem Mittelfinger lag weiß vor Anspannung und Abwehr auf dem Schaltknüppel, die Knöchel wirkten wie geschnitzt. Sie ließ die Scheiben herunter, wir kamen auf eine Autobahnbrücke, und ehe ich den Hut festhalten konnte, segelte er auf einen darunter vorüberfahrenden Sattelschlepper voller Volkswagen. Manuela legte den Kopf zurück vor Lachen und gab Gas. Wir wollten in Donaueschingen übernachten, verließen die A 81 und fuhren durch den Schwarzwald in Richtung Süden, dem Neckar folgend; Namen aus Märchen meiner Kindheit fielen mir wieder ein, die Mutter mir vorgelesen hatte, wenn ich krank gewesen war, besonders Hauff hatte mich immer beeindruckt, *Das kalte Herz* mit der Sage vom Holländer-Michel und vom Glasmännlein im Tannenbühl. Manuela fuhr langsam und mit offenen Fenstern, hielt, wir machten ein kleines Picknick und wollten wieder aufbrechen, als uns das Schweigen der schwarzen Baumriesen, die Einsamkeit und das fuchsrot durchspielte Dämmerlicht, das in schrägen Schächten über die Straße fiel, bedrohlich erschienen. Es war kein Auto außer Manuelas Mercedes zu sehen, die nächsten Ortschaften lagen Kilometer entfernt. Wir erschraken, als plötzlich ein Mann vor uns stand, ohne daß wir gesehen hatten, woher er gekommen war, ohne daß wir etwas gehört hatten. Ein kleines Mädchen begleitete ihn. Er fragte uns, ob wir sie beide mitnehmen würden: Wir hatten einen Streit mit einem Freund, über Heraklit, der auch ein Freund ist, und ich lasse meine Freunde nicht beleidigen. Also sind wir ausgestiegen. Das ist meine Tochter. Sag guten Tag, Ulrike. Das Mädchen nickte. – Sie leben einander ihren Tod und sterben einander ihr Leben, sagte Manuela leise. Ich beobachtete das Mädchen im Rückspiegel, sie starrte zurück, eng an ihren Vater geschmiegt; ihre Augen waren kupferfarben im Gegenlicht und unnatürlich geweitet. – Oh, dann kennen Sie auch, was er über das Feuer sagt? warf der Mann ein. – Erscheinungsform der Weltvernunft, die ewige Unruhe des Werdens mit seinem ständigen Auf und Ab. – Es war lange trocken, sagte der Mann unvermittelt, vorhin habe ich auf einem Waldweg eine Glasscherbe gefunden, sie blinkte in der Sonne, und drunter hatte es schon zu schwelen begonnen. – Wiggo schreibt in seiner Dissertation, daß die Grundlagen der menschlichen Existenz geändert werden müssen, denn obwohl er das kapitalistische Gesellschaftssystem kritisiert, betrachtet er es als wahrhaftigste, unverzerrteste Spiegelung des menschlichen Strebens. Er sagt, daß das menschliche Streben aus Liebe und nach Liebe geht, und daß es einen Punkt gibt, von dem aus sie das Böse zeugt. Er verlangt also die Abschaffung der Liebe, wenn sich etwas ändern soll. Die Liebe ist das Transportmittel des scheinbar Guten, in der Folge aber oft Bösen. Die Liebe ist das Problem, schreibt er, murmelte Manuela vor sich hin, flüsterte books I've read in short and cloudy summer nights, – Sind Sie miteinander verheiratet? – Noch nicht, sagte Manuela ruhig. – Danke fürs Mitnehmen und für das Gespräch, sagte der Mann, als wir die beiden in Donaueschingen hinausließen

– wieder fand ich einen Brief auf meinem Bett, als ich am

nächsten Morgen erwachte, wieder die steilen, ungelenken, einander überschuppenden Graphen. *Das Herz ist ein unaufgeräumtes Zimmer. Alles mögliche liegt da neben- und durcheinander. Termine für Geschäftsessen (ich habe Mittag im Hotel für Dich bestellt, Du brauchst nicht auf mich zu warten, ich gehe noch ins Fitneßstudio) und traurige Knopfaugen von Plüschtieren, Tips aus Gartenratgebern und Zeilen aus Liebesbriefen, die wir einst bekamen und die wir in einem Koffer mit brüchigem hellblauem Ledergriff verschlossen, weil wir Angst haben, daß die Zeit nicht vergangen ist und alles uns verletzt wie am ersten Tag. Als kleines Mädchen wollte ich wissen, wohin die stürzenden Sterne fallen. Nach Australien, sagte Vater. Ich wollte immer nach Australien*

– wir waren wieder in München, die Wohnung lag dunkel, und ich hatte gefragt, welche Rolle Manuela in der Organisation Wiedergeburt spiele. Sie zuckte die Achseln und sagte kühl: Es ist nie langweilig. Small talk und leeres Gerede ... das gibt es, bis Mauritz da ist. Vielleicht bin ich deswegen dabei. Vielleicht auch nicht. Ich bin seine Schwester. Sie lief im Zimmer auf und ab, durch die geöffneten Fenster drang der weichsüße Duft der Vieruhrblumen. Vielleicht genieße ich das alles nur. Vielleicht amüsiere ich mich im stillen über eure Eskapaden? Ich bin ja nur eine Frau und bestimmt nicht so intelligent und gebildet wie ihr. Und bestimmt bin ich oberflächlich, nicht wahr? Denke nur an schöne Kleider, an Make-up und meine Fingernägel ... Die würde alles mitmachen, stimmt's? Wenn ihr Bruder bei den Grünen wäre, dann wäre sie auch bei den Grünen, ist er in der Organisation Wiedergeburt, dann sie auch, und trinkt er gerne Tomatensaft, dann trinkt sie auch welchen! Na? Hab ich den Finger drauf

– sie hob die Luftdruckpistole, eine schwere Präzisionswaffe mit Gaskartusche, zielte auf die Kaminstreichhölzer, die auf der Balkonbrüstung in Wachspfropfen steckten, schoß aus zehn Meter Entfernung ein Flämmchen nach dem anderen aus

– ich stand auf, wollte sie umarmen, ihr die Waffe wegnehmen

– sie drehte sich um, richtete die Pistole auf mich: Aufs Bett mit dir, sagte sie leise und zärtlich und

– Manuela: Leg das Ding weg

– zieh dich aus

– nicht so

– nur Sakko und Hemd

– Manuela

– sie legte mir Handschellen an im diffusen Licht einiger Streichhölzer, die sie übriggelassen hatte und die im Wachs weiterbrannten, fesselte mich ans Bett, ich ließ es geschehen, obwohl sie die Pistole auf den Tisch legte, manchmal ist es angenehm, sich hinzugeben, manchmal ist es erregend, Vertrauen haben zu müssen, einer Frau ausgeliefert zu sein, sie goß mir Honig aus einem Glas in den Nabel, lachte, schüttelte den Kopf, staunend über die Empfindlichkeit meiner Bauchdecke

– liebst du mich liebst du mich liebst du mich

– ja ja ja

– das Klacken eines Feuerzeugs, die plötzlich aufglimmende Zigarettenspitze in einer Ecke, dort lehnte Mauritz, eine Hand in der Tasche, sah uns zu, hob den Kopf und stieß einen Rauchstrahl langsam aus

– die Bienen verlassen den Bienenstock, wenn die Arbeit getan ist, sagte Manuela

– und ihre fiebrigen, vom Honig klebrigen Küsse, während sie weinte

Operation, wenn Granulationsgewebe da ist, hatte der Chefarzt angeordnet, nachdem er unter den Verband auf meinem Unterschenkel geschaut hatte, der eine Woche nicht geöffnet werden durfte, ich sah seine gerunzelte Stirn, sah in seiner blinkenden, goldgerahmten Brille etwas seifig Aussehendes, auf dem ein paar schwärzliche fingernagelgroße Hautstücke wie Buletten im Tiegelöl schwammen. Heute hat er kontrolliert und schien zufrieden, das Seifig-Weißliche ist einer zarten Schinkenfarbe gewichen; er nickte dem Stationsarzt zu, und Jost kam ins Zimmer, um mir einen dieser Aufklärungsbögen zu geben, den sie für jede größere Untersuchung, für jede Operation parat haben. Seltsam, man gewöhnt sich ein, auch hier, es gibt nicht nur eine Ärzte- und Schwesternroutine, sondern auch eine Patientenroutine. Inzwischen kenne ich die meisten OP-Schwestern mit Namen, kenne die Augen und Nasenwurzeln der Anästhesisten, die sich über mich beugen und mir durch ihren Mundschutz ihre Vorhaben erläutern, ehe sie zur Spritze greifen und die Betäubung setzen. Jost, der dem Stationsarzt assistiert, nickt mir zu mit den zum Trocknen erhobenen, desinfizierten Händen; an den Fältchen in den Augenwinkeln erkenne ich, daß er ein Lächeln versucht. Für einen Moment bin ich stolz darauf, mit ihm befreundet zu sein, aber das Gefühl verfliegt, als mir in den Sinn kommt, daß er es nicht teilen muß, daß sie sich über meinen Fall unterhalten werden, der für ihn wahrscheinlich kompromittierend ist. Es wird Gerede geben. Ich habe Vertrauen zu ihm; ich glaube, daß er ein guter und anerkannter Arzt ist. Ich sehe das daran, wie die Kollegen mit ihm umgehen, vor allem aber die Schwestern, deren Auge sich nicht täuschen läßt. Die Spinalanästhesie macht, daß ich das Gefühl habe, nur noch Rumpf und Kopf zu sein, der rechte Arm ist abgewinkelt, über eine Braunüle tropft Flüssigkeit hinein, auf dem

Zeigefinger steckt eine Sonde, die mich an Spechtschnäbel auf Maya-Reliefs denken läßt, ich liege in der Luft, die Beine werden warm, kribbeln, dann werden sie leicht, durchsichtig, das Körpergefühl zieht sich zurück. Ein Gefühl von Geborgenheit in der kleinen, von grünem Tuch begrenzten Höhle des Anästhesisten, der auf die Monitore schaut und regelmäßig etwas in ein Protokoll schreibt. Die verhaltenen, einsilbigen Kommentare jenseits der Wand, das Rattern der Maschine, die wie ein überdimensionaler Rasierapparat aussieht und mir breite Hautbahnen vom Oberschenkel schälen wird, die dann, Jost hat es mir erklärt, durch eine Rakel gedreht und zu einem Netz geschnitten werden, wodurch sich die Oberfläche des Transplantats um ein Vielfaches vergrößert. Jetzt, eine Stunde später, kehrt das Gefühl allmählich wieder in die Beine zurück und damit die Schmerzen, sie haben den Schmerzperfusor wieder installiert, der gleichmäßig seine lindernde Alchimie in meinen Kreislauf träufelt. Nein, Herr Verteidiger, ich wünsche nicht, daß Vater mich besucht, wenn ich Sie um eines bitten darf, dann um Ihren Takt und Ihre Findigkeit, ihm dies bei einem Ihrer Treffen zu verstehen zu geben

[*STEFAN R.*] Ich gebe Ihnen keine Auskunft über meinen Sohn, ich sehe nicht, welche Relevanz solche privaten Angelegenheiten für Sie haben könnten. Nein, ich möchte ihn auch nicht sehen, nicht zum jetzigen Zeitpunkt.

– draußen wird es schon wieder dunkel, die Tage kommen und gehen mit beängstigender Raschheit, alles scheint sich zu beschleunigen, ein Kreisel, der immer schneller treibt, nie wird mich das Gefühl verlassen, daß es mit der Wirklichkeit nicht weit her ist, daß selbst die nüchternsten Alltäglichkeiten nur besonders raffinierte Tarnungen innerhalb des bösen Märchens sind, in dem zu leben wir verdammt sind, falsch, alles falsch, was ich getan hatte in meinem Leben, Vater hatte recht, ich war ein Versager, hatte nichts zustande gebracht, ich war dreißig und hatte nichts von dem zu bieten, was Menschen in meinem Alter in diesen Breiten gemeinhin zu bieten haben. Ich hatte keinen Beruf, der mich ernährte, keine Frau, keine Familie, keine erkennbare Perspektive. Da war sie wieder, die Angst, eine treue Begleiterin; aber einen Ausweg gab es immer noch, der mir freistand, wenn ich ihn nehmen wollte: Ich konnte Schluß machen mit diesem Leben, von dem ich nichts erwartete und das von mir nichts erwartete, für einen wie mich nicht viel übrig hatte außer Spott, Herablassung, Ablehnung. Wie lange hält ein Mensch das aus? Wie lange würden Sie es aushalten, Herr Verteidiger? Ich hatte ja noch die Pistole, die Mauritz mir gegeben hatte, und glauben Sie mir, manchmal stellte ich mir vor, die Waffe in der Hand, wie schön es wäre, mit einemmal Ruhe zu haben. Ein Schuß nur trennte mich von der Stille, ein lächerlicher, unbedeutender Schuß. Dann wäre Schluß mit dem Gejammer, der Angst und der Unsicherheit. Niemand würde mich mehr anders haben wollen, als ich bin. Wiggo, tu dies, Wiggo, tu jenes, aber um Gottes willen nicht das, was du tust. Vor allem wäre endlich Schluß mit den Zweifeln. Du kannst nicht. Es reicht nicht. Ach, wozu soll's bei dir schon reichen. Wie kannst du ein Philosoph sein, wo ich doch keiner bin. Das kann nichts taugen. Das muß belanglos und bedeutungslos sein. *Du bist nicht geeignet.* Immer die skeptisch erhobenen Augenbrauen, Herr Verteidiger, ich glaube, man kann einem Kind keinen schlimmeren seelischen Schaden zufügen, als ihm konsequent und fortwährend das Selbstvertrauen auszutreiben. Kampf draußen – das nennt man Leben. Aber Kampf gegen die eigene Familie, um nur den nötigsten Atem zu haben – für ein Kind ist das die

Hölle. Und wenn man das auch Leben nennt, dann lebt man nicht gern. Ich schlich um den Revolver in meinem Schrank herum, nahm ihn manchmal heraus, drehte an der Trommel, prüfte, ob die Patronenkammern gefüllt waren, nahm einmal probehalber fünf Patronen heraus und ließ nur eine darin. Russisches Roulett, Mauritz hatte es mir gezeigt

– du drehst die Trommel, Wiggo, so, er nahm den Revolver und ließ die Trommel schnarren, aus der er eine Patrone entfernt hatte, eine Patrone von sechs, fünf waren noch darin, er lachte, als er entsicherte und sich den Lauf an die Schläfe hielt, – Nicht, nicht, Mauritz, schrie ich, bist du wahnsinnig geworden, – Ja, sagte er, wollen wir doch mal sehen, ob Gott seine schützende Hand über die hält, die ihn lieben, gibt es Gott, Wiggo, was glaubst du, wäre das nicht mal ein guter Test, Gott, schrie er aus Leibeskräften, wenn es dich gibt da oben im Himmel oder wo auch immer, dann steh mir jetzt bei, denn ich will dein Werk vollenden, ich bin dein Bote auf Erden, Mauritz beugte sich zurück und lachte aus vollem Hals, die Augen glitzerten, das Lachen brach ab, er schrie: Oder gibt es dich gar nicht, bist du gar nicht da, kann ich also ungestraft Scheißkerl zu dir sagen, Gott? Bist du ein Scheißkerl? Hast du den Juden beigestanden in Auschwitz, stehst du den Wehrlosen bei in der Welt? Gibt es dich, Gott? Dann sieh zu, wie ich diese Revolvertrommel drehe, es sind fünf Patronen drin, eine fehlt, mach, daß die eine einzige leere Kammer vor den Lauf kommt, dann glaube ich an dich, – Mauritz, laß das, damit macht man keine Scherze, hör auf, hör auf, verstehst du, ich versuchte, ihm in den Arm zu fallen, doch er wich zurück, richtete den Revolverlauf auf mich, ich sah ein böses Glitzern in den Augen, er zischte: Verschwinde, das ist meine Sache, misch dich nicht ein, klar? – Ich mische mich aber ein, du bist mein Freund, – So? lachte Mauritz, nickte, fegte eine Blumenvase vom Tisch, Hefter, Papiere. Bist du sicher? Warum kannst du dir sicher sein? Freundschaft ist göttlich, nicht wahr? Vertraust du auf Gott, kleiner Philosoph, bist du nicht ein Arbeiter im Weinberg des Herrn? Suchen nicht die Philosophen nach Beweisen für die Existenz Gottes? Er lachte und trat noch weitere Schritte zurück: Weißt du, ich habe eine Idee, vielleicht hat sie mir Gott höchstpersönlich gerade eingegeben, wer weiß? Oder – der Teufel? Vielleicht der Teufel? Haha! Du Gottsucher! Schau her, er wies auf den Revolverlauf, hier drin ist jetzt Gott, lieber Wiggo. Wie wär's, wenn wir das Roulett an dir ausprobierten? Vielleicht liebt ja Gott mich nicht, weil ich zu hart bin und zu schlau oder wasweißich, aber ganz bestimmt wird er dich lieben ... Du bist eine unschuldige Seele, viel unschuldiger, als du vielleicht glaubst, du weißt es nicht, sieh her! Ich drehe jetzt die Trommel, bestimmt schauen der Alte und der Schwarze und ihr ganzer gelangweilter Hofstaat jetzt von oben zu und ringen um deine Seele ... Vielleicht auch um meine, wer weiß ... Haben Wetten abgeschlossen, es sähe ihnen ähnlich ... Und jetzt werde ich abdrücken, – Nein! schrie ich und stürzte auf ihn zu, aber er hatte die Pistole gehoben und den Lauf wieder gegen seine eigene Schläfe gerichtet, – Glaubst du, ich würde das an dir riskieren, zurück! brüllte Mauritz, zurück! Nein, das hab ich mir fein ausgedacht, Gott mußte die leere Kammer vor den Lauf nehmen, da er dich liebt und damit kein Unschuldiger draufgeht, aber ich richte den Lauf wieder auf mich! Geniale Idee, was? So, und jetzt will ich es wissen, zeig dich, du Scheißkerl da oben, ob du existierst, – Schluß! brüllte ich, – Schluß! brüllte Manuela, die ins Zimmer gekommen war, aber Mauritz fuchtelte mit dem Revolver herum, schrie ebenfalls, totenbleich, seine Augen leuchteten irr, er biß die Zähne zusammen und schloß die Augen, lachte wieder, hoch und schrill, Manuela kam auf ihn zu trotz seiner Warnung, er ließ den Revolverlauf sinken und schloß ihn mit seiner Handfläche, lachte, sah uns an, erwartungsvoll, seine Mundwinkel zuckten, dann schnappte der Hahn, Manuela schrie; klack, nichts, ich sah Mauritz' rotfleckiges Gesicht, nichts, der Revolver war nicht losgegangen, Mauritz warf ihn in die Ecke, fiel in einen Sessel und lachte, barg das Gesicht in den Händen, lachte, zuckte konvulsivisch am ganzen Körper. Siehst du? Es gibt ihn, und er ist mächtiger als der Teufel, er hat mir gesagt, die Trommel noch um eins weiterzudrehen, ich hatte sie schon einrasten lassen, und er sagt mir, ich hab es genau verstanden, eins weiter, Mauritz Kaltmeister, dreh um eine Position weiter! Klack! Und nichts! – Wenn du nicht mein Bruder wärst, würde ich sagen, du bist irre, flüsterte Manuela, totenblaß auch sie, kopfschüttelnd, sie sank in den Sessel neben Mauritz, der mit jetzt wieder klarer, wenn auch leiser Stimme sprach: Es gibt ihn, – Hör endlich mit diesem Quatsch auf, hör auf zu faseln, verdammt nochmal, fuhr ihn Manuela an. Das war Zufall, weiter nichts, am liebsten würde ich dir links und rechts eine runterhauen! Ihre Stimme kippte, sie brach in Tränen aus, ihre Lippen zitterten, sie griff nach Mauritz' schlaff herabhängender Hand und küßte sie, wild, leidenschaftlich, legte ihre Wange hinein. – Es gibt ihn, sagte Mauritz, ich hab es gehört, und keine Tricks, ich habe mich hingestellt, nicht dich, Wiggo, nein, mich, ich habe gesagt: Wenn du mich liebst, dann laß es nicht zu, daß es knallt, und er hat mir gesagt: Dreh eine Position weiter, du mußt eins weiterdrehen, Mauritz lachte und küßte Manuelas Hand zurück, hast dich erschreckt, was? Tapferes Schwesterchen! Guck dir Wiggo an, wie er dasteht und mich für einen Wahnsinnigen hält und sich einen Schnaps eingeschenkt hat, das solltest du auch tun, Schwesterherz ... He, hört zu, ihr beiden, ich wollte nur mal sehen, wie ihr reagiert; er stand auf und holte den Revolver, klappte die Trommel auf, schüttete die fünf Patronen in die Hand, Seht her! Alles Platzpatronen, das hätte mir bloß ein bißchen die Pfote verbrannt! Wenn ihr wollt, könnt ihr jetzt Arschloch zu mir sagen. Wiggo, gib mir auch 'nen Schnaps

– bei mir war die Patrone echt, Herr Verteidiger, kein Taktieren wie bei Mauritz. Ich dachte, du schaffst es nie. Für einen wie dich gibt es keine Zukunft. Bedrohungen, überall Bedrohungen. Warum bist du so, wie du bist? Du Hungerleider. Du Versager. Was hast du schon zuwege gebracht? Die anderen sind. Die anderen haben. Haus, Auto, Frau und Kind. Die anderen. Kannst du nicht nebenbei philosophieren. Die anderen sagen, die anderen tun, die anderen, – Halt's Maul, Oda! brüllte ich. Was die anderen sagen oder tun, ist mir scheißegal, – Ja, das sagst du dann immer. Das ist dein Argument. Das ist alles, was dir einfällt. Was dir nicht in den Kram paßt, wird mit einer Handbewegung abgetan, weggefegt, halt's Maul. Und wenn man was sagt, was dem Herrn nicht schmeckt, wird er ausfällig. Oder gewalttätig. Weißt du was? Dich möchte ich nicht mal geschenkt, – Bist du etwa besser, du blöde Gans? Warum kannst du mich nicht einfach so lassen, wie ich bin? Du bist genau wie unser Erzeuger, was wir tun, ist richtig, daneben gibt es nichts; alles, was anders ist als wir, kann nichts taugen, ist es nicht so? – Nein, so ist es keineswegs, du Knallkopf, du mußt doch wohl spinnen, krieg du erst mal dein Leben in den Griff, dein verpfuschtes, wo du andern auf der Tasche liegst; andere würden sich alle zehn Finger lecken, wenn sie hätten mit dir tauschen können, was hast du schon zu leiden und zu ertragen gehabt, gar nichts, meine Güte, überhaupt nichts! Ich glaub, dein Gehirn ist irgendwie beschädigt! Ganz im Ernst. Das ist doch nicht normal, wie du dich benimmst

– ich hob die Waffe an die Schläfe, das Zimmer war dunkel, unten floß der Verkehr, so gleichgültig und alltäglich, als würde nichts passieren, nie, als würde nie etwas passieren, immer nur die Autos von links nach rechts und von rechts nach links, morgens die Lichter, abends die Lichter, Graffiti auf den Häusern, wechselnde Plakate auf den Litfaßsäulen, in den U-Bahn-Stationen, ab und zu ein Zeppelin über den Dächern, der die neuesten Verheißungen der großen, unablässig mahlenden Maschine namens Angebot spazierenfliegt, ich dachte an Mauritz und wie er mich angestarrt hatte, ich mußte lachen im nächsten Moment, oh Gott, war das pathetisch, wie ich da am dunklen Fenster stand, ein Revolver an der Schläfe, dessen Trommel, in der sich eine scharfe Patrone befand, ich gedreht hatte, in welcher Schmonzette hatte ich das schon mal gesehen, russisches Roulett, ich wollte sehen, wie Mauritz, ob Gott mich liebte, du Idiot, Gott und seine olympischen Mitarbeiter schauen sich eine Theatervorstellung namens Leben an und amüsieren sich, wenn sie überhaupt noch da oben sind, vielleicht haben sie die Schnauze voll von der Müllkippe, als die sich ihre Schöpfung entpuppt hat, die Schnauze voll vom i-Tüpfelchen der Müllkippe, Homo sapiens, und sind in den Urlaub gefahren in ein Paralleluniversum, wo sie sich uns nicht ansehen müssen, ich spannte den Hahn und schloß die Augen, tu's doch, du Feigling, wäre es nicht schön, keine Fragen mehr, keine Vorwürfe, keine Verachtung, Wiggo, du hättest endlich Ruhe, Ruhe und Stille, und wenn nichts nachher kommt, ist es auch wurscht, dann hatte deine ganze Philosophiererei vorher auch keinen Sinn, wer bist du schon, was kommt's auf dich an, tu's, Wiggo, drück endlich ab und schmeiß den Kram, den du dein Leben nennst, auf den Misthaufen, wo er hingehört, unten die Passanten, dunkel, mit gesenkten Gesichtern, Einkaufstüten in den Händen, aus dem

Lachen fiel ich plötzlich in einen Weinkrampf, oh Gott, auch das noch, was bist du für ein Waschlappen, eine sentimentale Heulsuse, verdammt nochmal, wenn du wirklich was taugst, mach's kurz und tschüs, ich stellte mir vor, daß ich auf einen der Passanten fallen könnte, ihm weh tun und mir, vielleicht Schlimmeres, absurder Gedanke, der kalte Stahl der Waffe, wie vertrauenerweckend und verläßlich, dachte ich, wenn es dich gibt da oben, mach, daß ich rauskomme aus dem langsamen Verrücktwerden

– ich sah die Szene im Philosophischen Institut wieder vor mir, hörte das Lachen Hertwigs, hoch und schrill und irr, wie wir zuzeiten alle sind, das Lachen eines gefolterten Narren, dabei von einem Aufglucksen unterbrochen, das eine Art Ventilfunktion haben mußte, denn Hertwig lachte nie anhaltend, sondern immer stoßweise dieses hohe Tremolieren, Aufglucksen, das wie die Befreiung von etwas Angestautem wirkte, wieder eine sirrende Salve: Dieser Ritter wird es zu nichts bringen, so wahr ich hier sitze und solange ich lebe und so weit mein Einfluß reicht, meine Herren, sagte Hertwig zu seinen Assistenten, ich hörte es durch die angelehnte Tür, wie er mit ihnen sprach, hörte ihre Stimmen, hörte ihr Schweigen, sah die karierte Hose dessen, der meine Dissertation betreut und mir eine Zukunft vorausgesagt hatte, und wer das Völkchen der Philosophen kennt, weiß, was für ein Kompliment das ist, es ist beinahe das höchste Lob, das sie aussprechen, das höchste Lob ist schäumende Wut, mit der sie auf alle, wirklich alle Veröffentlichungen ihrer Konkurrenten reagieren, die sie wie Süchtige aufsaugen, jede Zeile davon, um nachher im Brustton der Überzeugung zu verkünden, diese X oder dieser Y tauge überhaupt nichts, ganz und gar nichts, das sei alles nur Luft, ja, es existiere nicht einmal, X oder Y könne Friseur werden, solle aber die Hirnzellen nicht zum Denken benutzen, dabei könne nur wieder solch verbrecherisch unlogischer hanebüchener Unsinn herauskommen wie jener, den die offenbar mit Blindheit, Komplett-Alzheimer geschlagenen oder bestochenen Herausgeber der *Philosophical Studies* oder der *Zeitschrift für philosophische Forschung* für wichtig und publikationswürdig erachtet hatten; einmal mehr zeige sich, daß die Bildungskatastrophe inzwischen nicht einmal vor diesen Institutionen mehr haltmache. Nach Hertwigs Ausbruch schwiegen sie, und ich blieb stehen im dunklen Vorraum, die Sekretärin war hinausgegangen, Tränen trocknen vielleicht oder nach Hause. Hertwig liebte abendliche Seminare, dehnte sie oft bis tief in die Nacht aus, eine Eigenart, die er mit vielen Philosophieprofessoren teilt; er hielt dann seine Akademie, wie er es nannte, lud Kollegen anderer Fakultäten dazu ein, Chemiker, Biologen, Architekten, hielt uns auch immer dazu an, deren Vorlesungen zu besuchen. Wie wollen Sie ernsthaft philosophieren, wenn Sie naturwissenschaftliche Betrachtungsweisen nicht kennen, pflegte er zu sagen, und jetzt sagte er: Nein, einer, der solche Ansichten hat, darf nicht philosophieren, auf junge Menschen erzieherisch wirken. Dem muß man das Wasser abgraben, in den Anfängen wehren, so wahr ich hier sitze, meine Herren, sagte er, der Großphilosoph, Pharao der postmodernen Diskurse, der mich einst persönlich unter einer Schar von Studenten ausgewählt hatte nach einer Seminararbeit über das Böse

– Sie wagen etwas, Sie gehen das Risiko primären Philosophierens ein, junger Mann, ich glaube, wir müssen uns unterhalten, sagte der weißhaarige Mann mit dem altersfleckigen Gesicht, in dem immer weiße Stoppelinseln standen, in seinem leicht gefärbten Deutsch, vielleicht kam er aus Schlesien oder dem Sudetenland. Hertwig, der seinen besten Studenten kleine Kärtchen aus grünem Büttenpapier mit handgeschriebener Einladung zu seinen Abendseminaren schickte. *Lieber Herr Ritter, hiermit lade ich Sie zum Gespräch in kleinem Kreise im Institut ein. Es wird Ihnen bekannt sein, daß Debütanten das Disputationsthema zu stellen und die spirituelle Dimension der Veranstaltung vermittels einer Bouteille Rotspon zu vertiefen haben, deren Qualität zum Niveau des Diskurses in angemessenem Verhältnis stehen sollte. Ein Imbiß wird bereitgestellt. Es darf geraucht werden. Sollten Sie Pfeife bevorzugen, so bitte ich Sie zu beachten, daß das von Ihnen verwendete Exemplar das des Unterzeichnenden an Größe nicht übertreffen darf. Die Maße können über meine Sekretärin erfragt werden. Hertwig.* – Tragen Sie kein gestreiftes Hemd, Herr Ritter, warnte mich die Sekretärin. Er verabscheut gestreifte Hemden. Anzug und Krawatte sind obligatorisch. Nachlässig gekleidete Menschen denken auch nachlässig, sagt er immer, und noch ein Tip: Schneiden Sie sich die Fingernägel kurz; er kann lange Fingernägel bei Männern nicht ausstehen. So was haben Gitarrespieler, Gigolos und Bürohengste, sagt er, und vor allem gitarrespielende Männer sind ihm ein Graus. Zum Disput erschien ich mit Anzug, aber ohne Krawatte, ungeschnittenen Fingernägeln, ich trug ein gestreiftes Hemd, hatte eine Flasche Roten auf den Tisch gestellt, die Hertwig mißtrauisch prüfte, während die Augen seiner Assistenten über mein Hemd, den Anzug und die enorm große Tabakspfeife wanderten, die ich langsam stopfte, innerlich inzwischen weit weniger von meiner Frechheit überzeugt als noch vor Minuten beim Betreten des Instituts und angesichts der entsetzt aufgerissenen Augen der Sekretärin, die Iris schwamm im Weiß wie das Gelbe im Spiegelei, die Lippen öffneten und schlossen sich karpfenhaft; ich stopfte die Pfeife zuende, Hertwig sah mich scharf an, sein Blick glitt zu meiner Pfeife, sein Kinn schob sich angriffslustig vor, ich sagte in die Stille hinein: Das Thema des heutigen Disputs soll Vernunft heißen. Hertwig erhob sich langsam, strich das zurückgekämmte, in Strähnen flammende Haar glatt, kam mit ausgestrecktem Zeigefinger auf mich zu: Sie, Sie ... Sie schräger Vogel! Aber Sie taugen was! Er deutete auf meine Pfeife: Ich wußte es! schrie er plötzlich vergnügt. Ich wußte, daß Sie der Versuchung, eine größere Pfeife als ich zu benutzen, nicht würden widerstehen können! Erste Regel für Debütanten, Herr Ritter – baue nie auf die Doofheit deines Professors! Er rieb sich die Hände, öffnete einen Schrank und zog mit triumphierender Miene ein wahrhaft gewaltiges Exemplar hervor, stopfte es, die Assistenten saßen immer noch wie erstarrt, als ob sie nicht glauben könnten, was sie sahen. Dieses gute Stück bewahre ich immer für Debütanten auf, die glauben, mich hereinlegen zu können, es ist selten, daß so etwas vorkommt, aber es kommt vor, genaugenommen sind Sie der dritte, die anderen beiden haben inzwischen eine Professur in Amsterdam beziehungsweise in Köln, und wie diese beiden auch müssen Sie Ihre Pfeife nun leer rauchen! Kneifen gibt's nicht, oder Sie sind erledigt, Ritter, hihihi!

– drei Tage Durchfall danach, drei Tage Schwerstarbeit mit dem Schwuppsauger auf dem Klo halbe Treppe, das nur noch ein erschöpftes Rülpsen von sich gab, wenn ich an der Spülschnur zog

– tu's, Wiggo, tu's, du Feigling, tu's, tu's

[*JOST F.* {...}] es mußte etwas Schreckliches passiert sein. Er mußte etwas zu diesem Hertwig gesagt haben, das dieser nicht tolerieren konnte. Die ersten Tage nach der Entlassung machte Wiggo nicht auf, wenn ich klingelte. Der Briefkasten war voll, doch ich wußte, daß Wiggo nicht verreist war. Seitdem er in Berlin lebte, ist Wiggo, soviel ich weiß, nie verreist. Die Wohnung lag dunkel. Ich versuchte, anzurufen, aber er nahm nicht ab. Ich informierte Dorothea, wir klingelten und klopften, fragten die Nachbarn, von denen keiner etwas wußte, und wollten schon die Polizei rufen, als Wiggo einen Zettel unter der Tür durchschob, auf dem *Laßt mich in Ruhe* stand

[*DOROTHEA R.* {...}] das hat keiner von uns verstanden, aber er sagte ja auch nichts. Jost ging jeden Tag zu Wiggos Wohnung und versuchte, mit ihm zu reden, er war es auch, der immer wieder die Polizei ins Spiel brachte und die Tür vom Schlosser aufbrechen lassen wollte: Mensch, Dorothea, der bringt sich um oder hat es vielleicht schon getan, wir müssen was unternehmen! Ich sagte: Glaub ich nicht, daß er das tut, dazu ist er viel zu eitel und narzißtisch. Der macht einen auf Tränendrüse. Wer weiß, was er hat, und warum läßt du ihn nicht einfach in Ruhe, wo er es doch will? Aber nachdem drei Tage vergangen waren, seitdem er den Zettel durchgeschoben hatte, wurde auch ich unruhig. Wir riefen die Polizei, die brach die Tür auf. Die sonst picobello aufgeräumte Wohnung, in der es nie ein Staubkorn gab, kein überflüssiges Möbel, keinen Schmuck, kein Andenkentand, war völlig zugemüllt. Wasserflaschen lagen in der Küche auf dem Boden, Kartoffelschalen und Gemüsereste, die schon faulten, neben dem von Ungeziefer wimmelnden Mülleimer. Überall Brotkrümel, auf dem Herd Töpfe mit stinkenden Suppenresten, auf der Anrichte Zwiebackbruch mit ranzig gewordener Butter. Mir wurde übel, Jost nicht, er ist das von seinen Notarzteinsätzen her gewöhnt. Wiggo lag schlafend auf der Couch im Wohnzimmer, neben sich eine angebrochene Packung Schlaftabletten. Jost konnte ihn wecken. Die Polizisten fragten, ob sie noch gebraucht würden, leuchteten mit ihren Stablampen in die Ecken, tippten an ihre Mützen und gingen. Ich machte die Fenster auf, denn im Zimmer stank es nach kaltem Zigarettenrauch, nach dem in den Tassenbatterien auf dem Tisch angetrockneten Kaffee, dem Erbrochenen auf dem Teppich. Wiggo starrte uns an. Das Licht, das ich eingeschaltet hatte, blendete ihn, er nahm eine Hand hoch, um sich dagegen zu schützen. Jost hielt die Tablettenpackung hoch, rüttelte Wiggo: Wieviel hast du davon genommen und wann, worauf Wiggo keine Antwort gab. Er wedelte mit der Hand in Richtung Tisch und sank zurück auf die Couch. Ich wollte nur schlafen, keine Angst, lallte er. Nur ein bißchen schlafen, ich ... bin entlassen worden. Und ich dachte: Mein Gott, das ist dein Bruder. Dieser verkommene Penner da auf dem Sofa ist dein Bruder, und im nächsten Moment schämte ich mich dieses Gedankens, ich setzte mich neben Jost und nahm Wiggos Hand

– ein Romantiker sind Sie, ein Feind der Aufklärung! Da kommt es wieder herauf, das deutsche Erbübel, Verworrenheit und Gemüt, das Irrationale der Anschauung, wissen Sie, daß Leute wie Sie es waren, die den Nationalsozialismus ermöglicht haben? Romantiker! Wagner, Dunkelheit und Dunst, deutsche Seele, Blut und Boden und ähnlicher Unsinn! Kommen Sie mir nicht mit diesem Mumpitz, Ritter, Sie ... Sie Kryptofaschist, Sie rechte Natter! schrie Hertwig mit vor Zorn dunkelrotem Kopf und warf die Pfeife in den Aschenbecher, daß der Stiel abbrach. Ich habe es noch im Ohr, wie Jungen zu den Versen Hölderlins in die Kasernen gezogen sind, auch so ein Rauner und Seher, wie ihn die Deutschen lieben, Tiefsinn, pah! *Dir ist, Liebes! nicht einer zu viel gefallen, Der Tod fürs Vaterland,* – Herr Professor, entgegnete ich mit schneidend scharfer Betonung der Worte, wie immer, wenn ich sehr erregt war. Ich bitte Sie, den Ausdruck Kryptofaschist zurückzunehmen und verlange eine Entschuldigung dafür. Wieder das hohe, irre Lachen: Entschuldigung? Sie? Wer sind Sie? Was sind Sie, um solches fordern zu dürfen, ein

Hilfsassistent an meinem Lehrstuhl, der sich anmaßt, – Nein, nicht anmaßt, Sie vertragen nur keine Kritik, schnitt ich ihm das Wort ab, auch das gehört, im übrigen, zu unserem Thema. Hertwig riß den Mund auf, klappte ihn wieder zu und griff sich an die Krawatte, um sie mit einem Ruck zu lockern. Ich war aufgestanden, auch er stand auf, streckte die Hände aus und kam auf mich zu: Sie, Sie ... wagen es ... Wie können Sie es wagen, keuchte er, ich wich ihm aus und hob die Hand, er blieb vor mir stehen und musterte mich aus verengten Augen – Und was Sie zur Geschichtswissenschaft sagen, Herr Professor, fuhr ich fort, ist nach meiner Ansicht schlicht falsch! Wer, bitte schön, sind *die Strukturen*? Existieren sie im luftleeren Raum, als mysteriöse Strahlung? Oder stehen nicht auch dahinter Menschen? Immer nur Menschen, Herr Professor. Immer Pathos, immer ein schlagendes Herz, immer Angst. Und nie: Geometrie, dozierte ich dem zwischen Wut und Verblüffung hin- und herschwankenden Hertwig ins Gesicht. Er ächzte, rang nach Luft. Einer der Assistenten, die unserem Streit schweigend, wie gelähmt, zugehört hatten, packte mich am Arm und schob mich aus dem Zimmer. Die Sekretärin prallte von der Tür zurück, wahrscheinlich hatte sie gelauscht. Der Assistent zischte mir zu: Verschwinde, du Vollidiot, und wenn ich dir einen Rat geben darf, besorg dir ein Attest von einem Arzt, und zwar schleunigst, und dort sollte Unzurechnungsfähigkeit wegen schwerer Grippe oder so was draufstehen, klar? Hertwig trat aus der Tür, wie vorhin mit ausgestreckten Händen, plötzlich ließ er die Arme sinken, ließ sein hohes Kichern vernehmen und schüttelte den Kopf: Sie sind entlassen, Ritter! Mit sofortiger Wirkung, seine Stimme rutschte höher, schien Anlauf zu nehmen, schmeiße ich Sie raus! Jawohl, schrie er, ich schmeiße Sie raus, jetzt, gleich, sofort, Sie sind entlassen! Er stürzte auf mich zu und gab mir einen Stoß vor die Brust, packte mein Anzugrevers, zog mich zu sich heran, schüttelte mich, um mich dann von sich wegzustoßen: Raus!! Sie ... sind rausgeschmissen! Er klatschte, rieb sich die Hände, als wäre er begeistert über einen grandiosen Einfall; der Assistent faßte ihn unter und führte ihn ins angrenzende Zimmer zurück, die Sekretärin, totenblaß, starrte mich an wie ein Gespenst: Was ... was haben Sie mit dem Herrn Professor gemacht, Sie, die Sekretärin hob wie in Trance ihre Hand und wies anklagend mit dem Zeigefinger auf mich. So habe ich ihn noch nie erlebt, wissen Sie nicht, sagte sie mit plötzlich brechender Stimme, er ist doch so schwer asthmakrank ... gehen Sie!

[*DOROTHEA R.* {...}] Jost und ich beschlossen, Vater zu informieren. Ich hatte Vater einige Monate nicht besucht und war erschrocken, ihn so gealtert zu sehen. Die Sekretärin hatte uns beiseite genommen: Es gibt Schwierigkeiten, Frau Ritter. Die Geschäfte laufen zur Zeit nicht so, wie sie laufen sollten. Dazu Ärger mit dem Aufsichtsrat und der Bankaufsicht. Er hat sehr viel Druck momentan. Ich kann auch Ihnen leider nur zehn Minuten geben. Maximal eine Viertelstunde. Verstehen Sie bitte.

Er telefonierte noch, als wir eintraten, saß seitlich auf dem Schreibtisch, machte eine unbestimmte Bewegung in den Raum, die uns meinen konnte, etwa Setzt euch oder Kleinen Moment noch, bitte, oder auch die junge Frau, die neben ihm am Laptop saß; sie stand auf und ging hinaus. Vaters Oberkörper, hinter dem Zigarettenqualm aufstieg, war gebeugt, gekrümmt ins Telefon hinein. So hatte ich Vater noch nie telefonieren gesehen. Er saß sonst immer aufrecht und ruhig. Seine Stimme war fest, und was er sagte, knapp gehalten. Jetzt sprach er mit jemandem, der ihn nicht ausreden ließ. Immer wieder mußte er unterbrechen, neu ansetzen, dabei beugte sich sein Rücken tiefer über den Schreibtisch, in einem Ausdruck von Qual oder auch unterdrückter Wut. Er rauchte hastig, der Gesprächspartner schien ihn mit Worten zu überschütten. Was der sagte, verstand ich nicht, wohl aber den Ton – unfreundlich, ruppig, immer wieder meinem Vater ins Wort fahrend, der dann den Kopf hob, um den Rauch auszublasen. Vaters hastiges, nervöses Rauchen, die beinahe devote Haltung: auch das hatte ich bei ihm noch nie gesehen. Ich spürte, daß Jost meinen Blick suchte. Ich nickte ihm zu, wir wollten wieder gehen. Aber Vater bedeckte die Sprechplatte mit der Hand, wandte sich um: Halbe Minute, Herrgott, hat denn hier niemand mehr Geduld, ach, du bist's, und ich sagte: Ich kann dir auch mailen oder ein Fax schicken. Er winkte ab: Nein, wir besprechen das.

Jost erzählte, ich konnte nicht. Vater sagte: Es ist sehr nett, daß Sie mit meinem Jungen befreundet sind. Jost: Wir wissen nicht genau, was passiert ist. Jedenfalls ist er jetzt arbeitslos. Er braucht unsere Hilfe. Vater: Nein. Stellen Sie sich bitte einmal vor, Herr Fortner: Ein Sohn, der zu großen Hoffnungen berechtigt, ja, eigentlich zu allen, wirft plötzlich alles hin. Jost: Plötzlich? Vater: Warum spricht er nicht mit uns? Glänzende Erziehung, Aussicht auf Karriere und wird – was? Philosoph. Philosoph, ich muß das Wort wiederholen, so unglaubhaft erscheint mir das. Haben Sie Kinder? – Nein. Vater ging ans Fenster und verschränkte die Arme: Dann wissen Sie nicht, wovon wir hier sprechen. Es ist leicht, sehr leicht, sich über die Sorgen eines Vaters lustig zu machen. Ich habe ihm Hilfe angeboten, wo ich konnte, habe ihm jeden einigermaßen erfüllbaren Wunsch erfüllt. Jetzt kann ich ihm nicht mehr helfen. Und ich will es auch nicht. Er ist erwachsen. Er lebt jetzt sein Leben, muß auf eigenen Füßen stehen. In seinem Alter hatte ich schon Frau und Kind, aber ... Lassen wir das. Vater winkte müde ab. – Papa, kann ich dir helfen, ich stand auf und ging zu ihm, ich sah, daß er weinte

– arbeitslos. Heißt: ohne Arbeit, ohne Verdienst, ohne Zukunft. Eines Morgens, nach einhundertachtundneunzig sämtlich negativ beschiedenen Bewerbungen in Deutschland, Österreich, der Schweiz, Kanada, Australien, England, Frankreich, USA, Ungarn, Liechtenstein und Polen, ging ich in ein Betongebäude mit dem im Knie geknickten A auf der Fassade, suchte den Flur für die Akademiker, zog eine Nummer aus dem Automaten an der Wand und füllte Formulare auf grauem Papier aus. Philosoph, sagte die Sachbearbeiterin zu mir, die meine Daten aufnahm. Das können Sie vergessen, da will ich gleich mit offenen Karten spielen. Nein, Herr Ritter, wenn Sie in ein Arbeitsverhältnis zurückkehren wollen, müssen Sie umschulen. Mein Gott, ja, Sie können es versuchen, – Ich habe es schon versucht, – Und? Na, sehen Sie. Solange ich beim Arbeitsamt bin, und das werden bald zwanzig Jahre, haben wir noch nie einen Philosophen zurück in ein philosophisches Arbeitsverhältnis vermitteln können. Wir hatten mal einen, der ist bei BMW in der Öffentlichkeitsarbeit untergekommen. Ich überlegte, was ein philosophisches Arbeitsverhältnis sei. Die Sonne spazierte durch den nüchtern grauen Raum, ein Bild von Lanzarote hing an der Wand, eine dickfleischige Grünpflanze stand auf dem Fensterbrett, eine Opuntie mit Mickymaus-Ohren auf dem Stahlschrank, in dem auch meine Akte begraben werden würde. Schulen Sie um, den Rat kann ich Ihnen nur geben, verschwenden Sie keine Zeit, aber, wie gesagt, Sie können es natürlich versuchen. Viel Glück. Nachdem sie mich entlassen hatte, irrte ich durch die Flure des Amts, desorientiert und wie im Unglauben darüber, daß all dies mir geschah, daß das kein

Traum war, sondern etwas, das blieb, wie oft ich auch diese Flure entlanglief auf der Suche nach einem Ausgang aus dem Traum, Feuerlöscher am Ende der Flure, hellgrüne abgewetzte Auslegware, summende Kopierer, von reizlosen Frauen mittleren Alters bedient, gekleidet in Kostüme, deren Grau mit dem Grau der Wände harmonierte, mit dem Stahlgrau der Schildchen neben den Türen, auf denen Name und Arbeitsgebiet der Sachbearbeiter standen, ein farbiger Punkt, der die verschiedenen Berufsgruppen verschlüsselte: Ungelernte, Arbeiter, Angestellte, Akademiker, der Geruch nach Ozon von den Computern, nach Discounter-Zigaretten, der von den Raucherinseln ins Treppenhaus und in die Flure kroch, schlechter Seife und billigem Parfum; Wartebuchten, voll mit Menschen, die die Köpfe gesenkt hielten, Ellbogen auf den Oberschenkeln und die Hände ineinander verschränkt, deren Blicke nervös auf den Monitor über dem Wartenummer-Automat glitten, um die aufleuchtende Nummer mit der auf ihrer Marke zu vergleichen, Türkinnen unbestimmten Alters mit Kopftüchern, schweigende Aussiedlerfamilien, russische Zeitungen oder Bücher lesend, hagere Frauen vom Balkan, die unbekümmert ihre Kinder stillten, ältere Männer, die ihre Mützen in den schwieligen Händen drehten und schnaufend atmeten, junge Männer mit gegelten Haaren, schwarzem Einreiher und schwarzen, blankgeputzten Schuhen, sie betrachteten ihre Fingernägel, kramten in ihren Aktentaschen, klappten hektisch ihre Handys auf und zu, tippten SMS ein mit verbittertem Blick und verbissen vorgestülpten Lippen, und saßen abseits von den anderen in der Ecke, mit einem freien Stuhl zwischen sich und den übrigen Wartenden, und wenn zwei solcher Einreiher-Yuppies aufeinandertrafen, stand einer auf und schützte ein Telefonat vor, verschwand, bis der andere endlich aufgerufen wurde, schaute zuvor wie zufällig immer wieder um die Ecke, wie um das Terrain zu sondieren, zuckte zurück, wenn der andere noch dasaß. Ich sollte in den kommenden Monaten die Verhaltensweisen von Menschen kennenlernen, die wie ich von der großen Maschine draußen ausgespien worden und hier gestrandet waren, Abfall der Überflußgesellschaft, unbrauchbare Almosenempfänger, die dem Staat und dem Steuerzahler auf der Tasche lagen und dies gelegentlich auch zu wissen bekamen. Zuerst verstand ich noch nicht recht, was geschehen war. Man weiß, was man ist und auch, was man nicht mehr ist, man liest es schwarz auf grau; aber man begreift es nicht. Etwas in mir wehrte sich dagegen, meine neue Situation anzuerkennen. Ich habe nie viel Geld gehabt oder verdient, aber ich war doch gewöhnt, daß mehr als der Betrag, der für laufende Ausgaben im vergangenen Monat vom Konto abgegangen war, durch das Einkommen ersetzt wurde. Ich hatte gearbeitet, um mir das Philosophiestudium zu finanzieren. Vater war nicht bereit gewesen, für solche Hirngespinste, wie er sagte, zu zahlen. Im zweiten Semester hatte mir Hertwig ein Hochbegabtenstipendium verschafft, das mich vom Zwang, neben dem Studium Geld verdienen zu müssen, entband, das war ein großes Glück und Privileg für mich, das ich vor den Kommilitonen sorgsam geheimhielt, um nicht ihren Neid und ihre Mißgunst zu wecken. Und jetzt merkte ich, daß es nichts mehr gab, das die Ausgaben ersetzte. Ich bekam die Überweisungen vom Arbeitsamt, aber sie reichten kaum, selbst nur die Lebenshaltung zu decken. Ich hatte in einer schönen, wenn auch kleinen Wohnung am Savignyplatz gewohnt, nicht weit weg von Dorothea, ich konnte diese Wohnung nicht mehr halten und mußte umziehen, fand die Wohnung in Friedrichshain, in der ich jetzt lebe, in einem heruntergekommenen Mietshaus, dessen Holztreppen immer Kalkspuren trugen vom abbröckelnden Putz. Vor mir hatte ein Lehrer dort gewohnt, der mir von der langen

Phase seiner Arbeitslosigkeit erzählte. Nach über zweihundert Bewerbungen habe er endlich eine Stelle gefunden, an einem Gymnasium. Abends lag ich auf der Campingliege in der noch fast leeren Wohnung und hörte dem Geschrei und dem Streit in den Nachbarwohnungen zu, Türenschlagen, Frauengekeif, Männergebrüll, Babygeplärr, und ich dachte: Jetzt bist du erledigt

– tu's, tu's doch endlich, du Feigling, auf einen Schlag bist du alles los

– stundenlang lag ich im dunklen Zimmer, starrte auf die Schatten, die über die Decke wanderten, auf- und absteigende Lichtmuster von Autoscheinwerfern, Geräusche schienen das Zimmer anzuheben, zu entwurzeln, machten es zur Arche; Tangos, die aus den offenen Fenstern der Wohnung gegenüber wehten, in der ich die Tanzlehrerin mit einem imaginären Partner Schritte und Figuren üben sah, der große Hund hechelnd vor ihr auf der Chaiselongue, darunter die Wohnung des Videoverleihbesitzers, der die Gardinen offenließ, wenn er sich einen der Pornos aus dem Laden mitgebracht hatte und sie im Schaukelstuhl betrachtete, ich sah hin und wieder eine Hand in die Schale mit Salzstangen greifen oder von rechts eine Dose Bier aus einem Sixpack fischen, es beeindruckte ihn offenbar nicht sehr, wie die Mädchen sich mit immer gleichem Erfolg an verschiedenen mehr oder minder herangezoomten Gemächten abarbeiteten, die erigierten Bockwürsten glichen; einmal sah er einen Affenporno, King Kong hatte eine tropenbehelmte Blonde entführt und kollabierte in ebenjenem Moment, in dem die Tanzlehrerin oben zu hüpfen begann, King Kong riß das Maul auf, verdrehte die Augen und trommelte sich auf die Brust, während die Blonde die Hände zusammenschlug und einen froh-entsetzten Blick auf seine Leibesmitte warf, wo sich etwas bewegte, dessen Kraft der Regisseur durch Anhebung einer Hantel mit fußballgroßen Gewichten vergegenwärtigte, Tangos wehten, die Tanzlehrerin hielt inne, sackte dann in sich zusammen und ließ sich nach einer Weile auf die Chaiselongue fallen, Geräusche von der Straße, schlurrende Schritte, Gelächter, Notarztwagensirenen, und über mir ein schwimmendes Klavier, wohin, wohin, mein Zimmer war eine fliegende Arche, auf dem Fußboden der Plattenspieler, die Schallplatte tanzte auf und ab, rhythmisch pulsend, The Who, *My Generation,* oder die *Französischen Suiten* mit Glenn Gould, oder *Kind of Blue,* in dem sechs Musik-Götter sich traumwandlerisch sicher in immer neue Welten verwandelten; so konnte ich stundenlang liegen, den Geräuschen zuhören und mein leeres Jackett anstarren, das vor mir auf dem Bügel am Schrank hing, und denken: Da drin steckst du, es hat die Form deines Oberkörpers angenommen, da hängt es, leer und auf merkwürdige Weise verbraucht, so wie du leer und verbraucht bist, es hängt da, als wärst du tot

– das Wappentier einer stolzen und stillen, im Hintergrund wirkenden Gilde miteinander verbundener Menschen, hörte ich Kaltmeisters Stimme, ich zog durch die Stadt, manchmal mit Jost, wenn er Zeit hatte, meist aber allein, ich sah mir die Häuser an und dachte: In diesem Haus dort oder in dem daneben könntest du jetzt ein und aus gehen, als ein aufstrebender, angesehener Anwalt zum Beispiel, oder dort, das Universitätsklinikum, die Ärzte eilen hinein und hinaus, viele kaum älter als du, haben Frau oder Freundin, große Wohnungen, Autos und ihr gutes Auskommen, haben nur die üblichen Sorgen, werden geachtet und von ihren Verwandten, wenn sie sich zum Geburtstag treffen oder einer sonstigen Familienfeier, mit respektvollem, anerkennendem Schulterklopfen bedacht, und du? Was bist du, was kannst du, was hast du aus deinem Leben gemacht? Der Beste in der Schule bei Monsieur Hoffmann

– trotz den Absencen in Mathematik, in denen ich aber in Wahrheit über die Eleganz einer Aufgabenlösung nachdachte oder über einen Satz aus der vorangegangenen Philosophiestunde –, der beste Student an der philosophischen Fakultät, die Dissertation mit Hertwigs Einleitung preisgekrönt, und jetzt? Jetzt, dachte ich, bist du ein Niemand. Ein Verlierer, der vom Geld fremder Menschen lebt. Du bist ein Parasit, ein Schmarotzer geworden, niemandem nütze. Ich betrachtete die Häuser und hatte bei jedem die Vorstellung, wie es wäre, hier, in diesem Haus, bleiben zu können, ein Beamter zu sein in den städtischen Verwaltungsgebäuden, im Bundestag zu sitzen und in irgendwelchen Ausschüssen mitzuarbeiten, ein kleines Rädchen nur, aber nützlich, abends würde ich sagen können: Dies und dies hast du geleistet, dies und jenes ist gescheitert, vorläufig, machen wir morgen weiter, jetzt, nach soundso viel Stunden Arbeit, habe ich mir meinen Feierabend redlich verdient; wie es wäre, in einem kleinen, aber feinen Verlag, der philosophische Bücher veröffentlichte, ein geduldiger, treu und sorgsam den Karren der Begriffe und falschen Kommata ziehender Lektor zu sein; in einem Energiekonzern zu sitzen und die Haushalte der Stadt mit Strom zu beliefern, jeden Tag, regelmäßig, eine nützliche, von anderen Menschen geachtete Existenz. Ich besuchte Kongresse, um bei den Vertretern meiner Zunft um eine Anstellung zu buhlen, irgendeine, noch so subalterne, Arbeit an ihren Instituten, sie kannten mich von früheren Kongressen; aber nichts ist schlimmer, Herr Verteidiger, als aus der Rolle zu fallen, die wir in den Augen der anderen einnehmen, es kränkt, wenn es Täuschung war, die Beobachtungsgabe; und wenn es keine Täuschung war, stachelt es die Schadenfreude an, nichts ist schlimmer, als betteln gehen zu müssen und sich zu entblößen: Sie sind gar nicht mehr bei Herrn Hertwig, haben wir gehört, aha, soso; sie ließen sich meine Bewerbung zuschicken, dann vergingen die Monate, einer, zwei, drei, die Ablehnungen auf lakonisch gehaltenen Vordrucken *Sehr geehrte Frau/Sehr geehrter Herr*, das Unzutreffende war gestrichen, sie ließen mich zappeln, ließen mir durch Assistenten antworten, die mir ihre Ablehnung in schlecht verhehltem Triumph zu verstehen gaben, oder sie antworteten mir überhaupt nicht, Neid auf frühe Erfolge, Mißgunst und Schadenfreude, die Philosophen sind nur selten Menschenfreunde, oh, wie ich sie haßte, diese pfeiferauchenden Figuren mit ihren ewig schiefsitzenden Krawatten, angeschmuddelten Hemdkragen und absurden Frisuren, die mir auf diesen Kongressen begegneten; nach einiger Zeit stieg mein Abscheu gegen meine eigene Gilde, eine Gilde von Sonntagsrednern, intellektuellen Falschmünzern und Feiglingen, die nichts änderten am Lauf der Dinge, ins geradezu Irrationale; sie, die zufrieden waren, wenn sie den Lauf der Dinge nur richtig interpretiert hatten in einem Feuilletonartikel oder in einem Essay, der in einer Philosophiezeitschrift erschien; wie ich sie schließlich haßte und sogar verachtete, diese in Wahrheit ungebildeten, allem außer ihrem eigenen Fach zutiefst fremd bleibenden, herablassenden, arroganten Idioten, kann ich Ihnen nicht sagen, Herr Verteidiger. Sie standen auf den Fluren der Akademien und Kongreßhallen, nuckelten an ihren Pfeifen, nahmen sie beim Reden entweder gar nicht aus dem Mund oder wiesen mit den Stielen auf sich, erzählten sich obszöne Witze oder den neuesten Szeneklatsch, beklagten sich über mangelnde Aufmerksamkeit in den Feuilletons, im Rundfunk und im Fernsehen, wo überall nur noch völlig unzurechnungsfähige Leute säßen, und dabei verstopften sie, abgehalfterte Linke und Achtundsechziger, die nach dem Marsch durch die Institutionen in den Institutionen angekommen waren, uns Jungen die Wege, nahmen uns die Luft zum Atmen, klebten mit ihren Ärschen fest auf denselben Sesseln, die sie vorher, gestützt vom bildungsbürgerlichen Hintergrund, vom Geld ihrer verachteten und ach so verachtenswerten Väter, angegriffen hatten, und dabei wollten sie nichts anderes, das war das Ergebnis ihrer Revolte, als selbst diese Sessel zu besetzen, ihre Wohlstandshintern draufzuschieben, Mauritz hatte recht; Ich vermassele Ihnen die Karriere, Ritter, Sie sind ja extrem, Sie sind ja ein gefährliches Subjekt, schrie Hertwig, gegen so was wie Sie haben wir ja gekämpft, und das kommt jetzt wieder hoch, raus mit Ihnen, Sie kommen an einer deutschen Universität, solange wir etwas zu sagen haben – wer war *wir*, Herr Verteidiger –, nie im Leben auf einen grünen Zweig, lassen Sie sich das gesagt sein, werden Sie Taxifahrer, Mensch – immerhin, diese Titulierung gönnte er mir noch –, aber lassen Sie sich nie wieder hier blicken! schrie Hertwig, nach Luft ringend, zog mit fahrigen Fingern aus seiner Jackettasche ein Asthmaspray hervor und sprühte sich in den Mund, ich stand schon im Vorzimmer, in das er mir gleich darauf folgen würde

– du bist nicht wichtig, du taugst nichts, du schaffst es nicht

– und Mauritz sagte: Unsinn. Natürlich ist ein Philosoph wichtig. Wer soll uns sonst die Ideen geben? Diese Zeit braucht Ideen wie keine zweite. Vielleicht noch nie war das Leben so leer, so ziellos wie heute. Es treibt dahin wie ein Schiff, dem das Ruder abgeschlagen ist

– liegen, träumen, rauchen, essen, trinken, sich nach jemandem sehnen. Eine Berührung. Eine Frau, ein Mensch, ein gutes Wort. In den U-Bahnen saßen die von Arbeit Heimkehrenden mit gesenkten Gesichtern, wo hatten sie sie verloren, vielleicht in einem Traum von Kindheit, und die jetzt ein- und ausstiegen, waren Puppen, ausgespien und angesogen von der Lichtergischt, der bunte Filz, zu dem sich die Reklameplakate verwischten, wenn die U-Bahn anzog, die flimmernden Rachen der Kaufhäuser, die mit Düften, Stimmen, Rausch lockten, komm komm komm, der du mühselig und beladen bist, hier kannst du das Glück eintauschen; die unterirdischen Eingänge, die mit klebrigen Neonzungen die Zögernden schluckten, hinein in die arbeitenden Speiseröhren, die von Kauf und Verkauf brodelnden Mägen, das brauende kauende verdauende Gedärm, in unablässiger Peristaltik vom Einschub der Waren, der Autos, der U-Bahnen, der Ankommenden, Habenwollenden, Hungrigen, die Straßen, Rolltreppen, Gaspedale unablässig geknüppelt von Schuhsohlen, unablässig von den Fieberschüben des Verdauens geschüttelte Eingeweide, Ausschub der Waren, der Autos, der U-Bahnen, Gehende, Besitzende, Satte, irgendwo mußte es ausdünnen, versickern und verschwinden, dieses verschwenderisch vergossene Licht, die für die kleingehäckselte Unruhe der Zifferblätter gekammerten Tage mußten irgendwo entfaltet, geglättet und recycelt werden, so schien es mir, so sehr glichen sie sich, Aufblendung von Helligkeit, Zenit, Abblendung, und von irgendwoher mußte sie in die Tage wuchern, die Angst, die

– *Angst:* meine Augen waren vollgestopft mit Bildern, die vom Mohn verbrannten Fotografien der Tage, die mein überreiztes Gehirn nachts, wenn ich nicht schlafen konnte, wiederherzustellen versuchte, es durfte nichts verlorengehen, nicht der Blick einer vorübergehenden Frau, nicht der Geruch der Kneipen, in den die Bilder tauchten wie in Entwicklerflüssigkeit, Lichtbriefe im Dunkel, frankiert mit den grünen Briefmarken der Billards; die mit Plüsch und hin- und hereilenden Kellnern und halblauter, unablässig wiedergekäuter Stimmenwatte und Songs von den Billboard-Charts herauf und herunter und Jukeboxes gefüllten Kavernen, die Boxen spuckten den Husten aus, der zur Tuberkulose fehlte: alles mußte erhalten bleiben, mußte bewahrt und gerettet werden vor dem pausenlos häckselnden Ticktack der Uhren

– *Angst:* ein Philosoph, der sich damit beschäftigt, die Welt zu verstehen, den Geschehnissen einen Sinn zu geben, um den Menschen darin einen Platz zuweisen zu können, von dem aus sie ihm nicht mehr gefährlich werden konnten. Wenn ich das Leben verstehen lernte, konnte ich die Menschen auf Distanz halten. Natürlich ein krauser Gedanke, auch deshalb, weil es ja diese Menschen waren, die mich ernährten, indem sie zu mir in die Praxis kamen, die ich, um nicht in die Sozialhilfe abzurutschen und damit endgültig als ein Deklassierter dazustehen, eingerichtet hatte; die für die Sprechstunde – Dorothea spottete über diese Bezeichnung – Geld bezahlten, um von mir, der ich auch keine Antwort wußte, eine Antwort zu bekommen. Das Leben zu verstehen. Warum nicht gar. Aber es interessierte niemand, ob ich das Leben verstand, am wenigsten *das Leben* selbst: die Zeitungen schrieben weiter von den Katastrophen, die Fernsehsender berichteten weiter tagtäglich von den Greueln in den Flüchtlingslagern Afrikas, in Nahost und Bosnien; keine Hungersnot war ungeschehen, nur weil ich einem Satz Wittgensteins eine weitere mögliche Bedeutung abgewann. Ich hatte Angst. Wovon leben? Das war die schlichte Frage, die ich mir jeden Tag aufs neue stellte. Alles wurde teurer, von Monat zu Monat, von Jahr zu Jahr, es gab immer mehr Arbeitslose, immer mehr Firmenpleiten, und immer mehr glich das, was die Menschen trieben, die ich beobachtete, einem Kampf ums Überleben. Hoffnung, Spiel, Freude wurden kostbar, Zuversicht erstarrte in falschem Lächeln und schmolz vom Gesicht der Tage wie Schminke. Ich hasse meine Zeit. Ich hasse sie, weil sie Leute wie mich haßt. Vielleicht greife ich, pathetisch, wie ich bin, viel zu hoch; vielleicht sind Leute wie ich ihr einfach nur gleichgültig. Ich habe das Gefühl, nicht mehr atmen zu können. Ich bin ein musischer Mensch. Ich glaube, es ist kein Platz mehr für musische Menschen. Hier sind Kräfte am Werk, denen wir, denen Geist, Kunst, Musik etwas bedeuten, ohne die sie sich ein Leben nicht vorstellen können, nicht mehr gewachsen sind. Ich habe das Gefühl, zerrieben zu werden. Eine Kultur, die Menschen wie mich trägt, scheint es nicht mehr zu geben. Was tun? Drei Möglichkeiten. Die erste war der Selbstmord. Ich war mehrmals kurz davor. Aber ich stand doch zu fest im Leben, es war jener Punkt noch nicht erreicht, von dem aus es kein Zurück mehr gibt und den es, behaupten große Geister, zu erreichen gilt. Die zweite Möglichkeit war Resignation. Ich wählte die dritte: Widerstand. Ich ging zu Mauritz. Ich wählte die Gewalt, um die Gesellschaft, die mir die Luft nimmt, zu vernichten oder doch an deren Vernichtung mitzuwirken, wie geringfügig unser Erfolg auch immer ausfallen würde, wie absurd und aussichtslos ein solcher Kampf auch sein mußte. Aber wir hätten etwas getan. Gewalt erschien mir als die einzige Möglichkeit, zu Luft zu kommen, wieder atmen zu können

– Dorothea sagte zu mir: Eigentlich ist doch alles so einfach, aber kaum berühren wir es, wird es kompliziert. Es ist alles einfach und schön. Ein Schmetterling auf einer Blume. Aber es bleibt nicht dabei, und ich frage mich manchmal, warum. Und wenn ich dich sehe, fallen mir gleich alle Probleme auf einmal ein, die ich habe. Du siehst immer aus wie der Ernst des Lebens, Wiggo. Take it easy, dann wird's auch easy

– *Angst:* Wir hatten die Leichtigkeit gekannt. Leichtigkeit, endlose, schwimmende Juniabende, rote Holzhäuser in Schweden in den Mittsommernächten, ein Mann mit einem Strohhut ging durch Kornfelder, die von der Erinnerung zu einem narkotischen Sonnenmeer überbelichtet werden, eine Zeichentrickfigur lief durch das Bild: Dunderklumpen. Bohemiens tief in der Zeit. Wir waren jung, und die Erinnerung ist ein Mühlrad, von dem das Wasser immerwährender Sommer in schwerelosen Tropfen sprüht. Es war die Zeit der lichten Erzählungen. Wie fern schien Shakespeare mit seinen klaustrophobischen Stoffen, düster, dämonisch, bevölkert von wüsten, alttestamentarischen Figuren. Wir dagegen waren nicht pathetisch. Wir hatten Aldi und Kaba, den VW Käfer, den Sarotti-Mohr, die Citroën-Ente, Mittsommernächte in Schweden, wir hatten Zivildienst und Beziehungskisten. War es so? Wir erinnern uns, Dorothea. Die Wende kam und veränderte nichts, für uns. Und doch war etwas geschehen. Nicht nur die DDR war versunken, auch die alte Bundesrepublik und ihre seltsam zeitenthobene Zeit. Die Dämonen kehrten zurück. Pathos kehrte zurück

– Mauritz sagte: Dieser Kerl hat dich rausgeschmissen, das hast du auf dir sitzenlassen, einfach so? Verdammtes Schwein, der verdiente, daß man es ihm heimzahlt, aber gründlich; und ich sagte: Was soll ich machen? Ich bin entlassen, und eine Klage oder etwas in der Art wäre doch nur lächerlich, ich kann mich in der Zunft dann erst recht nicht mehr blicken lassen, – Hat er keine Feinde? Die müßten dich doch nehmen? – Natürlich hat er die, wie jeder, der was taugt, aber es gibt keine Stellen, verstehst du? Und wer das Schwimmbad einmal verlassen hat, kommt nicht mehr hinein

– ich dachte an Nizza, an London, wo meine Mutter inzwischen in Odas ehemaliger Wohnung lebte, mit einem Mann, den ich nur auf einer Polaroid-Fotografie einmal gesehen hatte, die Bilder flimmerten vorüber, das Millenniums-Rad auf einer Videowand, die stahlfarbene Themse davor, da war auch Vater, natürlich ein Trug, wenn ich wach lag und nicht schlafen konnte, Erinnerung oder vielleicht auch nur Verwirrung gaukelten mir etwas vor; war es mein Plattenspieler, der die rötlich ineinanderschwimmenden Lichtreflexe an die Zimmerdecke warf, oder war es auf einer Feier damals in London, Otis Redding lief, Quitten lagen in einer manganschwarzen Schale, Vater, der sich mit einer ruhigen, überlegenen Geste eine Cohiba ansteckte; die Villa am Wannsee, die Geburtstagsfeier, die ich im Streit verlassen hatte; London, ein Nachmittag mit kupferfarbenen Rändern, spüre ich Mutters Hand oder Jeannes, die die Qualität eines Hemds aus sehr leichtem weißem Leinen prüft, das ein fünfzehnjähriger Junge trägt, eben jetzt das Gefühl der Berührung wie ein Phantomschmerz, und dabei ist unausdenkliche Zeit vergangen seitdem, ein Fluß, ein Strom, abgeflossen vom Treibgut zukünftiger Tage, das man, wenn man erkannte, daß der eigene Name darauf stand, man selbst der Adressat war, befremdet und ungläubig annahm, Erinnerung, Mutter in einer Galerie im Westen Londons, die sie gemeinsam mit dem Mann führte

– eine Zeitlang stand ich jeden Morgen um sechs Uhr auf, ging ins Bad, wo ich mich über das Waschbecken beugte, um aus dem Summen in meinem Kopf die Kontrolle über mich zurückzugewinnen, das Gesicht war in der Nacht zu einem teigigen Mond zerflossen; wenn ich die Zähne putzte, schloß ich die Augen und fiel, fiel in einen grauen Strudel von Müdigkeit, ich mußte mich am Waschbeckenrand festhalten, um nicht zu stürzen, wusch mich mit eiskaltem Wasser, das mir die Benommenheit erbarmungslos vom Gesicht riß wie eine Totenmaske, an der Fleischfetzen, Hautfetzen hängenbleiben beim Abnehmen, dann fügten sich meine zersplitterten Augen allmählich wieder zu etwas Ganzem, die Risse im Tageslicht, das fahl und kalkig aufglomm, verschwanden nach und nach. Ich setzte mich in eine U-Bahn und fuhr irgendwohin, nur um das Gefühl zu haben, dabeizusein. Ich saß im Charlottenburger Park und lachte. Ich sah den Schwänen zu, aber sie wollten nichts von mir wissen. Immer ziehen die Schwäne ihre Bahnen in den Parks, auf den Flüssen, tunken ihre Schnäbel ins heilignüchterne Wasser und wollen von den Menschen, die sie beobachten, nichts wissen. Absurder Gedanke, ich weiß, Herr Verteidiger. Aber diese Gleichmütigkeit – ist sie nicht diabolisch? Alltag: aufstehen, zur Arbeit gehen, heimkommen, essen ... ist das nicht diabolisch? Ich sah den Schwänen zu und lachte. Manchmal denke ich, daß die Tiere viel schlauer sind als wir. Sie können sprechen, sehr wohl können sie das. Aber sie tun es nicht, weil sie sehen, was dabei herauskommt. Sie haben ihre Konferenzen, auf denen sie das auswerten, was sie in der Menschenwelt gesehen haben, und dort beschließen sie, daß es am klügsten ist, zu schweigen. Wer spricht, bekommt einen Steuerbescheid, wer schweigt, Whiskas morgens und abends. Fast täglich ging ich auf die Bank – Vaters Bank – und prüfte den Stand meines Kontos. Seitdem ich verdiente, hatte ich mir außer der Wohnung am Savignyplatz nie etwas geleistet; jeden Pfennig Einkommen, der von den laufenden Kosten übrigblieb, deponierte ich auf dem Konto. Es war die Zeit der steigenden Aktienkurse, der New Economy, der jungen Männer in Maßanzügen und mit wirbelnden Aktentaschen auf hellblauen Plakaten, wo der Name einer Internetfirma in eckigen Klammern stand. Die Telekom wollte an die Börse und gab die T-Aktie aus, nach der alle fieberten. Alle? Ich nicht. Über Dorothea erfuhr ich, daß Vater warnte: Das sei keine Volksaktie, man solle kaufen, aber vorsichtig. – Wollen Sie nicht was aus Ihrem Geld machen? fragte mich der junge Banker, der an einem Schalter von Vaters Bank Kunden wie mich betreute: mäßiges Einkommen, kleine Fische, *peanuts*. – Ja, schon, sagte ich. Ich lege auf etwas Sicheres Wert, haben Sie da Möglichkeiten? Ich bin kein Zokker. Er gab mir einen Termin. – Eine Anlage für die Rente, sagte er, als wir uns trafen, in einem dieser mit Milchglas von einem großen Büroraum abgetrennten Verschläge, wie sie für Banken und Versicherungen typisch sind. Aber bevor wir darüber reden, muß ich Ihnen dieses Papier hier geben. Er schob mir ein Formular über den Tisch, auf dem vier Kreise zu sehen waren, erzählte etwas von Risikogruppen und Anlagestrategien und tippte auf den vierten Kreis. – Da steht: erhöhtes Risiko, wandte ich ein. Ich möchte das Geld aber sicher anlegen. Langfristig. Wäre es da nicht klüger, ein geringeres Risiko, – Nein, auf keinen Fall, unterbrach mich der Banker. Das wäre eher schlecht. Sehen Sie, gerade in Ihrem Fall, wo es um eine langfristige Anlage geht, ist diese vierte Gruppe zu bevorzugen. Natürlich können sich kurzfristig Verschiebungen ergeben, aber das ist ja nur kurzfristig; langfristig gesehen würde ein solches Paket die kurzfristigen Verschiebungen wieder aufholen, und nicht nur das, sondern überholen, und diese Gewinne lägen dann um ein Wesentliches höher als bei den minderen Risikogruppen. – Aber, sagte ich zögernd. Der Banker lächelte. Auch hatte er meine Kleidung, mein Schuhwerk, meine Uhr mit einem raschen Blick taxiert. Schauen Sie mal, sagte er selbstsicher, schwenkte den Drehstuhl um seine Achse und wies auf die hinter ihm an der Wand befestigte Graphik, ein kompliziertes Liniengewirr, das von links unten steil nach rechts oben stieg, mit ein paar flachen EKG-Zacken in der Mitte: Das sind die Aktienkurse. Und da sind die Neuemittenden noch gar nicht dabei. Das ist was ganz Großartiges, was wir hier erleben, das sage ich mit voller Überzeugung. New Economy, Internet, Pixelpark, ein riesiges, den ganzen Erdball umfassendes Handels- und Kommunikationsnetz. Und das wächst von Tag zu Tag. Das saugt die alte Ökonomie auf. Und das kann ja auch gar nicht mehr anders sein. Wenn Sie klug sind, dann springen Sie noch auf diesen Zug auf, solange noch eine einigermaßen vernünftige Rendite abfällt. Die anderen schlafen ja auch nicht. Und je mehr Leute auf dem Zug sitzen, desto kleiner werden logischerweise die Gewinnspannen. Wir erleben etwas völlig Neues: Die interessantesten Papiere haben ein im Verhältnis zu den zu erwartenden Gewinnen geradezu minimales Risiko. Das verschwindet fast. Ich mache Ihnen nichts vor. Die Tür öffnete sich, eine Frau lugte herein, flüsterte, nach einem indignierten Seitenblick auf mich: Die Konferenz, Jürgen, denkst du daran. – Jaja. Er lächelte wieder, reckte das Kinn, trommelte mit den Fingern auf der Tischplatte, schob die Hände in die Taschen, wobei er sich auf dem Stuhl zurücklehnte. Ich rate ihnen zu einer Drittel-Splittung der Anlage, sagte er. Hier, ich kann Ihnen diese drei Fonds vorschlagen. Was der eine mit dem Risiko höher liegt, liegen die anderen darunter. Da haben Sie Ihre sichere Anlage. Ich überlegte: Der Bursche will zur Konferenz oder nach Hause, und dann ist das Wort Konferenz nur das Deckwort dafür. Der hält mich für einen kleinen Fisch, soviel steht fest. Also wird er mir ein typisches Nullachtfünfzehn-Papier andrehen wollen, eine ganz und gar durchschnittliche Sache, lausig und lauwarm wie abgestandene Brause, wie Ansgar sagen würde. Oma-Papiere, wäre Odas Wort dafür. Also genau das, was ich will. Keine großen Zocker-Sachen, wo man den lieben langen Tag auf sein Portfolio aufpassen und von der Börse mindestens soviel verstehen muß wie sein Anlageberater. Eine Sache, die ein bißchen über dem Inflationsausgleich liegen wird. Der Volkswagen unter den Anlagen, nicht der Porsche. Dennoch war ich mißtrauisch. Achtzehntausend Mark waren kein Spielgeld für mich, sondern fast das gesamte Geld, das ich mir in meinem Leben zusammengespart hatte. Er lächelte wieder, wich aber meinem Blick rasch aus. Das muß nichts zu bedeuten haben, Herr Verteidiger. Den Volksaberglauben, daß Menschen, die dem Blick ausweichen, etwas Böses zu verbergen haben, teile ich nicht. Vielleicht haben sie nämlich etwas Gutes zu verbergen. Etwas Wertvolles, Kostbares, das sie den schamlosen Blicken anderer entziehen wollen. Vielleicht sind sie auch einfach nur schüchtern. Ich beobachtete ihn. Gepflegte Schuhe, zum Anzug passende Strümpfe, so lang, daß sie das Fleisch der Wade, wenn er die Beine übereinanderschlug, nicht sehen ließen. Teure Krawatte, teures Hemd mit Haifischkragen. Der Kerl legte Wert auf sich. Mir war einer von Vaters Sprüchen im Gedächtnis geblieben: Ein eitler Bankier kann nie ganz schlecht sein. Man muß ihn kontrollieren, das sollte man übrigens immer tun. Aber einer, der nichts auf sich hält in unserem Geschäft, der hält auch auf die Portfolios seiner Anleger nichts. Ich beobachtete ihn, ziemlich ungeniert, er begann mit den Schuhsohlen zu wippen, auch das nahm mich für ihn ein – er wollte also endlich fertig werden, und irgend etwas sagte mir, daß dann nichts Arges im Hintergrund lauern konnte. Verführer und Schwindler mögen ebenfalls korrekt gekleidet sein, aber niemals würden sie, glaube ich, Ungeduld zeigen. Außerdem war er in Vaters Bank beschäftigt, und wenn Vater auch nicht der Personalchef war, ein scharfes Auge hat er für Menschen immer gehabt. Ein Versager hätte sich nicht lange hier gehalten, dachte ich, machte das Kreuz im vierten Kreis und unterschrieb. Sein Lächeln wurde sofort wieder gewinnend. Er verabschiedete mich höflich, geleitete mich sogar persönlich bis vor die Tür. Die Kurse wiesen himmelwärts, die jungen Leute auf den Plakaten lachten. Ich hatte Vertrauen. Der Kerl mochte eitel sein; aber er war ganz bestimmt nicht dumm. Achtzehntausend Mark. Soviel mochte Vater in einer Woche verdienen. Achtzehntausend Mark, sicher angelegt für kommende schlechte Zeiten, ein hart erarbeitetes Polster Sicherheit

– sag mal, stört es dich gar nicht, was dieser Hertwig mit dir gemacht hat? – Natürlich, aber was soll ich tun? – Na, was schon, Wiggo. Auge um Auge, Zahn um Zahn. Die Schwätzer heutzutage heben die Hände und wimmern Neinneinnein, das darf man nicht, das ist alttestamentarisch; ich sage: Na und? Es ist das einzige, was funktioniert. Überleg's dir. Ich bin dabei, falls du zum Schluß kommst, daß ich recht haben könnte. Nach zwei Tagen ging ich zu Mauritz und fragte: Was schlägst du vor? Er stand am Fenster, rauchte, gab nicht zu erkennen, ob er überrascht war, kein Zeichen von Triumph oder billiger Rechthaberei, Stolz auf psychologische Kenntnisse oder ähnliches. Einfaches Akzeptieren meiner Frage und damit einer Reihe von Überlegungen, die ich ihm nicht mitteilte, kein Für und Wider erzählte ich ihm

– du hast unsere Organisation noch kaum kennengelernt. Edgar, Frenss, Hildegard, der Bischof. Mein Onkel, natürlich, er ist auch dabei. Und noch andere interessante Menschen. Willst du dazugehören? – Das fragst du. – Dann mußt du etwas dafür tun. – Geld habe ich keins. Und Gehorsam fällt mir schwer. – Du hast es nicht immer im Gefühl, wann ich zu Scherzen aufgelegt bin und wann nicht. Man muß sich würdig erweisen, um in eine Gemeinschaft wie die unsrige aufgenommen zu werden. – Was verlangst du? – Deine Initiation. Tu etwas für uns, zeig, daß du über deinen Schatten springen kannst. Beweise, daß du Mut hast und in der Lage bist, dich in Gefahr zu begeben, für andere. Für uns. – Meine Güte, Initiation, wie das klingt, Mauritz, ich, – Wie Zeitverschwendung? Er wandte sich abrupt um. Dann laß es bleiben, Wiggo. Er rauchte, die linke Hand in der Hosentasche, schnippte Asche in einen Aschenbecher, der auf dem Fensterbrett stand, und sagte: Weißt du, was eine Heimsuchung ist? Nicht das Wort im übertragenen Sinn, sondern im konkreten.

Mittelhochdeutsch *heimsuochunge,* Heim und suchen, im Hause aufsuchen. Erschrick ihn ein wenig zuhause, bei sich in der Wohnung. – Hertwig? – Das wird er niemals vergessen, und du wirst den Triumph haben, eine Laus gesehen zu haben, die sich vor Angst in die Hose macht. Er drückte die Zigarette aus, blies den Rauch langsam, in einem dünnen Strahl, durch den gespitzten Mund. Ich gebe zu, daß mir diese Vorstellung Vergnügen bereitete. Ein wildes Vergnügen sogar. Hertwig hatte mich entlassen, er war schuld an meiner Misere, er verhinderte, daß ich wieder Fuß faßte im Beruf, und das würde bedeuten: im Leben. Er ließ mich nicht leben, er, er. Und die anderen Hertwigs alle. Ich stand im Zimmer und malte mir aus, was geschehen würde. Ich zögerte zu lange, um nein zu sagen, und meine Einwände kamen nicht entschieden genug, um überzeugend zu wirken; außerdem waren sie nicht moralischer Natur, sondern sachlicher. Was machen wir, wenn er mich erkennt? Wenn wir erwischt werden, Mauritz, wenn etwas schiefläuft? – Es ist alles eine Frage der Vorbereitung, der Recherche. Mauritz zündete sich eine neue Zigarette an. Die Feuerzeugflamme lag völlig ruhig in der Luft. Ich war seiner Idee schon verfallen, und er wußte es. Er stand am Fenster, blickte nach draußen, rauchte, entwickelte mir den Plan, schlug für zu erwartende Hindernisse oder Schwierigkeiten Varianten vor, alles in kühlem, sachlichem Ton, als erörterten wir ein Tischtennisspiel oder eine Schacheröffnung. Mein Haß spülte alle Gewissensbisse weg. Ich wollte mich für die Schmähungen und das entwürdigende Leben, das ich jetzt zu führen gezwungen war, auf eine Weise rächen, die mir die Selbstachtung wiedergeben konnte, auch wenn es nur Befriedigung eines dubiosen Rachegelüsts war und man das kleinlich nennen kann. Es war mir egal. Ich wollte das wie kein anderes peinigende Gefühl der Ohnmacht auslöschen,

auslöschen, auslöschen. Ich wischte die Zweifel und die Hemmungen weg; sie hatten mir nicht geholfen, hatten mich nicht vorangebracht

– wenn du bestehst, wirst du bei uns ein und aus gehen und überall willkommen sein. Nach bestandener Initiation herrscht unbedingtes gegenseitiges Vertrauen. Du bekommst Schlüssel, wir haben Wohnungen in Rom, in London, in Kopenhagen. Wenn du willst, lebst du ein Jahr in Paris, ohne jemandem Rechenschaft schuldig zu sein, du kannst in völliger Freiheit deiner Arbeit nachgehen, allein, doch wenn du es wünschst, kannst du an unseren Treffen teilnehmen, dich am geistigen Austausch beteiligen, bei uns sind exzellente Köpfe ... – Und was verlangt ihr dafür? – Na eben! lachte Mauritz, deinen Kopf!

– wir beobachteten Hertwig. Wir ließen ihn beobachten. Ich lernte, daß es die Cassiopeia nicht erst seit jenem Treffen am Starnberger See gab, sondern daß sie schon vorher existiert hatte, Mauritz' Werk, er hatte sie geschaffen, ohne bei seinen Geldgebern um Erlaubnis zu bitten. – Meinst du, ich hätte das Risiko eingehen können, mir meine Pläne am Ende noch vereiteln zu lassen? Manche von Großtantchens Leuten sind sehr ängstlich, man glaubt es kaum, und viel zu bürgerlich für eine radikale Lösung. Und wenn sie meinen Vorschlag abgelehnt hätten, dann hätte ich sie vor vollendete Tatsachen gestellt und ihnen Beweise für die ausgesprochen effiziente Arbeit der Cassiopeia geliefert, sagte Mauritz. Ich hatte solche Beweise schon gesehen, davon in der Zeitung gelesen. Die weiße Hand neben verbrannten Boutiquen, zerschlagenen Schaufensterscheiben in der Tauentzienstraße und am Kurfürstendamm, einem Koffer mit Sprengstoff, nachts auf dem Potsdamer Platz abgestellt wie zur Warnung, der das Geschehen auf der Baustelle für den folgenden Tag aus dem Geleis brachte. Ich sah keinen der jungen Männer, die aus den

Randbezirken der Stadt kamen, aus den verwahrlosten Plattenbausiedlungen des Ostens, den kaputten, von Arbeitslosigkeit und Bandenkämpfen gelähmten Kreuzberger Kiezen, aus Friedrichshain, Neukölln und Moabit, aber ich wußte, daß es sie gab. – Wir sind schon eine kleine Armee, sagte Mauritz abwehrend auf meine Fragen, aber eine Armee, deren einzelne Teile autark agieren, sie schlagen nie gemeinsam los, wir gehen vor wie Dschungelkämpfer. Guerillataktik. Das kann man lernen von der RAF und von den Kommunisten. Ich hasse *sie,* nicht ihre Methoden. Wir sind gerade dabei, ein Trainingscamp einzurichten. Auch du wirst dort noch eine Ausbildung erhalten

– ich selbst beschattete Hertwig, hatte mir dazu extra eine Mütze und einen Mantel mit hohem Kragen gekauft und kam mir, wenn ich ihn in der U-Bahn, über den Nollendorfplatz, in dessen Nähe er wohnte, durch die Einkaufscenter verfolgte, wie ein Agent aus einem James-Bond-Film vor. Hertwig war ein scheuer Mann, der sich oft umblickte, abrupt nach links und rechts ausscherte, immer die Menge zu suchen schien, in der er untertauchen konnte. Dann hatte ich mich schon hinter einer Litfaßsäule versteckt oder so weit zurückfallen lassen, daß er mich nicht mehr bemerken konnte. Ein kleiner Mann, der im Gewimmel der Leute dahintrieb, mit schmalen Schultern, die er immer etwas hochgezogen hielt, der zu großen, abgewetzten Aktentasche, die ich schon kannte, weil er daraus seine Vorlesungsmanuskripte und immer einen Stapel seiner in renommierten Verlagen erschienenen Bücher zu fischen pflegte, einem altmodischen braunen Wollmantel und einem Hut gleicher Farbe, den er tief in die Stirn gedrückt trug, so daß sein strähniges Haar wie eine Garbe Strohhalme darunter hervorstach. Hin und wieder griff er zum Asthmaspray, blieb stehen, hob den Kopf, sprühte sich einen Hub in den Mund. Hertwigs Gang war trippelnd, der Bambusstock, dessen Krücke er in die Armbeuge gehakt hatte, wippte dabei wie eine Wünschelrute. Studenten oder Assistenten begleiteten ihn nie. Montags ging er nach den Vormittagsvorlesungen ins *Adermann,* eines der teuersten Restaurants der Stadt, und ließ sich dort einen Teller Pellkartoffeln, Quark, Leberwurst und Butter vorsetzen, die der Kellner, es war immer derselbe, mit vollendeter Eleganz und keineswegs pikiert über Hertwigs Wahl, servierte. Dazu trank Hertwig ein Glas Karottensaft, in das er ein Pulver schüttete – ein zerriebenes Prostatamedikament, wie ich von Mauritz erfuhr, der ihn mittwochs beschattete, wenn er in der Patentanwaltspraxis nur vormittags arbeitete und Hertwig nachmittags zu seinem Arzt und danach zum Apotheker folgte. Wir spähten seine Gewohnheiten aus, welche Straßenbahnen er benutzte, wer ihn besuchte – niemand –, ob er Verwandte hatte – offensichtlich nicht –, zu welchen Zeiten er die Universität verließ, die Wohnung, wann er zurückkehrte und mit wem. Er kehrte nie mit jemandem zurück. Denn Stofftiere sind keine Lebewesen. Aber Hertwig hätte dagegen wohl Widerspruch eingelegt, so wie er die Stofftiere behandelte, die er in unregelmäßigen, aber immer kurzen Abständen mitbrachte. An einem dieser Tage, an dem ich, verborgen in der schlendernden, von Angebotsausrufen umspülten Menge, Hertwig in der Spielwarenabteilung eines Kaufhauses beobachtete, sah ich, daß er, mein ehemaliger Lehrer, der berühmte Philosophieprofessor, den die Universität über die Pensionsgrenze hinaus beschäftigte, ein Dieb war

– sein Verhalten war das eines gutgetarnten Tiers, das dennoch seiner Tarnung nicht ganz traut und sich äußerst vorsichtig in der fremden, von lauernden Blicken durchwanderten Umgebung bewegt. Er sah zu den Verkäufern, die mit nörgelnden Kindern und deren Müttern beschäftigt waren. In der Mitte der Spielwarenabteilung war eine Legoburg aufgebaut, daneben ein paar Hüpfkissen; ein überdimensionaler Frosch bewegte zur Muzakberieselung die Arme auf und ab und verzog sein Gesicht zu einem schwachsinnigen Lächeln, lenkte aber damit die Kinder ab, die neben der Legoburg standen oder vom Hüpfen auf den Kissen genug hatten. Hertwig pirschte sich langsam vor. Er griff sich einige Plüschteddys, musterte sie mit gespitzten Lippen und hocherhobenen Brauen, drehte und wendete sie, legte sie schließlich ins Regal zurück. Ein rosaroter Elefant mit schwarzen Punkten schien ihm besser zu gefallen, umständlich nahm er die Brille von der Nase, zog aus einem Futteral seine schmale, goldgerahmte Lesebrille, die in den Vorlesungen immer weit vorn auf seiner spitzen Nase saß, einer Libelle mit blinkenden Flügeln ähnlich, die im Rhythmus der Stimmhebungen und -senkungen gemächlich auf und ab schaukelte. Er hielt sie nach oben, kramte ein Taschentuch hervor, um die Gläser zu putzen. Der Elefant fiel herunter, rutschte etwas beiseite. Hertwig beugte sich kopfschüttelnd, ging ins Knie und mochte in diesem Moment außerhalb des Sektors sein, den das Kameraauge über ihm bestrich. Obwohl ich ihn scharf beobachtete, sah ich es kaum, wie die Tasche aufklappte und der Elefant darin verschwand. Die Kinder hüpften fröhlich, in der Legoburg drehte ein Kran, und Hertwig richtete sich ächzend wieder auf, klopfte Staub von den Mantelschößen, klemmte den Stock wieder korrekt in die Armbeuge, tauschte die Brille. Eine Verkäuferin sprach mich an: Kann ich Ihnen helfen? – Nein, danke, mir wird schon geholfen, eben gerade, ich komme zurecht, gab ich zur Antwort, triumphierend, was die Verkäuferin verwirren mochte, denn sie blinzelte verdutzt, hielt inne, zuckte zurück, als hätte sie einen elektrischen Schlag erhalten. Hertwig hatte schon die beiden Plexiglasplatten vor der Rolltreppe passiert, ohne daß eine Alarmklingel schrillte, ich beobachtete ihn, wie er mit hochgezogenen Schultern, den Stock lässig gegen die Glaswand der Rolltreppe tippend, seine Augen wie Kohlen, in der Menschenmenge unterzutauchen begann. Du entkommst mir nicht! murmelte ich auf dem Weg zum Plüschtierstand, um mich unzweifelhaft davon zu überzeugen, daß der rosarote Elefant fehlte; er war nicht mehr da, ich sah Hertwig unten von der Rolltreppe springen, ich setzte ihm nach, ruhig, meiner Sache nun sicher, er würde mir nicht verlorengehen

– ein Dieb, lachte Mauritz, ein Dieb! Verdammt nochmal, ja. Paßt zu der Sorte. Jetzt ist er dran

– wir hatten genug beobachtet. Wir entschieden uns für Freitag in einer Woche, so würde genügend Zeit zum Vorbereiten bleiben. Wir kamen uns großartig vor. Manuela schüttelte zwar den Kopf und sagte, wir seien kleine Jungen, und das Ganze käme ihr reichlich abgeschmackt vor, abgesehen davon auch leichtsinnig, denn wenn etwas schiefginge, könne die ganze Organisation auffliegen, aber Mauritz sagte: Das Schwein hat Wiggo rausgeschmissen, unseren besten Freund, wir sind ihm das schuldig! Der Anlaß war nichtig, er hat Wiggo einfach in den Dreck gestoßen, dieser altlinke Brunnenvergifter, und abgesehen davon ist er ein Dieb! – Aber er ist ein alter Mann, sagte Manuela, ist das nicht ... – Jemand hat sein Wort gebrochen! Wir ziehen das jetzt durch! unterbrach Mauritz sie schroff. Der Kerl verdient eine Abreibung! Außerdem ist es Wiggos Probe. Halt dich da raus, Manuela, und komme mir nicht auf die sentimentale Tour. Wenn du zu weich bist, frag nicht mehr. Du hältst die Verbindungen, ich leite den operativen Teil, und das ist nun einmal ein hartes Geschäft. Hast du vergessen, was wir uns geschworen haben, damals? – Die

Zeiten ändern sich und die Menschen auch, und Vater und Mutter sind schon so lange tot ... Mauritz, wir waren halbe Kinder! – Hast du unseren Schwur vergessen? fragte Mauritz mit schneidender Stimme. – Nein ... Habe ich nicht. Ich habe ihn nicht vergessen. Nein. Vielleicht hast du recht. Seid vorsichtig ... Manuela stand auf und küßte ihren Bruder auf die Stirn und kam zu mir und küßte mich auf die Stirn, *Lady Knize,* Rose, Jasmin, Tuberose, mein irrlichterndes Herz, die Angst in ihren Augen, und ich dachte: Ich könnte alles für dich tun, für euch beide

[*JOST F.* {...}] ein eigenwilliger und sonderbarer Mensch, das war mein Eindruck von ihm, als ich ihn kennenlernte. Mancher würde hier wohl das Wort wertvoll verwenden, aber ich mag es nicht, nicht im Zusammenhang mit Menschen. Mir gefällt die Suggestion nicht, die es enthält, das Elitäre, Wettbewerbshafte – ist der eine Mensch wertvoller als der andere? Dieser Mauritz, an den sich Wiggo immer enger anschloß, würde das ohne zu zögern bejahen, da bin ich mir ziemlich sicher. Der Wiggo, den ich kannte, war ein faszinierender Mensch, aber er war auch ein schwieriger Mensch. Er war schwierig, weil er unglücklich war, denke ich, weil andere es ihm schwermachten und er es sich deshalb schwermachte. So kam eines zum andern, so ist es vielleicht immer. Er tat mir leid. Er ist ein Aristokrat, aber ein mißbrauchter. Keine traurigere Figur als ein Ritter, der unter die Beamten gerät, sagte Dorothea einmal über ihn. Ich hatte mir vorgenommen, ihm irgendwie beizustehen, so gut mir das möglich war und so gut er es mir erlauben würde

[*PATRICK G.* {...}] ziemlich merkwürdiger Typ, dieser Mauritz. Wiggo hatte ihn angeschleppt, und da stand er auf

Dorotheas Party herum, das Weinglas in der Hand, und beobachtete die Leute – uns im allgemeinen und Wiggo im besonderen. Blaue Augen, blondes Haar, kurzgeschoren. Fallschirmjäger. Bin schon bei genug Castings dabeigewesen, um dafür ein Auge zu haben. Wir haben ja alle unsere kleinen zivilisatorischen Andenken, Herr Verteidiger, Bauchansatz, doch, doch, die eine oder andere Plombe im Mund, hier und da gelichtetes Haar, Reifezeichen um die Augen, die Frauen Orangenhaut und beim Test mit dem Bleistift, den sie unter die Brüste legen, mag er ab dreißig nicht mehr runterfallen – aber der hatte nichts davon, da möchte ich wetten; und das war schon fast wieder unheimlich. Der war fit, der war durchtrainiert, der würde jeden von uns binnen Sekunden fertigmachen können, das sah man ihm an. Ich weiß nicht, warum, aber man kriegt ein Feeling für so was in meiner Branche. Man lernt ziemlich gut, echt von unecht zu unterscheiden, und der Typ war echt, der konnte beinhart sein. Die Mädels waren fasziniert, aber sie trauten sich nicht an ihn ran. Der Bursche wirkte kalt wie ein Eiszapfen, lehnte an der Wand, starrte einem nach dem anderen ins Gesicht, knipste fremde Schamröte an, wie er wollte, und kriegte es dadurch fertig, daß sich keiner außer Wiggo mehr getraute, auch nur einen Mucks zu sagen. Na ja, ich getraute mich auch schon noch, große Gatsbys und coole Eastwoods laufen bei mir im Sender schließlich genug herum, wenn Sie sich da immerzu beeindrucken lassen würden, kämen Sie nie zum Mittagessen. Er scannte mich in seinen Röntgenblick, und ich kroch ein bißchen in mich zusammen von wegen der peinlichen Situation und so und dachte, gleich fragt er dich, was die Gespenster deiner Kindheit waren oder wie ich zur Todesstrafe stehe oder zur Folter im Rahmen von Geheimdienstarbeit, Fragen, die sonst nur Wiggo draufhat und die das Betriebsklima auf einer Party regelmäßig heben. Und Bingo. Wovor hast du Angst? fragte er mich plötzlich mit einer Stimme, die knarrte wie eine Tür. Es wurde still, und ich schlug vor: Sinkende Quoten? Ich bin beim Fernsehen. Mauritz kniff die Augen zusammen und fing an, auf und ab zu gehen wie ein Dozent, der einer Seminargruppe das heutige Thema nahebringen will. Wovor man Angst hat, erklärt den Menschen vielleicht besser als alles andere. Natürlich, was man liebt, erklärt den Menschen auch, aber man erfährt, daß Liebe Neid verursacht, nicht gern gesehen wird, jedenfalls von denen, die nicht Gegenstand (er sagte wirklich: Gegenstand) der Liebe sind, deshalb versuchen Menschen oft, sie zu verbergen. Ängste aber lassen sich schwerer verbergen als Liebe. Wie du eine Gabel hebst in einem Restaurant, wie du die Zeitung liest (ich lese übrigens keine, Herr Verteidiger) oder welche Kleidung du bevorzugst: alles trägt den Stempel deiner Angst. Ich sah Wiggo an, der Mauritz anstarrte und rote Backen bekommen hatte und bestimmt gleich in den Diskurs eintreten würde, und dachte mir: kein Wunder

Unangenehm ist es, den Beamten der Kriminalpolizei auf ihre Fragen zu antworten, ihnen zum x-ten Mal den Tathergang zu schildern, jedem neuen Beamten aufs neue; vielleicht verlangen sie das, um nach Widersprüchen zu fahnden, vielleicht, um mich von Ihren Weisungen abzukoppeln, Herr Verteidiger, denn auffällig oft suchen sie sich Tage aus, an denen Sie nicht kommen, werfen scheele Blicke auf das Kuvert, in das ich die besprochenen Bänder stecke, registrieren Ihren Namen darauf, und wenn sie Ihnen begegnen, malt sich Verlegenheit auf den Zügen der Beamten, von denen manche kaum älter sind als ich. Unangenehm auch die Studenten, sie drängen sich ins Zimmer und starren auf meine Wunden, die Jost ihnen zeigt, er fragt nach Verbrennungsgraden und Fraktureinteilungen, Weber A, B und C habe ich gelernt und wie Schultereckgelenksverrenkungen eingeteilt werden, er zeigt Röntgenbilder und stellt seine Fragen, um ins Schweigen hinein mit müder Resignation die Achseln zu zucken, dann bedside-teaching, die entsetzten und zugleich eigentümlich leeren Gesichter der jungen Frauen, manche Studenten im Hintergrund tuscheln, nachdem sie in meine Krankenakte geblickt haben, und dann würde ich am liebsten Raus! brüllen, raus, raus allesamt. Ich lese Manuelas letzten Brief. *Nur Kinder vermuten Gespenster nur im Dunkeln. Ich konnte im hellen Licht eines Sommertags auf dem Kurfürstendamm stehen und den eisessenden, Haute Couture tragenden Witwen im Café Kranzler zusehen; es war nur ein Bild, nicht die schlendernd sich wandelnde, rißlose Wirklichkeit. Ich hatte immer das Gefühl, daß der größte aller Trugschlüsse ist, den Alltag für etwas wie einen konstanten Hintergrund zu halten, vor dem Träume und Visionen vorübergaukeln; daß die sogenannte Wirklichkeit nur ein Film ist, von Dämonen gedreht und abgespielt zu unserer Täuschung und um uns in Sicherheit zu wiegen. Und jetzt, eben jetzt an diesem Sommertag auf dem Kurfürstendamm, können sie genug haben vom Täuschen und Spaß daran finden, uns diese Wirklichkeit wegzunehmen und durch eine andere zu ersetzen – wie man einem Kind, das eine Bilderbrille aufgesetzt hat, eine hübsche virtuelle Giraffe vor den Augen wegnimmt und durch ein zähnefletschendes Ungeheuer ersetzt.* Sie hatte eine Karte beigelegt, die ich immer wieder betrachte: Eine Figur rudert auf einem kleinen Boot durch eine Wasserlache in einem Zimmer, das sie nicht verläßt; rudert an einem Schrank, einem Stuhl, einem Armsessel vorbei

– ich hatte etwas getrunken und dann eine Beruhigungstablette genommen, um schlafen zu können vor diesem Freitag, nicht, daß mich Gewissensbisse übermäßig plagten, ich verdrängte den Gedanken daran, ließ die Demütigungen Revue passieren, mein Leben, das so einfach begonnen hatte und dann immer schwieriger geworden war, eigentlich war alles so unkompliziert gewesen, und die Sonne hatte geschienen, und dann war es dunkler geworden und der Wiggo, der alle Voraussetzungen gehabt hatte für ein glückendes, erfolgreiches Leben, dem fast alles leicht- und zugefallen war, der aber, wenn es darauf ankam, auch hatte kämpfen können, dieser Wiggo lag wach in einem Bett in Friedrichshain, sozial entgleist, und plante, seinen ehemaligen Philosophieprofessor in seiner Wohnung heimzusuchen, in der geisteskranken, aber gerade darum, hatte ich mir überlegt, furchterregenden Verkleidung als Clown, die Maske lag auf einem Stuhl und zeigte ihre Knollennase, das grellgeschminkte Grinsen der Wand, kein Pathos mit schwarzer Rächermaske oder Strumpfgesicht, das wäre der simple Einbrecher, schlimm genug für den alten Mann, aber verdaulich wohl doch, weil nichts Irritierendes blieb außer dem Umstand, daß man auch in seiner Wohnung nicht mehr sicher sein konnte; eine Clownsfratze, das würde ihm unvergeßlich sein, Angst wirkt, wo sie das Kind angreift, so hatte ich es mir ausgedacht; und daß er empfänglich sein würde, wußte ich seit dem Diebstahl des Stoffelefanten

– wie ich einstieg mit einem Nachschlüssel, den Mauritz hatte anfertigen lassen von einem seiner Kumpane in der Schlosserei, in der die Ausrüstung für die Unternehmungen der Cassiopeia hergestellt wurde, wie ich bei Hertwig einstieg in die dunkel liegende Wohnung, Mauritz hatte einen Grundriß besorgt, so daß ich mich in den ersten Augenblicken, in denen ich kein Licht einschalten durfte, würde orientieren können, wie ich, nachdem ich die Tür hinter mir geschlossen hatte, gegen einen Stapel Blechdosen im Flur stieß und blind in der Dunkelheit herumfuchtelte, um den Einsturz des Stapels und den Höllenlärm zu vermeiden, der folgen würde, was mir nicht gelang, im Gegenteil, ich warf mit den Händen noch weitere Dosen um, es schepperte und krachte, so daß ich, in der ersten Reaktion, alles abbrechen und aus der Wohnung flüchten wollte; aber der Strahl meiner Stabtaschenlampe, als ich keuchend und vor Erregung zitternd in eine Ecke gedrückt stand, traf ein Chaos, das durch die von mir umgeworfenen Dosen und die herausgeschleuderten Erbsen, weißen Bohnen und Maiskugeln kaum vergrößert wurde: Zeitungen, zerknülltes Papier, Plastikbeutel voller Müll, in einem Verschlag neben einem Kleiderschrank, mit einem schmutzigen Vorhang versehen, aufgeschichtete Briketts, und Staub, überall Staub; ein Flurspiegel, auf dessen Konsole Bürsten festgekrustet waren, Staubbärte an der von Rissen durchzogenen, zur Mißfarbe von Raucherzähnen vergilbten Decke, Staub nicht mehr in der pudrigen, wenige Tage alten Form, Zeitrauch, sondern festgebacken, Schicht um Schicht übereinandergedrückt und dadurch zu einer Art Schorf vergrindet, der die Glaseinsätze der Türen verdunkelt, den Teppich mit einer rußigen, schlierigen Melasse überzogen hatte, so daß die Ornamente des Wirkwerks nur an den Stellen zum Vorschein kamen, wo Hertwig seltener ging: vor dem kleinen Zimmer, das zur Linken an den Flur grenzte und nach meinem Plan eine Art Vorratskammer oder Abstellgelaß sein mußte; vor dem in ein graues Gespenst verwandelten Klavier in einer Nische am anderen Ende des Flurs; vor der Tür zu dem Zimmer, in das ich gehen mußte, um mich dort zu verstecken und auf Hertwig zu warten, der wie an jedem Freitag erst spätabends nach Hause kommen würde. Er hielt Seminare an der Universität und hatte danach Fachschaftssitzungen oder Personalbesprechungen. Dieses Klavier, das den Staub wie eine glitzernde Haut trug,

Schleifsand mit hängengebliebenen Angoraflocken, die Messingpedale grünspanüberzogen; ich leuchtete alles ab und fragte mich, wie er es aushielt in dem Schmutz, der Verkommenheit, er, der Asthmatiker war; ich fragte mich, warum er keine Putzfrau bestellte, wenn es ihm zuviel war. Ich lauschte und konzentrierte mich, nun schon wieder ruhiger atmend, ob der Lärm, den ich durch mein Ungeschick verursacht hatte, keine unliebsamen Zwischenfälle heraufbeschwören würde: eine neugierige und mißtrauische Nachbarin, die nachsehen wollte, was es gebe in der Wohnung des Professors. Aber es geschah nichts, niemand klingelte. Ich hörte Fernsehstimmen über mir, sehr laut, als ob dort jemand wohnte, der schwerhörig war. Dann räumte ich die Dosen wieder auf, so gut es ging, fand keinen Handfeger in der vor Schmutz starrenden Küche, der Abwasch von Wochen stapelte sich, ineinandergesintert zu einem Turm aus Kaffeesatz und erstarrtem Öl und Speiseresten; so schob ich die Maiskörner und Bohnen auf eine alte Zeitung, die ich in einen der Müllbeutel steckte, dann wusch ich mir, geschüttelt von Ekel, die Hände im Bad, schloß die Augen vor dem kalk- und kukidentstumpfen Glas, in dem, abgesunken in froschiger Lösung, eine Zahnprothese grinste; vor der leprösen Wand in der Duschecke, die Dusche erinnerte mich an ein Saxophon, so war das lange, suppengelbe, sich trichterförmig verbreiternde Rohr gebogen, sie kam von unten, eine Dusche, deren Gießblume nicht traurig herabhing, sondern das Wasser heraufschießen lassen würde, das Bad mußte schwimmen, wenn Hertwig duschte

– wie ich ins Wohnzimmer tappte, schwitzend unter meiner Clownsmaske, der Raum lag stockdunkel, wir hatten von der Straße aus gesehen, als Mauritz den Wagen mit abgeblendeten Lichtern ausrollen ließ, daß die Jalousien vor Hertwigs Wohnzimmer herabgelassen waren, ich stand in der Tür und lauschte, versuchte, ruhig zu atmen, um meinen Puls zu dämpfen, der Fernseher oben war verstummt, nichts regte sich mehr im Haus, allmählich gewöhnten sich meine Augen an die Dunkelheit, einzelne Gegenstände begannen sich aus der Schwärze zu schälen: Bücherregale, ein Schreibtisch mit einer klobigen Schreibmaschine darauf, ich wartete einige Minuten, schaltete meine Lampe an, der Lichtstab leuchtete über ein Stehpult, schnitt eine Vase mit Zinnien aus der Dunkelheit eines Bücherschafts, die Blüten waren zu sprödem Aluminium ausgebleicht, die Vase stand im Staub, ich sah einige kleine Büsten auf dem Regal, erkannte Platon und Sokrates vor einer Reihe von Heidegger-Schriften, sieh an, die postmoderne Aufklärung liest heimlich den deutschen Tiefsinn, dachte ich, hat er nicht in den Seminaren und Vorlesungen wie ein Rohrspatz dagegen geschimpft, aufgekommene Skrupel wischte diese Entdeckung beiseite, ich fühlte mich wieder bestätigt, daß es richtig und gerecht war, was ich hier unternahm, hielt Hertwig für einen Heuchler, der Bestrafung verdiente

– die Fotos auf dem Schreibtisch, die ich lange betrachtete, eine Frau, ein Mann, daneben, auf einem Einzelporträt, ein Junge, sanft gescheitelt, ernst, eine Studioaufnahme mit weichem Licht hinter dem Kopf, war das Hertwig, ich beugte mich hinter die Fotos: *David 1937*, las ich in Hertwigs schleifenreicher Schrift; *Mutter und Vater Dez. 42, Breslau, Dominsel*

– wie ich im Schrank wartete, der eher ein Gelaß in einer fensterlosen Nische des Raums war, durch zwei Schiebetüren abgetrennt, in denen sich Lüftungssiebe befanden, so daß ich den Raum einsehen konnte, und als ich die muffige, von Mottenkugeln und kaltem Tabakrauch saure Luft roch, beschloß ich, mich in dieser Kleiderkammer zu verstecken, die groß genug war, um selbst für den Fall, daß Hertwig sich umziehen wollte, mir zwischen den Dutzenden alter Anzüge, Hemden,

Hosen und Mäntel ein gutes Versteck zu bieten; ich wartete und dachte nach über die Fotografien auf Hertwigs Schreibtisch, der Vater mit Brille, Hut und dunklem Mantel, das Gesicht war eingefallen, der Kopf hing nach vorn, die Frau starrte ins Leere, hatte sich bei ihrem Mann untergehakt und den linken Arm erhoben, als wäre sie vom Schnee geblendet, die Handtasche baumelte herab und verdeckte den hellen Fleck auf ihrer Brust fast ganz, der Vater stand leicht abgewandt vom Betrachter, sein linker, angewinkelter Arm ließ den Stern auf dem Mantel frei, ich wartete im Schrank, hatte mich noch nicht an die schlechte Luft gewöhnt und deshalb die Clownsmaske hochgeschoben, schwitzte, weil ich mir plötzlich idiotisch vorkam in meiner Kostümierung, weil ich begriff, daß ich nichts weiter war als ein Einbrecher, ein gewissenloser Krimineller, der sich anmaßte, Gut und Böse zu richten, was mochte mit den Eltern geschehen sein, mit David, dem blonden Jungen, der so ernst wirkte und wahrscheinlich Hertwigs Bruder war, was war mit ihnen geschehen; ich öffnete den Verschlag, ging zum Schreibtisch, um mir die Fotos noch einmal anzusehen, draußen war es inzwischen Nacht, Laternen streuten ihr Licht durch die Lamellen der Jalousien, beinahe wäre ich, als ich mich umdrehte, an das Regal mit Stofftieren gestoßen, verstaubte Teddys und Affen und Krokodile, aber der Elefant war nicht dabei, wie sie mich ansahen, erstarrt und aus toten schwarzen Augen, Körper ohne Atem, der aber zurückkehren konnte, wenn alles schlief und die Standuhr in der Ecke des Zimmers geschlagen hatte, ich wollte gehen, sofort, aber als ich die Hand nach der Klinke der Wohnzimmertür ausstreckte, hörte ich das scharrende Geräusch des Schlüssels an der Wohnungstür, Panik erfaßte mich, ich hastete in den Kleiderverschlag zurück und löschte meine Stablampe, die ich schreckschnell unter meiner Jacke verborgen hatte, erst dort

– er kam zur Tür herein, als der Staub zurückgekehrt sein mochte, Korn um Korn, das ich aufgewirbelt hatte, an seinen Platz, aber vielleicht auch mit winzigen Verschiebungen gesunken, so daß Hertwig, eher instinktiv wohl als durch eine deutlich sichtbare Veränderung – außer meiner Person im Raum, außer den Dosen und dem Müllbeutel – mißtrauisch geworden war; er hatte den Hut noch auf und blieb witternd stehen, hatte ich Spritzer hinterlassen auf dem Hahn des Waschbeckens, waren die Dosen falsch angeordnet

– wir hatten es so gut ausgekundschaftet, an Freitagen kam er nie vor zweiundzwanzig Uhr nach Hause, und nun war er eben doch eher nach Hause gekommen, für diesen Fall hatten Mauritz und ich ein Zeichen vereinbart: zweimal Lichthupe, aber Mauritz hatte es mir nicht gegeben

– Hertwig wartete, tappte mit dem Stock auf dem Fußboden, tastete einen Halbkreis ab in der Art, wie ein Blinder sich voranbewegt, er trat etwas zurück, so daß ich nur noch die Stockspitze wandern sah, ich hörte sein schweres Atmen, dann das Sprühgeräusch seines Asthmasprays, plötzlich begann er zu kichern, und ich erwartete, daß er mich jeden Moment auffordern würde, mein Versteck zu verlassen: Kommen Sie heraus, Ritter, aus diesem lächerlichen Versteck! Nur ein Idiot wie Sie kommt auf die Idee, sich genau dort unsichtbar zu machen, wo auch der klischeeverliebteste Gutmensch Sie zuerst vermuten würde; dachten Sie ernsthaft, daß ich Ihre amateurhaft verschleierte Anwesenheit nicht bemerkt habe? – Sosehr ich mir gewünscht hatte, ihm gegenüberzustehen, in seiner Wohnung, ihn zu demütigen und mich zu rächen, sosehr wünschte ich mir jetzt, diesen Einbruch nie unternommen zu haben oder wenigstens unbemerkt wieder aus der Wohnung verschwinden zu können, ich hörte, wie Hertwig kichernd hinausging, die Schuhe polternd fallenließ, murmelnd den

Mantel auszog, das Geräusch eines angerissenen Streichholzes, kurz darauf der Duft seines Pfeifentabaks, er machte sich in der Küche zu schaffen, unablässig brabbelnd und kichernd, klapperte mit Töpfen und Geschirr, würde er mich sehen können, wenn ich jetzt mein Versteck verließ, er hatte das Licht in der Stube nicht gelöscht, ich schwitzte unter der Clownsmaske und mußte außerdem auf Toilette, das machte mich wieder wütend

– du bist zu weich, Wiggo, im Grunde bist du sentimental und wehleidig, von Selbstmitleid und Anmaßung getrieben, hörte ich Mauritz' Stimme in mir, ausgerechnet Mauritz hatte das zu mir gesagt, meine Wut wurde stärker, auch mein Haß auf mich selbst, hatte er nicht recht, war ich etwa nicht zu weich, unfähig, etwas durchzuziehen, Mauritz' Bemerkung hatte in mir gebohrt, sie war der Grund gewesen, daß ich den Einstieg bei Hertwig allein unternehmen wollte

– aber dann kann ich dich nicht überprüfen, – Du wirst es wissen, wenn ich lüge; ich bin kein Weichei, Mauritz, – Du bist von der Krankheit der Intellektuellen zerfressen: dem Zweifel, du bist ein Skeptiker, und Skepsis ist die Vorstufe des Zynismus; indem man an allem zweifelt, kommt nichts zustande, dem Skeptiker fehlt nur die Enttäuschung des Zynikers, seine Bitterkeit, die im Grunde gekränkte Liebe ist, der Zyniker ist enttäuscht darüber, daß er nicht glauben darf, hörte ich Mauritz' Stimme in meinem Versteck, der Zweifel, der Zweifel, hallte es nach in mir, du bist verkommen, du bist ein Verbrecher, sagte eine andere Stimme, suche doch für dein eigenes Versagen nicht die Schuld bei anderen, deine Selbstüberschätzung hat wirklich krankhafte Formen angenommen

– das Telefon klingelte, der alte Bakelitapparat auf einem Tischchen neben dem Klavier, das einzige, was in dieser Ecke nicht staubig gewesen war, ein massives schwarzes Telefon mit hochliegender Wählscheibe und litzenumwickelter Leitung, ein antiquarischer Apparat, jetzt, als das Klingeln Hertwigs Geschirrklappern zerschrillte, wunderte ich mich darüber, daß in dieser Wohnung moderne Technik, Computer, Fax, Mobiltelefon, vollständig fehlten, jedenfalls in den Räumen, die ich erkundet hatte, auch einen Fernseher gab es nicht, das allerdings war nicht ungewöhnlich für Philosophen, immerhin, überlegte ich, konnte Hertwig sein Renommee auch von der Universität aus verwalten, zuhause wollte er womöglich ungestört sein, war nur über das alte Telefon mit der Außenwelt verbunden, und gewiß kannten seine Nummer nur wenige vertraute Menschen

– sentimental sentimental tu's doch Wiggo tu's doch

– ohne seinen Namen zu nennen oder den des anderen zu erfragen, begann Hertwig zu sprechen, er sagte du und Gerald, ich hörte schwitzend zu, wie er und sein Gesprächspartner, es mußte einer seiner Kollegen sein, die jüngsten Veröffentlichungen der philosophischen Welt durchhechelten: Hast du den Unsinn gelesen, den dieser XY verzapft hat? Der ist doch ein Schüler von diesem ABC ... Kein Wunder, aus dieser Gegend hat schon immer der Stuß geschossen, so ging es eine Weile weiter, mich packte wieder die Wut bei diesen Tiraden, nur die Überlegung, daß der andere alles würde hören können, wenn ich Hertwig angriff, hielt mich davon ab, aus der Kleiderkammer zu stürmen und mein Vorhaben doch noch auszuführen

– wie willst du es beweisen, daß du etwas getan hast? Wenn du dich nun versteckst und etwas behauptest, das nie stattgefunden hat, – Er wird mich anzeigen, – Glaubst du? Ich bin mir nicht sicher ... Es kommt vor, daß Überfallopfer schweigen, aus Angst vor Racheakten; sie kaufen sich dann eine Waffe und warten, – Wer garantiert mir, daß ihr haltet, was du versprichst? – Ich gebe dir mein Wort! Mein *Wort*, Wiggo! Wer sein Wort bricht, ist es wert zu sterben. Ich sah Mauritz an, um zu sehen, ob er scherzte, aber sein Gesicht war grau wie Stein. – Bring uns eine Haarsträhne von ihm. Nimm eine Schere oder ein Messer mit und schneide ihm einen Strang, – Seiner Weisheit, – Oder ein Ohrläppchen? Wie in vergangenen Zeiten? Schnipp! Struwwelpeter! – Mensch, Mauritz ... Und dann stellst du mich allen vor? – Eine Haarsträhne genügt

– wie ich wartete und mich abzulenken versuchte und es schließlich nicht mehr aushielt, Hertwig war ans Stehpult gegangen, nachdem er, einen Topf in der Hand, nickend, kichernd und murmelnd, in der Stube auf und ab stolziert war mit den gleichen Verrenkungen, die er in den Vorlesungen zu vollführen pflegte, mit eingezogenen Schultern und ruckenden Bewegungen, die Vogelkopffrisur, ich mußte an einen Marabu denken, wie er die Beine hob und gravitätisch senkte, und dazu Brei aus dem Topf in sich hineinlöffelte; nun stand er mit dem Rücken zu mir, blätterte in einem Folianten und kritzelte Kommentare an den Rand, – wie ich mir also ein dikkes, nach kaltem Schweiß und Tabak stinkendes Flanellhemd nahm, um mich zu erleichtern, während Hertwig sich den Bleistift hinters Ohr steckte, die Hände auf den Rücken legte und mit gesenktem Kopf, grimassierend Zustimmung und Ablehnung verteilend, dem Text nachsann, ich ging nach getanem Geschäft in die Hocke und legte das uringetränkte Hemd im hintersten Winkel der Kleiderkammer ab

– wie er dann endlich ins Bett kroch, er hatte die Tür offengelassen beim Duschen, so daß ich das Rauschen des Saxophons und Hertwigs kindlich vergnügte Ächzer hörte; er war zurückgekommen mit einem Mickymaus-Heft, das aus der Tasche seines Bademantels lugte; mit der Brille auf der Nase und einem freudigen Schmunzeln war er ins Nachbarzimmer gegangen

– und du hast nichts unternommen, verdammt, was ist los mit dir

– höre ich Mauritz' Stimme noch jetzt, Herr Verteidiger, wie ich wartete im Schrank, bis der alte Mann wieder ins Wohnzimmer gekommen war, um Brille und Heft im Klappfach des Stehpults zu verstauen, wie ich wartete im Dunkel, als er das Licht in der Wohnung gelöscht hatte und der fahle Schein der Straßenlaternen durch die Jalousien sickerte

– er ist in Auschwitz gewesen, Mauritz, – Woher willst du das wissen, hing ein Satz Häftlingsdrillich in diesem Kleiderschrank, – Die Nummer, ich habe die Nummer gesehen auf seinem Arm, als er an mir vorbeiging

– na und, verdammt nochmal? Kann einer, der im KZ gesteckt hat, nicht trotzdem ein Arschloch sein?

[*JOST F.* {...}] wir saßen in der U-Bahn und fuhren Richtung Ku'damm, um noch etwas zu essen. Mauritz war schweigsam, schwarz und hochgeschlossen gekleidet wie immer, wenn ich ihn sah. Es war etwas Priesterliches in dieser Kleidung, das von der Bleichheit seines Gesichts unterstrichen, von der Härte seiner Züge und der scharf gebogenen Nase jedoch abgewiesen wurde. Er saß mir mit herausfordernd verschränkten Armen gegenüber, ich glaubte, daß er mich oder den neben mir sitzenden Patrick beobachtete, die Augen zu Schlitzen verengt, scheinbar schläfrig, in Wahrheit aber hellwach, denn er sagte plötzlich mit seiner immer wie angeschärft wirkenden Stimme: Mit diesen Leuten wird es Ärger geben, und nickte ins Wageninnere. Vorn waren einige Skinheads zugestiegen, Springerstiefel, Armeehosen; alle trugen Baseballschläger. Der größte von ihnen hielt einen Kampfhund an kurzer Leine, ohne Maulkorb, wie das in Berlin so üblich ist. Wiggo und Mauritz wechselten einen Blick. Mauritz verneinte langsam, starrte wieder nach vorn. Die Passagiere wichen bis hinter unsere Plätze zurück und beobachteten, was geschah, die meisten übrigens eher neugierig und mit einem deutlich sensationslüsternen Ausdruck auf den Gesichtern. Die Skins schlenderten auf ein verängstigt in ihre Sitze geducktes Pärchen zu, ich hielt sie für Araber, tippten mit ihren Baseballkeulen gegen die Beine des außen sitzenden Mädchens und pöbelten sie an. Vorn baute sich der mit dem Kampfhund auf, ein bulliger Kerl mit schubladenhaftem Unterkiefer und talgiger Haut. Der Hund zerrte an der Leine, kam bis auf Zentimeter an die Beine der Frau heran. Niemand unternahm auch nur das geringste. Im Gegenteil. Die Leute schienen die Situation insgeheim zu genießen, zumal sie bemerkten, daß nicht sie Ziel der Pöbeleien waren. Ich zog mein Handy heraus und wollte die Polizei rufen. Der Notruf war besetzt, ich mußte erneut wählen. Plötzlich sah ich das wutverzerrte Gesicht eines der Skins vor mir, er schlug mir das Handy mit seiner Keule aus der Hand: Wohl auch so 'n Kanakenfreund, was! Mauritz zog Handschuhe über; er wirkte sehr ruhig und beherrscht, als er aufstand und dem Kerl, der seinen Baseballschläger drohend erhoben hatte, sagte: Verschwinde, und melde deinen Kumpanen, sie sollen die Leute in Ruhe lassen! Der Kerl stutzte, wie jemand, der glaubt, sich verhört zu haben, blinzelte, besah sich Mauritz von oben bis unten. Der Baseballschläger wippte in der Luft. Überraschung und Wut wechselten auf dem Gesicht. Machen Sie sich nicht unglücklich, junger Mann, kam es von hinten, aber Mauritz blieb ruhig stehen, fast starr, die Augen auf das Gesicht des Skinheads gerichtet. Keine Angst, sagte er. Willst du den Helden spielen, du Wichser? brüllte der Skinhead und holte aus. Dann ging alles so schnell, daß ich selbst in der Erinnerung, die immer verlangsamt, die Fäden nicht ganz entwirren kann. Der Kerl knickte in der Mitte ein wie eine durchgehackte Zaunlatte, der Kopf befand sich in Höhe von Mauritz' Gürtellinie, Sekundenbruchteile später krachte Mauritz' Knie von unten mit voller Wucht gegen das Kinn. Der Kerl riß die Arme zur Seite und segelte nach hinten, prasselte in die gegenüberliegende Bank, die die Leute längst verlassen hatten. Ich hörte einen dumpfen Aufschlag. Der Kopf mußte gegen eine Kante geprallt sein. Gleich darauf rann Blut auf dem Boden vor. Dorothea, Patrick, Wiggo: wir saßen alle erstarrt. Das Blut kam auch aus den Mundwinkeln. Der Kerl lag bewußtlos da. Komisch, wie dann Routinedenkmuster zünden, sofort begannen bei mir die üblichen Notfallambulanz-Schemata abzuschnurren: Verdacht auf Schädelbasisfraktur, Pupillenreaktion prüfen, Glasgow-Coma-Scale, CT, Platzwundenversorgung undsoweiter. Mauritz fischte mit einer blitzschnellen Bewegung den Baseballschläger unter dem Sitz hervor. Langsam, wie in Trance, die Waffe in der Hand wiegend, ging er nach vorn auf die drei anderen Skinheads zu, die noch gar nicht richtig begriffen zu haben schienen, was vorgefallen war. Laßt die Leute in Ruhe, wiederholte Mauritz mit heiserer Stimme. Der mit dem Kampfhund stieß ein verblüfftes Glucksen aus, beugte sich nach vorn, wie um sich mit eigenen Augen von der Realität der Geschehnisse zu überzeugen – diese Geste, wenn man darum bittet, in den Arm gekniffen zu werden –, lächelte dann und zog den Nothalt-Hebel. Was hast du gesagt, fragte der Kerl, nachdem die U-Bahn stand und wir uns einigermaßen aufgerappelt hatten. Mauritz war stehen geblieben. Das Licht flackerte, erlosch aber nicht. Ihr sollt die Leute in Ruhe lassen, habe ich gesagt. Die können nichts dafür, daß sie nicht den Vorzug hatten, in diesem Land geboren zu sein, das immer mehr Dummköpfe wie dich hervorbringt. Der Kerl glotzte Mauritz an, wechselte einen Blick mit seinen Kumpanen, hob den Zeigefinger: Du bist dran, Freund, du kommst ins Krankenhaus, dann ließ er den Kampfhund los, der in zwei, drei riesigen Sätzen auf Mauritz zusprang. Jemand schrie. Der Hund prallte zurück wie von einer Betonmauer. Der Kopf war in der gleichen schmetternden Bewegung nach hinten geknickt wie bei dem Kerl, der noch immer reglos zwischen den Sitzpolstern lag und blutete. Der Hund winselte. Mauritz hob die Baseballkeule und ließ sie auf den Schädel des Tieres sausen. Nie werde ich dieses Geräusch vergessen, malmend und knirschend, wie ein Boxhandschuh gegen einen Sandsack rammt oder ein Dreschflegel gegen einen Zentner Mehl. Der Hund blieb liegen. Mit einem Satz war Mauritz über ihm, packte die Keule mit beiden Händen und ließ sie wie einen Vorschlaghammer auf den Schädel krachen. Gehirnbrei trat aus, pappte gegen einen der Sitze. Mauritz stieß den Kadaver unter eine Bank, duckte sich, weil der Besitzer des Hundes auf ihn zurannte mit ausgeschnapptem Messer, aber Mauritz wich aus und knüppelte ihm gegen das Knie, so daß der Kerl der Länge nach hinschlug. Das Messer rutschte zur Seite. Mauritz las es auf, beugte sich über den Mann und stach es ihm, es schien mir, als suchte er einen Augenblick die günstigste Position, mit unbeteiligtem Gesichtsausdruck in den Oberschenkel. Der Mann brüllte, ruderte mit den Armen in der Luft herum, schrie nach seinen Kumpanen, konnte aber nicht aufstehen. Mauritz hob den Kopf, starrte die anderen beiden an. Die Araber hatten die Köpfe mit den Armen bedeckt. Die Frau wiegte sich hin und her, als schaukelte sie ein Kind. Mauritz sagte: Raus. Die beiden Skins nickten, gingen zur Tür, rüttelten daran, blickten hilflos zu Mauritz. Er glitt leicht gebückt auf sie zu, manipulierte am Türrahmen, riß die Tür auf und befahl die beiden mit einer entschiedenen Kopfbewegung hinaus. Dann nickte er Wiggo zu: Laß uns verschwinden, deutete mit dem Baseballschläger in Richtung des Schlachtfelds und sagte mit seiner heiseren Stimme: Tut mir leid für den Müll da. Wiggo und er verschwanden kurz nach den beiden Skinheads in der Dunkelheit des U-Bahn-Schachts. Dorothea und ich kümmerten uns um die Verletzten. Es ging weiter, an der nächsten Station kam der Fahrer, brachte die Polizei mit. Die U-Bahn wurde gesperrt, Protokolle wurden aufgenommen, wir mußten aufs Revier

– am liebsten wäre ich aus meinem Versteck hervorgekommen, hätte mich dem alten Mann zu erkennen gegeben, so schämte ich mich, und ihn um Verzeihung gebeten, aber die Furcht, er könnte sich zu Tode erschrecken oder es nicht zu einer Erklärung kommen lassen, hinderte mich. Ich saß in dem stickigen Versteck mit in die Stirn geschobener Clownsmaske und hatte Angst, daß Hertwig mich entdecken könnte, wenn ich mich vor zur Tür schlich. Geschieht dir recht, dachte ich. Aus dem Nebenzimmer hörte ich Hertwigs gleichmäßige, rauhe Atemzüge. Von der Straße blinkte Mauritz. Ich wartete noch eine Weile, die mir unendlich lang vorkam, zählte bis dreihundert. Hertwig wachte nicht auf, als ich die Wohnung verließ, das rauhe Atmen war in Schnarchen übergegangen

– Du hast nicht bestanden, ist dir das klar? – Laß mich in Ruhe! – Und ich habe für dich gebürgt, mit meinem Namen ... Du hast mich enttäuscht

Jost ist ein angenehmer Mensch. Wenn Chefvisite ist, rückt eine weiße Traube ins Zimmer; er spreizt sich nicht eitel, wie es manche seiner Kollegen tun, klappert nicht, die Hände in den übervollen Kitteltaschen, mit irgendwelchen darin befindlichen Gegenständen herum, sondern hält sich neben der Stationsschwester und übersetzt ihr das Kauderwelsch des Professors und seiner Oberärzte, die mit sterilen Pinzetten über meine Wunden gebeugt stehen oder mit zweifelnd gerunzelter Stirn Röntgenbilder betrachten und Augurenworte murmeln, in brauchbare Anweisungen. Ich glaube, daß die Stationsschwester die Chefvisiten haßt, weil sie die Ordnung durcheinanderbringen, die sie in mühevoller Arbeit aufgebaut hat, weil die jungen Ärzte, das kann man ihrem Gesichtsausdruck entnehmen, wenn sie mißtrauisch über die Ränder ihrer Brille äugt, von nichts eine Ahnung haben und mit ihren ungeschickten Händen, wie sie nicht einmal bei Schwesternschülerinnen vorkommen, alles unsteril machen. Ich genieße Sonderstatus. Ich begreife kaum etwas von dem, was die Ärzte sagen, aber ich bin der, um den es geht, so will es mir scheinen. Jost wird, wenn die Traube das Zimmer verlassen hat und auch mich ein letzter mißtrauischer Blick der Stationsschwester gestreift hat, noch einmal zurückkommen und mir die entschieden, aber sehr knapp vorgetragenen Anordnungen des Professors erklären, und wenn er nicht kommt, weiß ich, daß er keine Zeit hatte, sofort in den OP mußte oder sich, umschwirrt von Schwestern- und Pflichtassistentenschwärmen, ins laue Bad der Stationsroutine geworfen hat. Wenn der Stationsarzt operiert, führt Jost die Geschäfte, und er führt sie gut, wie ich höre, die Patienten sind zufrieden. Endlich mal einer, der klare Worte spricht, sagen sie, der weiß, was er will und nicht denkt, daß wir blöd sind. Manchmal verliert er Zeit, wenn er bei mir ist, wenn er wissen will, was ich lese und mir mit einem traurigen Unterton in der Stimme, der sowenig zu hartgesottenen Unfallchirurgen passen will, sagt, daß er kaum noch Zeit habe für Lektüre außerhalb der Fachblätter, Bürokratie und Lehrbücher; wenn er die CDs begutachtet, die mir Dorothea schenkt oder aus meiner Wohnung mitbringt. Bach vor allem. Henryk Szeryng spielt die Sonaten und Partiten für Violine solo, schnörkellos und entschieden. Ich liebe die spätere Aufnahme mehr als die frühe, auf der seine Violine, ich weiß nicht genau, ob es eine Stradivari ist, dunkelblau klingt. Ich habe Angst

– was nehme ich für eine Rolle bei dir ein, Mauritz? Die eines Hofnarren? – Daran ist nichts Verächtliches. Du bist ein Philosoph. Einer, der die Wahrheit sucht. Das tue ich auch, aber im Unterschied zu dir versuche ich, das, was ich als Wahrheit erkannt habe, in die Tat umzusetzen. Du bist der Philosoph, ich bin der Tatmensch. Genügt das nicht? Vor zweitausend Jahren hat es genügt, und ich glaube nicht, daß seitdem wirklich etwas geschehen ist, abgesehen von Auschwitz und Gulag. Alexander und Aristoteles, das ist das Modell, soviel zu deiner Frage. Der Mächtige braucht jemand, der ihm einen Spiegel vorhält, der ihm die Wahrheit sagt und der auch den Mut hat, die Wahrheit zu sagen. Es ist in seinem Interesse, daß es einen Menschen, wenigstens einen, gibt, der ihm reinen Wein einschenkt. Er braucht ihn, um sein Werk zu errichten. Und um es zu erhalten. Das ist oft das schwierigere Geschäft. Das Werk erhalten. Vor diesem einen Menschen, der mit dem Mächtigen sehr vertraut sein, aber dennoch Abstand zu ihm haben muß, darf es kein Geheimnis und keine Eitelkeit geben. Das war der Fehler so vieler Herrscher: Sie hatten diesen einen Menschen nicht, und wenn sie ihn hatten, haben sie ihn nicht vertragen und ihn beseitigen lassen, weil er ihrer Eitelkeit nicht schmeichelte. Aber meine Eitelkeit ist mein Werk, nicht meine Person. Meine Eitelkeit ist es, diese Zeit aus ihrer Finsternis zu führen, den erschlafften Menschen wieder ein Ziel, eine Utopie, eine Hoffnung zu geben. Ich leiste mir dich, um mir die Kritik zu leisten, die mir hilft, mein Werk zu schaffen

– an jenem Sommertag sah ich Frenss zum ersten Mal in

Uniform, er stand neben Mauritz auf einem Kommandostand, einer Art Tribüne über dem Exerzierfeld, das sich inmitten seines ausgedehnten Besitzes südlich von Berlin befand, Kiefern und Sand und hohe abschirmende Hecken, karger märkischer Boden, über den jetzt eine *Kompanie Kameraden* robbte, unter ihnen auch ich, schweißüberströmt in der Uniform, die Frenss aus alten Kampfgruppenbeständen der DDR für die Cassiopeia besorgt hatte. Der Oberst – Frenss war früher Kommandeur einer Spezialtruppe der Bundeswehr gewesen – und Mauritz erschienen mir als flimmernde schwarze Kleckse im Gegenlicht, aber ich machte weiter, denn ich wußte, daß Mauritz uns mit dem Feldstecher beobachtete, ich machte weiter in der metallisch treibenden Industrial-Musik, die aus den Boxen vor der Tribüne hämmerte, Manuela war vor mir, ich mußte alle meine Kräfte aufbieten, um zur Schmach, daß eine Frau mich besiegen konnte, nicht noch die kommen zu lassen, daß ich nicht alles gegeben hatte, um das zu verhindern

– du wirst nicht zur kämpfenden Gruppe gehören, Wiggo, deshalb bekommst du nur die Grundausbildung, die bei uns jeder durchlaufen muß, ich erwarte, daß du die Zähne zusammenbeißt und trainierst, bis du körperlich wenigstens so weit bist, daß du eine Einheit durchhalten kannst, wie sie lachten, grinsten, die anderen, denen ich zugeteilt war, ein Zug, wie Frenss sagte, der uns mit nackten Oberkörpern hatte Aufstellung nehmen lassen, Mauritz hob die Hand, das Gelächter verstummte sofort: Kameraden! Ich erwarte, daß niemand über Kamerad Ritter lacht, der sich freiwillig der Ausbildung unterzieht, obwohl er im Strategischen Stab unserer Organisation tätig sein wird. Er hat ein Philosophiestudium mit glänzenden Noten absolviert, mit ihm stellt einer der besten jungen Köpfe des Landes seine Intelligenz in den Dienst der Organisation. Ich verlange Achtung, Kameraden! Dann hob Mauritz den Arm zum Gruß der Cassiopeia: gestreckter Arm, geballte Faust, wir hoben die Arme mit der geballten Faust zum Gegengruß, Kampf, sagte Mauritz, Kampf! brüllten wir zurück

– eine Einheit: Frenss stellte die Motoren unter den Gladiatorenmühlen an, wie mein Nachbar im Zug sie nannte. Zwei Propeller, die an einer Achse befestigt waren und rotierten, sie bildeten einen Hundertachtzig-Grad-Winkel und waren nach außen versetzt, einer in Knie- der andere in Schulterhöhe angebracht. Ich erinnerte mich an einen Spartacus-Film mit Kirk Douglas und wußte, bevor der Zugführer in eine der Mühlen sprang, was zu tun war. Zug – vorwärts! befahl Mauritz, und jeder rannte zu einer Mühle. Ich zögerte davor, mußte mich erst dem Rhythmus anpassen, hatte Angst vor den beiden Propellern, die mit einem wetzenden Geräusch kreisten. Frenss stand an den Reglern und bellte kurze Kommandos, beschleunigte den Rhythmus, verlangsamte, ich war schon nach zwei, drei Minuten Auf und Nieder auf dem Sandboden erschöpft und taumelte aus der Mühle, knapp verfehlt nur vom oberen Propeller. Ich bin noch nie eine Sportskanone gewesen und schämte mich vor den anderen, deren durchtrainierte Körper bald von Schweiß glänzten, während rauh und rhythmisch zum Hase-Hüpf-Spiel das Hej, Ho!, Hej, Ho! aus den Kehlen drang, ich schämte mich vor Manuela, die neben Frenss aufgetaucht war und mich mit einem eher mitleidigen als spöttischen Blick bedachte, und wenn schon der Spott einer Frau, die man liebt, schwer zu ertragen ist, Herr Verteidiger, so ist es ihr Mitleid um so schwerer. Ich keuchte und wollte dennoch zurück in die Mühle und Manuela beweisen, daß ich kein Schlappschwanz war. Nicht einmal eine richtige Halse kriegst du zustande, mein Sohn, aber Frenss pfiff mich mit seiner Trillerpfeife zurück. Die Mühlen stoppten. Mauritz hatte das Oberteil seiner schwarzen Uniform ausgezogen, ließ die

Verschalungen der Propeller abziehen und nickte Frenss zu, die blanken Schneidblätter setzten sich langsam in Bewegung, alles starrte zu Mauritz, der mit stoischem Gleichmut, präzise und anscheinend ermüdungslos wie eine Maschine, den zwei rotierenden Klingen auswich. Frenss erhöhte die Drehzahl. Es schien mir Wahnsinn, was Mauritz da riskierte, und mir grauste vor dem Gedanken, daß er das auch von mir verlangen könnte. Er keuchte nicht wie wir anderen, die wir ausgepumpt im Schatten der Tribüne hockten und zusahen, wie er mit der Leichtigkeit und Eleganz eines asiatischen Kung-Fu-Kämpfers den sensenhaft mähenden Klingen auswich, jeden Rhythmuswechsel beherrschend, zehn Minuten, eine Viertelstunde, zwanzig Minuten, sein Oberkörper mit den wie Flechtstahl feinen Muskeln glänzte kaum, als er aus der Maschine sprang und Frenss zunickte

– die Ratte hing mit dem Kopf nach unten, ich sah die Pfoten verzweifelt in der Luft nach Halt greifen, die beiden mittleren Krallen waren länger als die äußeren. Die bloßen gelben Nagezähne zu sehen, die Mauritz' Arm zu erreichen versuchten, um ihn zu beißen, erfüllte mich mit Widerwillen. Mauritz lächelte. Man hörte keinen Laut außer dem Fiepen des Tiers. Es mochte spüren, daß es in tödlicher Gefahr war, die Pechaugen flackerten, die Lider schienen von Rasierklingenschnitten zu klaffen. Mauritz' Züge verhärteten sich. Nicht, laß sie doch laufen, Mauritz, stöhnte Manuela. – Nein, und ihr werdet mir zusehen, wie ich sie töte, sagte Mauritz mit kalter Stimme. Er nickte Frenss zu, der den Azetylenbrenner anzündete. Am Rändelring stellte Mauritz die Flamme zu einer blauen Lanze scharf. Die Ratte schrie, wie ich noch nie ein Lebewesen hatte schreien hören. Mauritz ließ die Flamme langsam näherkommen. Die Ratte strampelte und zuckte aus Leibeskräften, doch er hielt sie mit eisernem Griff fest. Manuela schlug die

Hände vor die Augen und wollte hinausgehen, aber Frenss versperrte ihr den Weg. Ich sah hin, ich wollte wegsehen, aber ich konnte es nicht. Damit ihr die Gefühlsduselei überwindet, sagte Mauritz. Denkt an das, was ihr haßt – es ist diese Ratte! Habt ihr Mitleid mit einer Ratte?

– eine Einheit: Sturmbahnlaufen, Nahkampfübung. Angriff mit dem Messer im Eisenbahnabteil, Flugzeug, in der U-Bahn, erklärte Mauritz. Wenig Platz zwischen den Sitzen. Das Messer ist die gefährlichste Waffe. Nicht, weil es wirklich die gefährlichste ist, sondern weil die Menschen die größte Angst davor haben. Aber um lebensgefährlich zu verletzen, muß die Klinge ungefähr zehn Zentimeter tief eindringen. Ausnahme: Stich in die Halsschlagader oder in die Augen. Die meisten Opfer weisen Dutzende von Stichen auf. Ihr seid also in der Regel selbst nach mehreren Stichen noch kampffähig. Oberstes Gesetz: Nie die Hand oder den Arm ausstrecken! Statt dessen: ansatzloser Schlag auf das Handgelenk. Er ließ meinen Nachbarn vortreten. Er hieß Dirk, ehemaliger Rechtsanwalt aus Berlin, Mitglied der Organisation Wiedergeburt und Gehilfe in Mauritz' Patentanwaltskanzlei, nachdem ihn die Anwaltskammer ausgeschlossen hatte. – Du mußt auf das Herz schlagen, du mußt die Faust so kräftig ballen, daß die Knöchel weiß werden, nur so legst du alle Kraft hinein, paß auf, so, sagte Mauritz und ließ seine Faust in einer blitzschnellen, ansatzlosen Bewegung vorschnellen. Dirk öffnete den Mund und bekam glasige Augen, seine Arme, auf halbem Weg stehengeblieben, vollführten suchende, hilflose Bewegungen, Mauritz trat zur Seite, und Dirk glitt in sich zusammen wie weichgekochte Spaghetti, dann rutschte er zu Boden. Sein Kreislauf ist geschockt, und wenn ich ihn ein zweites Mal an dieser Stelle erwische, ist er hinüber. Ihr seht, daß es allein auf Geschwindigkeit nicht ankommt. Hinter jedem Faustschlag muß die volle Körpermasse stecken. Möglichst viel Masse auf einen möglichst kleinen Punkt konzentrieren, darauf kommt es an, Kameraden. Die wirklich wirksamen Schläge zielen aufs Ohr, das Herz, den Solarplexus und den Kehlkopf. Dirk lag noch immer am Boden. Mauritz bückte sich: In ein paar Augenblicken ist er wieder da

[*DOROTHEA R.* {...}] manchmal, wenn er vom Arbeitsamt kam, erkannte ich ihn kaum wieder, wie er die Fäuste ballte und in der Küche seiner schrecklichen Wohnung, dieser Klosterzelle, Tassen und Teller in berserkerhafter Wut auf den Boden warf, wie er vor Verzweiflung stöhnte und dann manchmal einfach auf dem Stuhl zusammenklappte, den Kopf in den Händen barg und weinte, und wie ich ihn dann zu trösten versuchte und wußte, daß es nichts nützte, daß ich ihm nicht helfen konnte. Die lassen einen kaputtgehen, Dorothea, nichts, man kann nichts tun, es führt einfach kein Weg rein. Du hast in diesem Land keine Zukunft, und wenn du dich auf den Kopf stellst ... So verpufft deine Jugend, so wirst du verschwendet und beiseite geworfen, einfach pfft, er riß die Arme hoch, und dann begann er zu lachen. Das waren die Momente, in denen ich mich vor ihm fürchtete. Er lachte, hoch und schrill, ging ans Fenster, wippte auf den Absätzen, streckte die Hand aus, Daumen und Zeigefinger abgewinkelt: Paff, sagte er, paff, paff

– die einzige Staatsform, die Schopenhauer sich denken konnte, erklärte ich in einer Pause, war *die Despotie der Weisen und Edelen einer aechten Aristokratie, erzielt auf dem Wege der Generation, durch Vermählung der Edelmüthigsten mit den klügsten und geistreichsten Weibern,* wie er schreibt. – Der Unterschied zu uns ist, sagte Mauritz, der mir wie alle anderen aufmerksam zugehört hatte, wir wollen den Umsturz durch Terror. Durch Generation, unter uns, Wiggo, das ist so lange Humbug, wie die Gentechnik nicht beherrscht ist. Erst dann kann man etwas tun. Die Schriftsteller und Intellektuellen jammern immer herum in ihren Büchern, klagen über die Unabänderlichkeit der Welt, die in Wahrheit eine Unabänderlichkeit des Menschen ist ... Man muß den Menschen verändern, um die Welt zu ändern ... Die Ideologien der Vergangenheit sind gescheitert damit ... Also muß an den physischen Grundlagen etwas geändert werden! Sie jammern, diese Intellektuellen, dabei ist jedes ihrer Bücher ein Lamentieren nach Utopia! Aber wenn es zum Treffen kommt und einer es in die Tat umsetzen will, kneifen sie den Schwanz ein ... Plötzlich ist es also nichts mit dem, das ihre Bücher anstreben ... Sie meinen es gar nicht ernst! Und deshalb kann man sie selbst auch nicht ernst nehmen ... Haben sie denn wirklich ein Interesse daran, die bestmögliche Gesellschaft zu errichten? Dort, wo alles gut ist, dort, wo Utopia verwirklicht ist, haben die Schriftsteller nichts mehr zu schreiben, die Philosophen nichts mehr zu philosophieren ... Der Weltzustand, wie er ist, liefert ihnen Stoff für ihre Existenz ... Immerhin, das, was wir vorhaben, ist eine sehr langfristige Aufgabe. Prinzipiell aber hat Schopenhauer recht. Elite. Geistesaristokratie. Es wird nicht in einer Generation geschehen. Es wird dauern. Aber es wird erfolgreich sein. Wir werden Märtyrer sein für die Erneuerung

– eine Einheit: die Schießübungen. Ich empfand plötzlich, im Zustand großer Erschöpfung, in den mich die ungewohnte körperliche Verausgabung versetzt hatte, eine finstere Wollust dabei, die Pistole zu heben und zu schießen schießen schießen, bis das Magazin leer war, das Geräusch der ausgeworfenen Patronenhülsen, wenn ich den Abzug betätigte und wir eine Apfelsine oder eine Ein-Kilo-Packung Zucker pulverisierten, unbeschreibliches Gefühl, etwas von Macht lag darin, von Endgültigkeit, Schlußmachenkönnen, Unwiderruflichkeit, es war die Reinheit der Entscheidung, die mich mit so tiefer Befriedigung erfüllte, daß ich über mich selber erstaunt war. Ich hatte geglaubt, kein sehr militaristischer Mensch zu sein. Mauritz hatte gesagt: Wer schießt, hat die Demokratie mit ihren Querelen, ihrem Grau in Grau, ihren Kompromissen, ihrer *Legierungshaftigkeit,* hinter sich gelassen. Er denkt nur noch in Schwarz und Weiß. On and off. Du oder ich. Freund oder Feind. Für mich oder gegen mich. Er ist Aristokrat im Moment des Handelns, er wirft seine Existenz in die Waagschale gegen die eines anderen. Der Kriegszustand, Kameraden, ist die konsequente Verkörperung des aristokratischen Gedankens, doch ist nicht mehr der Heldentod die konsequenteste Verkörperung, sondern das heldenhafte Leben. Heute ein König zu sein, gibt es nur noch einen Weg: am Leben zu bleiben für eine große Aufgabe

– Gegenlicht, das mich blendete, als der Kohlweißling aus dem Türchen purzelte, seinen Sturz aber sofort abfing und das Zickzacknähen seines Flugs begann

– die schwerste Übung: einen Schmetterling im Flug treffen, wer das schafft, ist ein Meisterschütze

– höre ich Mauritz' Stimme, Dirks Achtunddreißiger neben mir blaffte los und stickte Lichtlöcher in das schwarze Papier vor dem Kugelfang, auch ich schoß, aber meine Hand zitterte von dem, was Mauritz als eine Einheit bezeichnet hatte. Der Schmetterling verschmolz mit dem Licht und war verschwunden. Dann war Manuela an der Reihe, die Aufgabe wechselte, lange, schmale Schießscheiben klappten auf. Sie stand mit geschlossenen Augen, die Waffe an den Lippen, mit dem Rücken zur Schußbahn. Ein Signal ertönte. Sie wirbelte herum, suchte Sekundenbruchteile die Silhouette, dann war das dumpfe Dschug-Dschug schallgedämpfter Schüsse zu hören, bis in der Mitte der Figur, justiert durch konzentrische weiße Kreise, ein Loch entstanden war, nicht größer als das Zifferblatt einer Damenarmbanduhr. Manuela hob den Lauf, Rauch quoll aus dem Schalldämpfer, Frenss blickte durch den Feldstecher: Du bist nervös, Manuela

– am Leben zu bleiben für eine große Aufgabe, denn diese Gesellschaft ist beherrscht vom Sterben wie die überkommene Philosophie, die verstanden werden kann als Vorbereitung auf das Sterben: thanaton melete; wir aber setzen dieser Gesellschaft das Ideal der Unbotmäßigkeit entgegen ... Der größte Widerstand, die größte Unbotmäßigkeit gegen diese Gesellschaft ist, am Leben zu bleiben

[*PATRICK G.* {...}] wir gaben Wiggos Adresse an. Es dürfte Sie wahrscheinlich weniger Mühe kosten als mich, nachzufragen, ob die Polizei ihn aufgesucht hat – wovon ich überzeugt bin. Ich las eine kurze Notiz über die Sache. Die beiden Skins waren in ein Krankenhaus gebracht worden. Dem ersten hatte Mauritz ein hübsches Schädel-Hirn-Trauma (Hirn?!) verpaßt, der hatte intensivmedizinisch behandelt werden müssen. Ich recherchierte ein wenig nach. Ich dachte, vielleicht springt eine gute Story raus, immerhin bist du beim Fernsehen, besuchte Wiggo, aber der war fast zwei Wochen nicht da. In dieser Zeit war auch seine komische Philosophische Praxis geschlossen. Ich rief die Polizei an, aber die wurden gleich ganz grantig, als ich mich nach dem Fall erkundigte und sagte, daß ich vom Fernsehen bin. Der Beamte wollte die Personalien wissen in einem ziemlich undemokratischen Ton. Ich bohrte aber noch ein bißchen weiter, weil's mich nun erst recht zu interessieren begann. Halten Sie sich da raus, Mann, den Tip kann ich Ihnen bloß geben, sagte der Typ und knallte den Hörer auf. Als

Wiggo wieder da war, fragte ich ihn, ob es Ermittlungen gegeben habe, aber er zuckte nur die Achseln, schenkte mir einen steinernen Blick: Ermittlungen? Was für Ermittlungen?

[*POLIZEIBERICHT* {...}] Prof. Hertwig, Leo. Verbindung zur Organisation Wiedergeburt von 1998–2000. Nach Aussage des H. Abbruch der Beziehungen wegen zunehmender ideologischer Differenzen. Der von R. erschossene K. sei ihm bekannt gewesen, er habe ihn auf Versammlungen mehrfach getroffen und gesprochen

– natürlich werdet ihr mich hassen. Das ist immer so, wenn einer das Sagen haben will und Gefolgschaft verlangt. Aber bedenkt, daß ich euch Orientierung gebe. Daß euer Haß erst durch mich definiert ist, da ich sein Objekt bin. Schon dafür, daß ich das erkenne, werdet ihr mich hassen. Aber ich opfere mich für euch. Ist es denn kein Opfer, wenn ich auf Zuneigung verzichte und mich freiwillig, sehenden Auges, eurem Haß aussetze? Indem ich als euer Bezugspunkt fungiere, erhält euer Leben Sinn. Das ist paradox und, meinetwegen, wenn ihr es so nennen wollt, perfide, aber es ist so. Es ist eine dunkle und abgründige Verbindung, es ist das Geheimnis der Verwandtschaft von Herrscher und Beherrschtem

– hörte ich Mauritz' Stimme, als wir abends am Lagerfeuer saßen. Die Zelte waren aufgebaut, in denen wir übernachten würden. Manuela war ins Haus gegangen, das hinter dem Übungsgelände am Ufer eines kleinen Sees stand. Funkenflug, das Zirpen der Grillen, ich fühlte mich ausgelaugt und müde, die anderen erzählten sich ihre Lebensgeschichten, Mauritz starrte mit abwesendem Gesichtsausdruck ins Feuer, Frenss fingerte auf einem Akkordeon herum, und nachher, im Zelt, in der stickigen Luft, gehüllt in das Gemurmel fremder Stimmen, fragte ich mich, was ich hier eigentlich machte, ich, der Philosoph, in einem paramilitärischen Ausbildungscamp, kurz nach dem Zwischenfall in der U-Bahn. Mauritz hatte gemeint, daß es besser sei, das Training vorzuziehen und auf Frenss' Besitz für eine Weile unterzutauchen, eine Woche, vierzehn Tage, bis Gras über die Sache gewachsen sei. Ich solle unbesorgt sein, die Organisation Wiedergeburt habe gute Verbindungen

– wir lagen wach auf den kojenschmalen Pritschen, ich war dankbar, daß die anderen mich nicht mit Fragen behelligten, dann, in der Dunkelheit, hörte ich, wie jemand – war es Mauritz, ich weiß es nicht; wenn er es war, dann sprach er mit stark veränderter Stimme – ein Gedicht rezitierte, *Menons Klagen um Diotima,* Hölderlin, *Täglich geh ich heraus, und such ein Anderes immer*

[*DOROTHEA R.* {...}] dann mach was anderes, Wiggo, ach Gott, sei doch nicht so weinerlich, du tust ja geradeso, als müßtest du verhungern ... Lies mal, was in Argentinien los ist oder Afrika, – Ja, fauchte er, oder in Nahost, Indonesien undsoweiterundsofort, ich lebe aber hier, Dorothea, kapiert, mich interessiert, was hier passiert, mit mir, du weißt ja nicht, wie das ist, du in deinem Halbgottjob, du hast gut reden, verdienst gutes Geld, bist drin im Leben, – Ach, ist es plötzlich dein tiefster Ehrgeiz, drin zu sein im Leben, nachdem du doch immer so gegen das System gewettert hast, sagte ich, vielleicht eine Spur höhnischer, als ich gewollt hatte, denn plötzlich packte er mich, so heftig, daß es mir weh tat, und schob mich zur Tür hinaus, knallte sie zu

Manchmal, wenn ich wach liege und, wie jetzt, nicht schlafen kann, kommt es zurück, das Feuer, die Hitze, Manuela ist vor Schreck wie gelähmt, ich blicke auf den toten Mauritz und die Waffe in meiner Hand und begreife nichts, sehe, daß es rings um uns brennt brennt brennt, Manuela, die reglos stehenbleibt und keinen Entschluß fassen kann, auch dann nicht, als ich schreie, Feuerwände rasen von links und rechts auf uns zu, unsere Kleider beginnen zu rauchen, wir suchen einen Ausgang, sehen ein rettendes schwarzes Viereck im lodernden Orange, wir halten uns bei den Händen, rennen auf dieses Nadelöhr zu, das nicht näher kommen will, manchmal wache ich auf in der Nacht und sehe uns immer noch auf die Tür zurennen, Planken, brennenden Verpackungen, herumsegelnden Feuerfetzen ausweichend, aber wir schaffen es nicht in meinen Träumen, dann muß ich aufstehen, etwas trinken, frische Luft am Fenster atmen gehen, muß etwas lesen oder eine der Klassik-Nachtsendungen hören, die es wunderbarerweise noch gibt, dorthin also haben sie sich zurückgezogen von Tageslärm und Event-Kultur, dort geben sie ihnen noch eine Aschenputtelecke, ich werde ruhiger bei den Klängen eines Divertimentos von Mozart oder Webers Klarinettenkonzerten; vor der Fabrik die mit Regenwasser gefüllte Wanne, in die ich Manuela stoße, ihr Haar ist vor meinen Augen geschmolzen wie Schneckenfühler sich zurückziehen, dann weiß ich nichts mehr, die Erinnerung flackert; Ärzte, die mir etwas spritzen, mir die Kleider vom Leib schälen, mit Kanülen meine Schmerzempfindlichkeit prüfen, Bewußtlosigkeit, die mich von Schmerzen erlöst, wie ich sie nie zuvor gekannt habe; und manchmal, wenn er Dienst und Zeit hat, kommt Jost vorbei an diesen Abenden, die mich nicht schlafen lassen, und erzählt mir von der Brandverletzten-Intensivstation, auf der ich lange gelegen und an die ich nur verschwommene Erinnerungen habe: wie marsmenschenhaft vermummte Schwestern mich ins Bad schafften, um von meinem den Schmerzen und dem Wachzustand entzogenen Körper mit sterilen Bürsten die Brandschrunden abzutragen, dann das Zimmer, ein auf zweiunddreißig Grad aufgeheizter Tresor voller Schläuche und Apparaturen, den Schwestern rann der Schweiß in Bächen unter ihren Skaphandern, ich schwitzte nicht, dein Körper, sagte Jost, hatte hier und hier, er wies auf die Stellen, die Haut gar nicht mehr, die hätte schwitzen können, dann haben sie dir Flammazine-Salbe aufgetragen; entschuldige, ich weiß, das klingt ein bißchen taktlos, aber du sahst aus wie eine in Honig eingelegte Mumie; ich lächelte, als er mir das sagte, inzwischen habe ich die Unfallchirurgen hier ein wenig kennengelernt, sie sind nicht sonderlich zartbesaitet, keine bemutternden Händchenaufleger, sondern ziemlich rauhe, ungehobelte Burschen. Obwohl Jost einfühlsamer als seine Kollegen ist, wird der harte Dienst auch auf ihn abgefärbt haben

– ich bin dir noch etwas schuldig, sagte Manuela, das Licht auf dem Flur im Starnberger Haus, in dem es jetzt still war, obwohl die Tanzkapelle draußen noch spielte, Gelächter und Fetzen von Musik, die schleierig und fern heraufdrangen, wir waren allein auf dem Flur, sie stand vor mir und sah mich an, der volle feingezeichnete Mund bereit zu einem spöttischen Lächeln, aber ihre Augen waren ernst, ich umklammerte einen Zipfel des Badetuchs, Wassertropfen tackten auf den Boden, der Duft von *Lady Knize,* plötzlich streckte sie die Hand aus, zögerte, nahm einen Rest Schaum von meinen Schultern

[*PATRICK G.* {...}] Dorothea hatte uns die Karten verschafft, Jost und mir. Sie hatte sie über ihren Vater bekommen. Jahresfest der deutschen Industrie, so hieß es, glaube ich. Schöne Karten, Büttenpapier, bedruckt in einer dieser Computerschreibschriften, die man unwillkürlich an die Nase hält, um sich des Fliederparfums zu vergewissern. Wiggo schielte nach dem Exemplar, das ich in den Händen hielt, und bekam wieder einen seiner Wutausbrüche, die einen Abend mit ihm niemals langweilig werden lassen. Von einer Bank! rief er. Die Geldschneider entblöden sich nicht, sich beim Kitsch zu bedienen und mit diesen Poesiealbumschleifen zu ihren Geschäften zu laden; vom Computer imitierte Handschrift! Wie ekelhaft, geradezu pervers das sei; wie verkommen die Moral, das Empfinden für Stil, wie ich zu dieser Karte komme, und ob Dorothea noch eine übrig habe

[*DOROTHEA R.* {...}] wir sind in ein Schuh-Kaufhaus gegangen, einen dieser modernen Tempel, die unten die Frauen- und eine Etage höher die Herrenabteilung haben. In der Frauenabteilung herrscht Bienengesumm. Geduldige Verkäuferinnen beraten heikle Kundinnen. In der Mitte steht ein Tisch, daran sitzen die Ehemänner, blättern in Auto- und Fußballzeitschriften, wagen nicht, auf die Uhr zu sehen und sagen so lange ja zu allen Schuhen, die ihre Frauen ihnen vorführen, bis die Atmosphäre vor Gewitter knistert. In der Herrenabteilung dagegen ist niemand zu sehen als ein paar Rentner, die Schuhe mit Korkfußbetten, zeitlosem Schnitt und Einlegesohlen anprobieren. Wiggo ließ drei Verkäufer drei Reihen Schuhe aufbauen, griff bei einem Paar Mokassins nach der Innennaht und erklärte dem ersten Verkäufer, daß er diese Innennaht nicht tasten könne, aber nur diejenigen Mokassins gute und echte Mokassins seien, bei denen diese Innennaht tastbar sei; prüfte Brandsohlen und die Verarbeitung von Absätzen, fragte nach dem Material der sogenannten Gelenkfeder. Ich wußte bis dahin nicht einmal, daß es so etwas wie eine Gelenkfeder in Schuhen gibt. Der Verkäufer zuckte die Achseln, sagte: Plastik. Daraufhin zuckte Wiggo die Achseln, sagte, daß eine

Gelenkfeder, die den Namen verdiene, aus Eschen- oder Buchenholz und zur Not auch einmal aus Stahl bestehen müsse, aber nicht aus Plastik. Der Verkäufer nickte. Der dritte ging nach hinten und kam nach einer Minute mit seinem Chef zurück. Wiggo fragte nach einem bestimmten Schuh, Oxford Straight Tip. Die Brandsohle müsse aus altgrubengegerbtem Leder, sogenanntem Rendenbach-Leder, sein, erklärte Wiggo dem aufmerksamen Chef. Ich ging inzwischen nach unten. Nach einer Stunde kam ich mit meinem Päckchen wieder. Die Schuhbatterie war um einiges länger geworden, die Frisuren der Verkäufer um einiges aufgelöster. Wiggo stand inmitten von Schuhkartons und sah zu, wie ein Verkäufer ihm einen Schuh anpaßte, während ein anderer mit einem Hersteller telefonierte und wissen wollte, ob seine Serie nach dem Goodyear-welted-Verfahren gearbeitet sei. Inzwischen gab es auch Zuschauer. Sie standen mit verschränkten Armen am Rand und schienen Wetten abzuschließen. Boxcalf! rief Wiggo. Das ist doch kein Boxcalf! Da platzte dem Chef der Kragen. Warum kommen Sie überhaupt her, wenn Sie bloß reden wollen? Wiggo blickte ihn erstaunt an, wog ein Paar schwarze Schuhe in der Hand, wies mit dem Finger auf den sichtlich nervösen Mann. Wissen Sie was? Sie gefallen mir. Endlich einmal jemand, der sich wehrt. Jetzt kaufe ich bei Ihnen. Endlich einmal jemand mit Charakter in dieser verdorbenen und ahnungslosen Branche. – Da haben Sie recht, erklärte der Chef. Und wissen *Sie* was? Ich verzichte auf Ihren Einkauf. Sie haben recht, ich habe Charakter. Also schmeiße ich Sie jetzt raus

– Oda stand am Büfett, legte sich saure Gurken und Schinkenröllchen auf den Teller, Ansgar unterhielt sich in der Nähe mit einigen grauhaarigen Bankiers aus Vaters Vorstandsetage; Oda mit hochgestecktem Haar und gewölbtem Leib, es wird ein Mädchen, Wiggo, denk dir nur, bald wirst du Onkel, hatte sie gesagt und gelacht und meine beiden Hände genommen, wie um mit mir zu tanzen

– ich weiß nicht, was ich tun würde, sagte Nele. Erinnerst du dich? Du hast mich einmal gefragt, was ich tun würde, wenn ich nach einem Schiffbruch auf einem Floß ausgesetzt wäre, das nur einen Menschen tragen kann, aber neben mir schwimmt meine Mutter, das hat mich beschäftigt seitdem, – So, sagte ich. – Und was würdest *du* eigentlich tun? – Ich würde nicht heucheln

– ich beobachtete Manuela, die hinreißend aussah in ihrem schwarzen Abendkleid zum roten Haar, ich wußte, daß sie meinen Blick spürte, aber sie schlug die Augen nieder, wich ihm aus. Mauritz stand abseits und beobachtete den Sehr Hohen Politiker, nickte Manuela zu, die sich langsam in Bewegung setzte, mit der fließenden Eleganz einer Laufstegkönigin, sie strich das Haar zurück und schürzte die Lippen, der Sehr Hohe Politiker war noch in die Betrachtung seines Weinglases versunken, hörte den Plaudereien der Umsitzenden zerstreut zu, dann sah ich, wie er den Kopf hob, wie seine Gorillas im Saal die Köpfe hoben, weil sie einen Schatten gesehen hatten, der sich anders bewegt hatte als die anderen Schatten auf dieser Party,

Für Dein Geschenk zu meinem Geburtstag danke ich Dir, muß es Dir aber doch zurückgeben. Von dem, was Du schreibst, verstehe ich so gut wie nichts, und das, was ich verstehe, erscheint mir belanglos und bedeutungslos. Es hat mir, ehrlich gesagt, eine Enttäuschung bereitet, denn das Mißverhältnis, das zwischen Deinen Worten, Ausmalungen, Vorstellungen und dem Ergebnis, Deiner Dissertation, besteht, scheint mir eklatant. Mir als Menschen hast Du wenig zu sagen. Deine Art, alles ins Abstrakte und Theoretische hinüberzuspielen, kommt hier allzu nachteilig zum Zug. Du könntest einwenden, daß ebendies ein Cha-

rakteristikum der Philosophie ist – und doch sollte es mir erlaubt sein, nachzufragen, was Sinn – und, auch das sei mir anzumerken gestattet, Berechtigung – einer Philosophie wäre, die dem Menschen, auch und gerade dem des Alltags, nichts oder nur sehr wenig ist. Nach meiner Meinung, die ich Dir schon früher andeutete, nun aber noch einmal in aller Klarheit wiederholen muß, bist Du zu diesem Fach nicht geeignet, und alles weitere Verfolgen dieses Wegs kann nach meinem Verständnis nur dazu führen, daß Du Dein Leben verpfuschst. Vater

anders, wie wenn sich die Luft, die ein Mensch öffnet, wenn er geht, hinter ihm nicht schließt, sondern nachweht wie Vorhänge, die Sommerwind bewegt, ich sah, wie die Gabel des Sehr Hohen Politikers für einen Moment unschlüssig in der Luft verharrte, unsicher, ob sie vom Krabbencocktail oder von den gefüllten Piroggen nehmen sollte, Manuela plauderte jetzt mit dem Spirituosenfabrikanten Edgar, spielte mit dem linken Fuß leicht über das Parkett, als ob sie kleine Tanzschritte andeuten wollte, der Saum ihres Kleides verrutschte, Knie und Wade wurden sichtbar, noch immer schwebte die Gabel des Sehr Hohen Politikers über Krabbencocktail und Piroggen, während nur noch einer der Schwarzbebrillten in Manuelas Richtung sah, eher unbeteiligt, mit lässig schräggelegtem Kopf, vielleicht, um Nachrichten über das Zäpfchenmikrophon zu hören, von dem eine feine Schnur, nur dem aufmerksamen Beobachter sichtbar, in die Innentasche des schwarzen Maßanzugs lief, der Sehr Hohe Politiker legte die Gabel beiseite, führte das Weinglas an die Lippen, nahm einen Schluck, kaute den Wein, zog beim Schlucken die Wangen genießerisch nach innen. Als Manuela ihr Handy aus der Handtasche nahm, sich bei Edgar entschuldigte und abwandte, dabei leicht vornüberbeugte, lieh der Sehr Hohe Politiker sein Ohr meinem Vater, legte den Zeigefinger an die kupferbraune Nase, lachte breit und volkstümlich, stimmte lebhaft zu, ich sah, daß Patrick und Nele mich beobachteten und daß auch Jost mir hin und wieder einen Blick zuwarf, ich ging langsam zum Büfett, sah Mauritz, wie er sein Handy zuklappte, Manuela sprach noch weiter, nickend, lächelnd, sich das Haar zurückstreichend, sie richtete sich wieder auf, das Licht glitt über ihre karamelfarbene Haut

– schlafen schlafen

– Frenss ist verhaftet worden, Herr Kaltmeister. Ihre Untergruppe ist aufgeflogen, der Verfassungsschutz ist hinter Ihnen her, und Sie faseln von Durchhalten und Rückgrat und Jetzt-erst-recht? Dieser Staatssekretär, mit dem Sie damals gesprochen haben, ist zur Polizei gegangen und hat gesungen, – Und was haben Sie getan, haben Sie ihn ausgeschaltet, – Glauben Sie vielleicht, wir sind allmächtig? Es war ihm egal, daß Sie ihn erpreßt haben, verstehen Sie das?

– aber der Tod, Wiggo, ist der konsequenteste Schlaf

– wir haben Geld verloren in dieser Baisse, viel Geld. Diese Internet-Blase ... einfach geplatzt, paff, wer konnte das ahnen ... Wir sind Aktionären verantwortlich, Mann, wissen Sie überhaupt, was das heißt? Es ist nichts mehr übrig vom Neuen Markt! Wir müssen uns zurückziehen

[*PATRICK G.* {...}] Mauritz' schöne Schwester, nun ja, Wiggo stand totenblaß auf seinem Platz, die Finger weiß um das Cocktailglas, und dann schlenderte der junge Banker an ihm vorbei, Typ gegelter Harvard-Schnösel, und grüßte Wiggo. Der wirkte, als müßte er aus einer Parallelwelt erst einmal in diese zurückfinden. Dann ging er auf den Banker zu, bat dessen Gesprächspartner um Entschuldigung und schüttete den Inhalt seines Cocktailglases dem Burschen ins Gesicht. Das ist für die Anlageberatung, geringes Risiko, Sie erinnern sich? Kreuzen Sie ruhig Kästchen Nummer vier an, sechzehntausend Mark, hörte ich Wiggo plötzlich, hummerrot im Gesicht, dem Kerl zubrüllen, sechzehntausend Mark habe ich verloren bei diesem Crash, glauben Sie, daß ich das einfach so übrig habe, daß das Spielgeld war?

– Peanuts, mein Lieber, was Sie da anführen, das sind doch einfach Peanuts, dieser Deal mit

– Sie fragen tatsächlich, was wir daraus schließen? Daß es Zeit ist, die Fakten als Fakten zu begreifen, Kaltmeister, und daraus die Konsequenzen zu ziehen ... Die Fahne einzurollen! – Was schlagen Sie mir da vor, was sagen Sie da? Wenn das Ihr Ernst ist, – Es ist nicht nur mein Ernst, sondern der Ernst der gesamten Organisation, – Feigling! – Sie haben schon richtig verstanden, verdammt nochmal, denken Sie doch was Sie wollen von mir, ich für meine Person habe keine Lust, in den Knast zu wandern, im Gegensatz zu Ihnen habe ich auch Familie, – Aha, so weit reichen also Ihre Ideale, alte Achtundsechziger, pah, Sesselfurzer, das sind Sie, nichts weiter als kleine schäbige Sesselfurzer, – Was erlauben Sie sich, – Halten Sie Ihren Mund, Sie Feigling, oder ich vergesse mich, hier vor den Leuten, da sollen Sie Ihr blaues Wunder erleben, – Sie wollen mir drohen, Kaltmeister, Sie wollen mir drohen, was eigentlich glauben Sie, daß Sie sind? Ohne die Piepen, die Sie von uns kassieren, und nicht zu knapp, Sie Maulheld, sind Sie Luft ... sind Sie eine Luftnummer!

– he, Mann, aber weißt du, was der coolste Sniff war, den ich je hatte? Also ich nicht direkt, aber ich hab ihn erlebt, bei meiner Ex, die wollte immer, daß ich ihn rausziehe, wenn es mir kam, und dann hat sie mir mal die Nase hingehalten, so ein riesiges gieriges Nasenloch, und sagte: Da rein, los, blas es mir da rein!

– der Sehr Hohe Politiker griff in die Innentasche seines

Jacketts, holte ein ledernes Zigarrenetui hervor, öffnete es bedächtig, lachte, zeigte sein weißes Gebiß, als Vater etwas sagte, offenbar war es etwas Anerkennendes über die Zigarren, denn beide betrachteten die gelben Bauchbinden, der Sehr Hohe Politiker mit hochgezogenen Augenbrauen, Manuela hatte das Handy weggesteckt und sich wieder Edgar zugewandt, sie rollte die Lippen nach innen, wie um Lipgloss oder Lippenstift zu verteilen, lächelte, wölbte den Mund skeptisch auf und wie zum Kuß, verlagerte das Gewicht auf den High Heels mit den schwarzen Schnürlederriemchen, die bis zum Weinglasschwung der Wade reichten

[*PATRICK G.* {...}] ich mußte Ansgar zustimmen, die Logistik eines solchen Events verlangte die organisatorischen Fähigkeiten eines Managers. Wir traten auf die Terrasse hinaus, die den Konferenzsaal in Richtung City öffnete. Unten hatte sich eine große Menschenmenge versammelt. Der Meister stand erhöht auf einem in Aquariumfarben schwimmenden Podest, weißgekleidet, mit Headset, Schaltkonsole und Joystick, Mikrophon und einem Assistentenstab, der über Laptops und Keyboards gebot. Popmusik schallte aus den Lautsprechern, die der Meister auf LKWs hatte installieren lassen. Jetzt hob er die Hand. Ein silberner Zeppelin stieg langsam in die Höhe. Die auf der Terrasse versammelte Gesellschaft klatschte Beifall

– Vater hatte sich nicht angekündigt, ich hatte zufällig aus dem Fenster geschaut und gesehen, wie der dunkelblaue gepanzerte Mercedes in der Straße hielt, wie Vaters Chauffeur ausstieg und mißbilligend die Gegend musterte, den Blick an den Häuserwänden emporschweifen ließ und dann erst, nach einem Nicken, Vater das Aussteigen gestattete

– meine Güte, sag ich ja immer. Da haben Sie Versicherungsvermittler, Kapitalanlagenvermittler, und was glauben Sie, wie viele von denen einfach nicht rechnen können. Wieviel müssen Sie als Anleger monatlich sparen, um bei einem Effektivzins von acht Prozent in, sagen wir, zwanzig Jahren, dreihunderttausend auf der Kante zu haben?

– er saß mir gegenüber, zündete sich eine Cohiba an, seine Stimme war etwas belegter als sonst: Nun denn, also du wohnst auch hier. Nett. Es ist klar, einfach, ruhig. Bauhaus. Das hat deine Mutter auch gemocht. – Was willst du? – Kannst du es dir nicht denken? Er wedelte das Streichholz ab, legte es auf den Rand des Aschenbechers auf dem Tisch. Ich komme als dein Klient, ganz einfach. Davon lebst du doch, von Klienten. Die du berätst, in Fragen praktischer Philosophie. Liege ich richtig, wenn ich weltliche Seelsorge sage, Alltagsbewältigung? Er rauchte die Cohiba an. Seine Hände zitterten nicht. Ich kam mir beschmutzt vor, unerträglich beschmutzt, und ich ließ ihn das spüren. Auch er war nervös, das wußte ich. Er konnte seine Nervosität nur besser tarnen. Wie regelst du das mit deinem Honorar? – Von Klienten deiner Einkommensklasse, abgesehen davon, daß es ein theoretisches Honorar wäre, da ich bis jetzt noch keinen habe, würde ich zweihundert Mark die Stunde bekommen. – Nicht gerade üppig. Was nimmst du dann von den anderen? Die Geschäftstüchtigkeit hast du nicht von mir geerbt. Freilich, dann müßtest du wohl doch woanders – wie nennst du das? Ordinieren? Ein Konsultant in unserer Branche kommt nicht für unter fünfhundert Mark pro Stunde. Plus Spesen. – Also? Was willst du? – Wie gesagt. Da du philosophische Alltagsberatung betreibst, kannst du mir gewiß erklären, was du einem Vater raten würdest, dessen Sohn mit seinen dreißig Jahren nichts vorzuweisen hat, der arbeitslos ist oder es bis vor kurzem war, keinem vernünftigen Beruf nachgeht, sondern in einer dubiosen *Praxis,* lächerlich, schon dieses Wort und was es suggeriert, ja glaubt dieser Sohn eigentlich, daß er ein Arzt sei, davon lebt, wobei das noch zu prüfen wäre, überkandidelten Weibsbildern und esoterisch angehauchten Wohlstandstanten ihre Probleme kleinzureden, die mit der Höhe des Kontos, das der Gatte verdienen dürfte, wachsen – und die sofort verschwänden, wenn sie, sagen wir: Wäsche waschen müßten im Akkord? Was würdest du diesem Vater raten, daß er tun soll mit seinem Sohn, den er gehegt und gut erzogen hat, auf Privatschulen geschickt und dessen große Gaben er nach Kräften gefördert hat? Und der diese Gaben verschleudert in einem Beruf, für den er nicht gemacht ist? Laß stecken, Freundchen. Laß stecken, deinen Revoluzzerkram. Und hör auf, so zu tun, als stündest du in deiner, sei's drum, Praxis außerhalb der Gezeiten. Du sitzt auch im Boot

[*KARL S.*] Herr Ritter ist mir schon als Student bei Professor Hertwig aufgefallen, schon mit seiner ersten Seminararbeit. Wissen Sie, man merkt das sehr schnell, ob jemand begabt ist oder nicht. Seien wir ehrlich: Für die meisten ist die Philosophie eine Art Parkstudium, ähnlich wie Germanistik oder Anglistik. Sie studieren Philosophie, weil sie nicht wissen, was sie sonst studieren sollen. Bei Herrn Ritter war das anders. Er kam zu uns und hatte die gesamte Grundlagenliteratur durchgearbeitet. Das also, was das Studium, zumindest im Prinzip, vermitteln soll, hatte Herr Ritter bereits hinter sich. Ich unterhielt mich mit ihm, wollte ihn ein wenig prüfen und auch, ich gebe es zu, ein wenig entzaubern, aber nach einiger Zeit kippte die Situation, und er begann mich zu prüfen. Er hatte ausgezeichnete, wirklich ganz ausgezeichnete Kenntnisse der Utopien, besonders von Platon und Morus. Über dessen *Utopia* hat er ja dann auch seine Dissertation geschrieben, die ich betreut habe und die durch Professor Hertwigs Vermittlung bei Brill in Holland veröffentlicht worden ist. Ganz und gar außergewöhnlich für einen Anfänger, aber durch diese Arbeit gerechtfertigt. Sie lag weit über dem Niveau üblicher Dissertationen. Er war immer sehr zurückhaltend bei Diskussionen, aber wenn er etwas sagte, hatte es Hand und Fuß, war originell, verriet eigenständiges Denken, kurz: den besonderen Kopf. Ich will nicht verschweigen, daß es Stimmen an der Fakultät gab, die ihm pathologischen Ehrgeiz unterstellten, aber Neid spielt überall eine Rolle, und wer es zu etwas bringen will, muß damit fertig werden. Herr Ritter war einer der außergewöhnlichsten Assistenten, die wir je hatten, und sein Ausscheiden aus der Fakultät haben wir sehr bedauert. Auch Professor Hertwig war nach einiger Zeit der Meinung, zu hart gehandelt zu haben. Er hat alle ihm bekannten Kollegen angerufen, um für Herrn Ritter etwas tun zu können. Aber Sie werden die Lage der Geisteswissenschaften aus den Medien kennen. Herrn Ritters Assistentenstelle war inzwischen natürlich anderweitig vergeben. Hertwig hat aus dem Drittmitteltopf Geld an den Brill-Verlag überwiesen und gebeten, das als Tantiemen für verkaufte Bücher auszuweisen. Herrn Ritters Gesicht am Tag, als er die Abrechnung für seinen philosophischen Bestseller bekam, hätte ich übrigens gern gesehen. Er sollte von den Hintergründen nichts erfahren – ebensowenig davon, wer ihm Klienten in die Praxis schickte.

– oder wieviel Geld ein angehender Rentner im Monat bei einer angesparten Summe X und einem Zins Y in den nächsten zehn Jahren verbrauchen kann, und dann müssen Sie noch den Kaufkraftverlust berücksichtigen, und dann sitzen die vor Ihnen, Ossis, und Sie befehlen: Schreiben Sie sich auf. Ich glaube an mich. Ich glaube an mich. Ich glaube an mich. Und deshalb glaubt mein Kunde an mich

[*PATRICK G.* {...}] als ich mich umdrehte, sah ich, daß Wiggo den Saal verließ. Der Kerl tupfte sich das Gesicht ab, völlig verdattert. Vor uns stieg der silberne Zeppelin. Der Meister gab seinen Assistenten ein Zeichen, worauf ein Feuerwerk abbrannte und in sprühenden Lettern INSTALLATION DER GELDMASCHINE in den Abendhimmel zwischen den Bankentürmen schrieb, jetzt zu rockigen Klängen von Altvater Springsteen, der von einer elektroverstärkten Streichergruppe vor den LKWs unterstützt wurde. Die Violinen waren durchsichtig, ebenso die Bögen. Der Meister drückte auf ein paar Knöpfe, die Bögen leuchteten auf, Applaus, wie er das wohl machte, wahrscheinlich mit Lumineszenzfarbstoff oder Glasfaserkabeln; eine Kompanie glühender Sägen, die in die Dunkelheit stachen

– also: Was würdest du ihm raten?

[*JOST F.* {...}] Wiggo lief an uns vorbei aus dem Saal, totenbleich. Wir wollten ihn aufhalten, fragen, was los sei. Verschwindet, laßt mich allein, fuhr er uns draußen an. Dorothea zog mich am Arm, nickte mir zu. Wir gingen nach drinnen zurück, wo man das Licht gedämpft hatte, um die Illuminationen dieses Performancekünstlers besser sehen zu können. Die Swingkapelle spielte. Der Sehr Hohe Politiker war aufgestanden und hatte Mauritz' Schwester zum Tanz aufgefordert. Sie tanzten, der Politiker machte eine gute Figur dabei, aber plötzlich brach Mauritz' Schwester ab, wischte sich hastig über die Wange, hob abwehrend die Hände und rannte, ohne nach links und rechts zu sehen, aus dem Saal

– ich würde ihm raten, am Abbau seiner Eitelkeit zu arbeiten. Denn was ist es anderes als Eitelkeit, andere Menschen partout so haben zu wollen wie sich selbst? Was ist es anderes als Eitelkeit, Liebe davon abhängig zu machen, ob der andere gewissen Erwartungen genügt, die man an ihn stellt? Solange der Sohn den Erwartungen entspricht, ist er ein guter Junge, wenn er abweicht, ist er ein Schwarzes Schaf, und was man davon zu halten hat, weiß man schon; er gehört verdammt, ausgestoßen und beleidigt. Einer, an dem man sich wundreibt, weil er nicht konform ist, weil er nicht das tut, was alle tun und was allgemein akzeptiert wird, und den man deshalb nicht in Ruhe lassen kann. Ein Fuchs, der im Tellereisen gefangen wird und seinen Jäger in die Hand beißt – und dafür bestraft wird. Was ist es anderes als Eitelkeit, das Problem nicht darin zu sehen, den Fuchs im Tellereisen zu fangen, sondern ihn als bissig und tollwütig hinzustellen, wenn er sich wehrt? Das ist die Eitelkeit des Vaters, und ich vermute, daß sie in Einsamkeit ihre Gründe hat. Die Eitelkeit des Sohnes ist es, die Liebe zu verkennen, die unter den Handlungen des Vaters liegt, Liebe, die tiefer reicht als die Schmerzen, die das Tellereisen schlägt – und sie erzwingen zu wollen. Ich würde dabei nicht so weit gehen wie manche Machtphilosophen, die schon in dem Umstand, ein Tellereisen aufzustellen, einen Akt der Liebe sehen. Die Eitelkeit des Vaters ist die Liebe unter Bedingung. Die Eitelkeit des Sohnes ist die bedingungslose Liebe

– Vaters Handy klingelte, er drückte die Cohiba aus, legte zweihundert Mark auf den Tisch und ging

– Wertpapiere? Nun, dazu läßt sich sagen, daß es bei den Wertpapieren vor allem auf die Person ankommt, die mit Wertpapieren handelt. Was denken Sie! Ich kenne Leute, die mit fünftklassigen Papieren ein Vermögen gemacht haben, und solche, die sich mit erstklassigen ruinierten ... Das ist eine ganz persönliche Sache. Es gibt Leute, die für dieses Geschäft geboren sind und solche, die nur dazu geboren sind, sich daran die

Finger zu verbrennen, und Barings hat den Fehler gemacht, den Kerl nicht zu kontrollieren

[*PATRICK G.* {...}] schauen Sie sich das doch mal an! rief Goll, der eine Vorliebe für meine Gesellschaft zu haben schien, neben mir, diese auf Events geilen Menschen, diese Verschwendung von Ressourcen, dieser blödsinnige Zeppelin, Feuerwerke, Flugbenzin, Elektrizität! Ich sage Ihnen – alles wird den Bach heruntergehen! Alles wird in Düsternis enden, in ab-so-lu-ter Finsternis! schrie er und warf sich Nougatkugeln in den Rachen

– und Manuela erzählte mir, sie hatte mich eingeholt, zuerst waren wir in eine Bar gegangen, dann zu mir nach Hause gefahren, ich sehe die Ventilatorenschatten über die Bardecke wandern, während Manuela in meiner Wohnung neben mir liegt, unberührbar, im zerknitterten Abendkleid, und hin und wieder das Dröhnen aus einer nahen Diskothek ihre gedämpfte Stimme und Mauritz' Gelall nebenan unterbricht, der Sprachstrom in meinem Kopf, dessen Rauschen leiser wird, wenn ich die Flasche mit der kristallklaren, in meiner Kehle und in meinen Eingeweiden brennenden Flüssigkeit ansetze, die ich Mauritz weggenommen habe; die mich nach wenigen Sekunden forthebt aus dem Zimmer, fort von der Stimme neben mir, die fluppenden Ventilatorenarme verwandeln sich in Propeller, und ich kann fliegen, wie man nur in Träumen und in der Kindheit fliegen kann

[*PATRICK G.* {...}] meine Damen und Herren, rief der Meister zum Girren und Quäken der Spice-Girls aus den Boxen, dieses Kunstwerk wird Ihnen geboten dank tatkräftiger Unterstützung folgender deutscher Kräuterschnäpse

– wirklich, sag ich doch zu diesen Gewerkschaftsbrüdern: Glauben Sie vielleicht, die Sonne hat eine Fünfunddreißig-Stunden-Woche? Denken Sie etwa, der Mond ist in der ÖTV, Abteilung Beleuchtungswesen? Und wer hat den Alten gewerkschaftlich abgesichert, als er das Licht von der Finsternis trennte und sah, daß es gut war?

– Terror, lieber Wiggo, funktioniert nur, wenn er einen heimlichen Partner in seinem Gegenüber hat. Wir kommunizieren, im weißen Rauschen kann man nur dann gehört werden, wenn man kommuniziert wie wir

– tu's doch, du Feigling, tu's doch

– eine Organisation wie die unsere darf keine festgeschriebene Charta haben: Geschriebenes legt fest, es macht, über Hinterfragbarkeit, kontrollierbar. Aber eine Terrororganisation agiert nach dem Ad-hoc-Prinzip: dem Staat wird bei Gelegenheit geantwortet, doch nicht wieder mit den Mitteln des Staates. Eine Organisation, die sich eine Verfassung gibt, antwortet dem Staat im Grunde wie ein Staat

– Starnberg? Es war kein Theater, sagt Manuela neben mir, sie muß mit mir fliegen dorthin, wo es immer heller wird, Mauritz wollte, daß du sahst, daß er dich wirklich schätzte, nichts verbindet so wie Anerkennung, sie ist der ursprünglichste Leim, vielleicht stärker noch als Liebe, hat er zu mir gesagt, Wiggo, ich ...

– schlafen schlafen

[*PATRICK G.* {...}] dazu rekelten sich Statisten in Kostümen der griechischen Mythologie auf den großen Trampolins, als Katzen verkleidete Tänzerinnen glitten langsam und lasziv an überdimensionalen Brauseflaschen auf und ab, Wunderkerzen, Raketen und Girlanden, das Logo eines überörtlichen Groß-Brausefabrikanten schlängelte über die Videowand

– Quatsch, Sie müssen den Kunden auf die Herdplatte setzen! Drehen Sie auf neun. Zwei Minuten, sag ich, nach spätestens zwei Minuten muß er brennen! Ein guter Verkäufer verkauft nichts, der bringt den Kunden so weit, daß er auf den Knien gerutscht kommt und um Gottes willen bei ihm kaufen will. Verstehen Sie das? sag ich zu denen. Nie wieder Kaltakquise!

– Mauritz kam und berührte mich, die sich langsam nähernde Hand, sagte: Du bist mir wie ein Bruder

[*PATRICK G.* {...}] die vier Hubschrauber hoben sich in Zeitlupe, folgten dem Zeppelin. Der Meister fuhrwerkte mit dem Joystick herum. Die Rotorblätter der Hubschrauber knatterten. Jetzt begann das Stück für vier Cellisten der Berliner Philharmoniker, die, ausgestattet wie Astronauten, an Bord der Helikopter saßen und emsig Flageolett-Töne wiederholten, dazu Verse des Konfuzius über die Stille rezitierten, was nach dem Willen des Meisters – die Werbung für den Brausefabrikanten auf der Videowand wurde durch Interviewpassagen unterbrochen – sich zu einem subtilen Dialog zwischen Mensch und Technik vereinen sollte. Der zweite Videoschirm begann zu rauchen, getroffen von einem Feuerwerkskörper

– ich muß nachdenken, sagte ich. Über das, was ich jetzt mache, und was ich gemacht habe. Ich glaube, ich will aussteigen. – Nein, das willst du nicht, sagte Mauritz. Du hast einen Schreck gekriegt und mußt dich erst einmal beruhigen. Das geht vorbei. Verdammt nochmal, dein Professor ist doch bloß ein alter intriganter Idiot. Was jammerst du da herum? Aber wenn du wirklich aussteigen willst: Zahl das Geld zurück, das du von uns bekommen hast, du erinnerst dich? Miete für mehrere Monate, Steuerberatung, Honorar, das wir dir gezahlt haben, damit du mit nach München fahren konntest,

Spesen – Ihr habt, das heißt du, du hast ... es mir gegeben, – Geschenkt, meinst du? Mauritz musterte mich mit einem Ausdruck, den ich an ihm noch nie wahrgenommen hatte, haßerfüllt, abschätzig. Man bekommt im Leben nichts geschenkt, Wiggo Ritter

– das ist das Tollhaus der Bilanzakrobaten, echt. Loch beim Eigenkapital, längst abgeschriebene Firmentöchter haben sie mit dreihundert Millionen reaktiviert, wissen Sie, wie das Finanzgericht so was nennt? Bilanzielle Leichenfledderei, selbst wenn Sie nach IAS bilanzieren, Anlage- und Umlaufvermögen, Eigenkapital, Rückstellungen

– verzeih, sagte Manuela

– sie sind alle abgesprungen, haben uns allein gelassen, sogar meine spachtelmasseerzeugende Großtante, die haben die Schwänze eingezogen, und das will die Elite dieses Landes sein ... Daß ich nicht lache! – Was machen wir? fragte Dirk vor der Fabrik für Eierteigwaren. – Ja, was glaubst du wohl? Wozu sind wir hier? Alles wie gehabt. Wir proben den Anschlag auf das KaDeWe, wie wir es vorhatten, und hier ist unser Übungsgelände, wie geplant, ausgearbeitet und längst festgelegt ... Woran scheiterten die Attentäter des 20. Juli? Daß sie nicht begriffen haben, daß es überhaupt keine Rolle spielt, ob Hitler wirklich tot ist oder nicht – entscheidend ist, ihn für tot zu erklären, mit aller Konsequenz ... Was macht es, wenn ein nasenbärtiger Hampelmann über Rundfunk erklären will, er sei Adolf Hitler und quicklebendig ... Da muß ein Arzt bereitstehen, der den Mann für verrückt erklärt, für Wenzel Müller mit einer wohlbekannten Doppelgängermacke, entsprungen dem Irrenhaus zu Wien ... Kurz: Wer oder was Adolf Hitler ist, bestimmen wir ... Ich lasse mich nicht einschüchtern. Solche Phasen gibt es immer, sie werden vorübergehen, sie werden wiederkommen. Hast du Angst? Hast du Angst, einem

Verlierer zuzuhören und deinen Hintern zu riskieren? Hau ab, wenn du willst! Schlappschwänze und Feiglinge kann ich eh nicht brauchen, denen zittert bloß die Hand, wenn's drauf ankommt. – Mauritz, du hast viel für mich getan, ich ... – Du kannst Schmiere stehen, wenn du willst, und wenn's dir zu heiß wird, kannst du auch abhauen, aber ich kann dann natürlich nicht verhindern, daß sie dich drankriegen, es gibt Dateien, Unterlagen, das gilt im übrigen auch für euch beide, Wiggo, Manuela ... Mitgegangen, mitgefangen ... mitgehangen, will ich doch meinen, oder? Gilt das nicht mehr? – Mauritz, das ist doch alles Wahnsinn ... Wie willst du das machen, ohne Geld, und wenn Edgar recht hat und der Verfassungsschutz hinter uns her ist, – Na, dann spielt's doch eh keine Rolle mehr, da könnt ihr doch gleich dabeibleiben ... Aber wofür haltet ihr mich eigentlich? Glaubt ihr etwa, ich hätte das nicht vorausgesehen und vorgesorgt? Uns passiert nichts, verlaßt euch drauf ... Ich habe Vorsorge getroffen ... Oder rechnet ihr mit mildernden Umständen, wenn ihr Kaltmeister vorher verpfeift? He? Wollt ihr mich vielleicht verpfeifen? Vielleicht hat ja auch einer von euch Frenss verpfiffen ... Warst du es, Dirk? Mit deinem Gerechtigkeitskomplex, du Verstoßener aus der hehren Bruderschaft der Rechtsanwälte? Oder du, Schwesterlein, die mir erzählt hat, daß sie sich in unseren kleinen Philosophen hier verliebt hat, – Halt den Mund! – Seit wann verbietest du mir den Mund, meine Schwester! Hatten wir das nicht gesagt: Keine Geheimnisse voreinander ... Solltest du alles vergessen haben? Gilt es nicht mehr? Bloß weil deine Hormone verrückt spielen und du Wiggo ganz gern erlauben würdest, von seinen Hochglanz-Wichsvorlagen wegzukommen! Manuela holte aus und gab Mauritz eine Ohrfeige. Wenn sie es nicht getan hätte, dann hätte ich es getan. Mauritz wischte sich die Wange ab. Oder warst du es, kleiner Philosoph, mit deinem

Vaterkomplex und deiner verletzten Eitelkeit? Hast du mich verpfiffen? Es ist ja so leicht, mich zu verurteilen und zum Narren zu erklären, es ist ja so leicht zu sagen: Du Verrückter, du Revoluzzer, du ... Verbrecher! Das macht alles einfach, das entlastet das Gewissen, und man kann sich selbst auch so herrlich überlegen fühlen ... Nein, mein Lieber. Das ist Geschwätz, wohlfeil und folgenlos. Philosophie eben. Auch für dich ist es ja gut, was die Cassiopeia vorhat. Auch du hast ein Interesse, Wiggo Ritter. Versetze die Menschen in Angst und Schrecken, und sie wenden sich wieder den existentiellen Themen zu. Also auch der Philosophie, mit der du deine Brötchen verdienst. In der Fernsehdemokratie geht es den Denkern schlecht. Oder bist du anderer Ansicht? Bei mir säßest du rechts vom Thron. Aber das interessiert dich vielleicht nicht, vielleicht habe ich mich in dir getäuscht, vielleicht haben dir deine Privatschulen doch den Kopf verdorben, und wenn dir dein Papa einen Mercedes schenkt, sein väterliches Wohlwollen, in deiner Dissertation plötzlich doch Erleuchtung findet, ist alles wieder ganz wunderbar

– Mauritz, ich sehe ihn wieder vor mir, wie er lachte, das rotfleckige Gesicht an jenem Abend, als er russisches Roulett gespielt und mich auf die Probe gestellt hatte, als ich von Freundschaft sprach und er Bist du sicher? fragte

[*DOROTHEA R.* {...}] ich möchte Ihnen noch schreiben, daß ich meinen Bruder gern habe und Sie bitten möchte, einen guten Prozeß für ihn zu führen

– wir hatten getrunken, waren durch Spielcasinos gezogen, hatten Stunden an Spielautomaten und Roulett-Tischen verbracht, aber nicht in Berlin, sondern in München, die vorüberfließende Isar, der mit einzelnen Fenstern erleuchtete Block des Deutschen Museums auf der Insel im Fluß, vorüberbrandender Verkehr

– Manuela sagte: Es wird sich nichts ändern, Wiggo, nie, das dachte ich immer, aber Mauritz hat mir immer Mut gemacht, jedesmal, wenn ich aufgeben wollte, hat er gesagt: Es gibt kein Aufgeben, es gibt immer einen Weg

– Vaters Stimme: Sie haben es noch nicht verinnerlicht; ein Ritter gibt niemals auf, habt ihr das verstanden, Oda. Dorothea. Wiggo. Hast du das verstanden?

– es gibt immer einen Weg, sagte Manuela neben mir, er hat immer kämpfen müssen und hat mich immer wieder hochgerissen, und ich habe Kraft und Energie gespürt, wenn er mit mir geredet hatte, dann dachte ich, es könnte falsch sein, daß sich nie etwas ändert und daß man erst sagen kann, es sei wirklich etwas verloren, wenn man stirbt; daß es sich also zu kämpfen lohnt, immer, in jeder Situation, daß man niemals aufgeben darf, weil es immer eine Chance gibt ... Seit unsere Eltern tot waren, hatte ich das Gefühl, überflüssig zu sein, völlig nutzlos, wertlos, es hatte alles keinen Sinn ... Wozu gab es mich überhaupt noch, wenn sie tot waren, wozu sollte ich mich in der Schule anstrengen ... Auch über solche simplen Sachen denkt man nach, sie sind aber gar nicht so simpel, sondern Alltag, und stehen jeden Tag vor einem, man kann sie vielleicht klein und simpel reden, aber man kann nicht machen, daß sie verschwinden, diese Dinge ... Mauritz hat mir geholfen ... Ich war so resigniert, habe an nichts mehr geglaubt, und er hat mich aus der Resignation gerissen, ein ums andere Mal, er hat an etwas geglaubt, und jede Karte, jeder Brief von ihm hat mich aufatmen lassen, plötzlich war da wieder Zukunft, waren die einfachen Dinge, der ganze Alltagskram, nicht mehr lästig und häßlich, sondern lebenswert ...

– du bist mir wie ein Bruder, hatte Mauritz gesagt an jenem Nachmittag, aber könntest du mich auch lieben

– war es die Isar, nein, ich irre mich, Herr Verteidiger, ich bringe die Dinge durcheinander, die Tage, die Zeiten, aber ich höre es, das narkotische Rauschen der Isar, sehe Mauritz im Müllerschen Volksbad erbarmungslos sein Programm abspulen, bahnauf, bahnab, eine halbe Stunde lang, er schwamm anderthalb Kilometer dabei, sehe meinen Körper, für den ich mich schämte und der im Vergleich zu Mauritz' schlaff, weich und weibisch wirkte, wenngleich er schlank war, sehe den Bademeister auf die Jugendstildecke zeigen, den Kopf schütteln: Nur Verrückte drehen hier gegen die Stoppuhr ihre Runden

– also werden wir jetzt die Sprengsätze anbringen, wie wir es geübt haben bei Frenss, wir werden sie zünden, und dann werden wir sehen, ob es den erwarteten Effekt hat. Die Pizzaverpackungen lassen wir alle liegen, ein paar Paletten können wir noch heranfahren. Das KaDeWe hat brechend volle Regale, auch am Wochenende, das wird ein ähnliches Feuerchen geben wie hier. Also, worauf warten wir

– nein, das werden wir nicht tun, Mauritz

– aber könntest du mich auch lieben, und wieder höre ich Manuelas Stimme, nicht im Hotel, sondern an jenem Abend, als Mauritz russisches Roulett spielte: Ich könnte mit dir schlafen, ich würde sehr zärtlich zu dir sein, und du würdest es gar nicht hören, wenn die Tür aufgeht und er hereinkommt, er würde sich zu uns legen, und das würde die Verbindung zwischen uns ... eine Verbindung für immer sein lassen, sie würde anders sein als das Übliche, für uns gelten doch diese spießigen Beschränkungen nicht, Wiggo, eine Verbindung für immer, er findet niemanden, ich habe Angst, daß er durchdreht und sich etwas antut ... Er ist völlig fertig, es würde etwas ganz

Außergewöhnliches sein, wir würden uns nie wieder verlieren, wir wären vielleicht ... glücklich

– soso, aussteigen willst du. Das ist nicht dein Ernst, – Doch, Mauritz, das ist mein Ernst, es muß Schluß sein, wir gehen jetzt hier raus, ganz ruhig, setzen uns ins Auto und fahren heim, – Fahren heim? Er blies die Wangen auf, prustete. Du bist ja ein Spaßvogel, kleiner Philosoph. Weißt du, wohin wir fahren, wenn wir heimfahren? Dorthin, wo Frenss schon ist. Wir müssen untertauchen, ist dir das klar? Komm runter von deiner Palme, du brauchst jetzt keine Panik zu entwickeln. Ich habe alles vorbereitet. Auch diesen Fall und diese Entwicklung muß man natürlich voraussehen und berücksichtigen. Hältst du mich für einen Stümper? Sie wissen nicht, wo wir sind, sie wissen nicht einmal genau, wer wir sind, wie viele undsoweiter. Noch nicht. Aber wir haben genügend Zeit. Auch wenn Großtantchen nicht mehr ihre Hand über uns hält. Ich war nie so dumm, mich allein auf ihre Verbindungen zu verlassen. Also los, sagte er und zog seine Pistole

– Krankenwagensirenen, die in Richtung Danziger Straße davoneilten, das Geräusch der verrosteten, vom Wind ungleichmäßig gedrehten Lüftungsschachtkappen auf dem Dach des Altreifenlagers auf der Brache unten, Manuelas Stimme aus dem Dunkel hinter mir, jenseits der Brache leuchteten Fenster auf, Quitten im Ruß der Gründerzeitfassaden, ich zündete mir eine Zigarette an, blies den Rauch in die Nacht, wo er sich auswölkte, verwirbelte, zerstreute, das Rauschen des Flusses, das ich höre, ist es das Fieber, ist es das Blut in meinem Ohr, ist es die glimmende Isar an einem Sommertag oder der Verkehr auf der über eine Brücke verlaufenden Straße, auf die ich vom Küchenfenster aus sehen kann, nach dem Fest, das ich vorzeitig verlassen habe, das Manuela verlassen hat, Mauritz; Verkehr, der ein Band ununterbrochener Helligkeit war, in dem Straßenbahnen schwammen wie Aale in einer Schule Weißfische, Blaulicht, Abendstrom, der aus der City in die Peripherie drängte, Manuelas Gitanes schmeckten mir nicht, Feuernadeln sprühten im Dunkel, als ich sie wegwarf

– du glaubst, ich bluffe nur? Er hob die Pistole, drückte ab. Das Geschoß traf klingend einen Stahlträger neben mir, sirrte als Querschläger durch die Halle, riß ein Loch in einem Stapel Pizzakartons

– nichts, Wiggo, nichts kannst du ändern. Das ist die Wahrheit. Ich dachte, etwas ändern zu können, aber man kann nichts ändern, nichts, nichts. – Was machst du hier? Wie bist du in meine Wohnung gekommen? Du bist betrunken. – Allerdings, murmelte Mauritz mit schwerer Zunge und starrte Manuela und mich mit glasigen Augen an. Er lachte rauh und abgerissen. Hab ich's mir doch gedacht. Schwesterlein und der kleine Philosoph. Er trank einen Schluck, der Schnaps rann ihm über Kinn und Hals auf den Hemdkragen. Ich war an der Tür stehengeblieben und muß ihn entgeistert angesehen haben, denn er schüttelte langsam den Kopf, gluckste befriedigt, grinste. Habt ihr nicht gedacht, was, daß Mauritz Kaltmeister euch hier erwarten könnte. In des kleinen Philosophen ziemlich kahler Liebesklause. Wir müssen heute nacht hierbleiben, wir drei. Heimsuochunge. Er hob den Zeigefinger, lachte schief und lallte: Keine Unzüchtigkeiten, kleiner Philosoph. Wir sind eine keusche Familie. – Du wirst geschmacklos. Und da du betrunken bist, weißt du nicht, was du sagst. Er legte den Kopf zurück, schien in einen Dämmerzustand zu sinken. Oh doch, das weiß ich schon. Ich bin nicht ganz klar, auch wenn ich mir alle Mühe gebe, es zu sein ... Aber dieser flüssige russische Premier hier, er hob die Flasche, muß mir ein wenig beim Entspannen helfen ... – Mauritz ... – So hat Mama immer gerufen, mit dieser Stimme, weißt du noch, Schwesterchen ... Er prustete. Einschmeichelnd, und dann kam es: Ab ins Bett! – Das wäre wirklich das beste für dich. Wir schafften ihn nach nebenan, legten ihn aufs Bett, was er widerstandslos mit sich geschehen ließ

– dann standen wir in der Küche, Manuela und ich, hast du Feuer, ich kramte meine gewohnten Gauloises hervor, die Streichholzflamme brannte unruhig, ich sah, bevor ich sie ablöschte, meine Züge in der Fensterscheibe, dann fiel mir ein, daß ich unhöflich war: Kann ich dir was anbieten, Kaffee, Tee? Von der Straße auf der anderen Seite des Hauses schallte Gelächter herauf, begleitet von den ins Quäkende verzerrten, von einer Hupe ausgestoßenen und mehrfach wiederholten ersten Takten des *Mambo Number Five*

– vielleicht bin ich betrunken, ja, vielleicht werde ich verrückt ... Nichts ... Nichts kann man ändern, Schwesterlein. Es ist sinnlos, etwas ändern zu wollen. Mein Irrtum war, daß man nicht schwatzen, sondern handeln müsse ... Aber man kann nicht handeln. Man muß schwatzen. Wer handeln will in dieser Gesellschaft, wird über kurz oder lang zugrunde gehen

[*PATRICK G.* {...}] für mich ist es tierisch wichtig, daß man sich engagiert, sagte der Jungpolitiker, echt, das ist nicht bloß E-Mails abchecken und die Homepage verschönern – was? Geiles Teil, ja echt. Legalisierung von Hanf? Muß man abwägen, schwierige Frage ... Übrigens: Kennen Sie den? Sagt die Frau zu ihrem Mann: Wir haben seit Monaten keinen Sex mehr gehabt! Sagt der Mann: du

– Veränderung ... Glaubst du daran, Wiggo? Gib mir deine Hand, gib sie her! Ich will wissen, ob du lügst, wenn ich dich etwas frage ... Man kann es an den Händen erkennen, wie sie sich bewegen, man fühlt es ... Vielleicht bin ich ein Verbrecher, vielleicht nicht, wer kann es sagen, wer will richten ... Was ist schon ein Verbrechen, kleiner Philosoph ... Du solltest nicht hier sein, Schwesterchen, und mich in diesem Zustand sehen ... Nicht schlecht, dieser russische Staatsmann, hehe, macht mir ordentlich die Zunge schwer ...

[*PATRICK G.* {...}] Champagnerpfropfen knallten, als die Konfettikanone losging und den Platz mit Schneegestöber überschüttete, durch das die Trampoline, der Meister und sein beleuchtetes Orchester nur schemenhaft zu erkennen waren, die vier Cellisten an Bord der vier Helikopter waren jetzt beim *Gesang der Sphären* angekommen, dem dritten Satz der eigens für diesen Anlaß komponierten Suite

– es ist ein finsterer Traum, Wiggo, ein böser Traum, Mauritz lachte rauh, seine Stirn glänzte schweißnaß, und wir können nicht daraus aufwachen. Das sind Dämonen, diese Zeit ist dämonisch ... Die Leute amüsieren sich, sehen fern und essen Eis und bestellen Möbel bei Ikea und kontrollieren die Schulaufgaben ihrer Kinder und gehen Sushi essen ... Und merken nicht, daß sie verdammt sind ... Spürst du das nicht, Wiggo? Weißt du, ich ... habe etwas gesehen, Freiheit, freie Menschen

– tu's doch, du Feigling, tu's doch tu's doch

– Mauritz zündete einen Sprengsatz in der stillgelegten Fabrik für Eierteigwaren, eine Stichflamme lohte hoch, brennende Kartons wirbelten herum, Sperrholzteile, Manuela wollte sich von Mauritz losmachen, aber er hielt sie fest, sie schrie, wehrte sich, versuchte ihn zu beißen, er lachte, hielt ihr die Pistole an die Schläfe: Halt die Schnauze, verstehst du, halt die Schnauze oder

– *auf freiem Grund mit freiem Volke stehn,* die Wiederkehr des Herrn und die Entrückung der Gerechten, wie es geschrieben steht im Thessalonicherbrief, wonach die große Drangsal beginnt, Babylon, die Hure Babylon, Wiggo, die wenigen müssen herrschen über die vielen, aber sie werden ihnen nützen, nicht sich bereichern, die Herrschaft der wenigen wird sein der Dienst an den vielen, und es muß Gerechtigkeit herrschen, die Verderbnis der Menschen kommt aus der Ungerechtigkeit ... Und du mußt mir helfen, sie zu finden, die Gerechtigkeit ... Was ist es, Gerechtigkeit, was ist es, Wahrheit ... und sie: Wir müssen sie zerstören

– Mauritz! Laß sie los, sofort, du bist wahnsinnig, – Und du bist lebensmüde, kleiner Philosoph, – Laß sie los, sagte ich, spannte den Hahn meiner Pistole, Manuela riß sich los, suchte Deckung, stolperte, rappelte sich auf, Mauritz' Augen flackerten, er griff mit der anderen Hand unter die Waffe, zielte, Manuela blieb stehen, ich sah, wie sich sein Finger um den Abzug krümmte

– *wir müssen die Zeit zerstören,* sagte er, *wir müssen sie zerstören, die Zeit*

Suhrkamp Verlag GmbH
Torstraße 44, 10119 Berlin
info@suhrkamp.de
www.suhrkamp.de